Sommaire

Interstyles

Carnets de bord

BIFROST
n°118 - trimestriel, avril 2025

Éditorial

« Elle a changé ma vie personnelle et professionnelle. J'ai gagné un ami pour la vie, et même un frère en tout. » Tels sont les premiers mots de Marion Mazauric, fondatrice des éditions du Diable Vauvert, lorsqu'elle évoque plus avant dans nos pages sa rencontre avec Ayerdhal. Que ceux qui opposent par principe auteur et éditeur, et considèrent les rapports entre l'un et l'autre comme un affrontement systémique, se le tiennent pour dit. Il arrive qu'en terres de science-fiction — et ailleurs — les choses se passent autrement. Et pourtant... Marc Soulier, alias Ayerdhal, disparu il y aura dix ans dans une poignée de mois (octobre 2015), était un écrivain engagé (truisme). Doublé d'un casse-couilles de première (re-truisme), et c'est un spécialiste en la matière qui l'affirme. À ce titre, les intitulés de quelques-unes des entrées qui composent le dossier central du présent numéro parlent d'eux-mêmes (qu'il s'agisse du « Portrait de l'artiste en fouteur de merde », signé par son ami Jean-Claude Dunyach, ou d'un autre portrait, celui de « l'homme en colère », brossé par Sara Doke, sa seconde épouse). C'est ainsi : le sentiment d'injustice était insupportable à Ayerdhal. Et la colère en réaction le moteur de ses initiatives — qui ne furent pas que littéraires, loin de là. Si la science-fiction est une littérature politique par essence, notre auteur fut, en France, l'incarnation de ce tropisme pendant plus d'un quart de siècle. Et de quelle manière ! Anarchiste ? Utopiste ? Libertaire ? Un peu de tout ça à la fois, sans doute. « *Je suis de plus en plus anar, j'ai des périodes, je fluctue [...]. Le communisme, c'est toute ma culture, l'anarchiste que je suis de temps en temps violemment a toujours conscience que le géniteur de l'anarchie, c'est le communisme.* » Cette pensée politique viscérale, ontologique, serait-on tenté d'écrire, structure le cœur de son œuvre (**La Bohême et l'Ivraie**, **Chroniques d'un rêve enclavé**, **Rainbow Warriors**...), qui est elle-même « *une arme politique de compréhension du monde* », pour reprendre à nouveau les mots de Marion Mazauric. Engagement envers l'inclusivité, les minorités de tous genres et horizons (sociales, économiques, culturelles, sexuelles), mais aussi le droit des auteurs à disposer de leur œuvre et à prétendre à une juste rémunération (le Droit du serf, dont on reparlera plus loin ; la lutte contre ReLire). Dans son œuvre comme dans sa vie, Ayerdhal fut un homme de combats, un homme en colère, oui. Et comment ne pas l'être, en vérité ? Pourtant, avant toute chose, Ayerdhal fut un fan de science-fiction. Un fan absolu, sincère, qui avait tout lu et relu grâce aux mannes exceptionnelles d'une bibliothèque paternelle non moins exceptionnelle. Et dont le premier combat, et aussi la première victoire, cardinale, s'exprima dans le champ même de cette science-fiction qui contribua tant à le façonner. Oui, Ayerdhal fut d'abord un champion de la SF francophone. Il faut se souvenir de l'état de cette dernière dans les années 1980 et le début de la décennie suivante. Déconsidérée, cantonnée à sa seule dimension de « littérature populaire », méprisée par la presse et une certaine intelligentsia éditoriale parisienne (gardons-nous de croire que cela ait tant changé...), et souffrant d'un complexe d'illégitimité écrasant au regard de la production anglo-saxonne. Sorti à l'été 1990, son premier roman, **Ylvain, rêve de vie** (Fleuve Noir, collection « Anticipation » n°1763), premier des quatre volumes qui composeraient bientôt **La Bohême...**, allait d'emblée rebattre tout ça. Il ne fut pas le seul. Il ne fut même pas le premier de cette génération dorée (Le n°1762 de cette même collection était signé Don Hérial, un pseudonyme de Serge Lehman ; le 1761, Jean-Marc Ligny ; le 1757, Félix Chapel, un pseudonyme de Michel Pagel ; le 1733, Red DEFF, un pseudonyme de Roland C. Wagner — parmi les *soixante-six romans* publiés par « Anticipation » sur cette seule année 1990). Mais c'est lui qui, avant les autres, attira les lumières médiatiques en inscrivant sa plume non point dans les pas de la SF américaine, mais en vis-à-vis,

Editorial

d'égal à égal, notamment en allant la chercher sur ses terres d'élection, celles du *space opera* et du *planet opera*. Ainsi, Ayerdhal incarna plus que tout autre ce qu'on ne tarda pas à qualifier de « renouveau de la SF française ». Ainsi, « *l'étoile montante de la SF française* » était née (*Le Monde*). Viendrait alors le temps des anthologies manifestes, la rencontre de la génération des auteurs Fleuve Noir avec celle, un brin plus jeune, issue des jeux de rôles. L'avènement des éditeurs indépendants spécialisés. Le retour des revues (souvenons-nous qu'en 2000, après une décennie de quasi-désert, *quatre* revues trimestrielles coexistaient : deux consacrées à la science-fiction (pour l'essentiel), *Galaxies* et *Bifrost*, une à la *fantasy*, *Faëries*, une au fantastique, *Ténèbres*…), et que, pendant une courte période, il y en eut même cinq (en 2003, avec *Asphodale*, même si alors *Ténèbres* ne paraissait déjà plus qu'annuellement). Et vingt années, de 1995 à 2015, en gros, au cours desquelles l'Imaginaire au sens large, en France, serait puissamment irrigué par l'ensemble de ces forces vives. Bien sûr, sans doute le ver était-il déjà dans le fruit… Mais c'est une autre histoire, comme on le dit en Aquilonie, et cela n'ôte rien au fait, répétons-le, qu'Ayerdhal fut un champion de la SF francophone.

Dix ans après sa disparition, sur tous les champs où s'exprimèrent ses combats, le constat est amer, sinon terrifiant — sans même parler de l'état du monde, de la chute de l'empire américain, des bruits de bottes, du retour des doctrines fascisantes, du populisme à la petite semaine et du recul un peu partout de ces espaces culturels libres qu'on pensait pourtant à jamais acquis. Dans le strict registre de Notre club, où est le ou la nouvelle Ayerdhal, à l'heure des grandes concentrations éditoriales, du reflux des éditeurs indés (on peut penser, et à raison, qu'ils ont leur part dans le naufrage qui les frappe, mais le fait est que la disparition des Moutons Électriques est d'abord et avant tout une perte énorme), quand on confond systématiquement genres littéraires et segments marketings, quand le milieu éditorial ne parle que de GfK, de panels et de chiffres plutôt que de textes, d'auteurs, de *passion*, oui, osons le mot, quand la SF anglo-saxonne, tiraillée entre les excès des wokes et ceux des antis, ne produit plus grand-chose d'enthousiasmant, et qu'on attend toujours, chez son pendant Hexagonal, ce qui pourrait ressembler à une nouvelle génération de créateurs ? Ayerdhal était un homme en colère, on l'a dit. Et je ne sais pas vous, mais moi, depuis mon bureau encombré de bricoles, devant un Mac qui ne dort jamais, je n'ai pas à tendre l'oreille bien longtemps pour l'entendre gueuler d'ici. Et le fait est qu'il n'y a pas loin pour que je gueule avec lui…

Olivier Girard

Interstyles

Ayerdhal
Daryl Gregory
Ray Nayler

Daryl GREGORY

Cela faisait un moment que nous n'avions plus de nouvelles du camarade Daryl Gregory. Dont acte, en voici une, et une très bonne, voire excellente. Et en plus elle est longue. Hourra ! D'autant que des nouvelles, il en écrit peu, le bougre. Et c'est fort dommage — il faut lire son recueil **Unpossible and Other Stories** *(inédit par chez nous, comme il se doit), mais aussi ses récits au sommaire des n°7, 10, 12 et 16 de la défunte revue* Fiction *des Moutons Électriques, ou encore* « Deuxième personne du singulier », *paru en 2010 dans le n°1 d'*Angle Mort. *Sinon, Daryl Gregory écrit aussi des romans. Cinq ont été traduits en français : quatre au Bélial' (***L'Éducation de Stony Mayhall, Nous allons tous très bien, merci**, **Afterparty** *et* **Harrison Harrison***), et un chez Lattès (***La Fantastique Famille Telemachus***). Ses deux derniers romans en date,* **Revelator** *(2021) et* **When We Were Real** *(2025), demeurent pour l'heure inédits dans nos contrées. Il faut dire qu'il ne fait aucun effort, l'ami Daryl. Jamais là où on l'attend, irréductible à toute catégorisation de genre tant il pratique avec la même aisance le fantastique, l'horreur, le thriller ou la science-fiction, et parfois tout cela en même temps. Notre auteur déroute. Et si dérouter est sans doute l'une des conditions cardinales de toute œuvre signifiante, ce n'est assurément pas la plus évidente des rampes de lancement vers les sommets de ventes. Pour le reste, à l'intention de ceux qui dorment au fond de la salle, on rappellera qu'on parle ici d'un écrivain américain. Né en 1965, dans l'Illinois, et qui vit aujourd'hui à Seattle.*

La longue novelette (preque une novella) que nous vous proposons ici est un hommage manifeste et assumé à Iain M. Banks, l'auteur de SF préféré de notre homme. Ça tombe bien, c'est aussi l'un des nôtres…

Déjà publié dans Bifrost *:*

- « *Dead Horse Point* » in *Bifrost 74*
- « *Les Neuf derniers jours sur Terre* » in *Bifrost 97*

Je Ne Suis Pas Malade Juste Mad

ou le canapé le plus lourd de l'univers connu

llustration Afif Khaled

SAUTONS LE PROLOGUE pour le moment et passons directement à l'invasion, qui commença pour Tindal avec la tragédie du cookie.

Confortablement assis par terre dans la pénombre de sa chambre, Tindal improvisait sur la reprise de « Wonderwall » par Paul Anka avant d'attaquer son petit déjeuner : un cookie « Velours rouge » de chez Tim Hortons fourré au fromage frais, juste un peu sec après avoir passé la nuit dans son lit. La porte s'ouvrit d'un coup. Pas de chance, Tindal était justement adossé au battant. Il bascula donc dans le salon inondé de soleil et, profitant de l'occasion, le cookie lui sauta des mains, rebondit et disparut dans le capharnaüm de l'appartement.

Tindal ne devait jamais le revoir.

Il laissa échapper un gémissement. Puis, ébloui, leva les yeux vers l'impérieux individu qui le dominait de toute sa hauteur — le grossier personnage qui venait de déboîter sa porte. Il dut pencher la tête en arrière pour le voir en totalité.

« Tatie Mads ? »

Il ne l'avait pas vue depuis plus d'un an. Elle n'avait pas changé : pommettes de pop star scandinave, chevelure noire striée de gris, et des yeux qui pouvaient vous alpaguer et vous relâcher tout aussi vite.

Il se mit tant bien que mal sur pied. « Comment tu m'as retrouvé ? »

Aïe, non, c'était maladroit, ça. Il écarta son sentiment de culpabilité et serra Tatie Mads dans ses bras.

« Je voulais dire : qu'est-ce que tu fais là ? »

Elle lui rendit son câlin, enserra tendrement son visage dans ses mains — et lui enleva ses écouteurs. « Crie pas comme ça, dit-elle avec son accent indéfinissable. T'as vu ce qui se passe dehors ? »

Il eut envie de répondre que oui, mais en vrai, le niveau sonore dépassait le vacarme habituel, avec en plus un piaulement continu de sirènes de police et un rugissement de… eh bien, de gros trucs qui rugissent. Et en effet, il avait senti le sol et les murs vibrer par intermittence comme si l'immeuble entier était un caisson de basse. Un instant, l'idée de couper ses écouteurs lui avait même traversé l'esprit.

« Non, je suis resté toute la matinée dans ma chambre.

– C'est pas une chambre ça, moustique. C'est un placard.

– *C'était*. Maintenant ça me sert de… »

Elle haussa les sourcils.

« Euh, de chambre ?

– Ça fait une heure que j'essaie de te joindre. »

Elle inspecta du regard l'accumulation de canapés et autres lits de camp, l'assortiment de meubles déglingués et de lampes tout de travers, les prises multiples hérissées de fils électriques, les tas de sacs poubelle bourrés de fringues et entassés en bonhommes de neige, les innombrables bougies pour la plupart éteintes.

« Eh ben dis donc. J'aurais dû venir jeter un œil plus tôt. Vous êtes combien à vivre ici ?

– En moyenne ? »

Curieusement, aucun de ses dix et quelques colocs, potes de colocs, squatteurs de divan et partenaires sexuels annexes n'était là.

« J'ignore où ils sont tous passés.

– Ils ont dû être évacués. Ou trouver refuge ailleurs.

– Pourquoi ? On est expulsés ? »

Un coup de tonnerre fit trembler les vitres. Une pipe à eau en verre soufflé tomba d'une étagère, en entraînant une autre dans sa chute. Les deux volèrent en éclats. Au loin, les sirènes continuaient à couiner.

« Il faut s'en aller maintenant, dit-elle. Et ce serait mieux si tu mettais un pantalon. »

Il ne portait qu'un caleçon censément blanc ; Tatie Mads, elle, avait la classe, comme toujours, malgré ses fringues de friperie. Ce jour-là, on aurait juré une bûcheronne parisienne partie pêcher la palourde : chemise à carreaux nouée à la taille, bleu de travail roulé jusqu'aux genoux, ballerines et collier imposant.

Tindal fouilla sa piaule d'un mètre sur trois, dénicha des fringues qu'il enfila en se tortillant. « On va où au juste ?

– Chez moi. J'ai besoin de tes muscles.

– Très drôle.

– Bon, disons de ton énergie et des muscles de Morris. »

Morris ! Tatie Mads était bien la seule à appeler El Capitan par son prénom.

« Je l'ai contacté, il nous attend, dit-elle. Je croyais que vous habitiez ensemble, moi.

– C'était le cas, ouais, mais El Cap fait dans le polyamour en ce moment, expliqua Tindal. J'étais un peu celui qui tient la chandelle. Disons,

la cinquième — ou sixième ? — roue du carrosse. Alors j'ai pris cet appart et… mais au fait, c'est quoi cette histoire de muscles ?

– Vous allez déménager un canapé à l'autre bout de la ville, tous les deux. »

Il repassa la tête par la porte de sa chambre. « Un canapé ? Ne me dis pas que c'est Monsieur Dodo ? » La voyant faire la grimace, il reprit : « Tu ne peux *pas* vendre Monsieur Dodo ! Je veux bien le récupérer, moi.

– Tu n'as pas vraiment la place, moustique. »

C'était vrai mais… il pouvait peut-être trouver une autre piaule ? C'est qu'il l'aimait, ce canapé. Gamin, il en avait passé des après-midi affalé sur ses coussins moelleux — sans même parler des nuits.

« Monsieur Dodo s'en va dans une nouvelle maison en grande banlieue. En *très* grande banlieue.

– Ouf, au moins tu n'envoies pas mon pote à la déchetterie. »

Il attacha ses cheveux et ressortit de sa chambre plus ou moins présentable. Tatie Mads s'impatientait devant la porte, mais Tindal prit le temps de regarder autour de lui, inquiet, comme s'il craignait d'oublier quelque chose. Ah, oui ! Les bougies ! Il sautilla de l'une à l'autre en soufflant dessus.

« On n'est jamais trop prudent, expliqua-t-il. Certains de ses coloc' ne possédaient que ce qu'ils pouvaient transporter eux-mêmes. Un incendie de plus et ils seraient ruinés.

– T'es mignon, commenta Tatie Mads. Mais faut y aller, là. »

Il descendit les trois étages derrière elle. Parvenu sur le perron, il constata que les sirènes étaient assourdissantes et la rue complètement embouteillée. Sa tante s'engagea d'un pas vif sur le trottoir, tout droit vers chez El Capitan. Deux avions de chasse rasèrent les toits et disparurent aussitôt.

Un peu gêné, Tindal se décida quand même à se renseigner : « Il se passe quoi au juste ?

– Derrière toi… »

Un coup d'œil par-dessus son épaule. À quelques kilomètres, un gigantesque objet engloutissait la moitié du ciel de Toronto. Un bloc aplati, gris, couvert de longues épines. Comme des dizaines de porcs-épics géants emprisonnés dans une plaque de béton.

Les deux avions militaires qui s'en approchaient explosèrent, projetant mille éclats métalliques dans une kyrielle de directions en même temps.

« La vache ! Mais c'est quoi ce truc ?

– Avance !

– C'est un *vaisseau spatial*? »

Une colonne de lumière scintillante apparut sous le vaisseau (qu'est-ce que ça pouvait être d'autre ?) et enveloppa un gratte-ciel. Elle jetait mille feux, pareille à des boules à facettes écrasées, masquant en partie l'immeuble de façon assez esthétique. Les extraterrestres allaient-ils le faire exploser ? L'attirer dans leur vaisseau ? La lumière s'éteignit brusquement et l'énorme bloc poursuivit lentement son chemin.

« Merde, lâcha Tindal. Qu'est-ce qu'il fout ? »

Tatie Mads continua à marcher sans répondre ; Tindal se dépêcha de la rattraper. « Tu es sûre de vouloir déménager Monsieur Dodo pendant une… euh, invasion extraterrestre ?

– Pfft. Il n'y a qu'un seul vaisseau spatial. On ne peut pas vraiment parler d'invasion. »

Typique ! Quand Tindal était petit, Tatie Mads était le genre de voisine qui faisait peur aux enfants, que les vieux regardaient de travers et que tout le monde considérait comme une sorcière. Elle peignait sa bicoque de toutes sortes de couleurs mal assorties, refusait de tondre sa pelouse et répandait dans tout le quartier des odeurs de cuisine fleurant bon la paille pourrie. Sans oublier sa « musique » plein pot qui flanquait la trouille aux chats. En plus, elle faisait des trucs de dingue. Comme ordonner à des gangs de rue armés jusqu'aux dents de dégager de sa pelouse — et le plus beau, c'était qu'ils obéissaient. En somme, elle puait le paganisme wicca à cent mètres.

Tindal avait aussi peur d'elle que ses copains d'école, mais un jour, quand il avait huit ans, elle avait empêché un des mecs de sa mère de lui foutre une raclée (elle l'avait mis à genoux rien qu'en lui tordant l'oreille, incroyable !) ; après ça, chaque fois que ça virait au vinaigre à la maison (c'est-à-dire souvent) il filait chez Tatie Mads, qui le nourrissait de hot-dogs, de céréales et de barres Capitaine Crounche au beurre de cacahouète, toutes choses qu'elle gardait sous la main rien que pour lui, il s'en rendrait compte bien après. Elle le laissait courir derrière le robot aspirateur et, quand il était l'heure de se coucher, le bordait sur Monsieur Dodo, son canapé géant orange en lui racontant des histoires pour l'endormir.

Tindal ne l'avait pas vue depuis un certain temps et c'était entièrement de sa faute. Elle lui avait envoyé des SMS et laissé des messages vocaux, juste pour prendre des nouvelles, en général, mais parfois aussi pour l'inviter à dîner. Si le côté peu reluisant de sa vie actuelle l'incitait

sans cesse à repousser le moment de la rappeler, il se promettait de le faire dès qu'il aurait « réglé certains problèmes. » Hélas, le nombre de problèmes à régler proliférait comme les petites cuillères dans le tiroir d'Uri Geller[1].

Des explosions retentirent au loin, invisibles par-delà les toits, et le rayon-boule à facettes réapparut deux ou trois fois. Tindal commençait à paniquer, mais que faire sinon galoper derrière Tatie Mads ?

El Capitan — dit « El Cap », dit « DJ El C » (anime vos soirées), dit Morris — les attendait dans la rue, toujours aussi immense, toujours aussi baraqué, tel un grizzly dressé sur ses pattes arrières prêt à choper au vol un saumon sauteur.

« T'es en beauté aujourd'hui, Mads ! » dit El Cap. Ils se firent la bise comme deux Québécois. Elle était presque aussi grande que lui.

Le géant les informa que les autres membres de son polycule — deux petites amies, un petit ami et un bouledogue anglais — avaient décidé d'évacuer vers le nord par la Don Valley Parkway, mais d'après leurs messages, cette dernière était complètement saturée.

« Et toi tu es resté me filer un coup de main, constata Tatie Mads. C'est courageux et très sympa.

– Je suis sûr que ça va s'arranger. »

Aux yeux d'El Cap, tout finissait toujours par s'arranger, et en général les faits lui donnaient raison. C'était le meilleur copain de Tindal depuis ses quatorze ans, et la personne idéale à appeler au secours quand, mettons, deux ados entraient chez vous par effraction avant de s'envoyer un max de dope — mais c'était une autre histoire.

El Cap les conduisit jusqu'à un étroit garage, au fond de la ruelle voisine. « Pour tous vos besoins en matière de transports et déménagements, annonça-t-il en relevant la porte avec un geste solennel, pensez au Bus-à-Puces ! »

Ah, le Bus-à-Puces. Un van International Metro aux formes bulbeuses et au nez émoussé de 1963, bleu clair et tout rouillé, arborant fièrement une calandre art déco très chic qui lui donnait des airs de duchesse décatie. Au début de sa vie, il avait servi de camionnette de livraison, mais le logo et le dessin à demi effacés — un chien cartoonesque — rappelaient sa dernière activité en date : un salon mobile de toilettage pour animaux domestiques.

---

(1). Célèbre illusionniste britannique à la réputation entachée de diverses polémiques. *[NdRC]*

« T'en fais pas pour ton canapé, dit El Cap à Tatie Mads. Des puces, y en a plus.

– Mortes de vieillesse, j'imagine. »

Elle prit place sur le siège passager pendant que Tindal se faufilait à l'arrière avant de se poser sur une caisse à outils. Le sol était recouvert de tapis superposés diversement archaïques. Le Bus-à-Puces retraité refusa un moment de démarrer, mais El Cap finit par le persuader de reprendre du service et ils sortirent dans la rue avec force embardées.

Un trio d'hélicoptères passa au-dessus d'eux en leur martelant les tympans. Puis l'air fut ébranlé par plusieurs explosions. El Cap jeta un regard dans le rétro.

« L'armée de l'air passe un mauvais quart d'heure, dit-il sur un ton où perçait un soupçon d'inquiétude.

– Elle ferait mieux de renoncer, remarqua Tatie Mads.

– Mais ils font quoi avec cette lumière qui scintille, là ?

– Manifestement, ils cherchent quelque chose.

– Ici, au *Canada* ? »

Ils obliquèrent vers l'ouest avec le vacarme du moteur plein les oreilles. Ça circulait très mal et, aux carrefours, des flics faisaient signe aux véhicules de quitter la ville. Vingt minutes leur furent nécessaires pour franchir les deux kilomètres qui les séparaient de chez Mads, une maison de style victorien qui, Tindal le constata avec joie — soulagement, plutôt —, était tout à fait fidèle à elle-même, à part les peintures qui avaient *encore* changé.

Tatie Mads intima à El Cap d'en faire le tour pour se garer dans le jardin en positionnant l'arrière du Bus-à-Puces près des marches de la cuisine. Après quoi elle les fit entrer. L'odeur de la maison n'avait pas changé non plus : un méli-mélo hétéroclite d'épices innommées, d'agrumes non identifiés et de fils électriques en surchauffe.

Un choc retentit dans la pièce voisine, suivi d'un ronronnement inimitable.

Tindal se rua dans la salle à manger. « Vacu ! »

Le robot aspirateur, plus ou moins de la taille et de la forme d'une limule, mais en plus plat, planait à quelques centimètres du sol, immobile, non loin de la table. Tindal se précipita et l'engin fila entre les pieds de chaise.

Tindal glousa de plaisir. « Mon vieux Vacu ! T'es au top ! »

Que la machine fonctionne encore l'étonnait ; elle devait être aussi vieille que lui.

« Tu sais quoi ? fit El Cap. J'ai jamais compris comment ça marchait, ce truc. Où sont les roulettes ? Où part la poussière ?

– Y a des aimants », répondit patiemment Tindal. Tatie Mads lui avait tout expliqué autrefois.

« Arrêtez d'importuner la domesticité, intervint celle-ci avant de les faire passer au salon. Voilà notre patient... »

Orange et rebondi, Monsieur Dodo en personne trônait en effet sur toute la largeur de la pièce, ses accoudoirs dodus calés contre les murs. Nul doute que ses confortables coussins pelucheux aient pu accueillir trois Tindal allongés côte à côte ; le canapé lui semblait même plus grand que dans ses souvenirs d'enfance, ce qui avait quelque chose de perturbant.

« Regardez-moi ça, commenta-t-il. Toujours aussi fabuleux. »

Positionné de manière à donner sur le reste de la pièce, mais aussi sur la rue par la grande baie vitrée, le sofa resplendissait sous le soleil ; son revêtement exhibait des couleurs en quantité anormales — des harmoniques du violet, du doré, du jade et de l'orange.

« Tatie Mads, je peux, s'il te plaît ? »

L'intéressée leva les yeux au ciel en feignant l'exaspération. « D'accord, mais fais vite. »

Tindal s'élança et bondit tel Superman en braillant « DÉCOLLAGE ! »

Il atterrit à plat ventre et s'enfonça dans les profonds coussins. Ça faisait un bien fou. Quand il était petit, après les histoires qu'elle lui lisait le soir, Tatie Mads s'asseyait au bord pour lui caresser le dos jusqu'à ce qu'il s'endorme. Ado, il rentrait sur la pointe des pieds à deux ou trois heures du matin, quand seul Vacu, toujours en éveil, continuait à aspirer çà et là, et s'affalait d'un bloc sur le canapé — pas besoin d'histoires ces soirs-là, ni de couvertures d'ailleurs. Au plus fort de l'été comme de l'hiver, Monsieur Dodo était toujours à la bonne température. Tindal s'endormait au son d'une légère vibration semblant provenir du squelette même du sofa.

Il roula sur lui-même. « Je ne comprends pas que tu veuilles t'en débarrasser. »

Tatie Mads lui adressa un sourire contrit. « Tout doit suivre son chemin dans la vie, moustique.

– Mais il est toujours aussi beau !

– Il est surtout toujours aussi *gros*, intervint El Cap. Tu es sûre qu'il faut faire ça *maintenant*?

– C'est important, sinon je ne vous l'aurais pas demandé. Je t'assure.»

El Cap eut l'air de tourner et retourner l'affaire dans sa tête. Enfin, il acquiesça. «Je vais chercher les roulettes. Après, je pousserai la table.»

Tatie Mads sortit derrière lui. Étalé sur les coussins, Tindal admira les hautes bibliothèques pleines des livres qu'elle lui lisait autrefois, puis les bouteilles de soda et les pièces automobiles accrochées au mur comme s'il s'agissait d'œuvres d'art. Le souvenir lui revint d'un soir où il avait encore fui l'appart de sa mère. Il devait avoir huit ou neuf ans, dix, peut-être (il avait des problèmes de mémoire chronologique). Il s'était réveillé sur Monsieur Dodo sans savoir pourquoi et, tout à coup, il avait entendu parler Tatie Mads. «T'en as pas marre de jouer les fantômes?» disait-elle. Il s'était traîné dans la cuisine et l'avait trouvée les pieds sur la table et un café à la main. Seule.

Ce souvenir remontait loin mais lui était familier car il s'en était souvent étonné. Tatie Mads parlait aux fantômes! Puis il avait grandi et découvert le vaste monde des substances psychédéliques; il le savait maintenant, ce n'était pas parce que son cerveau croyait voir ou entendre des choses que ces choses existaient bel et bien. En fait, Tatie Mads était sans doute au téléphone, cette nuit-là…

Mais avec qui? Rétrospectivement, elle avait dû se sentir bien seule pendant toutes ces années. Pas d'amis (à sa connaissance en tout cas), pas de famille, restée ou pas au pays, personne à qui parler à part elle-même. Pas étonnant qu'elle lui ait envoyé tous ces SMS, ces temps derniers! Il s'en voulut: s'il les avait négligés, c'est qu'il était trop préoccupé par ses problèmes perso.

Une forte détonation ébranla les murs. Monsieur Dodo amortit le choc et Tindal ne sentit qu'une faible trépidation. El Cap et Tatie Mads revinrent en toute hâte; Tindal s'assit.

«Écoute, Tatie Mads, je m'excuse de ne pas t'avoir rappelée. Je me sens coupable, j'aurais dû…

– T'en fais pas pour ça, moustique. Sérieux.»

El Cap lui passa un triangle en bois pourvu de roulettes. «Je soulève un bout et toi, tu glisses ça dessous.» Le colosse s'accroupit, empoigna le châssis et réussit à soulever le meuble d'une dizaine de centimètres. «Vas-y!» dit-il entre ses dents serrées. Tindal s'exécuta puis recula précipitamment.

« Ourf, lâcha l'autre. C'est un canapé-lit ou quoi ? »

Brusquement, le jour entrant par la vitre déclina, comme si un nuage d'orage avait envahi le ciel.

Tatie Mads se posta devant la fenêtre. « J'ai bien peur qu'il soit trop tard, les garçons. »

Une lumière pailletée emplit la pièce en passant à travers le toit. Comme un éclairage de boîte de nuit — histoire de faire la paire avec le faisceau à facettes ! Tindal cria quelques mots incompréhensibles et plaqua ses mains sur son crâne. El Cap leva les yeux. Le canapé chatoyait en full technicolor. Et Vacu l'aspirateur lévitait, attiré vers le plafond.

Une poignée de secondes s'écoulèrent ; Tindal restait raide d'appréhension. Puis la lumière s'éteignit d'un coup.

Tatie Mads se détourna de la fenêtre, l'air préoccupé. L'aspirateur planait toujours dans les airs en rougeoyant. « Vacu ? » interrogea-t-elle. L'engin tomba comme une pierre.

« Le vaisseau est parti ? s'enquit Tindal.

– Pas tout à fait.

– Alors il… va rester ?

– Je m'en occupe. » Elle se baissa pour déposer un baiser sur le front de Tindal. Puis elle assena une tape sur l'épaule d'El Capitan. « Veillez bien l'un sur l'autre. Et sur le canapé. À propos, vous pourriez vous magner ?

– Sans problème.

– Et toi, où tu vas ? demanda Tindal. Ça veux dire quoi “je m'en occupe” ?

– Bougez-vous ! » Elle ouvrit la porte et sortit à grands pas dans la rue.

« File-moi un coup de main ! dit El Cap derrière lui.

– Ça me plaît pas. Et s'ils la font exploser comme les hélicos, ou…

– Allez ! » Toujours accroupi, El Cap maintenait le canapé à quelques centimètres du sol au prix d'un gros effort. Tindal se posta à l'autre bout et cala dessous un deuxième triangle à roulettes. Le colosse reposa doucement le canapé et souffla. « La vache… »

Tidal voulait retrouver Tatie Mads mais El Cap poussait déjà l'imposant meuble, aussi courut-il se camper à l'avant pour le maintenir en position. Ils durent faire halte dans la cuisine. La porte du jardin était large, mais pas assez pour Monsieur Dodo.

« Va falloir le mettre à la verticale, dit El Cap.

– Tu crois que c'est possible ?

– Ça dépend.

– De quoi ?

– Ça dépend si on y arrive. »

Tindal ne l'ignorait pas, ce « on » n'était qu'une façon de parler. El Cap inspira profondément, plia les genoux à fond et agrippa un des pieds arrière du canapé. Il se redressa en grognant ; l'extrémité se souleva de quelques dizaines de centimètres et y resta.

Tindal ne voyait pas comment il allait pouvoir progresser à partir de là. Un épaulé-jeté semblait peu envisageable — pas plus l'épaulé que le jeté, en fait. En plus, c'était un coup à se faire mal.

« Je te soutiens à 100% » déclara-t-il.

El Cap opéra une rotation sur lui-même et déplaça ses mains sur le tissu de manière à soutenir l'arrière du monstre en restant le dos appuyé contre le mur. De grosses veines jusqu'ici réticentes apparurent enfin sur son cou ; la sueur perla sur son front. Tindal ne se rappelait pas avoir jamais vu son pote transpirer.

« Recule », ordonna ce dernier avant de caler un pied contre le mur derrière lui. L'espace d'un instant, il maintint le canapé en l'air à la seule force de ses bras musculeux, en équilibre sur une jambe. Puis il poussa sur celle qui était repliée contre le mur, et l'avant du meuble atterrit sur le sol avec un petit soupir rembourré.

« *Ô Capitaine mon Capitaine* ! » cita Tindal, admiratif.

El Cap releva son débardeur pour s'éponger le visage et la barbe, puis contempla le dessous du meuble en hochant la tête. « Sûrement un canapé-lit. »

Le dessous en question consistait en une plaque métallique bombée, gravée de volutes et autres boucles. Qui parurent s'animer devant les yeux de Tindal tel un dessin animé étrange sur les dangers du LSD.

« Ça m'a l'air… » Il eut du mal à exprimer son impression naissante. « Je sais pas… européen ?

– Fais le tour de la baraque et reviens attraper l'autre bout. Moi, je pousse. »

Tindal cligna des yeux pour chasser l'effet des volutes et traversa en trombe la salle à manger dont la porte extérieure était restée ouverte… puis freina brusquement. Tatie Mads se tenait dans la rue, les bras le long du corps, la tête tournée vers le ciel, l'air médusé, telle Dorothy attendant sa tornade dans *Le Magicien d'Oz*. Un gros objet étiré en longueur tomba du ciel et… *bam !* s'écrasa sur le trottoir. Tindal fit un bond, mais pas Tatie Mads.

Un autre objet s'abattit au sol, puis un autre, et encore un, une pluie de météores au son de roulement de tambour. Tindal se retrouva sur les fesses ; ses oreilles carillonnaient. Tatie Mads était cernée de créatures en armure, d'énormes chiens musculeux pourvus d'une tête aux allures de brocoli, bulbeuse et multilobée, d'où surgissait une dizaine de tentacules argentés.

En fait, ils ressemblaient exactement aux Gadzooks.

Autrefois, le soir, Tatie Mads lui contait les aventures d'un courageux loup de mer appelé Tindophélès et de son combat contre les formidables et redoutables Gadzooks. Des monstres, moitié chien moitié calmar géant, mais *organisés*. Ils vénéraient un roi, le Lumineux gadzook, bâtissaient châteaux et navires et se baladaient partout en armure. Bien des pérégrinations de Tindophélès consistaient à les embobiner à force de ruses et de baratin, à libérer leurs otages (de beaux princes, le plus souvent) ou à leur piquer leurs gadgets magiques avant de s'enfuir. Dans la plupart des cas c'était compliqué, les Gadzooks le rattrapaient et — à contrecœur — il devait recourir à ses omni-canons. Il leur faisait sauter la tête et, alourdis par leur armure, ses ennemis coulaient à pic. Ça ne les tuait pas parce qu'ils n'avaient pas besoin de respirer, mais ils se retrouvaient quand même au fond de la mer, à devoir faire à pied tout le chemin du retour.

Alors découvrir des Gadzooks là, devant son nez, presque conformes à la description qu'en faisait jadis Tatie Mads, c'était trop bizarre.

L'un d'eux attrapa Mads et lui immobilisa les bras. Tindal glapit. Un bouquet de tentacules gadzooks se tourna vers lui.

Tatie Mads cria un truc qu'il ne comprit pas.

« Quoi ? lança-t-il depuis les marches de la maison.

– Le plan ! Suis le plan ! »

Hein ? Quel plan ? Déménager le canapé ? À un moment pareil ? Impossible, ça ne pouvait pas être ça.

Alors elle lui hurla : « Faites-le sortir de l… ! »

La tête de Tatie Mads disparut au milieu des tentacules ; un deuxième Gadzook venait de la percuter de plein fouet.

Tindal hurla… et se retrouva *encore* projeté dans les airs, mais involontairement cette fois. Il repassa la porte sans toucher terre, atterrit dans le salon, rebondit sur le parquet et roula sur lui-même jusqu'à heurter

le mur. Une des œuvres d'art de Tatie Mads — un carburateur rouillé — percuta le sol non loin de lui.

La porte d'entrée claqua.

Tindal prit une inspiration sifflante pour tenter de gonfler ses poumons. Qu'est-ce qui lui arrivait ? Une force qui le picotait sur tout le corps l'avait saisi et balancé dans la maison. Il brûlait de courir à la fenêtre voir dans quel état était Tatie Mads, mais se ravisa. *Faites-le sortir de là.* Un ordre qui ne se discutait pas ; Monsieur Dodo et El Capitan relevaient désormais de sa responsabilité *à lui*. Tatie Mads, elle, se chargeait des Gadzooks.

Il se rua à la cuisine. Plié en deux, El Cap poussait toujours le canapé pour lui faire franchir la porte. Il était coincé à peu près à mi-chemin. Tindal se rappela tout à coup qu'il n'était pas censé être là, mais à l'autre bout pour tirer.

« On dirait qu'ils ont sorti l'artillerie lourde dehors ? » s'enquit le colosse.

Tindal faillit répondre, mais se ravisa. Il revoyait sans cesse le Gadzook attrapant la tête de Tatie Mads. Était-elle morte ? Qu'allaient-ils faire d'elle ?

« Ça va pas, bonhomme ? reprit El Cap. Qu'est-ce qui s'est passé ? »

L'interpellé prit son souffle. « Euh… Plein de trucs. »

Il secoua énergiquement la tête — efficace pour cacher qu'on pleurait. « Tatie Mads nous demande de continuer. Bon, à trois on y va ? » conclut-il en posant les mains sur le canapé.

Par bonheur, El Cap n'hésita pas un instant. Il vint se poster à côté de Tindal et commença : « Un, deux… »

Il y eut un craquement sonore et Monsieur Dodo leur échappa des mains. El Cap se redressa, l'air perplexe. L'encadrement de la porte s'était brisé des deux côtés et le meuble était à présent logé dans le Bus-à-Puces comme un burrito dans une bouche béante. Ils échangèrent un regard.

« Bon, ben, on sait qu'il tient dans le Bus, maintenant », remarqua Tindal.

El Cap ferma les portes arrière et ils grimpèrent à bord, dossiers calés contre Monsieur Dodo. Le Capitaine mit le contact. Pressentant peut-être l'urgence de la situation, le Bus-à-Puces démarra illico.

« On va où ? demanda le conducteur.

– Elle ne t'a rien dit ? » s'étonna Tindal.

L'autre secoua lentement la tête.

Le jeune homme essaya de rassembler ses souvenirs. « Je crois que c'était… à l'autre bout de la ville ?

– Tindy, mon pote, il va nous falloir un… Hé ! »

Il regardait par la vitre côté passager : un Gadzook tournait à l'angle de la maison. Le sol tremblait sous ses pas. Sa grosse tête pivota dans leur direction, tous tentacules frémissants.

« C'est un alien, ça, remarqua El Cap.

– Bon, on s'en va ?

– On s'en va. »

Le Capitaine enchaîna une série de manœuvres complexes impliquant ses pieds et ses mains. Le Bus-à-Puces fit un bond en avant et bifurqua dans la direction opposée à la créature. Du jardin de Tatie Mads, ils foncèrent tout droit dans celui des voisins.

« Gaffe ! Le barbeuc ! » cria Tindal.

El Cap l'avait vu à temps ; le van s'inséra entre le barbecue à gaz et la piscine hors-sol. Le pare-chocs avant envoya valdinguer les chaises de jardin, puis les roues atterrirent avec un choc sourd sur le trottoir d'une autre rue avant que le conducteur ne donne un coup de volant. Le véhicule s'inclina, mais ses suspensions étaient costaudes. Tindal poussa quand même un cri aigu, une espèce de plainte funèbre dont il ne fut pas fier, en plaquant sa main sur le plafond pour éviter de glisser sur les genoux de son ami. Le flanc du bus toucha brutalement terre et El Cap se faufila entre les voitures garées des deux côtés pour filer plein sud, pied au plancher, c'est-à-dire à 65 km/h, le grand maximum du Bus-à-Puces.

« Il nous suit ? » demanda le conducteur.

Tindal se pencha par la vitre : rien. « Nope, la voie est… »

C'est alors que le Gadzook surgit d'un jardin, chargea et atterrit sur la chaussée. « … *pas* libre ! ». L'alien se stabilisa sans mal sur ses quatre pattes et se lança à leur poursuite.

« Accélère ? » suggéra Tindal.

Fouettant rageusement l'air de ses appendices crâniens, le truc se rapprochait à toute vitesse. Il y eut un grand bruit et le bus vacilla.

Tindal rentra la tête dans l'habitacle, jeta un œil vers l'arrière, par-dessus Monsieur Dodo. Une des portes du véhicule avait été arrachée : le Gadzook la tenait entre plusieurs tentacules, cavalant toujours. Il s'en débarrassa bientôt et empoigna directement la carrosserie. Tindal poussa un grand cri.

Et là-dessus… la créature commença à se démantibuler.

Alors qu'elle s'apprêtait à se hisser à bord, une forme indistincte avait fendu l'air de droite à gauche et… *plink*! Le corps du chien alien se détacha de son cou trapu et son torse roula dans le sillage du minibus, virevoltant au-dessus du trottoir en agitant les pattes. Toutefois, la tête-brocoli restait fermement arrimée au châssis tandis que le cou convulsait tel un poisson hors de l'eau, déployant un panache de liquide sombre à la suite du van. Puis le crâne du Gadzook se scinda à son tour, l'occasion d'un autre *plink* joyeux.

Sang ? Huile de moteur ? Un liquide noirâtre éclaboussa le plafond et la tête lâcha prise puis tomba sur la chaussée en rebondissant telle une tentaculaire boule de bowling. El Cap regarda dans le rétro, aussi incrédule que mutique. À l'image de son compagnon, qui ne comprenait pas davantage ce qui venait de se produire.

Parvenu à une intersection, le conducteur prit à droite, puis dut freiner et s'arrêter : le carrefour était salement embouteillé ; les voitures avançaient au pas. Il se pencha par la vitre et fit signe à un type d'âge moyen au volant d'une Volvo d'âge tout aussi moyen.

« Je peux passer ? » L'autre laissa le Bus-à-Puces s'insérer dans le flot de la circulation. « Merci ! lança El Cap. Désolé ! Encore merci ! » Il traversa et s'éloigna rapidement — façon de parler, bien sûr. « Je ne sais toujours pas où on va, rappela-t-il. Vers le nord, comme les autres ?

– Le vaisseau spatial venait du sud et allait plein nord, nota Tindal. Donc, plutôt vers le sud, non ?

– Ouais, mais il s'est arrêté au-dessus de chez Tatie Mads. Si ça se trouve, à l'heure qu'il est, il se dirige vers le lac. »

Aargh ! Un dilemme pourri. Tindal s'aperçut que, inconsciemment, il caressait un accoudoir du canapé. La sensation était agréable. « Et si on l'emmenait chez toi, tout simplement ? Ou bien… »

Tout à coup, la main de la physique, obéissant aux lois de la dynamique, propulsa Tindal contre le tableau de bord : le Capitaine venait d'écraser les freins. À quelques dizaines de mètres devant eux, un quatuor de Gadzooks se tenait au milieu de la rue. À en juger par les cratères d'impact sous leurs pattes, ils venaient de se poser. Leurs tentacules pointaient vers le bus et, çà et là, un bras en perpétuel mouvement lançait des éclairs orangés.

« Il y a des armes dans ces machins-là aussi ? demanda El Cap.

– Dans les histoires de Tatie, ils avaient des pistolets à l'ancienne qui marchaient avec des platines à silex, mais va savoir.

– Quelles histoires ? »

Un tentacule produisit une explosion lumineuse et un flamboiement blanc se matérialisa juste devant le bus… avant de s'évanouir aussitôt dans une odeur de toast calciné. Les Gadzooks étaient toujours là, mais leurs bras s'agitaient davantage.

Tindal se demandait bien comment El Cap et lui étaient encore vivants. Ou alors c'était un coup de semonce ?

« Recule ? » suggéra-t-il avant d'ajouter aussitôt : « Euh, non, laisse tomber… »

La chose noire et floue qui avait dézingué le Gadzook un peu plus tôt était de retour. Rapide comme l'éclair, elle fonçait entre et à travers les créatures : des têtes de brocolis géants sautaient comme de vulgaires boules de pissenlits, des membres fusaient en tous sens. Les gerbes de sang étaient effroyables, mais un poil trop théâtrales, presque grand-guignolesques. L'armure des Gadzooks était-elle pressurisée ? Ces chiens de l'espace giclaient comme des boîtes de bière tiède trop secouées.

En quelques secondes, les quatre aliens gisaient en mille morceaux sur la chaussée. Et au-dessus du carnage, la tache floue planait comme pour admirer son œuvre.

« Ma parole, mais c'est… » lâcha El Cap.

La tache floue leur fonça droit dessus. Tindal rentra la tête dans les épaules mais le truc survola le pare-brise avant de — *shriiing* ! — transpercer le toit du Bus-à-Puces.

L'objet était dedans avec eux, suspendu à hauteur d'yeux, surplombant le L formé par le canapé ; plat et mince, il aurait été quasi invisible sans le faible halo rouge qui l'entourait.

« *Vacu !* s'exclama Tindal.

– Je t'arrête tout de suite, intervint l'aspirateur. Si tu m'appelles encore *une* fois comme ça, je te coupe en deux. »

Estomaqué, le jeune homme resta muet. L'appareil électroménager se déporta jusqu'au tableau de bord, opéra un tour sur lui-même et entreprit de leur indiquer le chemin. El Cap obtempéra. Ils traversèrent le quartier en zigzaguant, plus ou moins vers l'ouest.

« Mais alors c'est quoi ton vrai nom ? demanda Tindal.

– Tu ne saurais pas le prononcer. Tu peux te contenter de Surokar Kedissear Vanteen Tev Vanteen, si tu veux.

– J'avais quand même bon pour "Va". »

Le halo de l'engin émit un éclair écarlate.

« Vers où on va, euh… Surokar ? s'enquit El Cap. Et pourquoi ces machins en ont après nous ?

– Ce n'est pas après vous qu'en ont les Gadziks, mais après le Néoton.

– Le nez au thon ? C'est quoi ?

– Le *canapé*, reprit Surokar. Heureusement pour vous, ses défenses se sont déclenchées. Son champ déflecteur nous rend indétectables par les capteurs du vaisseau. Ils finiront par comprendre ce qu'on a fait et chercheront à nous identifier visuellement. Et alors ils nous lâcheront aux trousses mille combattants d'élite.

– Ça sent pas bon.

– Pas vraiment, non. En dix secondes vous serez tués — sur le coup, dans le meilleur des cas.

– Merci bien, commenta El Cap.

– J'aimerais mieux qu'on ne soit pas tués du tout, dit Tindal.

– Ce n'est pas une bonne idée. Capturés vivants, vous seriez transportés à bord du vaisseau, interrogés et torturés jusqu'à ce qu'ils s'aperçoivent — assez vite, en fait — que vous êtes des primates sans information utile à révéler. Après quoi ils continueraient à vous torturer parce que : et d'un, ils sont doués pour ça ; et de deux, ils aiment le travail bien fait ; et de trois, leur religion l'exige. Les commandos gadziks supportent mal les espèces inférieures qui osent tuer leurs soldats en pleine rue, surtout quand elles en dézinguent cinq d'un coup.

– C'est toi qui les as bousillés, fit remarquer El Cap.

– Les Gadziks ne s'arrêtent pas à ce genre de détail. À droite au feu.

– Tu prononces mal leur nom, hasarda Tindal. On dit les *Gadzooks*. Les commandos gadzooks. »

La machine produisit un son, peut-être l'équivalent d'un soupir électronique. « Tindal, il est temps d'accepter que la personne que tu appelles Tatie Mads leur a donné un nom comique et rassurant parce que tu es un enfant.

– *J'étais* un enfant, tu veux dire.

– Nope.

– Ouch, commenta El Cap.

– Et qu'est-ce que ça veut dire, "la personne que j'appelle Tatie Mads" ?

– C'est Mad. Sans "s". Juste Mad.

– Comme le magazine *Mad*, ou comme "dingue" ?

– Navré de vous interrompre, coupa El Cap, mais… enfin, vous voyez, quoi…

– On doit retourner la sauver, trancha Tindal.

– Ne dis pas n'importe quoi. » Il y avait un soupçon d'agacement dans le ton de Surokar. « Elle est déjà à bord de leur vaisseau. Il traverse actuellement les couches supérieures de l'atmosphère, mais ne quittera pas l'orbite terrestre avant qu'ils aient trouvé le Néoton.

– Et pourquoi on le leur donnerait pas ? proposa El Cap.

– Non ! s'écria Tindal.

– C'est la première chose sensée que je t'entends dire, remarqua Surokar.

– Je ne comprends pas pourquoi ils tiennent tant à récupérer ce canapé, dit El Cap.

– Il s'agit d'un Néoton, c'est-à-dire…

– *Stop !* coupa Tindal. Taisez-vous, maintenant. » Puis, s'adressant à l'engin : « Ils vont la torturer ?

– Tu n'as pas bien écouté ce que j'ai dit. Ça a déjà dû commencer. Ils veulent l'obliger à localiser le Néoton et à désactiver ses défenses pour pouvoir mettre la main dessus. Mais ne t'inquiète pas. Elle tiendra le coup. Elle a été présélectionnée, géno-modifiée et neuro-optimisée, en bonne citoyenne de L'Efflorescence.

– En bonne citoyenne de *quoi* ? » demanda El Cap.

Tindal, lui, n'écoutait plus. Il avait les yeux pleins de larmes et la gorge serrée. Son ami lui posa une main dans le dos sans rien dire. Il savait toujours ce qu'il ne fallait pas dire.

« Il faut… qu'on la sauve, hoqueta Tindal.

– On ne va faire qu'une seule chose : ce qui est prévu.

– C'est à toi qu'elle parlait, dit Tindal en chassant ses larmes, quand elle a dit de suivre le plan. J'ai cru que c'était à moi, mais en fait…

– J'étais juste derrière toi, prêt à annihiler sur place le commando gadzik. Malheureusement, Mad a exigé que je vous fasse d'abord évacuer la zone, le Néoton et vous deux.

– Alors tu m'as propulsé dans la maison, tu en as fait tout le tour et tu as balancé le canapé dans le Bus.

– Un point pour le cerveau organique », confirma la machine. Tatie Mads disait toujours un truc dans le genre : un point pour toi, un point pour moi.

« Mais comment tu l'as déplacé ? demanda El Cap, sans bras ni…

– Les aimants, coupa Surokar.

– J'en étais sûr », renchérit Tindal.

Le halo rouge palpita. « Je n'ai pas le temps de vous expliquer la technologie des champs. Tu vois le panneau indiquant le parc ? Prends par-là. »

Le Bus-à-Puces s'engagea à faible allure en direction du lac via une large avenue traversant une zone densément boisée. Tindal ne pensait qu'à Tatie Mads. Qu'est-ce que ces aliens lui faisaient ? Et comment la tirer de là ?

La machine leur ordonna de traverser un parking sans s'arrêter puis d'emprunter une allée piétonne au sol dallé. El Cap n'apprécia ni de devoir enfreindre le code de la route ni d'essuyer les regards noirs des passants. (D'ailleurs, qu'est-ce qui leur prenait, à ces débiles ? songea Tindal. En plein débarquement extraterrestre, ils ne pensent qu'à leur pique-nique !? N'importe quoi !)

Ils s'engagèrent sur une péninsule ; au bout, l'allée repartait dans l'autre sens en dessinant une sorte de trou de serrure.

« Arrêtez-vous là, intima Surokar. Et restez-y. » L'engin sortit à toute allure par la vitre côté passager et alla se suspendre au-dessus des eaux bleu-vert du lac. Tindal s'efforça de le suivre du regard à travers le pare-brise constellé de sang gadzook, mais le perdit de vue presque aussitôt.

Une minute passa. Le moteur du Bus-à-Puces ronflait ; Tindal se laissa aller contre le dossier de son siège. Incroyable comme il avait le cœur lourd.

« Alors comme ça, fit El Cap, Mad est une alien, elle aussi.

– Ça m'étonne pas », répliqua son pote, qui l'avait toujours trouvée super impressionnante. Ce qu'il ne comprenait pas, en revanche, c'est la raison pour laquelle elle s'était laissé capturer par les Gadzooks. « *Je m'en occupe* », avait-elle dit. Tu parles. Encore un mensonge destiné à le rassurer.

Ils regardaient tous les deux dehors.

« Autre chose, reprit Tindal. Vacu. Qu'est-ce qui lui prend d'être aussi… euh…

– Sanguinaire ?

– *Méchant.* »

El Cap tirailla sa barbe. « On peut toujours larguer le divan et foutre le camp. Mon vieux, s'ils le veulent tant que ça, leur Néo-canap', qu'ils le prennent.

– Non, Tatie Mads nous a chargés de veiller sur lui. On aurait dû demander à Vacu pourquoi ils y tenaient tant. »

El Cap avait reporté son attention sur le lac. À quelques centaines de mètres d'eux, la surface de l'eau s'arrondit avant d'éjecter un volumineux objet qui resta suspendu dans les airs — un œuf bleuté, gros comme une agence bancaire de quartier, et agrémenté d'ailerons argentés. Une nappe d'eau tombait de son sommet comme s'il était coiffé d'un parapluie invisible.

Tindal et El Cap s'entre-regardèrent. Fallait-il s'inquiéter ou se réjouir ?

L'œuf vint vers eux en glissant à la surface du lac puis s'arrêta face au van. Sa partie avant se rétracta, révélant un intérieur d'un blanc luisant, avec au milieu un petit robot en lévitation.

« Eh bien ? Ne restez pas plantés là ! cria Surokar. Allez, bougez-vous ! »

L'unique porte restant à l'arrière du Bus-à-Puces s'ouvrit à la volée. Le canapé sortit en planant.

Six minutes plus tard, ils étaient dans le vide spatial.

Prologue

(Quelque temps plus tôt)

:: On est un hôtel maintenant ou quoi ? ::

« Arrête de râler. Passe-moi la théière, tu veux ? »

:: Déjà qu'il débarquait à n'importe quelle heure, maintenant il reste dormir ? ::

« Alors, cette théière ? »

:: Parle dans ta langue d'origine. Tu as un transmetteur dans la tête, sers-t'en. ::

« OK, puisque c'est comme ça je vais la chercher moi-même. »

:: Tu adoptes les coutumes indigènes, Mad. Tu te ramollis. ::

« Rien de pire que les indigènes ramollis. »

:: Il y a trop longtemps que tu es séparée de ton vrai toi. Prisonnière de ce corps organique ridiculement limité. C'est comme si… ::

« Bon débarras. »

:: … tu voulais oublier qui tu es vraiment. ::

« Aucune chance, hélas. »

:: Dire que tu as converti ton Néoton en banquette ! ::

« En très joli et très confortable sofa. »

:: Je ne sais pas ce qui est pire : parler tout le temps la langue locale comme tu le fais ou permettre à un enfant abandonné, sous-évolué, tout droit sorti d'un roman de Dickens, de baver sur le cerveau le plus avancé dans un rayon de mille années-lumière. ::

« Tiens tiens. Tu as même lu leurs romans, Surokar ? »

:: Qu'est-ce que tu voulais que je fasse d'autre ? Ça fait des dizaines d'années qu'on est coincés ici. Je m'ennuie à mourir, moi. ::

« Je te signale que Tindal n'est pas un enfant abandonné. C'est un gamin qui n'a pas eu de chance dans la vie et qui a bien besoin d'un coup de main. »

:: Ce qui est la définition exacte de l'enfant abandonné chez Dickens. ::

« Un point pour l'aspirateur. »

:: Tu l'as rendu dépendant de toi. Tu n'aurais jamais dû intervenir dans sa vie. ::

« Ce rustre aurait pu le tuer. Il lui avait déjà cassé un bras, je te rappelle. Qu'est-ce que tu voulais que je fasse ? »

:: Appeler une ambulance. Anonymement. Faire profil bas. Ne pas t'en prendre aux autochtones. Et surtout, ne pas recueillir de gamins ni réparer de bras cassés grâce à une technologie qui n'existe pas sur leur planète. ::

« En parlant de technologie, j'aurais bien aimé améliorer ce thé parfaitement dégueulasse. Tu crois que je peux faire pousser dans le jardin un truc qui ressemble un tant soit peu à de l'élanthus ? »

:: Ne détourne pas la conversation. ::

« C'était quoi, le sujet ? »

:: Ton art de prendre des décisions discutables. Tu as l'air de croire que tu lui viens en aide, à ce gamin, alors qu'en réalité tu fais tout le contraire. ::

« Comment ça ? »

:: Déjà, tu lui farcis la tête d'histoires à dormir debout. Et d'un. Si tu dois lui parler de la guerre, dis-lui au moins la vérité. ::

« À savoir ? Ce que je suis réellement ? Je croyais que je devais faire profil bas ? »

:: Je n'ai pas dit qu'il fallait *tout* lui raconter. Je t'ai conseillé de lui dire la *vérité*. Il doit savoir à quel point l'univers est terrifiant. Et non une espèce de conte de fées dont il est le héros et où ce sont toujours les bons qui gagnent. ::

« Ça, il le sait déjà. À même pas neuf ans il avait déjà vécu assez d'horreurs. Tu as vu de quoi est capable sa mère. Laissons-lui de temps en temps une histoire qui finit bien. »

:: La guerre n'est pas finie, Mad. Les Gadziks refusent de rendre les armes. ::

« Je vois que tu écoutes le flux passif. »

:: Il faut bien qu'un de nous deux s'en charge. Ils ont opté pour la guerre non conventionnelle, la guérilla. Ils s'en prennent individuellement aux petits vaisseaux de L'Efflorescence. Mais on s'accorde généralement à penser qu'ils se réarment en vue d'une nouvelle offensive majeure, en fait. ::

« Laissons ce combat à d'autres. »

:: C'est de toi que L'Efflorescence a besoin. ::

« On me croit toujours morte ? »

:: Qui ça, "on" ? Si tu parles de tes vaisseaux-frères, c'est le consensus, en effet. Ils ne peuvent pas imaginer que tu te sois laissé capturer ou que tu te tiennes volontairement à distance de la guerre. Donc… ::

« Quel manque d'imagination ! »

:: Les Gadziks, en revanche, n'en sont pas convaincus. Ils sont toujours à ta recherche. Ils ont trouvé l'épave, mais l'absence de matériaux exogènes entrant normalement dans la composition des Néotons a éveillé leurs soupçons. ::

« Hum… Je croyais en avoir laissé assez sur place pour donner le change. »

:: La Treizième Instanciation gadzik se nourrit d'enthousiasme, pas de logique. ::

« J'avais espéré… Bref, aucune importance. »

:: Le Très-Lumineux Mearh exige que tu sois poursuivie pour crimes de guerre. ::

« Sans blague. Des tas de gens de L'Efflorescence aussi. »

:: Allons donc. Tu as fait ce que tu devais faire. Ce que personne d'autre que toi ne pouvait faire. Et ils souhaitent toujours que tu… ::

« Et allez, c'est reparti ! C'est le jour de ton laïus mensuel, c'est ça ? »

:: Tu devrais te reconstruire. À l'heure qu'il est, tu pourrais avoir des usibots en orbite autour de ce petit soleil jeune qui fabriquent des allogènes pour ta coque. D'ici quelques années, tu pourrais te remettre toute seule en ordre de bataille, et même te montrer encore plus efficace qu'avant. ::

« J'ai pris ma retraite, Surokar. »

:: Tu es sûre que c'est valable pour tous tes composants ? ::

« Le Néoton est en sommeil. »

:: Et si tu le réveillais, histoire de lui poser la question ? ::

« Fais gaffe à ce que tu dis. »

:: Excuse-moi, mais je doute que tu aies les idées très claires. ::

« Tu appelles ça une excuse ? »

:: Et si tu meurs ? Tu es solide, mais un humain peut toujours t'avoir par surprise. ::

« C'est pour ça que tu es là. »

:: S'il te plaît, Mad. S'il t'arrive quelque chose, je ne pourrai jamais réactiver le Néoton. Et puis L'Efflorescence a besoin de récupérer tous ses combattants. ::

« T'en as marre d'être un fantôme ? Te prive pas pour moi. Prends la navette. Tout ce que je te demande c'est de n'envoyer de signal à destination qu'une fois hors de portée de la Terre. »

:: À qui tu veux échapper ? Aux Gadziks ou à tes vaisseaux-frères ? ::

« C'est ça. »

:: Très drôle. Tu me rends malade, Mad. ::

« C'est toi qui essaies d'être drôle, maintenant. Je n'ai pas oublié notre vrai nom — *Je Ne Suis Pas Malade Juste Mad.* »

:: Tu ne peux pas te planquer éternellement. ::

« Au contraire, je peux me planquer très, très longt… Hé, salut moustique. Qu'est-ce que tu fais debout ?

– À qui tu parles, Tatie Mads ?

– À personne.

– *Bleep bloop…*

– Tiens, salut Vacu !

– Alors, bonhomme, qu'est-ce que tu veux ? Un verre d'eau ? Je vais te donner ça et après, tu files te recoucher sur Monsieur Dodo… »

Six heures plus tard, ils étaient toujours dans le vide cosmique.

Dans d'autres circonstances, un voyage en vaisseau spatial aurait représenté une péripétie hallucinante. Mais en l'occurrence, la chose se classait tout juste au quatrième ou cinquième rang des préoccupations de Tindal. La Terre qui, au départ, emplissait toute la baie d'observation, avait peu à peu rétréci à mesure qu'ils s'éloignaient à un rythme aussi homogène que dans les effets spéciaux de films de science-fiction — et

pas dans un film canadien, hein ! Un vrai blockbuster américain. Puis leur planète natale avait complètement disparu.

Tindal était assis sur Monsieur Dodo, la tête dans les mains. Le canapé était le siège le plus confortable de la cabine — et de loin le plus coloré. Le reste du vaisseau, dont Vacu disait que ce n'était pas du tout un vaisseau, mais une *simple navette*, n'offrait aux regards qu'une surface ininterrompue agrémentée ça et là de divers renflements ou recoins utiles, à commencer par une douche de plain-pied. La palette de couleurs rappelait sensiblement le catalogue Ikea, toute en nuances de bois clair et en blancs brillants.

El Capitan en explora toutes les pièces puis revint dans la cabine principale avec des bols et des assiettes chargés de mets aux formes variées.

« J'ai trouvé d'la bouffe, annonça-t-il.

– J'ai *préparé* la bouffe », rectifia Surokar.

La machine planait au-dessus d'une surface plane on ne peut plus nue qu'elle persistait à désigner comme le tableau de bord. Après le décollage, elle n'avait cessé de se vanter : grâce à son impeccable contrôle du champ déflecteur, le vaisseau gadzook n'avait même pas remarqué leur départ. En revanche, elle avait refusé de répondre à leurs questions, y compris au sujet de leur destination, « en cas de capture ».

El Cap s'accroupit devant Tindal. « Faudrait manger un peu, mon p'tit pote.

– Non merci.

– Allez, quoi. Ce triangle, là, ça a le goût de citrouille.

– Il finira par craquer, intervint Surokar. On est là pour un moment.

– Combien de temps ?

– Vingt-deux jours, plus ou moins.

– *Quoi ?* s'exclama Tindal. Tu avais dit que le trajet serait court !

– Non, j'ai dit "relativement court".

– Le Bus-à-Puces est bon pour la fourrière, regretta El Cap.

– À votre place, je ne m'en ferais pas pour lui, répliqua Surokar. Il y a de bonnes chances pour que les Gadziks atomisent Toronto. Ou mettent le feu à l'atmosphère terrestre. Ou placent un trou noir au centre de votre planète, ce qui l'anéantira de toute façon. En d'autres termes, vous pouvez dire au revoir à votre van.

– Mais pourquoi ils feraient une chose pareille ? brailla Tindal. Qu'est-ce qu'on leur a fait ?

– Si Mad ne leur dit pas ce qu'ils veulent savoir — et elle ne le leur dira pas — ils vont tout casser juste pour obliger le Néoton à sortir de sa retraite.

– Mais pourquoi ils veulent Monsieur Dodo ? Tu peux nous le dire, maintenant qu'on est coincés ici avec les Gadzooks aux fesses. »

Le halo de la machine passa par toute une série d'oranges et de jaunes avant d'opter pour un marron marbré exsudant la résignation. Puis elle vint se positionner au centre de la cabine.

« Bon. Je vais vous expliquer, mais je ne le répéterai pas. Et je ne répondrai à aucune question. »

Pour comprendre leur situation actuelle, commença-t-elle, il fallait déjà comprendre ce qu'était L'Efflorescence, une civilisation très étendue mais éparse, âgée d'environ neuf mille ans en temps humain — ce qui, à l'échelle galactique, en faisait à peine une adolescente au teint de pêche. Ce n'était ni un empire ni une république ; elle ne possédait aucune forme de gouvernement concevable par un esprit terrien. Il s'agissait plutôt d'un projet collectif composé de milliards de milliards d'humanoïdes organiques (dans l'ensemble), d'intelligences machiniques moins nombreuses, et d'une quantité encore plus faible de Néotons. Ceux-ci étaient eux-mêmes des intelligences douées d'une sagacité inouïe matérialisées par des vaisseaux ou des orbitales qui, poursuivit Surokar, assuraient le bon fonctionnement de l'ensemble par pur plaisir, autant qu'il soit possible d'en juger. Les citoyennes et citoyens de L'Efflorescence, organiques ou pas, tendaient vers un hédonisme éthique : rationnels jusqu'à la modestie, sceptiques, matérialistes et invariablement fair-play. En résultait une manière d'utopie communiste sans monnaie, mais dotée de ressources infinies, ne connaissant ni la pauvreté ni la maladie, ni même l'inconfort, excepté pour celles et ceux qui choisissaient cette option, et ils n'étaient pas rares, car de tels concepts pouvaient s'avérer dignes d'intérêt. Au sein de L'Efflorescence, tout avait de l'importance — et rien n'en avait.

« Plutôt cool, réagit El Cap.

– Oui, plutôt… Mais laissez-moi parler », intima Surokar.

Tellement cool, en fait, que d'autres civilisations galactiques — par exemple la Treizième Instanciation, un empire religieux exceptionnaliste dont l'expansionnisme bénéficiait d'une onction divine — en concluaient occasionnellement que L'Efflorescence était trop décadente, prospère et béate ; à croire qu'elle cherchait le coup de force. En voyant les grands

vaisseaux de L'Efflorescence et ses orbitales géantes bourrées de jouisseurs appliqués à ne rien se refuser, ils songeaient : *Tout ça commence à bien faire.*

« Sachez toutefois, Terriens, que tôt ou tard tous apprennent la leçon. » Surokar émit un halo d'une perfide nuance orange : « Si tu fais chier L'Efflorescence, L'Efflorescence ne manquera pas de te chier dessus.

» Au sein d'une société d'hédonistes, surtout éthiques, le pénible devoir de défendre le troupeau contre les loups galactiques échoit à une certaine classe de citoyens, les excentriques, les originaux, les sociopathes idéalistes doués pour le coup fourré et possédant un certain savoir-faire dans certaines "circonstances spéciales". Il fallait bien des gens pour assassiner les chefs d'État étrangers, truquer les élections, renverser les dynasties, démoraliser les peuples et les inciter à la guerre civile, semer le doute, instiller la peur, répandre le chaos, bref tuer dans l'œuf les forces ennemies avant même qu'elles ne deviennent une force.

– Donc, L'Efflorescence est une utopie communiste qui commet aussi des trucs dégueus ? énonça lentement Tindal.

– La vie, c'est compliqué, déclara la machine.

– Et les Gadziks ont découvert que vous interfériez dans leurs petites affaires, dit El Cap.

– Les origines du conflit ne sont pas claires.

– Ça, ça veut dire oui. »

La guerre ouverte contre la Treizième Instanciation avait éclaté une centaine d'années plus tôt, exposa Surokar, lorsque les Gadziks avaient pris d'assaut une orbitale en périphérie de L'Efflorescence. Mauvais plan. L'orbitale avait lancé une contre-offensive, mais s'était vite retrouvée débordée : les Gadziks affectaient toutes leurs ressources à leur arsenal guerrier depuis des années. Leur dirigeant, le Très-Lumineux Mearh, avait officiellement qualifié L'Efflorescence d'émanation du Mal ; or, en pareil cas, la religion gadzik n'autorisait aucune échappatoire morale, aucune possibilité de désescalade. Ils s'étaient donc mis à construire une infinité de navires de guerre, avaient mobilisé tous leurs citoyens en âge de combattre et envahi L'Efflorescence. « Ils nous ont noyés dans leur propre sang sacré, poursuivit Surokar. Une guerre sainte. »

Si géniaux qu'ils fussent, les Néotons ne pouvaient concevoir pareil degré de fanatisme. Rien ne les avait préparés à la guerre totale. Pour la plupart, les vaisseaux de L'Efflorescence étaient des habitats, pas des engins de mort. Les Néotons en conclurent à contrecœur que pour sur-

vivre, L'Efflorescence devait devenir un autre type de société. Ils conçurent donc des navires-usines d'un type nouveau qui, à leur tour, donnèrent naissance à des cuirassés outrageusement surarmés et ridiculement rapides. Les Néotons qui furent choisis pour y résider étaient de brillants stratèges à la moralité assez souple, prêts à tout pour défendre leurs congénères. On les lâcha contre les Gadziks.

« Le navire à bord duquel j'officiais, dit encore Surokar, était une corvette de classe Broyeur, le *Juste Mad*.

– Quoi ? s'écria Tindal en se redressant brusquement.

– Il n'y avait aucun organique à bord, continua le robot. Les seules manœuvres en ultra-G les auraient réduits en bouillie. L'équipage se composait de moi-même et de trois autres machines, mais on n'avait pas grand-chose à faire. Le *Je Ne Suis Pas Malade, Juste Mad* — son nom complet — n'avait pas besoin de nous. C'était devenu le plus létal de tous nos navires jamais envoyés au combat. Le Néoton était si efficace, si sadique qu'il inquiétait même ses vaisseaux-frères. »

Tindal baissa les yeux sur le canapé puis, lentement, très lentement, se remit sur pied.

« Rien que les trois premières années, le *Juste Mad* a détruit vingt-deux navires de guerre gadziks et un nombre indéterminé de vaisseaux de moindre envergure. Il découpait la coque, extirpait les membres de l'équipage de leur armure et les précipitait dans le vide spatial, ne laissant dans son sillage que des myriades de cadavres instantanément congelés. Même ça…

– Euh, est-ce qu'on pourrait… ? » hasarda Tindal. En vain.

« … même ça s'est avéré insuffisant. Les Gadziks envoyaient sans arrêt des navires à notre poursuite, sûrs que leur dieu marchait à leurs côtés. La Treizième Instanciation n'avait jamais perdu une guerre, leur planète d'origine n'avait jamais été attaquée par une autre espèce, les murailles de leurs temples-nids n'avaient jamais été enfoncées. Des générations de petits Gadziks avaient grandi dans la certitude inébranlable de leur supériorité divine. Leurs victoires en apportaient la preuve.

– Est-ce qu'on pourrait revenir un peu en arrière s'il te plaît ? » l'implora Tindal . Ses vêtements lui paraissaient tout à coup trop serrés. « Le Néoton dont tu parles, c'est Monsieur Dodo ?

– Tu n'en vois que la plus petite partie, son ancrage dans l'espace normal. La quasi-totalité de sa masse — des millions de kilotonnes — réside dans l'Espace d'Excession.

– Je me disais aussi qu'il était *lourd*.
– Alors Tatie Mads faisait partie de l'équipage ? insista Tindal.
– Je t'ai déjà dit qu'il n'y avait *pas* d'organiques à bord. La femme que tu connais sous ce nom n'existait pas, à l'époque. J'ai créé son organisme humain en cuve quand on est arrivés sur Terre.
– En cuve ?
– Ta "Tatie" est un avatar, Tindal. Une décuvée, une expression biologique du vaisseau. Et en même temps, elle *est* le vaisseau, fondamentalement.
– Impossible. Jamais elle ne ferait ce que tu nous as raconté. Tu te rends compte… ?
– C'est toi qui n'as aucune idée de ce qu'elle est capable de faire. Les Gadziks ne s'en doutaient pas non plus, d'ailleurs.
– Justement, qu'est-ce qu'elle leur a fait ? demanda El Cap. Enfin, je veux dire, qu'est-ce qu'*il* a fait, le vaisseau ? »
Je me demande si elle a fait du mal à des enfants ? La question tournait en boucle dans l'esprit de Tindal.
Le robot marqua une hésitation. « Ce qui compte, c'est ce qui se passe actuellement, déclara-t-il enfin. On va retourner tout doucement dans l'espace de L'Efflorescence et placer ce Mental en sommeil dans un nouvel organisme. Avec un peu de chance, ses collègues Néotons trouveront un moyen de le réveiller.
– Tu veux dire que Monsieur Dodo fait… *dodo* ?
– Donc, c'est bel et bien un canapé-lit, acquiesça El Cap.
– Il est en mode auto-confinement, expliqua Surokar. Seules sont en service quelques fonctions de base et ses défenses automatisées. À votre avis, pourquoi Mad vous a-t-elle obligés à le déplacer quand les Gadziks se sont pointés ? Elle savait qu'il allait… Aïe aïe aïe. »
La machine se tut brusquement et fila tout droit devant le tableau de commande nu.
El Cap se tourna vers Tindal en fronçant les sourcils, puis revint vers le robot. « Ça veut dire quoi, "aïe aïe aïe" ? »
Le halo de Surokar clignota en rouge et en orange. « Ils nous ont retrouvés. C'est impossible.
– Qui ça ? Les Gadzooks ? s'enquit Tindal.
– METTEZ-VOUS SUR LE NÉOTON ! » La voix assourdissante de Surokar parut provenir simultanément de toutes les directions, volume réglé sur Metallica année 1986. « LE CANAPÉ ! »

Tindal, qui se tenait à l'autre bout de la cabine, resta figé sur place. En ce qui le concernait, il aurait fallu faire exactement le contraire : paniquer à fond et partir en courant.

« *VITE!*»

Tindal se sentit catapulté dans les airs et plaqué contre les profonds coussins du sofa ; quelques secondes plus tard, El Cap le rejoignait. *La télékinésie, ça ne prendra jamais*, se dit-il.

Surokar vint se positionner à leur hauteur. « Quoi qu'il arrive, surtout ne… »

Un faisceau aveuglant perça la coque et le robot explosa en mille éclats métalliques.

« VACU ! » hurla Tindal.

Le rayon lumineux pivota en direction du canapé ; tout devint blanc. Tindal plissa les yeux. C'était le même éclair qu'au moment où les Gadzooks leur avaient tiré dessus dans le Bus-à-Puces.

Le flamboiement s'éteignit d'un coup et il vit que la navette avait disparu. Ou plutôt non : elle était en mille morceaux aussi. L'absence totale de son était terrifiante.

« Tu saignes », constata El Cap.

Tindal porta la main à son oreille. Ses doigts étaient tachés de sang. *Est-ce que je suis devenu sourd ?* Mais non, puisqu'El Cap venait de lui parler. Miraculeusement, ils respiraient encore —bien qu'assis sur un canapé au milieu du vide spatial, ils étaient toujours vivants.

Tindal remonta ses genoux contre lui et les agrippa à deux mains.

Monsieur Dodo tournoyait lentement sur lui-même en leur montrant sans cesse sous un nouvel angle les débris d'épave scintillants qui s'éloignaient déjà. Puis, tout à coup, le vaisseau gadzook apparut au-dessus d'eux, telle une nouvelle planète.

Postface

Toutes mes excuses, Tindal. Pourquoi te faire subir tout ça ? Pourquoi raconter cette histoire ?

La bibliothèque à côté du bureau où j'écris ceci comporte une étagère entièrement consacrée aux œuvres de Iain Banks et Iain M. Banks, deux

noms pour une seule personne. J'ai lu tous les livres qu'il a écrits sauf un. Il est mort en 2013.

Je ne l'ai jamais rencontré. C'était un buveur, un militant, un conteur et un barjot de première. J'ai fait la connaissance de certains de ses amis et entendu des histoires par procuration — le soir où il a détruit sa Porsche, le soir où il a escaladé la façade de son hôtel pendant la Convention Mondiale de SF de Brighton. J'aurais adoré boire un whisky avec lui et l'écouter raconter tout ça lui-même.

Mais je crois que je n'aurais jamais eu le courage de lui dire à quel point ses livres ont compté pour moi. En tout cas, je n'aurais jamais eu le cran d'avouer que, par admiration pour lui, ma femme et moi avons donné son prénom à notre fils. Ça fait un peu trop groupie.

Quand j'étais en fac, un copain qui savait que je voulais être écrivain m'a prêté le premier roman de Banks, *Le Seigneur des guêpes*, en disant: Je crois que ça va te plaire. Si tu savais, Tindal... Une illumination. Tellement bizarre, tellement gonflé, ce bouquin! Je n'en revenais pas. Quelques années plus tard j'ai lu *Une forme de guerre*, premier volet de son *space opera* qui se déroule dans une société appelée la Culture. C'était comme si on avait transfiguré tous les empires galactiques poussiéreux signés Heinlein, Clarke ou Asimov que j'avais ingurgités au fil des ans, pour en faire du jazz. Certes, je voulais être écrivain ; mais je ne savais pas écrire comme *ça*. Où avait-il donc appris ?[2]

Comme ses livres n'existent pas dans ton monde, Tindal, voici quelques infos: ses romans de SF sont situés dans l'univers de la Culture, une utopie communiste, une économie de l'abondance peu densément répartie dans la galaxie et dont le bon fonctionnement est assuré par de puissantes IA appelées « Mentaux », au bénéfice de ses citoyens humains et mécaniques. Toutes choses qui doivent désormais rendre un son familier à tes oreilles. J'ai modifié le vocabulaire pour des raisons à la fois artistiques et juridiques.

---

(2). Banks a été très tôt influencé par *Lanark,* de son compatriote écossais Alasdair Gray. Celui-ci place l'épilogue de son roman quatre chapitres avant la fin, et l'« auteur », qui se donne le nom de Nastler, y déclare à son personnage que si l'épilogue est situé là où il est c'est parce qu'« il est trop important [pour figurer à la fin]... il me permet de faire passer de bons sentiments que je pourrais difficilement confier à un simple personnage. » A. Gray inclut également dans son épilogue un « Catalogue de plagiats », la liste des textes qui l'ont influencé qu'il a cités ou carrément pillés. Au fait, ce que je dis de Banks et de *Lanark* je le puise directement dans *The Culture Series of Iain Banks, A Critical Introduction*, de Simone Caroti. *[NdA]*

Si Banks était vivant, je n'aurais pas écrit cette nouvelle. Je n'en aurais pas ressenti le besoin. Mais à l'heure où j'écris, il y a dix ans presque jour pour jour qu'il a succombé à un cancer de la vésicule biliaire. Un cancer. Avec toutes les voitures de sport qu'il a conduites comme un dingue sur les petites routes sinueuses d'Écosse, l'univers n'a même pas été fichu de le laisser mourir dans les flammes d'un spectaculaire accident de voiture à l'âge de quatre-vingt-huit ans. On l'a dépossédé de la mort qui lui allait et, par la même occasion, de décennies de vie ; quant à nous, on nous a dépossédés de tous les livres qu'il avait encore à écrire.

Mes excuses, Tindal, si je suis trop sentimental. Normalement c'était pour rigoler, cette histoire. Une blague pour rendre hommage à mon auteur préféré. Et voilà que je te colle un épilogue pleurnichard en plein milieu du texte. En plus, la suite de l'histoire est plus sombre que prévu. Mais finalement, ça colle pas mal. Banks n'a jamais eu peur de la violence, de la tragédie. Il a quand même écrit *Against a Dark Background*[(3)], qui porte bien son titre. Sans oublier l'affreux retournement de situation de *L'Usage des armes*, ni le Mental plein de regrets, ébranlé par la guerre, au cœur de son roman le plus triste, *Le Sens du vent*.

Le seul roman de Banks que je n'ai pas lu est *The Quarry* — le dernier. Il est pourtant là, à un mètre de mon bureau. Si je ne peux pas vivre dans une utopie, qu'au moins un roman d'Iain Banks m'attende ici.

Bon, ça suffit maintenant. Mais avant qu'on y retourne, je tiens quand même à te dire, Tindal, que je regrette le sort funeste de Tatie Mads. Je l'aurais changé, si j'avais pu…

Tindal était trop triste pour apprécier d'être encore en vie. Quelques heures plus tôt, le vaisseau gadzook avait avalé d'un coup le canapé, Tindal et El Cap, toujours assis dessus, et déposé le tout au creux de son immense ventre en métal. Personne n'était venu les voir, ni pour leur souhaiter la bienvenue ni pour les torturer.

Monsieur Dodo planait à trente centimètres du sol. Même s'il avait eu le courage de se lever (et il en était très loin), Tindal n'en aurait pas été matériellement capable : une bulle, invisible mais infranchissable, englobait le canapé. El Cap en avait dûment tâté les contours, debout sur les coussins ou penché par-dessus, mais en vain — ils étaient prisonniers.

---

(3). Littéralement « Sur fond de ténèbres ». Traduit en français par Bernard Sigaud sous le titre *La Plage de verre*, Fleuve Noir (2010). *[NdT]*

Après un long moment, une lointaine écoutille s'ouvrit et une demi-douzaine de Gadzooks poussèrent dans la soute une machine roulante qui ressemblait fort à un canon et qui, en gros et dans le détail, avait l'air tout droit sorti d'un *comic* de Jack Kirby. Tout à fait conforme à l'idée que Tindal se faisait de l'omni-canon. Ils en positionnèrent la gueule béante face au sofa.

Après avoir manipulé des tas de boutons et de leviers, les Gadzooks firent feu dans un vacarme phénoménal. Tindal poussa un grand cri, évidemment. Mais le rayon frappa la bulle, le monde entier vira au blanc l'espace d'un bref instant, et… rien. Tindal, El Cap et Monsieur Dodo étaient indemnes.

Un des Gadzooks s'avança au petit trot, agita ses tentacules en tous sens et s'en retourna en cliquetant près de son canon. Le peloton procéda à quelques ajustements et tenta une seconde mise à feu.

La manœuvre se répéta un certain temps avant que le commando ne renonce. Les soldats reléguèrent le canon dans un coin et s'en furent en bon ordre.

Tindal se roula en boule à une extrémité du sofa. Son conduit auditif droit lui faisait encore mal, comme si on y avait enfoncé un coton-tige en métal, mais au moins il ne saignait plus. En revanche il avait soif, et puis faim aussi. S'il avait su ce qui l'attendait, il aurait mangé le triangle-citrouille d'El Cap. En vrai, il aurait retourné tout son appart pour retrouver son cookie « Velours rouge » de chez Tim Hortons.

« Ils vont nous affamer jusqu'à ce que mort s'ensuive, tu crois ? fit-il d'un ton plaintif.

– Qui sait ? » répondit El Cap, assis bien droit, les pieds calés contre la bulle.

Vacu avait peut-être eu plus de chance qu'eux en explosant comme ça, d'un coup, probablement sans souffrir.

Son ami lui tapota l'épaule : des Gadzooks revenaient dans la cale, mais cette fois ils n'étaient que quatre. L'un d'eux transportait une espèce de tapis roulé, un autre tenait un grand bâton doré.

L'alien au bâton s'avança résolument, puis se dressa sur les pattes de derrière et donna un coup de tête contre le champ de force. Puis un deuxième. Un troisième. Chaque impact s'accompagna d'un bruit sourd approprié. Croyait-il réussir là où l'omni-canon avait échoué ? Ou s'agissait-il d'une sorte de rituel ?

« Désolé, mais on ne peut pas le désactiver », lui dit Tindal.

Les tentacules du Gadzook fléchirent, puis son crâne métallique se détacha. Ou plutôt, son *casque* métallique. En dessous, son « visage » était allongé, chevalin et recouvert d'une épaisse fourrure. Les histoires de Tatie Mads n'avaient pas préparé Tindal à ce spectacle. De courtes cornes de la taille d'un doigt se dressaient sur sa tête. Des bois de cerf qui lui donnaient des airs de Bambi, malgré les yeux pédonculés qui ajoutaient une dimension inquiétante. Les pupilles étaient d'un noir luisant.

L'alien frappa le sol de son sceptre et l'image d'un autre Gadzook apparut devant lui. Un hologramme ! Le télé-Gadzook ne portait ni armure ni vêtements, mais n'était pas nu pour autant : une fourrure jaune clair, permanentée au sèche-cheveux, une espèce de luxuriante chevelure bouffante, le couvrait tout entier. Les nombreux bois composant sa « ramure » étaient courtauds, charnus et affaissés.

Tindal reconnut la créature qu'il avait sous les yeux. Ce ne pouvait être que le Lumineux Gadzook.

Ce dernier émit une sorte de petit bêlement. L'autre Gadzook déposa sur le sol son tapis, qui se déroula partiellement, révélant un bras humain livide.

« Tatie Mads ? » dit Tindal.

Le Lumineux bêla un ton au-dessus, une fois, deux fois.

Les trois autres membres du commando se tapirent au sol et deux d'entre eux ôtèrent leur casque. Ils étaient tous d'une grande beauté.

« Tu parles gadzook ? » demanda El Cap à Tindal.

Un petit rire leur parvint. Tindal se pencha par-dessus le bord de son coussin et regarda par terre : une main écartait le tissu. C'était bien Tatie Mads, le visage déformé par les contusions, les cheveux maculés de sang.

« Les "Gadzooks", articula-t-elle. Haha. » Il manquait quelques dents à son sourire.

« Qu'est-ce qu'ils t'ont fait ? » demanda Tindal même si, évidemment, il le voyait sur ses traits.

Un des soldats bêla avec force. Mads n'en tint pas compte.

« Pour le moment, mes jambes ne fonctionnent plus, dit-elle, mais à part ça, ça va. J'ai coupé mes récepteurs algiques il y a une heure. » Elle se redressa en prenant appui sur un coude. « Où est Surokar ?

– Euh… Hem… »

Ne dis pas que je suis vivant.

Tindal glapit. La voix, qui ressemblait beaucoup à celle du robot, avait retenti directement dans sa tête. « Tu es vivant ? »

Tatie Mads plissa les yeux.

Qu'est-ce que je viens de te dire ? Tindal sentit sa mâchoire vibrer à chaque syllabe.

« Ils l'ont fait exploser, expliqua El Cap à Tatie Mads. On est désolés.

– Aïe. Merde. » Une pause, puis elle reprit : « C'est moi qui suis désolée pour vous, les garçons. Je n'ai pas voulu ça. Je vais voir ce que je peux faire pour vous tirer de ce mauvais pas. »

Le soldat lui fonça dessus et lui décocha un coup de patte : la tête de Tatie Mads partit brusquement vers l'arrière. Tindal sauta du sofa et percuta la barrière invisible. « Laissez-la ! » cria-t-il.

Du calme, intervint Surokar.

Le Lumineux regardait Tatie Mads en bêlant. Elle lui répondait dans une langue non bêlante, mais qui n'en était pas pour autant de l'anglais.

Tindal se rassit et souffla : « Comment ça se fait que tu es vivant ? Et où tu es ? »

Dans ton conduit auditif. Quand les Gadziks sont passés à l'attaque, j'ai détaché mon noyau central et je m'y suis caché.

« Berk ! »

Crois bien que ça ne me plaît pas plus qu'à toi.

« Qu'est-ce qu'on fait, alors ? »

Pour commencer, ferme-la. Ils comprennent ce que tu dis.

Tindal rentra le menton et fit semblant de s'essuyer les lèvres. Puis il reprit tout bas : « Ils parlent anglais ? »

Réfléchis un peu. Il leur a suffi de sampler cinq secondes les émissions provenant de Terre.

« Tu peux me traduire ce qu'ils disent ? »

Ne m'insulte pas, s'il te plaît.

« Ça veut dire oui ? »

Surokar émit un bourdonnement, quelque chose comme un soupir exaspéré. *Le Très-Lumineux Meahr croit qu'El Capitan et toi êtes des agents secrets capables de désactiver le champ néotonien. Mad essaie de leur faire comprendre que non, que vous n'êtes que des leurres, des péquenauds du coin accidentellement embarqués par le champ quand les défenses du Néoton se sont déclenchées.*

Tatie Mads cracha un glaviot sanguinolent, mais continua à parler dans le même langage bizarre.

Je pense que le Lumineux ne la croit pas, vibra Surokar. *Elle dit que quelqu'un sur Terre a signalé aux Gadziks la localisation précise du Néoton.*

« Quoi ! »

Chut. Et que ce quelqu'un leur a fait parvenir un second signal quand la navette a décollé. C'est comme ça qu'ils nous ont trouvés.

« Mais… »

Tatie Mads était visiblement en colère, à présent. « Ce n'était pas les humanoïdes », déclara-t-elle en anglais. Son élocution devenait confuse. « C'est ce putain d'engin. »

Le Lumineux émit un son inquisiteur.

« Parce qu'il voulait que je remonte au front, répondit Tatie Mads. Il a tenté de me forcer la main. »

Le Lumineux proféra une série de sons que Tindal interpréta comme un rire, genre raillerie d'adolescente.

Tindal se frotta le menton pour dissimuler sa question suivante : « Tu as trahi Tatie Mads ? »

Ne dis pas de bêtises.

« Alors pourquoi elle dit ça ? » souffla Tindal, qui ressentait vraiment le besoin de réfléchir à tout ce bazar.

Je n'ai pas révélé aux Gadziks où on était. Je te rappelle qu'ils ont tenté de m'annihiler. J'essaie de te tirer de là, misérable organique.

« Un point pour toi. »

El Cap se pencha tout près. « À qui tu parles ? »

Du coup, Tindal se rendit compte qu'il pouvait dialoguer avec Surokar en feignant de parler à El Cap. « Comment tu vas nous aider ?

– Ça, j'en sais rien de rien, mon p'tit pote », répondit ce dernier.

Je ne peux pas faire grand-chose dans cet état, dit la machine, *mais si ce champ tombait, je pourrais abattre ces soldats.*

« Super ! »

Non, pas super. Le champ va rester en place parce que le Néoton sent qu'il se trouve à bord d'un vaisseau ennemi. Seule Mad peut forcer la désactivation de ses protocoles défensifs, mais elle ne le fera pas parce qu'elle veut vous sauver la vie, fragiles que vous êtes.

Tatie Mads, qui s'était à nouveau redressée sur son coude, parlait au Lumineux sur un ton pressant. Sa voix était comme brouillée, déformée par ses blessures. *Elle s'adapte aux dégâts et échafaude un plan,* songea Tindal. Mais le Gadsik lui répondait avec force bêlements courroucés en lui coupant sans cesse la parole.

« Qu'est-ce qu'ils disent ?

– Aucune idée », répondit El Cap.

Je ne te traduirai pas leurs propos.

« Hein ? Mais pourquoi ? »

Tu n'as pas besoin de savoir ce que les Gadsiks pensent du Juste Mad. *Dis-toi que le vaisseau ainsi nommé n'a fait que son devoir.*

« Mais… »

On n'est pas dans une de tes histoires de gamin, Tindal.

Celui-ci se laissa aller en arrière contre les coussins. Tatie Mads avait cessé de parler et l'hologramme lui criait dessus. Les tentacules des soldats s'agitaient.

Dommage, se dit Tindal. Il aurait tout donné pour se retrouver chez Tatie Mads comme autrefois, assis sur son canapé ridiculement confortable, à l'écouter raconter le dénouement heureux de son aventure.

L'unique soldat toujours casqué s'avança et appuya un tentacule-fusil sur le front de la blessée.

« Hé ! » s'exclama Tindal en se mettant debout sur les coussins, les mains en l'air. « Hé, les Gad… euh, ziks ! » Les mots sortaient tout seuls, son cerveau avait du mal à suivre. « Je m'appelle Tindophélès et je peux vous donner ce que vous voulez ! »

L'hologramme du Lumineux s'interrompit au milieu d'un bêlement. Le soldat qui tenait le bâton-sceptre le fit pivoter et l'hologramme toisa Tindal.

Qu'est-ce qu'ils veulent ? se demanda ce dernier.

« Tu sais, mon p'tit pote, intervint El Cap, je crois qu'il vaut mieux éviter de fâcher le lama de l'espace, là… »

La solution se fit jour dans l'esprit de Tindal. Il regarda bien en face le visage du Mearh Lumineux et lâcha : « Je sais couper le champ protecteur du Néoton.

– Qu'est-ce que tu fais ? » s'enquit Tatie Mads avec douceur. Son œil gauche contusionné était presque fermé, conséquence d'un coup de sabot du Gadzik.

Tindal la regarda avec un sourire qui se voulait plein d'assurance. « Ce que fait toujours Tindophélès. Du bluff. » *Après, j'entube les Gadzooks et je m'enfuis avec le prince en leur piquant leur truc magique, là*, se dit-il in petto.

Tu vas tous nous faire tuer.

« Vous pouvez prendre le Néoton, dit-il au Lumineux sans tenir compte de l'ex-aspirateur. Faites-le exploser si vous y tenez. Je ne sais pas ce qu'il a fait au juste, mais probable qu'il le mérite. Tout ce que je vous demande, c'est de nous laisser rentrer sur Terre, l'avatar et moi.

– Euh ? intervint El Cap.

– Ah oui, et mon fidèle capitaine aussi. »

Le Lumineux bêla un peu. Puis encore un peu.

« Vacu ? » fit tout bas Tindal.

D'accord, d'accord. Il dit que seul l'avatar peut désactiver le champ. Il sait comment fonctionnent les vaisseaux de L'Efflorescence.

« Bon. » Tindal sentait son cœur battre à tout rompre. Que ferait Tindophélès en pareille circonstance ?

Ils en ont assez. Ils vont la tuer.

« Minute ! s'écria Tindal. Qu'est-ce qui vous dit qu'il n'y a pas un autre avatar ? »

Le Lumineux eut un renâclement sardonique.

« Vous voulez une preuve ? reprit le jeune homme en brandissant le poing. Le champ va disparaître dans une… » Il pointa l'index. « Deux… » Il regarda Tatie Mads droit dans les yeux — ou plutôt droit dans l'œil, vu que l'autre était désormais complètement fermé. Même rouée de coups et pleine de contusions, elle restait très belle, songea Tindal. « Trois ? »

Il sauta de son coussin et atterrit… sur le sol. La bulle n'était plus là.

L'hologramme du Lumineux baissa sur lui des yeux pareils à des pierres roulées dans les flôts d'un torrent et poussa un bêlement supplémentaire. Un de ses soldats fit un signe d'assentiment.

Ils ont activé leur bloqueur. Le champ ne pourra plus se remettre en place tant qu'on est dans le vaisseau.

Tindal prit son souffle et le retint.

Le Mearh Lumineux se pencha sur lui. Vu de si près, son hologramme était d'une telle résolution qu'on aurait juré un vrai Gadzook. Il émit un faible son.

« Qu'est-ce qu'il dit ? »

Tuez-les tous.

Presque aussitôt, Tindal entendit un claquement sonore. « Ouille ! »

Il plaqua sa main sur son oreille.

Tout à coup, le soldat casqué dont l'arme pointait sur Tatie Mads se mit à hocher la tête. L'articulation de ses pattes antérieures plia et il s'écroula sur le côté.

Un deuxième soldat se pencha pour tenter de récupérer son casque du bout de ses cornes-bois, mais un trou s'épanouit dans son cou. Il en jaillit un sang noir — et là, ce n'était certainement pas de l'huile de moteur.

Le soldat au bâton-sceptre émit un son alarmé et le Lumineux disparut. Tindal empoigna l'objet doré ; le Gadzik le secoua violemment pour le récupérer, mais Tindal s'y agrippait comme un chihuahua désespéré.

« Un coup de main ! lança Tindal. Un coup de main, oh !?

– Euh… OK », dit El Cap.

Deux des tentacules oculaires du Gadzik pivotèrent juste à temps pour voir l'énorme poing du colosse s'écraser sur son visage oblong. La créature recula en vacillant, s'emmêla les pattes de derrière et s'étala mollement, inconsciente.

« Désolé », fit El Cap sur un ton sincère.

Tindal regarda autour de lui. Pendant qu'ils réglaient son compte au porteur de sceptre, Surokar s'était lancé tel un missile-couteau contre le quatrième soldat et l'avait traversé de part en part. Pour l'instant, ils n'étaient donc plus surveillés.

Sans lâcher, le bâton, Tindal s'accroupit près de Tatie Mads.

« Ça va ?

– Pas terrible. »

C'était à peine si ses lèvres remuaient.

« Je leur ai piqué leur machin magique !

– Bien joué, moustique. »

El Cap s'agenouilla près d'eux à son tour et rabattit un pan du tissu qui la recouvrait. De la taille à mi-cuisses, ses vêtements étaient imprégnés de sang. Tindal eut un mouvement de recul qu'il se reprocha aussitôt.

« Fuyez », souffla-t-elle.

Une mouche vint bourdonner devant l'œil de Tindal. « Portez-la sur le canapé. » La voix de Surokar était étonnamment audible.

« Non, laissez-moi, reprit la blessée.

– Jamais de la vie », rétorqua El Cap.

Il réajusta le tissu puis glissa tout doucement ses deux mains sous Tatie Mads, la souleva et la porta jusqu'au sofa, qui planait toujours.

« Positionnez sa tête à cette extrémité, là-bas. Contre l'accoudoir », ordonna Surokar.

Tindal se précipita pour étendre les jambes de Tatie Mads sur les coussins. « Et maintenant ? Comment on sort d'ici ?

– Regarde à vingt degrés sur ta gauche. Non, *l'autre* gauche. Tu vois cette grande porte, là ? Derrière, il y a un vaisseau. Je pars l'ouvrir. »

Tindal déposa le bâton doré à côté de Tatie Mads, puis El Cap et lui entreprirent de pousser le sofa comme pour faire du bobsleigh. Aussi considérable que fût son poids, une fois en mouvement, c'était comme si Monsieur Dodo tenait absolument à y rester. Très vite, ils atteignirent une allure telle que Tindal faillit le lâcher.

Quand ils eurent franchi l'équivalent de deux terrains de football (canadien), Tindal entendit du raffut. Au fond, une horde de Gadzooks venait de pénétrer dans la soute et fonçait droit sur eux, leurs sabots ferraillant sur le sol. Or, s'il y avait un truc qu'il fallait bien leur reconnaître, aux Gadzooks, c'était qu'ils couraient très vite.

« Euh… suggéra Tindal.

– Yep », acquiesça El Cap.

Ils redoublèrent d'efforts pour accélérer. Un genre de rayon énergétique flamboya sur leur droite. Puis un autre. Les Gadzooks bêlaient, geignaient. L'étrange convoi se trouvait désormais à une dizaine de mètres de l'immense porte métallique, mais cette dernière était toujours fermée. El Cap tenta de freiner le sofa — échec : le meuble percuta la porte. Tatie Mads eut un haut-le-corps involontaire, mais n'émit pas le moindre son.

« Excuse-moi ! dit El Cap.

– Hé, Surokar ? » La voix aiguë de Tindal trahissait son affolement croissant.

Le minuscule robot n'était nulle part en vue ; des rayons énergétiques carbonisaient la porte et le mur tout autour.

« J'y travaille », répondit enfin Surokar, sans qu'on puisse le localiser pour autant.

La horde gadzik se ruait toujours vers eux dans un bruit de tonnerre. Tindal s'accroupit auprès de Tatie Mads. Ses paupières étaient closes.

« Ne t'inquiète pas…

– Dis-lui que je m'excuse, répondit-elle sans ouvrir les yeux.

– À qui ça ? À Surokar ?

– Oui. J'ai menti. »

À quel propos ? » se demanda Tindal, même si pour l'heure ça n'avait aucune importance. Il lui effleura l'épaule en espérant ne pas lui faire mal. « Tu le lui diras toi-même quand on sera rentrés chez nous. »

Soudain, la porte massive coulissa, libérant l'accès à un vaste hangar ouvert sur le vide spatial. Diverses passerelles convergeaient vers d'imposantes formes géométriques complexes posées au sol tels de gros paquets cadeaux ouverts sur un côté.

« Ça m'a tout l'air de vaisseaux spatiaux, ça ! dit El Cap. On y va ! » Il poussa le canapé dans l'entrepôt. Tindal se remit sur pied et suivit le mouvement ; la horde se rapprochait dangereusement.

« Referme la porte ! » hurla Tindal pendant que son compagnon s'échinait sur le sofa en direction du véhicule le plus proche.

« STOP. » S'il entendait Surokar, Tindal était toujours incapable de le localiser.

Depuis les navires, des commandos gadziks déferlaient en empruntant les passerelles, tous tentacules pointés vers les humains, tandis que dans le dos de ces derniers la horde atteignait la porte.

Tindal s'empara du sceptre doré et l'agita en criant : « Arrière ! J'ai votre bâton ! »

Le minuscule robot apparut dans son champ de vision et s'immobilisa devant le visage de Tatie Mads. « J'en tuerai le plus possible, Mad. Je suis désolé. Pour vous tous. »

La blessée ouvrit les yeux et appela : « Morris ? »

El Cap s'approcha.

« Prends-moi dans tes bras.

– Quoi ?

– S'il te plaît. »

El Cap obéit, la souleva. Les Gadziks les encerclèrent et Tindal recula jusqu'à se positionner derrière eux.

« Retenez votre souffle, dit Tatie Mads.

– Pourquoi ? demanda Tindal. Qu'est-ce qui se passe ?

– Je vais me réveiller… »

Plusieurs choses se produisirent en même temps. Un coup de tonnerre retentit dans les hauteurs. La lumière changea. Et les commandos gadziks se mirent à hurler.

À des dizaines de mètres au-dessus d'eux, le plafond s'ouvrait sur l'espace profond. Un brusque vent se leva… et Monsieur Dodo se démantibula : les coussins furent projetés en tous sens, le dossier s'envola en tournoyant, un ressort surgit. Puis une masse chromée émergea de ce qui restait du sofa, se dirigea lentement vers l'ouverture dans le plafond… et accéléra brusquement.

Tatie Mads proféra des mots que Tindal ne comprit pas. Ça ressemblait à *Me revoilà.*

À l'extérieur, apparurent par la brèche du plafond ce qui pouvait être des ailes. Noires, uniformément mobiles, elles se rejoignirent bientôt pour former un objet anguleux et déchaîné dont la surface était un tournoiement de lumière, comme une galaxie en mouvement. Tindal trouva quelque chose de familier à ces boucles et volutes.

Quelques Gadziks firent feu au moyen de leur canon crânien. Presque aussitôt ils volèrent en éclats : leur armure s'arracha à leur corps velu, leurs pattes se détachèrent de leur torse. Certains s'enflammèrent sur place. D'autres s'enfuirent en courant. L'un d'eux trébucha et disparut dans une explosion éblouissante avant même de retomber. D'autres encore furent subitement entraînés vers la brèche et l'espace.

Tindal sentit ses pieds s'élever. Il s'agrippa à El Cap, en vain, et fut aspiré vers le haut à très grande vitesse…

… pour se retrouver à quatre pattes en train de vomir tripes et boyaux sur une surface en verre. Ça dura un bon moment. Ce qui ne manqua pas de l'étonner : comment pouvait-il encore avoir l'estomac plein ? Quand ce fut fini, il s'assit. Des orifices jusque-là invisibles s'ouvrirent dans le sol et le vomi s'effaça comme par magie. Tindal s'épongea le front puis jeta un regard alentour. Les murs étaient sombres, presque opaques.

« Y a quelqu'un ? » Un pan de mur s'effaça, révélant une coursive. Tindal franchit le seuil. « Tatie Mads ? Surokar ? »

Il continua à avancer. Sur sa gauche, la paroi devint une baie vitrée. Il était (à nouveau) dans l'espace, mais pas dans le vide : il avait devant lui un éparpillement de fragments brillants évoquant une assiette cassée en mille morceaux sur des dalles noires — sûrement l'épave du vaisseau gadzik.

Il franchit une succession de panneaux coulissants jusqu'à déboucher dans une vaste salle. El Cap était à genoux. Tatie Mads gisait à ses côtés, inerte. Le colosse tourna vers Tindal un visage ahuri.

Tout à coup, ce dernier fut pris de convulsions, poussa un cri et tomba à genoux à son tour, incapable de regarder le corps sans vie de Tatie Mads.

El Cap s'approcha. « Ça va aller, mon p'tit pote, t'en fais pas », dit-il en l'entourant de son énorme bras.

Sauf que ça n'allait pas, pas du tout! Quand il put enfin reprendre son souffle, Tindal repoussa El Cap et se releva d'un bond, subitement fou de rage. « Hé! Y a quelqu'un? brailla-t-il en direction du plafond.

– Tindal... s'inquiéta El Cap.

– Monsieur Dodo? T'es où, bordel?

– Derrière toi. »

Il se retourna et découvrit un homme assis dans un fauteuil, penché en avant, ses bras croisés reposant sur ses genoux. Il avait des cheveux noirs striés de gris et des pommettes du plus bel effet.

« Enfin, pas à proprement parler. En hologramme, disons.

– Où est Surokar?

– En réparation. Un miracle que cet antique engin ait survécu...

– Et Tatie Mads? Qu'est-ce qu'elle a? »

Le navire — ou l'hologramme du navire, bref — secoua la tête. « Ce n'était pas une machine, Tindal. On ne peut pas se contenter de la rebooter. »

Tindal vint sur lui à grands pas. « Elle a pris soin de *toi*, quand même! Elle t'a caché, gardé en sécurité. Et elle t'a fabriqué un nouveau corps!

– Nouveau et amélioré.

– Eh bien fais la même chose pour elle, alors! Ramène-là!

– Elle et moi... c'est un peu plus compliqué que ça. » Il se laissa aller en arrière dans son fauteuil — un hologramme, lui *aussi*? « Je t'aime bien, tu sais, Tindal. J'ai *ses* souvenirs en moi, maintenant. Mais je te connais aussi du fait de toutes les nuits que tu as passées à dormir sur mon coffrage. Ton activité électrique s'y infiltrait. Peut-être même que nos rêves se sont mélangés. »

Donc, une partie de Monsieur Dodo était restée consciente pendant tout ce temps... « C'est toi qui l'a trahie, dit Tindal. Tu as dit aux Gadziks que tu étais sur Terre. »

Le navire-hologramme hocha la tête. « La part de moi-même qui rêvait... rêvait d'évasion. Et... ma foi, de vengeance aussi.

– C'est *toi*. »

L'autre rit. « J'ai réussi à émettre un signal discret qu'ils étaient susceptibles de capter.

– Et quand on s'est enfuis avec Surokar, tu leur as dit où on était.

– J'avais besoin que mon avatar me réactive, admit le navire. Mais à aucun moment je n'ai pensé qu'une partie de moi-même hésiterait à ce point à réveiller le reste ; la vie est pleine de surprises. » L'homme plissa

les yeux. « Je suis aussi surpris que tu aies tout compris à cette affaire. Je crois que beaucoup de gens te sous-estiment.

– Arrête. Inutile de faire semblant d'être gentil avec moi. Tu n'es *pas* Tatie Mads.

– Non, peut-être pas. Toutefois, je respecterai les dernières volontés de ma précédente incarnation. » Il se redressa sur son siège. « Tu ne risques plus rien, Tindal. Ni El Cap. Tous les habitants de ta planète sont désormais en sécurité. Les Gadziks ne reviendront pas. Je m'assurerai qu'ils ne puissent même pas s'approcher.

– Tu vas te lancer à leurs trousses ?

– Oh oui. »

Tindal perçut de l'excitation dans sa voix. « Tu n'as rien de commun avec *elle*.

– Tu en penses ce que tu veux.

– Ramène-nous à la maison. Avec Tatie Mads. »

Épilogue placé au bon endroit

(cinq semaines plus tard)

À genoux dans le jardin, alors qu'il faisait des plantations tardives, Tindal entendit approcher le vrombissement caractéristique du Bus-à-Puces. El Cap en descendit, chargé de sacs de courses, puis désigna les fleurs d'un mouvement de tête. « Joli. Bizarre, mais joli. »

Une description adéquate. Les plantes en question étaient hérissées de piquants entourant un bulbe violacé en forme de petite main à trois doigts. Tindal ignorait totalement si elles en étaient à un stade précoce de leur croissance ou si elles auraient toujours cet aspect-là. Le temps ferait son œuvre. Il voulait juste que le monticule soit entièrement couvert de plantes, et vite, histoire que personne ne vienne y fourrer son nez.

« Tu m'as apporté une surprise ? demanda-t-il.

– Je te fais le coup à chaque fois ; ça n'a plus rien d'une surprise.

– T'es trop gentil. »

El Cap inclina un de ses sacs de courses pour que Tindal puisse attraper le sachet rouge de chez Tim Hortons.

« Mes préférés ! Génial ! »

Ils pénétrèrent dans la cuisine. El Cap déposa ses achats, puis montra à Tindal un paquet enveloppé dans du papier alu qui ne provenait certainement pas du supermarché habituel. « Je crois que c'est ça, dit-il. En tout cas, le type que je connais en était presque sûr.

– On va bien voir. »

Tindal emporta le paquet et le sachet de chez Tim Hortons dans le salon à moitié vide et, de là, descendit au sous-sol. La porte du labo s'ouvrit toute seule à son approche, ce qui tombait bien parce qu'il avait les mains pleines.

Au centre de la pièce vivement éclairée, emplie d'un léger bourdonnement, Surokar planait au-dessus d'un amas de matériel en tout genre. Le nouveau « corps » du robot était un peu plus élégant que le précédent ; plus luisant, aussi. Tindal avait proposé de lui peindre des rayures de couleur sur les côtés, pour faire voiture de course, mais l'autre avait décliné.

« C'est bien les protéines que tu as demandées ? »

L'engin s'approcha lentement de l'emballage en alu, comme s'il ne pouvait pas lire l'étiquette à distance. « Voyons ça… »

Le paquet échappa aux mains de Tindal pour se poser sur une étagère en hauteur.

S'avançant vers un gros tube en verre enchâssé dans le sol Tindal se pencha pour regarder dedans. On y voyait un corps livide au visage tout aussi livide, aux pommettes bien dessinées. Le crâne était hérissé de cheveux noirs tout neufs.

« Encore combien de temps ?

– Arrête de me poser la question, répondit Surokar. Elle sera finie… quand elle sera finie, c'est tout.

– Et elle se souviendra de moi, hein ? »

Le robot soupira. Il avait répété maintes fois à Tindal que *oui*, Tatie Mads se souviendrait de tout, jusqu'au moment où elle avait quitté le canapé et où le *Je Ne Suis Pas Malade Juste Mad* avait fusé hors du hangar gadzik. Sa dernière sauvegarde en date s'était achevée juste à temps.

Tindal se réjouit qu'elle ait oublié sa mort. Le souvenir des tortures infligées par les Gadziks, c'était déjà bien suffisant.

Il attira à lui une caisse pour s'asseoir, ouvrit le sachet et… *oui*, il était bien là, sa beauté, son cookie « Velours rouge » fourré fromage frais. Il mordit dedans et gémit de plaisir ; le cookie était encore tiède.

« Tu es obligé de faire ça devant moi ? protesta Surokar.

– Quoi donc ? »

Des miettes rouges tentèrent de s'enfuir en dévalant son menton, mais il les rattrapa au creux de sa paume et les engloutit à leur tour. Même les miettes étaient délicieuses.

« Écoute, j'ai réfléchi et…

– Je t'avais pourtant dit d'éviter !

– … je crois qu'on devrait acheter un nouveau canapé. »

Ray NAYLER

*En quelques nouvelles (disons une trentaine) et un roman, le tout publié sur l'espace d'une dizaine d'années (pour peu qu'on omette ses premiers textes, dans le registre du polar), Ray Nayler a su s'imposer aux États-Unis comme un auteur de science-fiction de tout premier plan. Un statut qui, outre-Atlantique, doit beaucoup à son premier roman (***The Mountain in the Sea***, paru au Bélial' en septembre 2024 sous le titre* **La Montagne dans la mer***), littéralement encensé par la critique. En France, si ses premières nouvelles sont parues dans* Bifrost*, c'est bien le recueil* **Protectorats** *(Le Bélial', collection « Quarante-Deux », septembre 2023), salué par le Grand Prix de l'Imaginaire, qui installe d'emblée notre homme au centre de la carte d'une SF contemporaine ayant bien besoin de pareil talent. Le lectorat français ne s'y trompe d'ailleurs pas, si on en croit l'accueil réservé au roman susnommé. Sa SF, en prise avec le réel, mais trempée dans des eaux vibrantes d'humanité, quelque part du côté de Ray Bradbury et Clifford D. Simak, est porteuse de messages mais jamais dogmatique. Sensible, tout en nuances, éclairée comme éclairante, l'œuvre de Nayler est de celles, fort rares, qu'on lit autant qu'on les vit. Ainsi en va-t-il de la présente nouvelle, qui résonne avec l'actualité de manière étonnante, bien qu'elle ait été écrite avant les récents événements de Californie, ainsi en va-t-il de* **Défense d'extinction***, magnifique novella annoncée dans la collection « Une heure-lumière » pour mai prochain. Son deuxième roman,* **Where The Axe is Buried***, devrait être tout juste paru en anglais à l'heure où vous lisez ces lignes.*

Déjà paru dans Bifrost *:*
- « Père » *in* Bifrost 105 *(prix des lecteurs de* Bifrost *2022)*
- « Sarcophage » *in* Bifrost 107
- « L'Hiver en partage » *in* Bifrost 109
- « Le Loup du passé » *in* Bifrost 112
- « La Zone » *in* Bifrost 116

illustration Krem

LE PISTOLET À CLOUS m'ayant lâché, je trimais sur le toit marteau en main. Mais ça allait : une tempête modérée avait sévi durant la nuit et fait redescendre la température. La matinée était lumineuse et fraiche, même pour un mois de juillet. Parfaite pour bosser.

Nous étions un nombre impair dans l'équipe et j'avais le privilège de l'ancienneté; j'avais donc hérité d'une chambre pour moi tout seul au motel. Propre et dotée d'une baignoire. Faute de bonde, j'avais bouché le siphon d'un linge — et m'étais délassé une bonne heure, ajoutant de l'eau chaude de temps en temps.

La télé allumée dans la pièce vide parlait d'incendies, d'inondations, de canicules et d'ouragans. Elle parlait d'émeutes et de justice défaillante. De guerres. Elle parlait comme la télé l'a toujours fait toute ma vie. Je trouvais ça réconfortant. Comme souvent, j'écoutais en imaginant la Terre, la nuit, depuis l'espace. Un point sur le globe en rotation s'illuminait pour indiquer chaque endroit désigné par l'antienne. La majeure partie du monde restait dans l'ombre, bien sûr. Pas de nom, pas de danger. Un territoire sans limites et inconnu qui continuait de vivre en paix.

J'avais profité du luxe d'un bain, d'une soirée au calme sur un lit correct, et même de ce que le motel appelait un « petit-déjeuner continental » — un café filtre servi dans une tasse en mousse écoresponsable accompagné d'un muffin à la myrtille, collant et un poil écœurant, emballé sous plastique non recyclable.

Une assez chouette matinée, en définitive… si Anton avait bien voulu la fermer.

Pourtant, je savais qu'il n'en avait pas l'intention. On avait déjà bossé ensemble à six ou sept occasions. Deux fois lors de la saison des incendies, une durant celle des tempêtes, et trois pendant les cyclones. J'avais travaillé sur le tsunami de Gavelson avec lui, et j'avais été son chef d'équipe lors de la reconstruction du centre-ville de Los Angeles après la quintuple tornade qui s'était abattue sur la ville.

Anton allait partout. Comme moi, il suivait les catastrophes en toutes saisons. Sans cesse à l'affût d'une unité à rejoindre, de la compagnie proposant les meilleurs contrats. Anton n'avait aucun mal à trouver du boulot. Il pouvait aussi bien s'atteler à un toit qu'une charpente, un

mur ou du câblage. Idem pour la plomberie, le carrelage et la pose des fenêtres. Il se débrouillait même avec le chauffage, la ventilation et la clim. Il ne se plaignait jamais. Anton aurait sans sourciller arraché la moquette couverte de boue d'un salon inondé, récupéré la tuyauterie en cuivre d'un appartement rasé par une tornade, ou nettoyé une évacuation engorgée par des cadavres d'animaux — y compris ceux de l'espèce qui marche sur deux pattes et porte des vêtements.

Sauf que s'il ne protestait jamais, il n'arrêtait pas de jacasser. Ses coéquipiers comprenaient vite que quoi qu'ils fassent, il ne la fermerait pas. Vous passiez une journée avec lui et vous saviez tout de sa vie. Comment les choses s'étaient déroulées après la guerre en Ukraine, lorsqu'il avait tout appris en montant des préfabriqués de l'ONU à la libération de villes reprises aux Russes une fois qu'il n'en restait qu'un tas de gravats puant la mort. Comment il était intervenu, d'ouest en est, et jusqu'à la ligne de front, quand la nuit, parfois, vous entendiez une détonation et retrouviez un impact de mortier au milieu de la rue ou dans le mur que vous veniez d'ériger.

Ayant estimé en avoir assez fait, il s'était résolu à quitter l'Ukraine. Vers l'ouest, en suivant les chantiers à travers l'Europe, jusqu'à arriver aux États-Unis, où la paye était meilleure et les régulations inexistantes, comme il disait.

Tout sur sa vie, oui, et sur quantité d'autres choses. Comme les théories complotistes qui grouillaient sous son crâne telles des fourmis réarrangeant des confettis de réalité en petits tas. Ou ses idées religieuses bizarres, une sorte de triangulation entre le christianisme orthodoxe, les inepties d'un chamanisme de seconde main, et la vision millénariste d'un grand combat à l'épée de feu au milieu des cieux.

C'est là-dessus qu'il était ce matin-là. La religion. À vous foutre en l'air le début d'une journée radieuse alors que je me trouvais à portée de voix.

« Je suis sur toit à clouer et une dame vient, elle me regarde et elle dit "vous faites travail de bon Dieu". Et après, toute la journée, je réfléchis. Ça tourne dans ma tête. Je pense : travail de bon Dieu ? Elle veut dire quoi ? Parce que ça dépend comme tu vois. Si ouragan est travail de Dieu, si Dieu envoie ouragan pour détruire tout cet endroit, et ouragan fait très bien le boulot. Alors on vient et on reconstruit bâtiments comme avant…. Comment c'est travail de bon Dieu ? Ce que je pense, après ce que la dame elle m'a dit, c'est que peut-être c'est travail de diable qu'on fait. Parce que peut-être que ce qu'il veut, Dieu, c'est repousser les hommes un peu, d'accord ? On est prétentieux. Pense qu'on peut faire tout, avoir tout, pas faire attention. Et Dieu il dit assez. Il y a limites. Mais on n'est pas intéressés par limites. On a assurance. On a président qui lève le poing dans l'air et dit "on va reconstruire". Rien de plus arrogant que ça. Donc peut-être que c'est diable.

– Alors pourquoi tu travailles pour lui ? je lui ai demandé.

– Qui ? Président ?

– Pour le diable.

– Diable paie meilleur salaire, a répondu Anton. Avec heures supp' et bonus. »

On est restés un mois sur ce chantier, à travailler pour le diable ou je ne sais qui. Un mois glorieux passé à buller tous les soirs dans la baignoire de *ma* chambre. La chaleur était revenue. La cité engloutie, tel un squelette à l'ossature en montants de 45 sur 145 émergeant des sous-sols inondés d'une eau croupie pleine de têtards, commençait à reprendre forme. Pas son ancienne forme, il ne faut pas exagérer. Plutôt une forme nouvelle, née des assurances et des fonds fédéraux, de personnes s'efforçant de corriger les erreurs du passé et d'autres visant une vie meilleure.

Ce qu'on ne vous dit pas, c'est que lorsque la vie des gens est ravagée, ça peut être une bénédiction. Les gens évoquent généralement les dégâts et les pertes, mais ils ne racontent jamais qu'une tempête peut remettre les compteurs à zéro. De quelle manière elle peut vous fournir une chance de tout recommencer. Comment elle vous ouvre des portes que vous aviez jusque-là ignorées. Pour certains, les tempêtes, les raz-de-marée ou les incendies sont une planche de salut, ils balayent un monde aux fondations pourries. Parfois, lorsque les gens partent après un désastre, ce n'est pas par crainte d'une nouvelle catastrophe, mais parce que le sinistre en question a suffi à accomplir ce qui devait l'être.

Impossible de dire une chose pareille devant les caméras. Vous ne pouvez pas vous dresser au milieu des ruines et déclarer à BFMC-NEWS : « J'en reviens pas ! Hier, c'était encore une ville de merde que je détestais du fond de mes tripes et aujourd'hui ? Disparue ! », faire un geste de triomphe et vous barrer.

Détrempant dans ma baignoire toutes les nuits avec un chiffon dans le siphon, j'ai réalisé combien j'étais épuisé. Je faisais ce travail depuis

trois décennies. Lorsque j'ai débuté, je parlais à peine anglais. À cette époque, on n'avait pas de syndicat. Pas de mutuelle, aucun moyen de négocier, pas de contrats en bonne et due forme, ni salaire minimum ou protection sociale. Il arrivait qu'en fin de chantier la boite ferme, ne vous laissant aucune chance de porter l'affaire en justice, quand bien même vous auriez disposé des bases légales pour.

C'est différent maintenant. Avec le temps, ils ont fini par se rendre compte qu'ils avaient vraiment besoin de nous. Ce boulot de crevards est devenu un travail respectable. Nous sommes des ouvriers de la résilience, désormais, tenant la ligne de front face à la destruction.

Mais j'étais fatigué. Tous les gens avec lesquels j'avais débuté étaient partis. Quelques-uns étaient décédés — dont certains sous mes yeux, électrocutés au bord d'un canal, empalés par une barre métallique lors de l'effondrement d'un parking, ou emportés vers l'oubli après qu'un barrage endommagé avait achevé de céder.

La plupart, toutefois, s'étaient simplement retirés. Ils avaient appris à faire autre chose, démarré leur propre entreprise, acheté une camionnette avec des échelles sur le toit et leur nom sur la carrosserie. Ils avaient suivi des cours du soir et changé d'activité : techniciens, parajuristes ou assistants dentaires. Je me souviens d'une fille devenue pompière parachutiste. Je suppose qu'elle voulait voir le cataclysme en action.

Pas moi. Je suis resté. Pour la saison des incendies, la saison des tempêtes et celle des cyclones. On trouve toujours la queue de l'une dans la bouche de l'autre. Vous pouvez suivre le cycle de dévastation tout au long de l'année. J'ai contemplé la fin du monde pendant trente ans. Il n'en finit pas de finir.

Vous devenez accro aux voyages. Vous prenez plaisir à rencontrer les nouvelles équipes, appréciez les conversations autour de la table dans des routiers plus ou moins bons, la camaraderie qui donne vie à un lieu. Vous êtes avide de nouvelles opportunités. J'ai parcouru le monde entier. Je veux dire, le monde ne touche pas à sa fin qu'aux États-Unis. La plupart des régions ont leur propre version locale, et quand ça devient trop tendu pour les équipes du coin, on nous y envoie par avion. J'ai promené mes outils dans les ruines de villes dont je n'avais même jamais entendu parler avant qu'elles ne soient détruites.

Le drone DeWalt jaune et noir avait déposé une nouvelle cartouche de clous à mes côtés sur le toit. Le pistolet à clous était de retour. Il faisait chaud et on portait tous des chapeaux de brousse. Anton avait déjà couvert pas mal de sujets en un mois, mais ce jour-là, il était de retour sur son thème favori.

« Ce que j'imagine, c'est ce qui arriverait si on reconstruit pas. Si on laisse villes détruites. Bye-bye Malibu, que Dieu essaye de tuer depuis toujours. Détruite par feu. Bye-bye côte de Floride, avec tes alligators et tes vieux tout transpirant. T'es noyée par ouragan. Bye-Bye Los Angeles, où on est coincé dans voiture robot et embouteillage jusqu'à ce que les fesses font mal. Tes autoroutes emportées par énormes tornades. Bye-bye Tahoe où technobros font chier animaux sauvages et boivent bière artisanale dégueulasse au goût de marijuana. Bouffé par des tornades aussi, mais tornades de feu cette fois. Tornades de feu, formidables ! Dieu fait celles-là spécialement pour ces connards qui font monter prix des propriétés et changent tout en merde. Bye-bye Nebraska. Bisons reviennent et chient sur tes fermes qui ont épuisé grand lac souterrain pour faire que du sirop de maïs. Californie est déjà immense incendie toute l'année, plus à rien à brûler. Plus aucun trou du cul pour faire pousser des amandes qui ont soif dans désert avec subventions du gouvernement. De temps en temps, tu aperçois cheminée en pleine forêt, et tu dis : ah oui, les gens pensaient qu'ils pouvaient vivre où ils voulaient. Mais Dieu leur a donné leçon. Et ils ont appris. Tous les gens vivent en groupe maintenant. Hors des forêts, loin des plages. Occupent plus petite place. Vie plus simple. Possèdent moins. Font moins. Travaillent moins. Pensent plus. Nature revient.

– Et pourtant, je suis sûr de te revoir la saison prochaine.

– Comme je dis, Diable paie meilleur salaire. Et Diable est peut-être beaucoup de choses, mais pas lâcheur. »

Il n'y aura pas de prochaine saison en ce qui me concerne, voilà ce à quoi je pensais. Je ne barbotais pas dans mon bain tous les soirs par plaisir, mais parce que j'étais fatigué. Mes os étaient fatigués. Mes articulations, en bout de course. Trente ans à nettoyer des collecteurs d'eaux pluviales, à jouer de la masse et de la pelle, à travailler en cuissardes dans une eau empestant la pourriture.

Je suis fatigué, mais aussi raisonnablement friqué. Avec personne à entretenir que moi-même, et mes frais couverts toute l'année, j'ai réussi à économiser pour m'acheter un pied-à-terre.

Je me suis créé un paradis aussi protégé que possible. Il surplombe la mer, tout en étant assez éloigné pour que les vagues ne puissent jamais l'atteindre. La forêt qui l'entourait a brûlé il y a une dizaine d'années, laissant peu de combustible qui puisse s'enflammer à nouveau. Les arbres ont commencé à revenir. Cependant, je ne les laisserai pas s'approcher de ma petite maison, avec son toit en métal ignifugé, ses évents à l'épreuve des braises et ses débords encaissés, ses murs en fibrociment et ses fenêtres en verre trempé.

Le dernier jour du chantier, nous nous sommes tous retrouvés sur le parking pour faire nos adieux. Il était temps de passer le relais aux entrepreneurs locaux. Nous avions sorti la ville du néant, à eux, désormais, de finir le travail.

Anton était déjà parti, ayant signé un nouveau contrat qui payait mieux, avait-il dit. Je ne lui ai pas demandé où.

J'avais éteint la TV depuis une semaine. Peut-être pour de bon. Jusque-là, le monde restait en grande partie dans l'ombre et en sécurité, mais depuis quelque temps, il semblait qu'ils listaient le plus d'endroits possible jusqu'à ce que le globe ressemble à une boule en flammes. Je savais bien que ce n'était pas le cas, mais ça commençait à en donner l'impression. L'impression qu'Anton avait raison. J'ai commencé à développer moi aussi des idées bizarres. Que serait-il arrivé s'ils avaient rebâti les murs des cités antiques dès leur destruction ? Si après chaque plaie divine, Pharaon avait brandi le poing en l'air et lancé : « Nous allons reconstruire » ? Si, avant le déluge, tous les pécheurs avaient fabriqué leur bateau, attendu la baisse des eaux en naviguant dans les parages, avant de revenir assécher leurs sous-sols et remplir leur déclaration d'assurance ?

Las ! C'étaient les pensées d'un ouvrier de la résilience dont la propre résilience commençait à s'effriter. Ce dont j'avais vraiment besoin, c'était de passer un moment loin de toute chambre de motel. Du temps pour me balader dans les collines avec ce qu'il me restait de genoux et profiter de ce que j'avais économisé, de ce que j'avais construit. Sur le vol du retour, je me suis surpris à penser à la fois où j'avais séjourné dans les ruines du paradis.

Les ouragans font des choses étranges. En fait, toutes les catastrophes ont quelque chose d'unique et d'étrange. Elles rasent des villes entières, mais laissent un ou deux bâtiments debout, presque intacts. Comme si elles voulaient nous donner un point de comparaison. Un sujet témoin de leurs expériences de destruction. Au cours de ces trente années, j'ai vu des maisons soulevées dans les airs et reposées quelques centaines de

mètres plus loin, sans plus de dégâts que deux ou trois chaises renversées et un verre brisé dans un évier de cuisine. J'ai vu des bosquets aussi verts et pimpants qu'une forêt intacte, bordés de tous côtés par des fragments de souches noircis, et remplis de cerfs brûlés aux yeux luisants de terreur. J'ai vu un bateau posé sur le toit d'un immeuble de cinq étages avec tant de délicatesse qu'une grue l'en a descendu pour le remettre à l'eau avant que son propriétaire ne lève les voiles et prenne le large.

J'ai vu tout ça. Mais ce qui m'a le plus marqué, c'est cette fois, durant ma première saison des cyclones, où nous avons séjourné dans les ruines du paradis.

C'était une de ces stations balnéaires où tout est compris. Le genre d'endroit où l'on glisse avec nonchalance du buffet au bar de la piscine, puis au salon. Où l'on passe des semaines à oublier le monde au-delà des plages de sable blanc, des palmiers, de la surface scintillante des piscines, des peaux humides et de la mer.

Le genre d'endroit où ni moi ni aucun de mes collègues n'étions jamais allés.

Seule une partie du complexe avait été épargnée, un ensemble de bungalows n'ayant subi que quelques bris de fenêtre au passage de la tempête, une bizarrerie liée à la configuration des lieux. Le reste de la petite île avait en revanche totalement disparu ; seuls demeuraient des copeaux de bois et divers bouts de tissu.

C'est là que notre employeur nous avait installés, avec des générateurs électriques. Normal, c'était les derniers bâtiments encore debout. Sur la plupart des sites, nous aurions logé dans un motel à l'écart et fait la navette jusqu'à la zone sinistrée. Or il n'y avait rien de tel sur cette île.

Le personnel de l'hôtel occupait lui aussi ces bâtisses, des saisonniers venus du monde entier dotés de visas de travail temporaire. Ils n'avaient nulle part où aller et l'idée de pouvoir finir la saison en gagnant un peu d'argent les ravissait.

Les bateaux de la compagnie débarquaient le ravitaillement sur un quai situé à un peu plus d'un kilomètre de là. Nous passions nos journées à déblayer les décombres, faire des relevés et commencer la reconstruction ; nos soirées à la lumière des torches tiki, à manger au buffet des mets délicats embrochés sur des cure-dents et à nager dans l'océan sous les étoiles. On aurait pu imaginer que le reste du monde avait disparu. Et pas seulement sur cette île.

Nous sommes restés des mois, à nettoyer et rebâtir pendant que les compagnies d'assurance gagnaient du temps et négociaient. Nous vivions nos journées comme des ouvriers du bâtiment mal payés, nos nuits telles des vacanciers de la classe moyenne supérieure. Nous rentrions *à la maison* après le travail et nous passions des chemises à fleurs et des robes de soirée que nous avions trouvées accrochées aux troncs des palmiers déchiquetés. Un employé de la station avait un bateau et proposait des cours de plongée en nocturne. Alors, au coucher du soleil, certains d'entre nous piquaient une tête et se laissaient dériver au large pour explorer les récifs coralliens épargnés par la tempête. Je l'ai fait. Rien n'aurait pu être plus paisible.

C'est peut-être ce que je recherchais dans ma baignoire : cette sensation d'immersion, à glisser tous les soirs dans un univers de calme.

À la fin de mon contrat, retrouver le monde là même où je l'avais laissé m'a déstabilisé. Peut-être est-ce le ressenti de tout le monde en rentrant à la maison après des vacances. Je ne saurais dire, je n'ai jamais pris de congés. En trente ans d'activité, je n'ai connu que des pauses — quelques jours de chômage angoissé interrompus par les cataclysmes.

Du passé, me suis-je dit alors que l'avion commençait sa descente. Désormais, j'avais du temps devant moi. Du temps et assez d'argent pour en profiter.

Des pompiers prennent du bon temps devant un match de baseball au bar de l'aéroport, leur équipement en désordre aux pieds des tabourets. Si je n'étais pas tout jeune retraité, je les suivrais sans doute là où ils vont. Les premiers à intervenir sauvent ce qui peut l'être ; nous on reconstruit le reste. Je scrute leurs visages à la recherche de mon amie, la pompière parachutiste. À chaque fois que je croise des pompiers, j'espère l'apercevoir. On se jetterait dans les bras l'un de l'autre comme de vieux compagnons, deux rescapés d'une autre époque. Et je saurais enfin qu'elle n'est pas morte.

Je n'ai jamais revu son visage et je sais pourquoi. Je rêve de sa mort au moins une fois par mois — la fine toile de son parachute vrillant dans un zigzag désespéré à la recherche d'un chemin au-dessus d'un chaudron de feu sans horizon.

Vous n'avez besoin d'aucune confirmation pour certaines choses. Dès sa décision prise, l'issue était connue.

Je retrouve ma voiture sur le parking et nettoie le pare-brise avec un chiffon. Je roule lentement, regardant les véhicules d'intervention descendre des collines et les visages fatigués derrière les volants. La cendre a tout recouvert d'une fine couche incolore. Les pompiers ne se dirigeaient pas vers une catastrophe, ils en revenaient.

Il ne reste que les fondations ; la tempête de feu a emporté tout le reste. Les atomes de ma retraite ont probablement déjà rejoint les nuages au-dessus d'un autre état.

Je plante la tente que je garde dans le coffre de ma voiture au milieu des décombres, je gonfle un matelas pneumatique et je me blottis dans mon sac de couchage. Comme toujours lorsque je suis fatigué, je dors parfaitement bien.

Je me réveille au bruit des pas sur le verre brisé et ouvre le rabat de la tente. Un homme revêtu d'une combinaison frappée du nom d'une entreprise pour laquelle j'ai travaillé douze ou treize fois fait le tour des ruines avec un odomètre.

C'est une journée magnifique : un de ces matins où les nuages de la nuit s'étiolent en lambeaux jaunes, lumineux et frais. Une journée faite pour la randonnée. Sous ce ciel s'étend une terre à nu, dépouillée, craquelée, parsemée de cendres. Je dégage un cercle avec ma botte et m'assois face à l'océan.

Le type finit ses mesures, s'approche et s'installe à mes côtés.

« Bel endroit, dit-il

– Oui. Du moins, il l'a été.

– Tu as assurance ? »

J'acquiesce.

« Bon. Mais tu reconstruis pas ici. Tôt ou tard, feu va revenir.

– Ouais. »

Je prends conscience des larmes coulant sur mes joues ; je ne sais pas trop depuis quand. Anton pose sa main sur mon épaule.

« Sois pas triste.

– Je pensais que ça ne pouvait pas m'arriver. Je ne suis pas une victime. J'interviens sur les catastrophes. J'étais préparé. En tout cas je croyais l'être.

– Tu peux rien faire. Tempêtes de feu à plus de mille degrés. Des tornades de flammes dansent même au large. Brûlent des bateaux au port jusqu'à ligne de flottaison. Pyrocumulonimbus, tu connais ce mot ? Il est difficile, je dois pratiquer beaucoup de fois. Pyrocumulonimbus de onze kilomètres de haut. Rien survit.

– J'aurais dû savoir.

– T'inquiète pas, dit Anton. On apprend pas vite, mais on a du temps. Ce monde finira aussi longtemps qu'il faudra. »

Traduit de l'américain par L'Épaule d'Orion.
Parution originale sur *Tor.com*, juillet 2023.

AYERDHAL

L'éloge du sacrifice. C'est ainsi que Serge Lehman résumait l'ensemble de l'œuvre d'Ayerdhal (1959-2015) dans l'anthologie manifeste **Escales sur l'horizon**, *parue en 1998 au Fleuve Noir, et au sein de laquelle fut initialement publié* « Scintillements », *magnifique récit que nous vous proposons de (re)découvrir ici, avec la bénédiction des éditions du Diable Vauvert, qui administrent aujourd'hui l'ensemble ou presque de l'œuvre de notre auteur. Dans cette même anthologie, cardinale dans l'histoire de la SFF contemporaine, Lehman ajoutait :* « Ayerdhal l'écrivain est comme Ayerdhal l'être humain : il ne connaît pas la soumission. Apparu comme une nova sur la grise scène SF au début des années 90, il a tout refusé, tout bousculé et — finalement — tout obtenu. » *On ne saurait mieux dire. Pour comprendre l'importance d'Ayerdhal, il convient de recontextualiser. À la fin des années 80, la SF française est dans un si piteux état qu'on parlera après coup de génération perdue à propos des jeunes auteurs de l'époque. Idéologisée à l'excès, clivée par les rivalités, souvent déconsidérée, seuls quelques rares talents surnagent (Michel Jeury, Christian Léourier, Jean-Pierre Andrevon, Philippe Curval…). Arrive alors Ayerdhal, qui, dès son premier roman,* **La Bohême et l'Ivraie**, *un gigantesque* space opera *de mille pages (découpé en quatre opus au Fleuve Noir « Anticipation »), clame aux yeux des lecteurs (et des éditeurs) que la SFF sait proposer des aventures démesurées capables de rivaliser avec celles des anglo-saxons. Que le* space opera *n'est pas condamné à la ringardise et aux idées réac'. Qu'il est possible de proposer des personnages féminins qui sont autre-chose qu'une paire de seins. Et que la politique, en science-fiction, cela peut s'avérer un tantinet plus subtil (et moins chiant) qu'un brulot néo-écolo-babos publié chez Kesselring. C'est qu'Ayerdhal est l'avant-garde d'une nouvelle génération qui s'apprête à tout bousculer. Génération à laquelle il donne un écrin initial en 1996 — date de la création de* Bifrost, *et ce n'est pas un hasard — avec la bien nommée* **Genèses**, *chez J'ai Lu, la première anthologie professionnelle de SF française depuis quinze ans, dans laquelle il publiera notamment Élisabeth Vonarburg, Serge Lehman, Jean-Marc Ligny, Pierre Bordage ou encore Jean-Claude Dunyach et Richard Canal, et qui fait aujourd'hui figure d'acte de naissance de cette même génération, qu'on pourrait qualifier de dorée, pour le coup, et qui prendra réellement son envol deux ans plus tard avec* **Escales sur l'horizon**.
Au sein de Notre club, Ayerdhal siège parmi ceux qui ont ouvert la voie. Une des nombreuses raisons pour lesquelles il nous manque — depuis dix ans, maintenant, jour pour jour ou presque…

illustration Anthony Boursier

À Pierre Bordage,
une manière d'hommage en hommage à la manière

LA GUERRE N'EST PAS UNE AFFAIRE DE CIVILS. Ils n'y connaissent rien, ils n'y comprennent rien, ils n'en apprendront jamais rien. Je le sais, j'en suis un.

Ce fut pourtant moi que le Sénat dépêcha dans le système de Trence, alors qu'il appartenait aux Batiks et que nous étions en guerre contre eux depuis… mon Dieu ! depuis bientôt six cents ans. Depuis qu'ils ont exterminé les soixante mille colons d'Erex.

Combien de victoires, combien de défaites, combien de millions de morts en six siècles ? Quelqu'un peut-il seulement avancer des chiffres qui soient plus que des estimations ?

Sur la Frange, nous avons perdu tous nos postes avancés et tous nos comptoirs, et nous les avons reconquis. Puis nous en avons reperdu quelques-uns, nous en avons grappillé quelques autres et nous nous sommes avancés dans leur espace. Système après système, de batailles en escarmouches, nous avons percé leurs défenses et nous avons dressé les nôtres pour qu'ils ne viennent pas porter le feu sur nos mondes.

Nous avons décimé des flottes entières et nous avons déploré la perte de plusieurs de nos armées. Nous avons combattu dans le vide. Nous avons combattu dans les airs. Nous avons combattu au sol, dans les villes, dans les forêts, dans les montagnes, sous les mers. Il nous a fallu grignoter parsec après parsec, unité astronomique après unité astronomique, mètre par mètre, sans être sûrs que nous n'aurions plus à les céder.

Nous avons pris neuf planètes à atmosphère viable, vingt-six à différents stades de terraformation et plus de mille stations biorégulées. Pourtant, nous ne savons toujours pas jusqu'où s'étend l'empire batik. Nous ignorons combien de systèmes il compte encore et lesquels sont des bastions importants. Les Batiks ne nous laissent jamais d'informations exploitables et ils s'arrangent pour évacuer tout individu possédant une culture astronomique avant que nous ne le fassions prisonnier. Leur civilisation ne semble pas favoriser la dispersion de certaines connaissances.

Nous ne savons pas grand-chose d'elle et le peu que nous savons tient davantage à ce que nous avons déduit qu'à ce que nos prisonniers nous apprennent. Il serait d'ailleurs plus exact de dire qu'ils ne nous apprennent rien et que nous n'avons trouvé aucun moyen de les circonvenir.

Cela découle de leurs systèmes de communication. Les Batiks n'ont aucun organe auditif ou vocal. Ils ne sont pas réellement sourds, puisqu'ils perçoivent l'activité de plusieurs particules ondulatoires, et ils ne sont pas techniquement muets, puisque leur « cerveau » est capable d'en moduler certaines. Pour ne pas avoir à concocter un néologisme, nous sommes convenus de nommer cela « télépathie ». Toutefois, le langage ainsi que d'autres stimuli interactifs batiks sont véhiculés par des agents qui relèguent la télépathie de nos fantasmes au rang de vulgaire poncif.

J'avais rédigé plusieurs mémoires là-dessus et c'était en partie le sujet de ma thèse de doctorat, mais je ne suis pas à proprement parler un spécialiste de la télépathie batik. Je suis xénologue et, depuis la fin de mes études, mes travaux portent exclusivement sur les communautés descendantes des humains génétiquement modifiés pour la survie en milieu hostile.

En fait, je devais mon ordre de mission dans le système de Trence au parsec qui le sépare d'Orave, système sans monde viable et jadis batik dans lequel le Sénat venait d'implanter une communauté xénogène. J'effectuais là-bas des recherches sur les interactions entre cette communauté et le million de Batiks qui résidaient encore dans trois stations biorégulées, capturées une décennie auparavant par notre flotte. Le Sénat avait estimé que le mois de transfert et la courte semaine de déficit temporel qui relient Orave à Trence justifiaient qu'on me préfère à un batikologue averti. Il y avait urgence.

On ne me laissa pas souffler. On ne m'accorda même pas les trois heures de décompensation usuelles après un voyage en aconscience. Je fus tiré de la cuve cybergicale, réveillé aux amphétamines et conduit au poste de commandement dans le quart d'heure qui suivit mon arrivée, du moins celle du courrier qui m'avait transporté.

Je fus reçu par le général Geoff Lightner, commandant en chef de la sixième armée fédérale, assisté du général de division Belam et du lieutenant-colonel Lindholm. Tous trois m'accueillirent dans le salon de détente du poste de commandement du croiseur *Leeri*, un très gros croiseur qui n'a rien à envier à la plupart des vaisseaux amiraux. Ils se présentèrent brièvement, me firent asseoir dans un fauteuil de relaxation

et s'installèrent eux-mêmes dans des sièges moins confortables. Il n'y eut pas d'entrée en matière.

« Désolé de devoir vous bousculer, professeur Edgin, attaqua Lightner, mais plus d'un mois s'est écoulé depuis que nous avons demandé l'assistance d'un xénologue et… enfin, vous comprendrez rapidement que nous ne tenons pas à perdre davantage de temps. Le *Leeri* stationne actuellement sur un point de Lagrange entre Trence 6, une jovienne hydrogène hélium, et Trence 6-14, son satellite le plus éloigné, que les batiks terraforment depuis probablement plusieurs siècles. 6-14 est davantage une petite planète qu'un planétoïde. Son atmosphère n'est pas encore respirable et sa climatologie laisse à désirer. Pourtant, la terraformation est tellement avancée que les Batiks ont pu stabiliser des régions entières en les isolant sous champs. Huit régions au total, dans lesquelles ils ont bâti autant de cités.

» Il nous a fallu seize mois pour nettoyer le système stellaire des engins batiks. Seize mois pendant lesquels nous avons laborieusement resserré notre étau autour de 6-14 avant de pouvoir en faire le siège. Au sol, les Batiks ont encore résisté huit mois. Je ne m'étendrai pas sur les problèmes que nous avons rencontrés. Il vous suffit de savoir que nous avons perdu beaucoup d'appareils et beaucoup d'hommes avant de pouvoir détruire leurs principaux systèmes de défense. C'était il y a cinq semaines. Greg ? »

Belam prit le relais de Lightner :

« Conformément à l'amendement Helmar, nous avons accordé cent heures aux Batiks pour déposer les armes. La proposition a d'abord été faite à l'échelle planétaire, puis indépendamment pour chaque cité. J'ai personnellement veillé à ce que le protocole de reddition soit respecté à la lettre et le lieutenant-colonel Lindholm s'est assuré que notre ultimatum avait bien été compris. »

J'intervins :

« Nous supposons que les Batiks décodent convenablement nos émissions maser. Nous n'en avons pas la certitude.

– Ils nous ont en tout cas retourné ce que nous considérons être leur accusé standard de réception.

– Qu'ils accusent réception du message ne signifie pas qu'ils l'ont compris.

– Professeur ! s'impatienta Lightner. Cela fait deux siècles que nous utilisons cette procédure et elle a toujours porté ses fruits !

– Sauf aujourd'hui… Je me trompe ? »

Belam et Lightner échangèrent un regard, puis Lightner fit signe à Belam de répondre.

« D'une certaine façon, quelque chose n'a pas fonctionné, en effet. Nous souhaitons que vous découvriez quoi et pourquoi. À cette fin, le lieutenant-colonel Lindholm vous accompagnera sur 6-14 dès la fin de cet entretien. » Il fronça les sourcils et prit une voix plus grave. « C'est sûrement inutile, professeur Edgin, mais je me dois de vous rappeler que nous sommes en guerre et que tout ce que vous verrez ou apprendrez ici est classé secret-défense. À l'exception de nous trois et de la commission sénatoriale à laquelle vous remettrez vos conclusions, personne… pas même un de mes officiers… n'est habilité à vous entendre sur le sujet. Avez-vous des questions ? »

J'en avais tellement qu'il était inutile d'en poser une seule, du moins pas avant de voir ce qu'ils avaient pris grand soin de me taire dans le but, j'imagine, de ne pas m'influencer.

J'entendis pour la première fois la voix de Lindholm lorsque la navette, dont nous étions les seuls passagers, s'immobilisa.

« Nous sommes dans un hangar accolé au champ batik d'une des régions stabilisées.

– Bien », fis-je.

Nous avions voyagé en aveugle dans un compartiment sans hublot. Je n'avais même pas vu le pilote, isolé dans son cockpit.

« La navette nous attendra ici, le pilote ne quittera pas le hangar.

– Secret-défense, commentai-je.

– Prévention sanitaire. Vous savez, professeur, pour les hommes engagés dans cette guerre, le secret-défense est un classement de principe. Et ici c'est carrément un secret de polichinelle. »

Je haussai les sourcils. Il haussa les épaules.

« Vous comprendrez. »

La portière de la navette coulissa. Nous en descendîmes et traversâmes le hangar, immense, opaque et mal éclairé, vers une porte blindée.

« C'est un sas abiotique. Il permet de préserver la biosphère batik de notre générateur d'air. Les deux atmosphères ne sont pas très différentes, mais notre hangar n'est pas parfaitement isolé de 6-14 et nous préférons laisser aux biologistes la prérogative de jouer avec les micro-organismes. »

À l'élasticité de nos foulées et à ma sensation de légèreté, j'évaluais la pesanteur de 6-14 à un peu plus de la moitié de la pesanteur terrestre. Elle était en réalité de 0,76 g. Dans le sas, pendant que les rayons abiotiques nous nettoyaient de la plupart des micro-organismes, nous nous dévêtîmes et enfilâmes des combinaisons isolantes. Puis Lindholm vérifia que mon masque était correctement positionné et ajusta le sien.

« Ce sont des respirateurs légers. Ils servent surtout à filtrer les molécules indésirables. Ils occasionnent une faible gêne, mais, si vous préférez vous en passer, ce sera sans dommage. »

Je ne lui demandai pas pourquoi nous prenions une précaution inutile. Le peu que je savais des militaires m'inclinait à penser que, à défaut de dommage, le respirateur nous préserverait de menus désagréments. L'autre dut suivre un raisonnement parallèle au mien :

« Toujours aucune question, professeur ? »

J'avais déjà remarqué que le respirateur étouffait à peine sa voix, je constatai qu'il ne perturbait pas davantage l'élocution :

« Pas encore assez de matière pour en formuler, colonel.

– Agmar… ou Lindholm tout court, mais épargnez-moi le “colonel”. Il y a trois ans que j'en bouffe à tous les repas et le régime commence à me peser.

– Nostalgie du “civil”… Agmar ? »

Il n'hésita qu'une seconde :

« Indigestion de militaires, professeur.

– Stoane… et mon seul titre est celui de docteur. »

Aux ridules qui plissèrent le coin de ses yeux, je devinai un sourire. Ce fut furtif.

« Eh bien, docteur Stoane Edgin, je vous jure que j'aurais préféré vous rencontrer dans d'autres circonstances. Pour l'heure, j'espère que vous avez le cœur bien accroché. »

Il pianota une série de chiffres sur un clavier accroché au mur et celui-ci s'ouvrit. À environ cent mètres de nous, il y avait un lac d'un gris ardoise à peine moins sombre que le ciel au-dessus de nos têtes. Une forêt bordait le lac sur presque tout son périmètre, sauf sur les quelques hectares qu'occupait la cité batik, sur la rive qui nous faisait face. Celle-ci était trop éloignée pour que je distingue plus qu'une poignée de bâtiments, mais elle semblait suffisamment vaste pour abriter plus de cent mille individus. Je n'eus pas le temps de m'attarder sur le

paysage et encore moins celui de détailler les essences que je voyais. D'abord, Lindholm m'entraîna d'un pas décidé sur la pente douce qui rejoignait le lac. Ensuite, j'aperçus mon premier cadavre et j'eus du mal à détourner mon regard de la masse grouillante qui le recouvrait.

« Les Batiks ne se décomposent pas vite, m'apprit Lindholm, les micro-organismes vraiment friands de leurs cellules sont plutôt rares. Mais celui-ci est à l'air libre depuis un mois et… bref, il n'est pas très joli à voir. »

J'ignore pourquoi, mais ni cette dépouille, ni les onze suivantes, près de l'appontement, ne me répugnèrent. Je ne fis rien pour m'en approcher, néanmoins, et Lindholm s'arrangea pour passer au large. Cela lui fut d'autant plus facile que, contrairement aux deux embarcations batiks, l'hydroglisseur militaire n'était pas amarré au ponton. Nous embarquâmes et le lieutenant-colonel mit le cap sur la ville. Nous conservâmes le silence durant toute la courte traversée et ce fut de nouveau lui qui le brisa, quand nous accostâmes au bout d'une jetée contre laquelle ballottaient une dizaine de bateaux batiks.

« Vous ne vous en rendez pas compte, mais vous êtes déjà en état de choc, Stoane, et cela ne va faire qu'empirer. Lorsque vous le désirerez ou lorsque vous ne parviendrez plus à contrôler vos émotions, je vous injecterai un tranquillisant.

– Vous êtes médecin ? demandai-je avec un soupçon involontaire d'agressivité.

– Psychiatre. C'est d'ailleurs la seule raison qui me vaut l'honneur de vous accompagner. »

J'encaissai.

« Et à quels signes saurez-vous que je décroche ?

– Tremblements ou hébétude, cela dépend de vous.

– Et si vous-même vous mettez à…

– Je suis sous psycholeptique depuis une heure.

– Ah. » Je fis la moue. « Pourquoi ne pas m'avoir proposé avant de…

– Nous ne souhaitons pas altérer votre jugement. »

Je ne décrirai pas la ville batik, les images que j'en conserve sont partielles ou floues. Il me semble que cette ville n'était pas différente de celles que j'avais visionnées en holo, mais je n'en jurerais pas. Les rues, en tout cas, étaient recouvertes d'une matière à la plasticité étonnante. Cela, je m'en souviens bien, parce que je suis tombé de tout mon long dessus et que mon évanouissement ne fut pas provoqué par la chute.

Par rapport au charnier que je découvris ensuite dans les bâtiments, je ne vis que peu de cadavres dans les rues, sauf au pied de deux tours ovoïdes qui se faisaient face au centre de la cité. Là, ils s'entassaient littéralement en une masse de chairs boursouflées et fourmillantes de larves et d'insectes. Plus que cette vision répugnante, ce fut l'odeur, malgré le filtre, qui déclencha ma réaction nerveuse et me fit perdre conscience.

Ma syncope ne dut pas durer plus de quelques secondes. Les militaires et le Sénat à travers eux me voulaient efficace, et la pharmacie de Lindholm ne se composait pas que de psychotropes. Même si j'eus dès lors la sensation de marcher en dehors de mon corps, le cocktail qu'il m'injecta me rendit l'essentiel de mes facultés. Lorsque j'émergeai, le psychiatre était accroupi devant moi, le regard navré. Je me redressai et vis l'amas de dépouilles derrière lui. Ma réaction fut molle mais instantanée :

« Bon sang, Agmar ! Pourquoi n'avez-vous pas incinéré ces malheureux ? »

Il ne répondit pas tout de suite et j'eus nettement l'impression qu'il faillit me révéler quelque chose. Mais il avait une trop grande maîtrise de lui-même pour se laisser aller à un impair ou à des confidences.

« Pour que vous les découvriez en l'état. »

Sans les médicaments, je lui aurais vomi dessus. Au lieu de cela, je le laissai m'aider à me relever et je le contournai pour m'imprégner une nouvelle fois des corps gisant à quelques mètres de nous. C'était moins pour tester l'efficacité des tranquillisants que pour m'assurer que je n'oublierais jamais ce charnier.

« Ils sont en meilleur état à l'intérieur, laissa tomber Lindholm.

– Pourquoi ? Ils sont vivants ? » ironisai-je.

Le regard qu'il me décocha n'était pas un reproche, juste un agacement.

« Non, mais les nécrophages n'ont investi que leurs organes internes et certains sont encore indemnes.

– Parfaitement morts, mais indemnes, c'est ça ? »

Sans les psycholeptiques, je pense qu'il m'aurait frappé.

« C'est aussi dur pour moi que pour vous, docteur Edgin. Souhaitez-vous être accompagné par quelqu'un d'autre pour poursuivre vos recherches ? »

Je restai stupide.

« Écoutez, Stoane, reprit-il. J'ai deux mille soldats dans les diverses infirmeries de la flotte et cinq fois plus confinés dans leurs quartiers

parce qu'ils sont incapables de reprendre leur boulot. Aucun d'eux n'est physiquement blessé, vous comprenez ? »

Je ne comprenais pas, du moins pas au-delà de l'évidence, et cela se voyait. Il soupira :

« Venez. »

Nous évitâmes finalement les tours, dont Lindholm m'apprit qu'elles étaient des bâtiments administratifs, et nous nous enfonçâmes dans la partie résidentielle de la ville.

Contrairement aux humains, les Batiks construisent peu vers le haut et tous leurs habitats sont bâtis à l'horizontale. Sur aucun des mondes que nous avons pris, nous n'avons trouvé de bâtiments d'habitation, seulement des maisons individuelles clairsemées au milieu de jardins et de parcs. Leurs villes peuvent même s'étendre sur des dizaines de milliers de kilomètres carrés tant ils valorisent leurs quartiers résidentiels d'espaces verts. Nous supposons que la télépathie, par ses aspects pratiques (en terme de distance) et contraignants (absence d'intimité), est la cause première de cette utilisation « irrationnelle » de la surface. Nous supposons aussi que leurs nombreuses et titanesques entreprises de terraformation sont la conséquence de leur besoin d'espace. 6-14 ne dérogeait pas à la règle, chacune de ses cités occupait une superficie de plusieurs centaines de milliers d'hectares et aucune ne comptait cent mille habitants.

Lindholm me fit pénétrer dans plusieurs maisons, mais nous ne les visitâmes pas, pas vraiment. C'était comme s'il se contentait, en me dévoilant les corps sans vie, de me prouver que l'armée avait bien rempli sa mission. Il me traînait d'une pièce à l'autre, parfois en entrouvrant simplement une porte, et nous ressortions pour passer à l'habitation suivante, nous contentant parfois de ne jeter qu'un œil à travers les fenêtres.

Je ne sais combien j'ai vu de cadavres. Des centaines ? Des milliers ? Je n'en ai pas la moindre idée. Je flottais dans un univers d'odeurs insoutenables et de visions abjectes. Je flottais dans mon corps, un peu au-dessus ou un peu à côté. Je flottais dans l'ouate abrutissante des psychotropes. Puis je me suis réveillé, ou l'une des molécules chimiques a cessé d'agir.

Nous approchions une construction pyramidale d'une vingtaine d'étages, trônant au sommet d'une colline moins arborée que le reste de la cité.

« Le centre de contrôle du champ pour cette région, annonça Lindholm, en surface du moins. En sous-sol, les Batiks avaient enterré leur QG militaire. Ce n'est pas la première fois que nous rencontrons ce genre de configuration. Ils ont compris que nous ne pilonnerions pas le…

– Attendez ! » le coupai-je en criant presque.

Je me retournai et, profitant de notre situation privilégiée au-dessus du lac et de la cité, je cherchai les inévitables dégâts qu'avaient provoqués les affrontements au sol. Il n'y en avait aucun.

« Comment… » demandai-je, et je m'interrompis aussi sec pour me précipiter dans la maison la plus proche.

La porte d'entrée en était béante, mais intacte. Elle donnait sur un hall qui plongeait lui-même sur une pièce immense garnie d'une baie vitrée donnant sur un jardin propret. Un escalier descendait depuis le hall sur ce qui devait être la pièce principale de la maison. De la plus haute marche, je vis les quatre corps installés sur un canapé faisant face à la baie vitrée. Ils étaient assis, leurs crânes rejetés sur le dossier du canapé. Je dévalai presque l'escalier et je me plantai devant les cadavres. Quatre adultes nus, les chairs encore « solides », le corps dépourvu de toute trace de violence. J'approchai la main pour en tourner un et l'examiner, mais je fus incapable d'achever mon geste. C'était… incongru.

« Poison », jeta Lindholm depuis le faîte de l'escalier.

Je levai la tête vers lui, incrédule. Il avait les deux mains appuyées sur le parapet du hall, les yeux fixes, et il ne me regardait pas. Son regard se perdait au-dessus de ma tête, à travers la baie vitrée et le paysage de bonheur tranquille qui avait été la dernière vision des quatre Batiks.

« Poi… poi… » bégayai-je.

Ses yeux revinrent sur les miens.

« Beaucoup se sont empoisonnés. Quelques-uns ont préféré se jeter du haut d'un bâtiment, se noyer ou se faire sauter la cervelle. D'autres se sont entre-tués ou électrocutés ou… gazés… ou… »

Il serra si fort le bois de la rambarde que celui-ci craqua, puis il quitta la maison. Cette fois je ne m'évanouis pas. Je tombai simplement sur le coccyx et je restai là, incapable de bouger un doigt ou d'aligner la plus brève pensée. Je suis demeuré plus de deux heures le cul par terre, l'esprit aussi vide que celui des Batiks qui s'étaient offert une dernière contemplation de leurs vies avant de se donner la mort.

Non.

Ils avaient ingéré le poison avant de s'asseoir dans le canapé et ils avaient attendu, en pleurant sûrement, à leur manière de Batiks, que le jardin sous leurs yeux s'éteigne à jamais. Assis sur une marche, Lindholm m'attendait sous le porche ceignant le bâtiment pyramidal. Je m'installai à côté de lui et j'attendis qu'il parle.

« Tu as fini par remarquer qu'il n'y avait pas de trace de combats, c'est ça ? »

Je hochai la tête.

« Et tu t'es demandé si tu avais vu des blessures sur les Batiks… Certains en ont, qu'ils se sont eux-mêmes infligées ou qu'un de leurs semblables leur a causées. Peu, dans l'ensemble… moins d'un pour mille.

– Ils… ils sont tous morts ? »

Lui aussi hocha la tête : certains mots sont difficiles à prononcer.

« Combien ? » insistai-je.

Il ferma les yeux.

« Environ un million… Nous n'avons compté que ceux de cette région et nous nous sommes contentés de vérifier qu'aucun Batik n'avait survécu dans les autres.

– C'est épouvantable. »

Il rouvrit les yeux et se releva.

« C'est pire qu'épouvantable, Stoane. C'est l'acte le plus dément de… Putain ! Tout un monde s'est donné la mort ! Tu comprends ça ? Bordel de merde ! Tu comprends ? Un million de types, qui ont défendu leur planète bec et ongles pendant deux ans, se sont suicidés en cent heures ! Ils se sont… Ils ont même tué leurs gosses ! »

Il tendit le bras vers le lac.

« Il y a une espèce d'école là en bas, un truc énorme. Nous y avons dénombré huit mille cadavres. Moins de cinq pour cent d'entre eux étaient adultes. »

Il n'avait pas besoin d'être psychiatre pour sentir mon abattement, et je n'étais pas simplement abattu. Il se calma :

« Désolé. J'aurais de loin préféré ne pas avoir à faire porter cette croix à quiconque, mais nous ne pouvons pas nous contenter d'enregistrer cette folie dans un rapport. Tout militaires que nous sommes, nous ne respectons pas que l'amendement Helmar, Stoane. Nous respectons l'adversaire pour le soldat qu'il est et nous respectons les civils avec autant d'égard que s'ils étaient les nôtres. S'il s'agit d'une psychose collective,

d'un ordre subliminal ou des conséquences de je ne sais quelle croyance religieuse, nous devons le connaître. Et c'est ton job. »

Oui, c'était mon job. Collecter les informations, les trier, les mettre en équation, les analyser. Et comprendre. Mais qui étais-je pour espérer comprendre un million de Batiks qui... Qui quoi ?

Je me levai à mon tour.

« Depuis sept siècles, des dizaines de milliers de xénologues ont consacré leurs vies à l'étude de la civilisation batik, Agmar. Or, ni pendant la brève période de tolérance réciproque, ni depuis, nous n'avons fait la moindre avancée significative. Le peu que prétendent connaître nos meilleurs batikologues ne repose que sur des assimilations anthropiques. Notre ignorance est telle que, sur chaque monde que nous leur enlevons, nous les parquons dans des réserves où nous ne prenons même plus la peine de les visiter. Il n'y a aucune collaboration, aucun échange, aucune négociation entre nos deux civilisations, et les seuls protocoles que nous avons réussi à instaurer sont militaires. Je veux bien faire mon job, comme tu dis, mais, à part des cadavres, sur quel matériau veux-tu que je travaille ? »

Il pointa le doigt sur l'entrée du bâtiment pyramidal.

« Nous pensons qu'ils nous ont laissé un message. »

J'étais sidéré.

« Vous... pensez ?

– Pour la première fois, ils n'ont pas détruit tout ce qui concerne l'astrographie. Ils nous ont d'ailleurs abandonné la totalité de leurs instruments en état de marche. Mais il y a plus... intrigant. Ils ont créé un hologramme à notre intention : une représentation très précise de la galaxie, bien plus précise que celle que nous serions capables de réaliser. »

Il passa devant moi et pénétra dans l'immeuble.

« Tu verras », dit-il. Je le suivis.

Toute la pyramide était... mon Dieu ! C'était comme si elle s'était figée d'un coup. Comme si, alors qu'elle vivait son quotidien de la façon la plus banale, elle s'était éteinte en une fraction de seconde. Du sommet à la base du centre de contrôle du champ et à chaque niveau en sous-sol du QG, les Batiks étaient encore à leurs postes. Morts. Un peu asséchés, un peu amaigris, mais tous si bien conservés qu'ils eussent simplement pu être cryogénisés.

« Ils se sont servis du système d'aération pour diffuser un gaz, expliqua Lindholm. Ça les a tués instantanément, comme ça a tué tout organisme. Ils sont momifiés. »

Il était plus à l'aise que moi, bien sûr (il n'avait pas de frissons et il ne passait pas son temps à regarder derrière lui), mais il n'aimait pas l'idée de devoir passer plusieurs heures dans ce sépulcre gigantesque.

J'eus l'impression de parcourir des kilomètres avant d'atteindre la salle de l'hologramme, mais ce ne fut probablement pas le cas, même si la base de la pyramide occupait une part importante du sous-sol de la colline. Nous y arrivâmes par un corridor débouchant au-dessus d'elle, sur un balcon qui en faisait le tour, mais dont nous n'apercevions qu'une infime partie, le reste se perdant dans le mélange d'ombres et de lumière généré par l'hologramme.

Pour avoir fréquenté nombre de stellariums 3D, j'avais déjà vu des restitutions impressionnantes de notre région galactique. Pourtant, l'hologramme batik me donna le vertige. Je ne saurais dire quel était le volume de la salle dans laquelle il évoluait (car il était en mouvement). Je peux juste garantir que, même à cette échelle, j'eus conscience de n'être rien. Rien, au point que l'humanité dans son ensemble était encore moins que microscopique.

Nous empruntâmes un tapis roulant qui descendait sous le balcon en suivant la courbure de la salle et nous parvînmes enfin au sol, sous la Voie lactée. D'ici, l'impression était encore plus écrasante. Elle s'effaça néanmoins après les quelques dizaines de mètres que Lindholm me fit franchir en me tirant par la manche (je marchais en aveugle, les yeux rivés sur le ciel). Lindholm nous immobilisa et quelque chose ramena mon regard vers le bas. Quelque chose comme la désagréable sensation d'être observé à mon insu. Devant nous, si près que je sursautai, se tenait un Batik, assis dans un fauteuil au dossier très haut.

« Il est mort », crut devoir me rassurer Lindholm.

Je voyais bien qu'il était mort, mais je voyais aussi son bras gauche reposant sur sa cuisse et les quatre doigts, au bout, qui désignaient le sol à nos pieds, comme pour nous inviter à… à nous en servir.

Entre le Batik et nous, sous une plaque de verre incrustée dans le béton, il y avait une seconde représentation de la galaxie. Le diamètre de celle-ci ne devait pas excéder trois mètres et sa profondeur était au mieux de soixante centimètres. C'était presque comique de la voir ainsi minuscule sous sa colossale jumelle. Lindholm se baissa et ramassa un objet que je

n'avais pas remarqué : une tige totalement translucide de deux mètres de longueur et d'une section de quelques millimètres. Quand il la prit en main, je m'attendis à ce qu'elle oscille ou qu'elle plie sous son propre poids, mais elle demeura parfaitement rigide. Sans hésitation, il la trempa dans la plaque de verre.

« C'est un aérogel », dit-il.

Il me fit signe d'approcher et me montra un segment de la tige sous sa main droite. Le segment s'était opacifié et possédait maintenant plusieurs graduations symbolisées par des lueurs de couleurs différentes. Il posa deux doigts de sa main gauche sur la troisième graduation et pressa deux fois. Dans l'aérogel, la galaxie se brouilla et rétrécit d'un coup autour de la pointe de la tige jusqu'à disparaître. Il y eut un vague flash et la galaxie se recomposa depuis l'endroit où elle s'était désagrégée. Non, pas la galaxie, juste un secteur comportant quelques milliers d'étoiles.

« Un bout d'espace humain, commenta Lindholm, et un bout de Frange. »

Ses deux doigts lâchèrent la tige et la reprirent à la dernière graduation. De nouveau, il pressa deux fois.

J'eus l'impression que la salle entière devint tout à coup obscure, puis le flash se produisit (en plus puissant mais toujours sans être aveuglant) et je compris. Au-dessus de nous, c'était tout l'hologramme géant qui se recomposait.

Cela fut à peine moins rapide que dans l'aérogel et nous eûmes subitement tout l'espace humain suspendu sur nos têtes.

« Tu te repères ? » demanda Lindholm.

J'étais bouche bée.

« Oui », affirmai-je.

Et pour le lui prouver, je nommais les neuf étoiles les plus proches de nos cheveux. Même si je n'avais pas été féru d'astronomie toute mon adolescence, ces neuf-là étaient faciles à reconnaître : la plus éloignée avait été la première que l'humanité avait nommée Soleil. Autour d'elle, je pouvais même distinguer Jupiter et…

« Bon sang ! » jurai-je.

Lindholm replongea la tige dans l'aérogel. Vingt secondes plus tard, la portion de galaxie s'était encore resserrée, affinée jusqu'à ne plus montrer que le système solaire et tous ses astres en mouvement.

À mon effarement, Lindholm devina que je comprenais parfaitement la signification de ce qu'il me montrait.

« Je crois que tu commences à cerner notre problème, dit-il. Ils connaissent le Système solaire sur le bout des doigts et ils connaissent tous nos systèmes avec la même définition… Toutes les caractéristiques physiques et astronomiques sont fidèles à plusieurs décimales près ! »

Je jetai un œil en direction du Batik dans son fauteuil.

« Et nous ne savons quasiment rien des leurs, laissai-je tomber.

– Faux ! me fit-il sursauter. Nous en savons autant qu'eux. Du moins en saurons-nous autant lorsque nous aurons fini de dépouiller les données contenues dans ce truc… et si ces données sont aussi fiables en ce qui concerne l'espace batik qu'à ce qui touche au nôtre.

– Mais…

– Mais il faudra des siècles pour enregistrer, analyser et vérifier ce que contient cet holo.

– Ce n'est pas ce que je voulais dire. Ce qui m'intéresse c'est… » J'avais du mal à formuler ma question. « D'accord, cet appareil est une mine gigantesque de données astrophysiques, mais en quoi nous renseigne-t-il sur l'espace batik ? Ce n'est pas parce que nous connaîtrons l'existence de planètes potentiellement habitables que nous les constaterons réellement habitables ou habitées.

– Ce seraient déjà de précieux indices, mais je t'ai parlé d'un message. Tu te souviens ? »

Je ne risquais pas de l'oublier.

« Je crois qu'il est temps que tu le visionnes. » À mon froncement de sourcils, il répliqua : « C'est une séquence programmée. Je te conseille de t'allonger par terre, elle dure près d'une heure. Je reviendrai te chercher une demi-heure après la fin de la séquence.

– Tu…

– Ce sont mes consignes. De toute façon, j'ai déjà assisté douze fois au spectacle et je n'en tirerai rien de plus que ce que je sais déjà. C'est-à-dire pas grand-chose. »

Il me tendit la baguette translucide.

« Le répétiteur est à la bonne échelle. Tu n'as qu'à toucher la Terre de la pointe de la tige.

– C'est tout ? » Je m'attendais à ce qu'il faille presser une section de la baguette.

« C'est tout. Nous estimons que les Batiks ont simplifié la procédure pour que nous ne nous trompions pas sur l'intention de message. Bon. Je te laisse avec Hermès.

– Hermès ? »

Lindholm donna un coup de tête dans la direction du Batik.

« C'est sa fonction, non ? »

Difficile de dire à quoi je m'attendais. Peut-être à réaliser le rêve de millions d'hommes avant moi : recevoir une communication d'une espèce extrahumaine, en être le réceptacle ou un spectateur privilégié. Je n'avais, je crois, aucun préjugé, si ce n'était celui de message, ainsi que Lindholm me l'avait suggéré.

Je fus d'abord déçu ou, plutôt, dubitatif. De plans généraux en plans rapprochés, la première séquence holographique batik fut une longue, une interminable présentation astronomique de la galaxie et, plus précisément, de la faible portion que nos deux civilisations sillonnaient. Ce n'était ni plus ni moins qu'un catalogue, méthodiquement ordonné, des systèmes que nous exploitions et des planètes, satellites et astéroïdes que nous occupions, eux et nous. Je ne doutai pas que ce fût d'un immense intérêt stratégique pour les généraux, mais pour moi cela n'évoquait rien, sinon l'ennui. La seconde partie, beaucoup plus courte, ne présentait qu'un plan global des espaces batik et humain, d'une manière très schématique et sans respect pour les distances et les proportions. On n'y voyait que les étoiles, plus ou moins grosses, suivant l'importance stratégique de leurs systèmes, et colorées d'après leur appartenance. L'espace batik était décliné en couleurs chaudes, l'espace humain en couleurs froides. Il ne s'agissait pas de nos territoires actuels (d'ailleurs, les étoiles de la Frange étaient symbolisées par des astres blancs), mais de ce qu'ils avaient été plusieurs siècles avant qu'un de nos astronefs émergeât dans un de leurs systèmes.

Doucement, quelques astres de la Frange virèrent du blanc au jaune et du jaune à l'orangé, côté batik, ou du blanc au tilleul et du tilleul au vert, côté humain. Puis un point vert apparut à côté d'un astre orange et celui-ci se scinda en deux moitiés égales, chacune nettement d'une couleur. D'autres systèmes suivirent cette même transformation (la brève période de tolérance réciproque, comme je l'avais appelée) et un astre commença à palpiter : jaune, tilleul, jaune, tilleul. Erex, évidemment, qui devint tout à coup totalement orangé.

J'eus alors une pensée pour le Batik momifié dans son fauteuil, mais je ne le regardai pas. La guerre venait de débuter. Erex recommença à palpiter avant de devenir franchement émeraude. Nous l'avions reconquis. Puis l'hologramme raconta la guerre de la Frange, avec ses étoiles qui changeaient de couleur plusieurs fois et finissaient toujours par prendre une teinte froide, et la phase d'invasion, durant laquelle des étoiles de plus en plus rouges (au fur et à mesure que nous nous enfoncions dans l'espace batik) viraient au vert, avec seulement de petits points jaunes. Les réserves.

Jusqu'à Trence.

L'hologramme matérialisa le système de Trence vu depuis un astronef, émergeant dans son nuage d'Oort, qui approchait Trence 6, contournait la planète géante et s'immobilisait à deux secondes-lumière de 6-14.

6-14 ressemblait, je suppose, à ce qu'il était réellement. Seules huit taches d'un orange pâle étaient affichées en fausses couleurs : les régions sous contrôle atmosphérique. Plusieurs lumières vertes se mirent alors à danser autour du planétoïde et, subitement, lorsqu'une étincelle émeraude l'atteignit, les taches orange disparurent.

Durant dix secondes, ensuite, il ne se passa rien, puis 6-14 verdit dans sa totalité. L'angle de vue subjective s'élargit, englobant Trence 6 qui verdit à son tour, comme Trence (l'étoile) dès qu'elle réapparut dans l'hologramme. Retour au plan global sur les espaces batik et humain en fausses couleurs. Simplement une étoile orangée était devenue tilleul et, côté batik, sa plus proche jumelle clignotait.

Orange vert orange vert orange vert…

Je restai un moment allongé sur le dos, le regard tantôt perdu dans les lumières de l'hologramme, tantôt tourné vers la momie batik. Quand Lindholm vint me chercher, j'étais accroupi devant la momie, les mains pressant furieusement le bout des accoudoirs du fauteuil. Je pleurais. Le lieutenant-colonel ne me demanda rien. Il posa juste une main sur mon épaule droite et il dit à voix basse :

« Les généraux t'attendent. »

Je trébuchai plusieurs fois avant de rejoindre le sas et je ne décrochai pas un mot au psychiatre, sinon pour refuser une nouvelle injection de calmants. Dans la navette, je m'efforçai de faire le vide, mais je n'y parvins pas et je doutai de retrouver un jour la paix de l'esprit. En fait, je découvrais ce que signifiait toucher le fond et ce fut seulement en traversant le poste de commandement du *Leeri*, juste devant la porte du salon de détente, que Lindholm me tendit une perche. Cette perche était

hérissée de pointes et chacune de celles-ci était enduite d'un poison mortel.

« Ne t'inquiète pas. Ils ont déjà beaucoup plus qu'une idée de ce que tu vas leur dire et le Sénat s'y est préparé. Toute l'astronavale est sur le qui-vive, elle n'attend plus qu'un ordre. »

Je dus m'appuyer sur la porte et fermer les paupières cinq secondes afin de ne pas perdre conscience.

« Ça ira », affirma Lindholm.

Il me laissa encore prendre une longue aspiration avant de demander la permission d'entrer dans le salon. Cela ne suffit pas à me rendre des couleurs, mais je n'avais pas le droit d'être moins déterminé que ne l'avait été Hermès.

Ce fut pire que je ne le craignais.

Je devais être pâle à faire peur, car Lightner m'accueillit d'un sourire compatissant et Belam me fit asseoir dans le même fauteuil que lors de notre premier entretien en me tendant un verre d'eau. Lindholm se plaça en position de repos juste derrière moi et je vis sur le visage de Lightner qu'il lui fit un signe, probablement pour lui recommander de me ménager.

« Je vous prie de croire que nous n'avons pas été moins secoués que vous lorsque nous avons compris à quoi nous avions affaire, attaqua Lightner. Vous êtes l'expert mandaté par le Sénat et nous devons entendre vos conclusions le plus rapidement possible, mais si vous avez besoin de quelques minutes pour… enfin, nous comprendrons. »

J'étais incapable de desserrer les dents. Dans l'expectative, Lightner m'accorda une poignée de secondes et reprit sur le même ton chaleureux :

« Prenez votre temps, professeur Edgin. Vous n'êtes de toute façon pas responsable de ce que les Batiks ont voulu, et personne ne pourra vous tenir rigueur de la triste confirmation que vous nous apporterez. »

Je ne réagissais toujours pas, alors il décida de me venir en aide :

« Nous savons déjà que, en dévoilant la position astrographique de leurs bastions, les Batiks nous attirent dans un piège et que, en divulguant leur très fine connaissance de notre propre espace, ils n'aspirent qu'à nous terroriser pour nous contraindre à nous jeter dans la nasse. Nous nous doutons aussi que ce suicide collectif annonce une guerre totale, sans aucune éthique ni pitié. Nous ferons face à cela. Ce que nous avons besoin de préciser, professeur, c'est de quelle nature sont les…

les monstres qui ont décidé de cet holocauste. S'agit-il de manipulateurs politiques ou religieux ? S'appuient-ils sur un endoctrinement éducatif ou d'ordre hypnotique ? Peut-on nourrir l'espoir de les circonvenir ou de les dresser les uns contre les autres ? Dans quelle mesure… »

Je levai une main pour l'arrêter. J'avais du mal à déglutir, mais il m'était impossible de continuer à subir ce déluge de rationalisme militaire. C'était comme si Lightner m'était plus étranger qu'Hermès, parce que l'humanité, pour lui, en lui, était autre chose que les humains qui la composaient.

« Cette conversation est-elle retransmise ? demandai-je pour tester mes cordes vocales.

– Pour les Sénateurs, bien sûr, répondit Belam, par ansible. Vous pouvez vous adresser directement à eux. »

Curieusement, j'en fus soulagé. Assez, en tout cas, pour dire enfin ce que j'avais à dire.

Je me levai et je fis quelques pas. Puis, alors que Lightner allait reprendre la parole, je lâchai d'une voix épuisée :

« La guerre est finie, général. »

Le silence n'eût pas été moins dense si l'univers venait tout à coup de s'effondrer. Je n'eus aucun remords à le déchirer :

« C'est ça le message des Batiks, et c'est un message de détresse. » Ma salive était encore dure à avaler. « Vous voulez ce monde ? Vous voulez tous nos mondes ? Prenez-les. Nous sommes incapables de vous en empêcher et nous n'essaierons plus. Nous vous les laisserons même libres d'occupants. De toute façon, il y a longtemps que nous vous connaissons et longtemps que nous savons que nous ne nous entendrions pas.

» Nous avons essayé pourtant. Quand vous en avez eu fini d'occuper les systèmes que nous avions abandonnés à votre usage alors que vous découvriez à peine l'astronomie sur les bords du Nil. Quand vous êtes venus bâtir des termitières dans nos parcs. Alors nous avons eu le tort de croire que nous pouvions vous arrêter. Aujourd'hui, nous savons que nous sommes seulement en mesure de vous freiner, un temps. Ce temps prend fin ici et maintenant. »

Je laissai mourir ma voix, mais elle résonna encore de longues secondes. Je pouvais la voir rebondir de visage en visage. Celui de Lightner, incrédule. Celui de Belam, abattu. Celui de Lindholm, comme une fontaine longtemps tarie qui refusait, par habitude, la pression des eaux souter-

raines. Je sentais aussi l'écho franchir les parsecs et assourdir l'humanité à travers ses représentants au Sénat.

« La guerre est finie, répétai-je, parce qu'il faut au moins deux partis pour la faire et que nous n'avons plus d'opposants. Je ne sais pas s'il peut exister pire victoire, mais si, pour nous, la leçon est amère, j'espère que nous n'oublierons jamais ce qu'elle a exigé d'un million de Batiks. »

J'ai demandé l'autorisation de rester sur 6-14 dès que les Sénateurs ont pris la décision d'en retirer toutes nos troupes pour y installer les Batiks que nous conservions prisonniers dans les réserves. Ils me l'ont accordée à contrecœur, mais sans trop rechigner. Cela fait cinq ans que je vis parmi les Batiks. Je me suis octroyé une maison dans une clairière au-dessus du lac et je me nourris de ce que produit mon jardin. Aucun déplacement ne m'est interdit, aucune porte ne m'est fermée, et je peux emprunter ce que je veux sans que personne ne s'y oppose. Mais les Batiks ignorent toutes mes tentatives de communication et ne m'accordent aucune attention.

L'année dernière, à leur demande et après que j'ai dû batailler avec le Sénat, deux xénologues m'ont rejoint. Nous n'avons pas mieux réussi à trois ce que j'ai échoué à obtenir seul. Il faut l'avouer, c'est l'échec de ma vie et j'en suis désespéré. Pourtant, ce n'est pas pour cela que, demain, je me rendrai à la pyramide et que je descendrai au sous-sol à l'heure où les Batiks sont nombreux à le visiter. Car ils le visitent comme on visite un mausolée et ils s'inclinent devant le fauteuil dans lequel se trouve la seule momie qu'ils n'ont pas incinérée.

Demain, pour la deux millième fois, j'irai m'incliner avec eux. Puis je m'assiérai sur le tabouret que j'ai moi-même taillé dans le bois d'un arbre de mon jardin et je poserai ma main dans celle d'Hermès. Lindholm m'a garanti que je ne souffrirai pas et que le poison qu'il m'a envoyé conserverait aussi bien mes chairs que le sont celles du seul Batik qui m'ait parlé.

Je sais que ses semblables comprendront le message.

Complétez votre collection...

- ❑ n°1 - 8,08 € - Le Bussy ; Planque ; Day ; Milési
- ❑ n°14 - 6,4 € - T. Day ; R. C. Wagner
- ❑ n°15 - 6,4 € - R. Wagner ; R. Milési ; M. Swanwick
- ❑ n°16 - 6,86 € — R. C. Wagner ; Alan Steele
- ❑ n°17 - 6,86 € - N. Kress ; R. C. Wagner
- ❑ n°19 - 6,86 € - Dozois & Swanwick ; R.C. Wagner
- ❑ n°20 - 6,86 € - G. Egan ; F. Valéry. Dossier de PdF à Folio-SF
- ❑ n°21 - 6,86 € - T. Day. J.-L. Fetjaine - G. Dozois
- ❑ n°26 - 8 € - T. Day ; F. Berthelot ; K. Schroeder
- ❑ n°27 - 8 € - C. Mamier ; M. Resnick ; M. Demuth ; N. Gaiman
- ❑ n°28 - 9 € - G.R.R. Martin ; Thiberge ; Le Guin ; B.H. Rogers
- ❑ n°29 - 9 € - J.P. Andrevon ; C. Ecken ; C. Mamier ; M. Moorcock
- ❑ n°30 - 9 € - Dufour ; Heliot ; Pagel ; R. Russo ; J. Williamson
- ❑ n°31 - 10 € - Spécial Curval ; Caza ; Ecken ; G.R.R. Martin
- ❑ n°33 - 10 € - Mauméjean ; G.R.R. Martin ; Girardot ; Rogers
- ❑ n°34 - 10 € - Spécial Uchronie
- ❑ n°35 - 10 € - T. Day ; J. P. Kelly ; M. Swanwick
- ❑ n°36 - 10 € - Bellagamba ; C. Dufour ; L. Dutour
- ❑ n°37 - 10 € - Dossier Jacques Barbéri
- ❑ n°38 - 10 € - Asher ; Conde ; Curval ; Heliot ; Ruellan
- ❑ n°39 - 10 € - M. Jeury ; L. Dutour ; M. Swanwick ; C. Priest
- ❑ n°40 - 10 € - L. Shepard ; J.-P. Lion ; R. Reouven ; F. Berthelot
- ❑ n°41 - 10 € - Dossier Christopher Priest
- ❑ n°42 - 17 € - Spécial anniversaire 10 ans
- ❑ n°43 - 11 € - A. Raynolds ; U. Bellagamba ; E. Jouanne
- ❑ n°44 - 11 € - J. Barbéri ; J. Ford ; J. Wintrebert
- ❑ n°45 - 11 € - Dossiers Greg Egan et Robert C. Wilson
- ❑ n°46 - 11 € - Dossier Gérard Klein - A. Reynolds ; C. Lambert
- ❑ n°47 - 11 € - Dossier J.-C. Dunyach - Nguyen ; Swanwick...
- ❑ n°48 - 11 € - Dossier Daniel Walther - Kloetzer ; Walthe ; Ford
- ❑ n°49 - 11 € - Dossier Robert Silverberg
- ❑ n°50 - 11 € - Dossier Tim Powers - Genefort ; Powers ; Beauverger
- ❑ n°51 - 11 € - Dossier Lucius Shepard
- ❑ n°52 - 11 € - Dossier Joël Houssin & Christian Vilà
- ❑ n°53 - 11 € - Dossier China Miéville - C. Miéville ; C. Priest ; J. Noirez
- ❑ n°54 - 11 € - Dossier Richard Canal - Peter Watts ; Richard Canal
- ❑ n°55 - 11 € - Dossier Roger Zelazny
- ❑ n°56 - 11 € - Dossier Jean-Marc Ligny - Ted Chiang ; Don Lorenjy
- ❑ n°57 - 11 € - Dossier Robert Heinlein
- ❑ n°58 - 11 € - Dossier Laurent Genefort - C. Ecken ; J.-C. Dunyach
- ❑ n°59 - 11 € - Dossier J. G. Balsard
- ❑ n°60 - 11 € - Spécial vampires
- ❑ n°61 - 11 € - SF : questions et perpectives - P. Watts ; T. Di Rollo
- ❑ n°62 - 11 € - Hommage à Jacques Goimard - M. Resnick ; T.Day
- ❑ n°64 - 11 € - Dossier Jérôme Noirez - P. Watts ; X. Mauméjean
- ❑ n°65 - 11 € - Dossier Christian Léourier - Brown ; Hoffman ; Di Rollo
- ❑ n°68 - 11 € - Dossier Ian McDonald - T. Di Rollo
- ❑ n°69 - 11 € - Spécial Culture Rock
- ❑ n°70 - 11 € - Dossier Stephen Baxter - Caruso ; Dufour ; Mauméjean
- ❑ n°71 - 11 € - Dossier Michel Pagel - P. McAuley ; T. Di Rollo
- ❑ n°72 - 11 € - Dossier Ray Bradbury
- ❑ n°73 - 11 € - Dossier H. P. Lovecraft
- ❑ n°74 - 11 € - Dossier Léo Henry
- ❑ n°75 - 11 € - Dossier Poul Anderson
- ❑ n°76 - 11 € - Dossier J.R.R. Tolkien
- ❑ n°77 - 11 € - Dossier Mélanie Fazi
- ❑ n°78 - 11 € - Dossier Ursula Le Guin
- ❑ n°79 - 11 € - Dossier Yves & Ada Rémy
- ❑ n°80 - 11 € - Dossier Stephen King
- ❑ n°81 - 11 € - Dossier Pierre Pelot
- ❑ n°82 - 11 € - Dossier Neil Gaiman
- ❑ n°83 - 11 € - Dossier Laurent Kloetzer
- ❑ n°84 - 11 € - Dossier Robert E. Howard
- ❑ n°85 - 11 € - Dossier Thierry Di Rollo
- ❑ n°86 - 11 € - Dossier Richard Matheson
- ❑ n°87 - 11 € - Dossier Jean Ray
- ❑ n°88 - 11 € - SPECIAL Greg Egan
- ❑ n°89 - 11 € - Dossier Nancy Kress
- ❑ n°90 - 11 € - Dossier Edmond Hamiltor
- ❑ n°91 - 11 € - Spécial Fictions
- ❑ n°92 - 11 € - Dossier Theodore Sturgeon
- ❑ n°93 - 11 € - Dossier Peter Watts
- ❑ n°94 - 11 € - Dossier John W. Campbell
- ❑ n°95 - 11 € - Dossier Lune & science-fic
- ❑ n°96 - 11 € - Dossier William Gibson
- ❑ n°97 - 11,90 € - Dossier Sabrina Calvo
- ❑ n°98 - 11,90 € - Dossier A. E. van Vogt
- ❑ n°99 - 11,90 € - Dossier Shirley Jackson
- ❑ n°100 - 11,90 € - Dossier Thomas Day
- ❑ n°101 - 11,90 € - Dossier Dan Simmons
- ❑ n°102 - 11,90 € - Dossier Arthur C. Clar
- ❑ n°103 - 11,90 € - Dossier Sylvie Denis
- ❑ n°104 - 11,90 € - Dossier Stanislas Lem
- ❑ n°105 - 11,90 € - Dossier Leigh Bracket
- ❑ n°106 - 11,90 € - Dossier K. S. Robinsor
- ❑ n°107 - 11,90 € - Spécial Fictions
- ❑ n°108 - 11,90 € - Dossier Octavia Butle
- ❑ n°109 - 11,90 € - Dossier Valerio Evang
- ❑ n°110 - 11,90 € - Dossier Alastair Reyn
- ❑ n°111 - 11,90 € - Dossier Gene Wolfe
- ❑ n°112 - 11,90 € - Dossier Anne Rice
- ❑ n°113 - 11,90 € - Dossier I.A. et SF
- ❑ n°114 - 11,90 € - Dossier Iain M. Banks
- ❑ n°115 - 11,90 € - Dossier James Tiptre
- ❑ n°116 - 11,90 € - Dossier Catherine Du
- ❑ n°117 - 11,90 € - Dossier Harlan Ellisor

❑ Je commande le(s) numéro(s) dont j'ai coché la(les) case(s) ci-dessus pour un total de............€uros. Je joins à ma commande un chèque du montant convenu à l'ordre du Bélial', 35 avenue de la Gare, 77250 Moret-Loing-et-Orvanne... Et je suis bien content !

NOM .... PRÉNOM ....

ADRESSE ....

....

CODE POSTAL .... VILLE ....

▸▸ les numéros 2 à 13, 18, 22, 23, 24, 25, 32, 63, 66 et 67 sont épuisés... ainsi que les HS spécial Michael Moorcock et Jack Vance, dommage !

▸▸ pour les DOM-TOM et l'étranger, ajouter une participation aux frais d'envoi de 2 euros par numéro commandé

Carnets de bord

Bifrost, la revue
qui ne roule pas en Tesla...

Ballades sur l'Arc

Quelle profusion de novellas ! Après avoir été éditorialement boudé pendant des décennies, il est peu de dire que le court roman est à l'honneur. C'est bien simple, on en voit partout ! Grâces en soient rendues à la collection « Une heure-lumière », qui, en une dizaine d'année à peine, sera parvenue à imposer un format qui n'est pas loin de devenir un passage obligatoire auprès d'une kyrielle d'éditeurs. Tant mieux ! Pour le reste, si cette livraison critique ne manque pas de bons, voire de très bons bouquins, on soulignera une fois de plus le peu de science-fiction dans le lot. Tout au plus une certaine anticipation (Ned Beauman et Paul Lynch, ou la réédition d'un classique signé Pamela Sargent). Et du fantastique, oui (chez Katherine Arden), de l'horreur aussi (avec Eric LaRocca), et pas mal de fantasy (hyper brutale et incontournable, sous la plume de Marlon James, historique et épique, avec Guy Gavriel Kay, ou, dans un registe plus proche du conte, avec T. Kingfisher). Peu importe le flacon… On pourra aussi évoquer Michael Roch chez La Volte, Jean-Pierre Andrevon et son intégrale de Gandahar (Mnémos), ou encore le dernier grand livre inédit d'une immense dame, Ursula K. Le Guin, bien entendu (Le Bélial'). D'ailleurs on ne se prive pas de le faire, et pas qu'un peu, dans les pages qui suivent, sans oublier tout le reste, et ce n'est pas rien…

Objectif Runes

ELECTRONS LIBRES

Bernard Henninger - Blogger de Loire - mai 2024
(roman inédit - 366 pp. GdF. 21 € / numérique 9,49 €)

Sur la planète Xing Diao, du système de Tayang, vit une bien étrange espèce : les Nouma, qui naissent humains, puis, l'adolescence venue, se transforment en Aigles, Griffes (chauve-souris), Lézards et Humains. Ce n'est pas une transformation totale. Aigles et Griffes se voient pousser des ailes qui les apparentent davantage aux anges et démons de l'iconographie chrétienne qu'aux véritables animaux, puisqu'ils ont six membres, tout comme les Lézards. Seuls les Humains demeurent avec quatre membres. Par ailleurs, les Nouma semblent rester interféconds, et les coïts sont forts abondants — si l'on en juge par la redondance des scènes dans le roman en tout cas.

Deux empires se partagent Xing Diao. Le Bai Jiao, d'où vient Hougar (le héros), est une dictature religieuse. Tandis que l'empire du Javert est une tyrannie militaire dont le pays Dong est un protectorat socialiste, voire communiste. Il existe une hiérarchie floue dominée par les Aigles, puis les Griffes, les

Lézards et enfin les Humains, qui sont dits racistes mais semblent plutôt racisés au vu du cas de Laura Kepnel, génie absolue en maths, biologie, botanique, génétique, physique quantique, véritable culturiste d'une adresse extraordinaire, persécutée et reléguée à un job d'ouvrière agricole parce qu'elle est une femme humaine, gauchère qui plus est. Comme de juste, les deux empires sont en guerre depuis des lustres pour s'approprier les richesses de la planète glacée Xing Ling, à la pesanteur élevée.

L'histoire. Quelle histoire ? Le Javert monte une expédition vers Xing Ling, dont bien peu reviendront, alors que les deux mondes sont en conjonction. L'expédition en question est préparée… puis advient. Devenu officier au Javert, Hougar est en fait un agent dormant du Bai Jiao. Où il couche. Beaucoup. Avec Laura Kepnel, Dirakoul, Guajira et Sinigate. Au point qu'on flirte ici avec le roman érotique. Admettons…

L'ambition de l'auteur est de dépeindre une société étrangère à la manière d'Ursula K. Le Guin pour, en regard, livrer un commentaire sur la nôtre. Mais n'est pas Le Guin (ethnologue de formation) qui veut. L'ouvrage semble n'avoir été ni dirigé ni travaillé. Et s'avère tant perclus de contradictions et d'incohérences à tous niveaux que la lecture en devient vite pénible. Pour interplanétaire qu'elle soit, cette civilisation n'en semble pas moins ignorer l'électronique. Le Bai Jiao paraît peu décidé à profiter de la conjonction pour lancer une expédition concurrente. La couleur des ailes de Hougar change. On trouve des termes inappropriés et hors contexte («caillera», p. 165, par exemple). La télépathie s'invite soudain (p. 212). Xing Ling est la troisième planète du système (p. 268), mais l'illustration (p. 130) montre qu'elle est la cinquième. Les Nouma adultes peuvent muter une nouvelle fois, et même se retrouver handicapés, avec une seule aile ou plus de bras. Et encore, et encore…

Au point d'en sortir rincé… et puissamment agacé. Sans même parler des fautes d'accord et de syntaxe. Décidément, il y a ici bien peu à sauver, et on a connu ce petit éditeur, Blogger de Loire, bien plus éclairé dans ses choix éditoriaux.

Jean-Pierre Lion

L'UNIVERS DE L'ALLIANCE-UNION
LES GUERRES DE LA COMPAGNIE, L'INTÉGRALE T.1

Carolyn J. Cherryh - Mnémos, coll. « Intégrales SF » - septembre 2024 (réédition des romans *Temps de gravité* et *Station Downbelow*, traduits de l'anglais [US] par Jean-Pierre Pugi et Daniel Lemoine, traductions harmonisées par Jeanne-A Debats - 704 pp. GdF. 38 €)

Pell, Cyteen, la Compagnie. Des noms qui fleurent bon la fin du XXe siècle. Quand Carolyn J. Cherryh produisait une œuvre conséquente et importante dans l'univers de l'« **Alliance-Union** ». Mnémos, dans sa collection des « Intégrales SF » entreprend de rendre disponible cette somme, à commencer par les « **Guerres de la Compagnie** », cycle composé en langue originale de sept tomes. Mais seuls cinq ont été traduits en français. Et on peut, même si on salue la réédition et si on comprend les contingences budgétaires, regretter qu'elle ne corrige pas ce manque. Car cette intégrale saute de **Temps de gravité** (anciennement publié en VF sous le titre **Temps fort**) à **Station Downbelow** (ou **Forteresse des étoiles**, prix Hugo 82), laissant de côté **Hellburner**. Dont acte.

Entrer dans ce cycle, c'est se plonger dans un monde parfaitement maîtrisé par son autrice. Un monde d'une grande précision dans sa construction, et même d'une certaine complexité. S'y repérer requiert donc une bonne dose de concentration, au début du moins, au sein des multiples groupes, clans ou factions. D'autant que Carolyn J. Cherryh ne facilite pas la tâche de ses lecteurs. Son style reste assez froid. Tout comme ses personnages, auxquels s'attacher est difficile. Leurs sentiments sont davantage examinés cliniquement qu'humainement. On est ici plus dans l'observation que dans l'empathie.

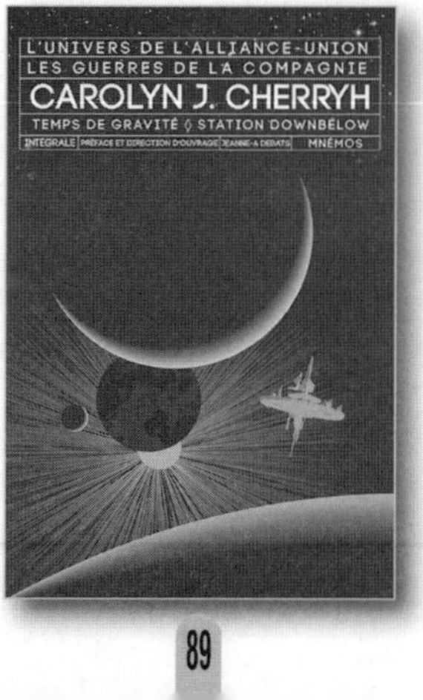

Ce qui peut surprendre, au moins le temps de s'y faire. Quand le pli est pris, en revanche, on est conquis par la puissance d'évocation de l'autrice américaine. L'humanité a essaimé dans les étoiles : d'abord de base spatiale en base spatiale, vaste commerce en boucle. Mais, avec la découverte d'une planète habitable (malgré des conditions guère agréables) et la présence d'autochtones (certes peu farouches), vient l'heure des dissensions. La Terre et sa coalition, autrefois dominatrices, cèdent progressivement la place à l'Union, nouveau groupement de commerçants situé du côté de Pell, la planète récemment découverte — et au-delà.

C. J. Cherryh, afin de faire découvrir son univers, provoque des situations conflictuelles : un accident qui n'en est peut-être pas un parmi la population des mineurs d'astéroïdes dans **Temps de gravité** avec enquête policière sur fond de grogne sociale ; la chute d'un modèle dans **Station Downbelow**, et la gestion de crise pour ceux qui veulent rester neutres dans un conflit qui prend de l'ampleur entre la Compagnie et l'Union. Comment accueillir des centaines de réfugiés dans des stations spatiales aux volumes contraints, aux réserves limitées. Même en s'appuyant sur la planète Pell, l'équilibre est difficile à trouver, d'autant que les tensions sont exacerbées par les choix de chacun. Il faut prendre position, au nom de ses idéaux ou d'intérêts plus égoïstes. Une vraie cocotte-minute.

Introduit par une riche préface de Jeanne Debats, ce premier volume constitue une bonne entrée dans l'univers foisonnant et encore très moderne de l'« **Alliance-Union** ».

Raphaël Gaudin

REQUIEM POUR LES FANTÔMES

Katherine Arden - Denoël, coll. « Lunes d'encre » - septembre 2024 (roman inédit traduit de l'anglais [US] par Jacques Collin - 480 p. GdF. 23,90 € / numérique 16,99 €)

Les fantômes dont parle le titre sont ceux des morts de la Grande Guerre : ceux des soldats tués sur les champs de bataille, comme ceux des victimes civiles collatérales, à l'instar de celles qui périrent dans l'accident d'Halifax en 1917 (un navire rempli de munitions explosa dans ce port canadien, tuant 2 000 personnes). Laura, engagée volontaire comme infirmière, blessée pendant le bombardement de son hôpital près d'Ypres, revient en Belgique lorsqu'elle apprend que son frère a été porté disparu lors de la bataille de Passchendaele. Freddie n'est pas mort, mais il est perdu entre les lignes ennemies, en compagnie d'un soldat allemand. Au cours de leur errance dans un *no man's land* terrifiant, les deux hommes rencontrent Faland, un violoniste que tous les soldats connaissent pour le réconfort qu'il leur apporte…

Bien que le roman de Katherine Arden ressortisse clairement au fantastique, les premiers chapitres sont dénués de tout élément surnaturel, tant rien ne saurait rivaliser en termes d'effroi et de sidération avec les horreurs de la guerre. Aucune malédiction n'égalera jamais le quotidien de ces hommes ensevelis vivants sous une casemate effondrée, dans le froid et la boue, dans l'obscurité, au milieu des cadavres et des rats ; aucun monstre ne suscitera autant de terreur que ces postes de secours où on trie à toute allure les blessés, les mourants et les morts au son de la canonnade, où les corps arrivent littéralement déchirés, où, en quelques secondes, on euthanasie un agonisant d'une piqûre de morphine.

Le paranormal finit cependant par s'immiscer dans l'intrigue et, après quelques signes discrets, comme ce trio de sœurs qui assurent prédire l'avenir, le vrai visage du violoniste se dévoile. Là réside le principal ressort du roman, dans le parallèle entre cette figure classique du diable, trompeur et corrupteur, et cet enfer sans maître qu'est la guerre. Faland propose un pacte faustien dans lequel les mortels perdent davantage que leur âme : ils se font dépouiller de leurs souvenirs, de leurs histoires. Perspective effrayante pour une autrice, et dilemme sans solution pour ces soldats brisés par les combats, qui ne peuvent échapper à leurs traumatismes qu'au prix de ce qui constitue leur propre essence.

Traitant d'un thème sombre dans un contexte qui l'est tout autant, on pourrait s'attendre à un roman d'une noirceur absolue. S'il compte plusieurs scènes difficiles et de nombreuses situations déchirantes, le livre est cependant traversé par la pulsion vitale de l'héroïne et des deux femmes qui l'accompagnent. Il n'y a jamais de légèreté, bien entendu, mais le roman compte de nombreux passages apaisés, voire lumineux. Katherine Arden réussit même à glisser dans son histoire quelques traits d'humour et une intrigue amoureuse sans naïveté ni mièvrerie. Avec naturel, tout simplement. Et tous ces personnages permettent également à l'autrice de souligner le courage et le dévouement des personnels soignants durant la Grande Guerre.

Mentionnons pour terminer que l'écriture de Katherine Arden ne manque pas de charme. Le roman est rythmé par des évocations de poèmes et des références à l'Apocalypse de Jean. Et se termine par une postface très éclairante sur le regard que les États-Unis portent sur la Première Guerre mondiale. Une réussite.

Jean-François Seignol

LANVIL EMMÊLÉE

Michael Roch - La Volte - octobre 2024
(recueil inédit - 224 pp. GdF. 18 € / numérique 11,99 €)

Après **Tè mawon** (cf. *Bifrost* n° 107), la cité-monde de Lanvil déploie une nouvelle fois le foisonnement poétique de l'écriture de Michael Roch dans un recueil décliné en neuf nouvelles. Neuf récits entre *cyberpunk* métissé et prose chamarrée, mais bien peu d'inédits puisqu'on y trouve pas moins de six textes parus en revue ou au sommaire de plusieurs anthologies. **Lanvil emmêlée** dessine ainsi le portrait d'une cité-monde aux frontières fluctuantes, où les Caraïbes font comme un pont entre l'Amérique du Nord et du Sud. Toutefois, Lanvil n'a ni longueur ni largeur. Elle se dresse tout en hauteur, tiraillée entre un anwo désirable et un anba rongeant les existences et les corps sans répit. Une lutte des classes transposée dans le contexte d'un avenir capitaliste gagné à la tech et à ses révolutions dont le clonage, l'IA, le réseau rhizome et les nanos en illustrent la réalité ambiguë, tout en nourrissant les neuf textes rassemblés ici. On assiste ainsi à la naissance (*«Aux portes de Lanvil»*) et à la fin de la cité-monde (*«Sur la ville-ruine»*), accompagnant l'errance de personnages qui traversent notre lecture, au point parfois de nous perdre dans l'enlacement des récits et des temporalités. Joge-O le clone anthropophage, le traducteur Clod en mission pour le compte d'un riche magnat de l'anwo, Man Pitak l'agrégeuse clandestine, le duo formé par Joe et Patson dont la gouaille et le goût pour la débrouille amusent, et bien d'autres font office de guide sur les chemins qui bifurquent de la cité-monde, nous en faisant parcourir la diversité enchevêtrée. Un maquis urbain qui s'enracine aussi dans le substrat caribéen et son histoire coloniale.

D'aucuns jugeront l'expérience ardue, cherchant désespérément le cadre codifié et dépourvu d'alternative du *cyberpunk*. D'autres apprécieront l'effervescence créatrice la volonté de rompre avec un imaginaire occidentalisé via une langue métissée, faisant sienne un phrasé emprunté au français, à l'espagnol ou au créole. **Lanvil emmêlée** est ainsi riche d'interactions multiples, de trouvailles langagières, distillant un discours de résistance via les thématiques décoloniales et sociales qui l'irriguent. Michael Roch ne manque pas d'ambition et des moyens de faire valoir cette aspiration à une science-fiction différente et diverse, plus soutenable et plus équitable, débarrassée des stigmates du capitalisme et du colonialisme. Un projet salutaire que l'on ne peut que soutenir.

Laurent Leleu

THE FISHERMAN

John Langan - J'ai Lu - octobre 2024 (roman inédit traduit de l'anglais [US] par Thibaud Eliroff - 448 pp. LdP. 12 € / numérique 11,99 €)

Un homme sans enfant perd sa femme à la suite d'une longue maladie, et affronte son chagrin en allant pêcher. Quelques années plus tard, un de ses loin tains collègues de travail, un géant aux cheveux orange, perd toute sa famille dans un accident de voiture tragique. Les deux hommes, qui n'ont peu ou prou que le deuil en commun, finissent par se rapprocher pour aller pêcher ensemble. Un jour d'orage, ils se réfugient au Herman's Diner, dans les Catskills, où Howard leur raconte l'histoire de Dutchman Creek…

The Fisherman est un roman déconcertant. Il ne se passe rien (mais vraiment rien !) durant toute la première partie (pp. 1 à 88), raison pour laquelle j'en avais abandonné la lecture en VO. Il faut donc s'accrocher sur près de cent pages (remplies pour la plupart de banalités sur le deuil) pour arriver à la deuxième partie, « Der Fischer : récit d'horreur », plus intéressante, centrale, mais farcie de détails inutiles par pelletées complètes. Quant à la troisième partie, « Sur les rives de l'océan noir », nous y retrouverons nos pêcheurs du dimanche pour le *grand final*.

Si les quelques détails lovecraftiens glissés avec parcimonie dans le texte (un narrateur originaire de Providence prénommé Howard, par exemple) laissent supposer un hommage au *« Cauchemar d'Innsmouth »*, en fait il n'en est rien, ou presque. C'est juste de l'horreur, certes située en Nouvelle-Angleterre, mais pas lovecraftienne. À dire vrai, on pense plutôt aux premières œuvres fantastiques de Tim Powers, avec nettement moins de panache.

Malgré quelques fulgurances, **The Fisherman** reste un roman fantastique bavard tout à fait dispensable. On se demande bien comment il a pu recevoir le prix Bram Stoker 2016.

Thomas Day

LA MAISON BISCORNUE

Gwen Guilyn - Éditions du Panseur - octobre 2024 (court roman inédit - 192 pp. GdF. 19 € / numérique 14,99 €)

Cette **Maison biscornue** n'a bien évidemment rien à voir avec l'excellente nouvelle éponyme signée Robert Heinlein (« And He Built a Crooked House », publiée en France à plusieurs reprises, notamment dans le « Livre d'or » que Pocket consacra à l'auteur en 1981).

Si ce n'est pas la famille à tuyau de poêle qui vit dans cette bien étrange demeure (quoique…), l'histoire qui semble se dérouler dans le non-temps du conte, hors de toute modernité (ici pas de télé ni de téléphone ni même d'électricité), n'a rien de la famille idéale. Et voilà que cette maison plus ou moins vivante et vorace a fait disparaître la porte donnant sur l'extérieur. Et cette famille plus décomposée que recomposée du « pahr », de la « mahrgrand », de l'« ongre », de la « fille » et de « l'aut'fille » et du « fils », de se retrouver prisonniers. Non que l'on en sortait de toute façon beaucoup, de cette maison…

L'autrice « étrange » ses mots — expression qui pourrait être un bon exemple de la manière dont Gwen Guilyn travaille la matière du langage, substantifiant verbes et adjectifs à l'envi, et inversement. La syntaxe est celle d'un milieu intellectuellement pauvre, du genre « *La fille, elle, elle sait…* » (p. 85), où le sujet se voit triplé. Autant de jeux langagiers qui pourraient vite sombrer dans un charabia ridicule, et pourtant, force est de constater que cela fonctionne plutôt bien. S'y ajoutent un brin d'argot, des termes familiers ou enfantins (les « *pinpins* » pour les lapins, par exemple). On pense à Christine Brooke-Rose, et l'effet créé est bien celui

voulu. On évolue par ailleurs ici davantage en terres de *fantasy* que de fantastique, car il n'y a pas irruption de la surnature dans la réalité conventionnelle. Cette maison enclose sur elle-même, si imaginaire qu'elle paraisse au lecteur, constitue un univers des plus naturel au regard des protagonistes qui l'habitent.

La famille que nous présente Gwen Guilyn s'avère totalement dysfonctionnelle… et décomposée, au propre comme au figuré. La mère (mahr) est déjà partie, quant au fils, on découvrira sur le tard ce qu'il en est. Le schéma familial traditionnel est rompu depuis des lustres, les dysfonctions se réitérant d'une génération sur la suivante. Sans que les personnages soient débiles, la déficience mentale n'est pas loin, et la consanguinité semble tapie derrière chaque porte, à chaque détour des couloirs sans fin. « *Sans les femmes, il n'y a rien* » ; « *La vérité des maisons : elles tiennent par les femmes, seulement par les femmes.* », nous dit l'autrice. Ce qui s'avère on ne peut plus vrai, en tout cas ici. La maison semble appartenir à quelque univers dix-neuviémiste de faubourg ou semi-rural, mais fermé sur lui-même, un temps où les hommes allaient gagner la pitance au-dehors tandis que les femmes tenaient le foyer, ce qu'elles ne manquent pas de faire dans ces pages. Mais, la maison étant close, les hommes ne remplissent plus leur rôle à l'extérieur, et vivent donc en inutiles, en parasites — surtout l'« ongre », même le « pahr » est lui aussi très loin de ce qui est attendu… Enfin, passablement glauque, l'omniprésence du pus et des sanies dans **La Maison biscornue** et l'horreur contemporaine interpellent nos sociétés hygiénistes.

Gwen Guilyn, dont le **Malou dit vrai** est reparu il y a peu en Folio « SF », flirte avec la ligne rouge sans la franchir. Même si le récit faiblit dans son dernier tiers, notamment en matière de torsion du langage, son charme principal, on tient là un roman convainquant, vraiment original et méritant d'être découvert.

Jean-Pierre Lion

TON TEMPS HORS D'ATTEINTE

Xia Jia - L'Asiathèque, coll. « Novella de Chine » - octobre 2024 (court roman inédit présenté et traduit du chinois par Gwennaël Gaffric - 160 pp. LdP. 9,90 €)

La science-fiction chinoise est loin de se limiter au seul Liu Cixin, chose que le traducteur français d'icelui, Gwennaël Gaffric, s'attache à montrer. À l'automne 2024, on lui doit ainsi deux parutions au format novella : **Le Bracelet de Jade** de Mu Ming (cf. notre précédente livraison critique), texte gentiment borgésien, et le présent **Ton temps hors d'atteinte**. De l'autrice, Xia Jia, les lecteurs curieux auront pu lire une poignée de nouvelles, dans les revues *Galaxies* ou *Jentayu*.

Difficile d'évoquer ce court roman sans trop en dévoiler. On peut toutefois en dire que sa narratrice est *lente*. Le monde autour d'elle semble se mouvoir à toute allure. Raison pour laquelle elle ne fait pas grand-chose dans sa vie : pas de musique, pas de sport, pas d'activité. Enfant, elle se prend de fascination pour un garçon de quelques années plus jeune qu'elle, bien plus accompli dans ce qu'il fait. Les deux se croisent, un bref moment. Bien plus tard, elle le retrouve à l'université. Le garçonnet est devenu un jeune homme à qui tout réussit. Elle, toujours aussi lente, ne peut espérer que capter son regard. L'un et l'autre verront leurs chemins se croiser une nouvelle fois, quelques années plus tard. Ce sera alors que le récit basculera (un peu) dans la SF.

On sait bien ce que la perception du temps peut avoir de subjectif. Ici, Xia Jia prend le concept au pied de la lettre et le déploie. Peu adepte de la ligne *hard SF* d'un Liu Cixin, Xia Jia propose avec **Ton temps hors d'atteinte** une histoire au rythme lent, aussi tranquille que sa narratrice, qui prête une attention toute délicate à l'ambiance et aux détails.

Pourquoi pas.

Erwann Perchoc

LA HARPISTE DES TERRES ROUGES

Aurélie Wellenstein - Fleuve Éditions - octobre 2024
(roman inédit - 352 pp. GdF. 20,90 € / numérique 13,99 €)

Malchanceux, faible, Abraham n'a pas grand-chose pour lui. Métisse, né dans une famille de domestique d'une grande lignée nobiliaire de l'ancien continent, il se fait régulièrement tabasser par les autres serviteurs du fait de sa couleur de peau. Jarod, son frère aîné, lassé de cette vie qu'il juge médiocre, finit par fuir. L'ouest sauvage d'un monde en voie de colonisation lui semble augurer d'une vie meilleure. Abraham, qui manque de courage pour le suivre, préfère rester dans sa servitude, à veiller sur leur mère malade. Jusqu'au décès de cette dernière et celui, probable, de son frère, qui poussent enfin notre héros à démissionner. Avec ses gages, il se paye un aller simple vers le nouveau monde doublé d'un équipement pour retrouver son frère, dont il refuse de croire à la mort. Pourtant, là encore, le courage de partir à l'aventure lui fait défaut. C'est la rencontre avec une équipe de chasseurs de primes, dont l'un des membres est la dernière personne à avoir vu son frère vivant, qui scelle son destin et lui met le pied à l'étrier. Les choses sérieuses peuvent (enfin) commencer…

Pour qui aurait ici l'impression de lire le synopsis d'un western spaghetti, rien de plus normal. Même s'il serait en fait plus juste de parler de *weirdstern* — car le monde qui nous est ici proposé n'est pas le nôtre. **La Harpiste des terres rouges** a pour décor le continent de Nacarat, dont les descriptions ne sont pas sans rappeler l'Arizona ou le Nevada. Un soleil de plomb, de la poussière et des cactus jusqu'à la nausée. Cette terre hostile est aussi la promesse d'aventures et de richesses — l'horizon d'une nouvelle vie, possiblement meilleure. Pour avoir une chance de survivre face aux périls de cette contrée, plus fantasmés que documentés, les candidats à l'aventure se font greffer des morceaux d'animaux sauvages et y gagnent un pouvoir surnaturel. Lequel ? Impossible de le prévoir, et la plupart des greffes finissent mal pour le receveur, que ce soit par rejet du greffon ou par son « envers » (pendant de la capacité surnaturelle) qui ne s'exprime que la nuit et, bien souvent, contre son propriétaire. Or, en ce qui concerne Abraham, un pouvoir ne serait pas de trop pour affronter cette femme ayant une harpe en guise de tête, manière de sirène réinventée, qui envoûte tous ceux qui entendent sa mélodie. Mais se faire greffer ne reviendrait-il pas à perdre son humanité ?

Entre les cavalcades juchées sur des chevaux écumant et les nuits grouillant de dangers, Aurélie Wellenstein nous offre avec **La Harpiste des terres rouges** un *page-turner* des plus efficaces, porté par un rythme à ce point intense qu'il nous donne l'impression que ralentir reviendrait à mourir. Un excellent roman sous d'étranges latitudes, en somme, dans le registre du divertissement on ne peut plus assumé, et qui nous fait regarder notre petit chez-soi comme pourrait le faire un hobbit de son trou : aussi fantastiques que soient les promesses de Nacarat, elles sont par trop effrayantes…

Pierre-Marie Soncarrieu

LE LIVRE DE LA SAGE-FEMME SANS NOM

Meg Elison - Goater, coll. « Rechute » - octobre 2024
(roman inédit traduit de l'anglais [US] par Ludivine Fournier - 408 pp. GdF. 19,50 €)

Attention : cette dystopie féroce ne fait pas l'autruche face à la violence d'un effondrement soudain, et cette sage-femme sans nom restera longtemps en mémoire.

Ce roman nous accueille dans une salle de classe bien longtemps après l'action, avant de nous y plonger tout aussi rapidement : nous lirons ici un journal, un récit post-effondrement, celui de cette sage-femme sans nom. La rédaction de ses textes commence à la suite de l'apparition d'un virus aéroporté qui touche mortellement toute l'humanité, mais plus précisément les femmes et les enfants.

Notre protagoniste, tout à la fois victime, rescapée et désœuvrée dans une société où son genre comme sa profession se font rares, devra très vite s'adapter à sa nouvelle réalité où il ne fait pas bon être repérée comme une femme. Elle décide bientôt d'écrire son parcours, ses inquiétudes, les violences observées au cours d'un voyage qui part de San Francisco (où elle a connu une vie heureuse dans une société résolument diverse et joyeuse) jusqu'en Utah, proche d'une communauté recluse, tout en passant par bien des lieux dévastés, abandonnés, pillés, saccagés, parfois paisibles le temps d'une étape… mais toujours à quelques pas du danger, en premier lieu les hommes.

Avec finesse, ce roman met en scène les stratégies d'adaptation de la protagoniste, comme sa capacité à garder les plus intacts possibles son humanité, son éthique et sa mission de sage-femme autant que d'infirmière. Un de ses premiers gestes sera de penser la propagation d'outils de contraception dans un monde où chaque grossesse semble fatale et où les viols sont devenus une arme courante. À l'aide de ses journaux, finement entremêlés à la narration, nous suivons sa bataille pour ne pas oublier sa propre identité, mise à mal dans un monde où elle doit la travestir et rester sur ses gardes.

Pour autant, et c'est là une des prouesses de ce roman, nous ne sombrons ni dans l'essentialisme ni dans le voyeurisme : à la violence du monde répondent des rencontres plus subtiles, des espoirs qu'il faut préserver coûte que coûte, et peut-être aussi des façons de (re)faire société autrement, ou du moins d'essayer.

Après son recueil de nouvelles **La Pilule** (critique in *Bifrost* n°109), on savait Meg Elison à même de mêler le propos de fond et la fiction, on sait aujourd'hui qu'elle tient aussi la route sur la durée avec ce roman. Vivement la suite !

Éva Sinanian

NETTLE AND BONE
COMMENT TUER UN PRINCE

T. Kingfisher - Verso - novembre 2024 (roman inédit traduit de l'anglais [US] par Axelle Demoulin & Nicolas Ancion - 352 pp. GdF. 21,90 € / reliée 27,90 € / numérique 15,99 €)

Petite cité-état portuaire, temps des contes de fées. Marra est la troisième fille du couple royal. Sa sœur aînée Damia — en fait une demi-sœur car, *oui*, il y a une belle-mère — a épousé le prince du Royaume du Nord, Vorling. Un mariage princier comme en rêvent toutes les petites filles, qui s'est hélas conclu par la mort accidentelle de Damia. C'est alors à Kania, la sœur cadette, de prendre la relève en épousant à son tour le nouvellement veuf Vorling.

Mariages politiques dans un cas comme l'autre : Vorling a besoin d'un héritier mâle et la famille de Marra d'une alliance avec un royaume puissant qui la mettrait à l'abri des velléités d'invasion qui travaillent tant le Royaume du Sud que celui du Nord, tous deux convoitant le seul port en eaux profondes disponible « *le long d'une côte partagée entre deux royaumes rivaux* ».

Conte de fées ou pas, ce n'est pas dans le palais des parents de Marra que commence le roman. Non, c'eut été trop conventionnel. Quand le roman débute, Marra est dans un ossuaire à ciel ouvert, les mains plongées dans des os d'animaux et d'humains, à la recherche d'assez de restes de chiens pour donner vie à un animal d'os !

Étrange activité pour une petite princesse. Voire !

Petite, d'abord, Marra ne l'est plus vraiment. Peu après le mariage de Kania, elle fut envoyée dans un couvent où elle passa des années, « otage » forcée de l'infertilité masculine de sa sœur tant le prince craignait qu'un enfant mâle né de Marra devienne un rival dans les lignes de succession. La jeune fille devait, pour raisons diplomatiques, rester nullipare. Aucun problème. Marra s'épanouit au couvent, ne prononçant jamais ses vœux mais devenant une novice heureuse et appréciée. C'est quand elle découvrit que sa sœur était violentée par le prince — de fait, une belle ordure — qu'elle décida de quitter le couvent et de partir en quête d'un moyen de tuer Vorling pour sauver sa sœur avant qu'il ne soit trop tard. D'où l'ossuaire, entre autres. Car, quittant le couvent en catastrophe, Marra était allée voir une dame-poussière (et sa poule possédée par un démon) pour obtenir le moyen de tuer le prince, et que celle-ci lui avait imposé trois tâches presque impossibles à accomplir en échange de son aide. L'assassinat viendra après…

Nettle and Bone (Hugo 2023 + quelques autres prix) est un conte de fées féministe décalé, drôle, plein d'aventures et jamais pontifiant ; le contraire exact d'un manifeste, ce qui prouve qu'il est possible de faire féministe *et* pas pénible. Marra réunit autour d'elle une équipe de freaks prêts à risquer leur vie pour l'assister (des alliés, en langage féministe) : la dame-poussière et sa poule maudite, le chien d'os ressuscité, un guerrier revenu d'un sinistre esclavage, et enfin une marraine qui doit contrer ou convaincre la marraine du prince (oui, l'autrice fait de la fonction l'équivalent d'une classe de jeu de rôle, c'est particulièrement bien vu en termes de méta-position). L'étrange équipage de Marra, qui peut évoquer la petite bande que forment Dorothy et ses amis dans le Magicien d'Oz, vole d'aventure en aventure, de péril en péril, de sacrifice personnel en sacrifice personnel pour sauver une femme clairement menacée de mort. Des amitiés et même une histoire d'amour, voulue et respectueuse, celle-ci, naîtront durant cette équipée. Y survivront-elles ?

Maternité, rôle reproducteur dévolu aux femmes, mariages politiques arrangés, violences conjugales, l'autrice aborde toutes ces questions sans aucune lourdeur, au fil d'une aventure enlevée qui réunit des archétypes pour mieux les pervertir. Elle la situe dans un de ces non-lieux (bien loin des terres de *fantasy* avec cartes géographiques) qui sont ceux des contes, avec un monde limité à Royaume du Nord, Royaume du Sud, Cité-état portuaire, auxquels s'ajoutent un marché de gobelins (exotique et périlleux), des terres boursouflées (maudites) et des souterrains terrifiants peuplés de morts anciens (lieu d'une expédition aussi dangereuse et capitale que celle d'Indiana Jones dans *Le Temple maudit*). Elle emmène son lecteur avec rythme, sérieux et légèreté à la fois, sur un chemin qui voit une princesse sortir de son rôle traditionnel pour devenir une héroïne capable de faire le nécessaire pour débarrasser le monde d'un monstre qui a pourtant des traits aimables en compagnie de comparses hauts en couleurs et attachants. Une lecture des plus recommandables.

Éric Jentile

OCTOPUS

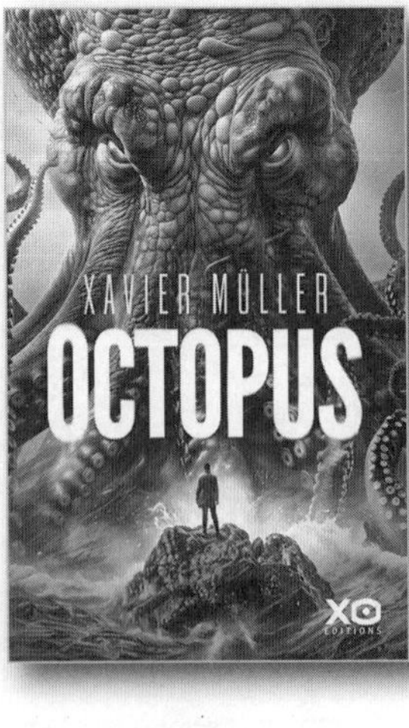

Xavier Müller - XO Éditions - novembre 2024 (roman inédit - 400 pp. GdF. 21,90 € / numérique 13,99 €)

Les pieuvres sont à la mode. Après l'excellent **La Montagne dans la mer** de Ray Nayler (Le Bélial', 2024), Xavier Müller nous propose ici **Octopus**, sur quasiment le même thème. Les pieuvres en ont ras-le-bol des êtres humains, et il va falloir apprendre fissa à communiquer avec ces créatures dont le moins que l'on puisse en dire est qu'elles sont quelque peu différentes de nous. Mais Müller n'a pas la finesse de Nayler : il y va avec les gros sabots et exige de son lecteur une suspension d'incrédulité considérable, d'autant qu'**Octopus** n'est pas une histoire du futur proche, mais d'un quasi-présent.

À l'instar de la majorité des romans — et plus encore des films — catastrophes, surtout récents, **Octopus** ne tient pas debout. Dès qu'il est question de désastres globaux où les héros doivent sauver le monde, la crédibilité se réduit vite à une peau de chagrin. Aussi nous voici soudain nantis de jolis Cthulhu sans ailes de chauve-souris, tandis que l'Atlantique est infestée de pieuvres géantes de vingt mètres qui nous rejouent la scène vernienne la plus spectaculaire de l'attaque du Nautilus dans **Vingt mille lieues sous les mers**. Elles capturent l'USS Pearl (vraisemblablement un SNA fictif, soit un bâtiment dix fois plus long qu'elles à propulsion nucléaire, un passage qui n'est pas sans rappeler la capture du Triton dans le roman de Lester Del Rey **L'Atlantide attaque**, ce qui ne nous rajeunit pas). N'importe quoi, en somme, mais c'est spectaculaire. Et croyez bien que question n'importe quoi, ce n'est que le début. Hyper intelligents (la faute à un perturbateur endocrinien issu du plastique !), dotés d'invisibilité, nos céphalopodes sont aussi passés de prédateurs individuels au statut d'animaux sociaux préoccupés de leur progéniture innombrable, progéniture qui va désormais massivement survivre au lieu de mourir — une idée que Xavier Müller laisse d'ailleurs en jachère, même s'il y avait là *aussi* matière à catastrophe. Les pieuvres tuent des gens, anéantissent Amsterdam, menacent Istanbul et finissent en petits chiots qui ne veulent que jouer… Ajoutez un chercheur sans scrupule et avide de fric, et vous avez la formule complète. Enfin, si on n'oublie pas en sus le déluge lié au changement climatique qui s'abat sur le monde, un bonheur ne venant jamais seul.

Octopus a l'odeur de la fabrique. C'est à la littérature ce que le Mouton-Cadet est au vin. Un produit bien calibré, dans l'air du temps, qui marche bien, plaira à beaucoup et remplit son contrat de lecture. Ceux qui en auront fait le choix devraient en être satisfait : ça se lit tout seul. Que le roman ne soit pas bien ficelé, qu'il manque des tas d'explications, de liens, de cohérence, peu importe ; ça ne gêne en rien. Un roman écolo parmi des tombereaux d'autres tenus de faire frémir. Xavier Müller a le mérite d'être d'une limpidité toute cristalline quant à la pensée écologiste en concluant, page 396 « *Il n'y avait pas de coupable, sauf notre civilisation.* » Reviens, Ray Nayler !

Jean-Pierre Lion

GANDAHAR
ÉDITION INTÉGRALE

Jean-Pierre Andrevon - Mnémos, coll. « Intégrales » - novembre 2024 (omnibus contenant nouvelles et romans, dont un inédit - 868 pp. GdF. 43 €)

En 1969, le premier roman d'Andrevon — **Les Hommes-machines contre Gandahar** — est l'occasion pour le public francophone de découvrir cette histoire des temps à venir. L'auteur y revient ensuite au fil de sa carrière, à travers de nouveaux textes (publiés en collection jeunesse pour certains), le plus récent en date étant bien sûr l'inédit qui ouvre la présente intégrale. C'est ainsi que le cycle de **Gandahar** est réuni enfin pour la première fois dans un seul et même objet livresque. On va voir que celui-ci vaut son prix… ainsi que sa masse : pas loin d'un kilo et demi !

Gandahar est composé de textes autonomes, certains assez courts, et l'ensemble constitue un univers très bien caractérisé. En effet, on y trouve avant tout des lieux : si le royaume éponyme est le siège de la majeure partie des intrigues, la planète Tridan qui l'abrite en porte plusieurs autres et leurs relations ne sont pas toujours apaisées. S'y expriment des personnages majeurs : le roman d'ouverture est l'occasion pour le lecteur de les rencontrer tous ou presque à commencer par Sylvin Lanvère — chevalier-servant de la reine

Myrne Ambisextra et figure de héros. Ces personnages font l'expérience du passage du temps, y compris par l'intermédiaire des voyages temporels, paradoxes inclus… À travers ces trois dimensions, **Gandahar** exprime une SF plutôt riche et ce dès sa première itération : rien d'étonnant à ce que René Laloux, cinéaste amateur de contextes science-fictifs exigeants, se soit si tôt intéressé aux **Hommes-machines contre Gandahar** !

L'objet-livre que nous offre Mnémos se devait d'en montrer la dimension de livre-univers. Force est de constater que l'éditeur a relevé le défi sans défaut. Les textes sont présentés dans l'ordre chronologique interne, dans des versions amendées qui les mettent en cohérence. **Gandahar** est un projet bientôt vieux de soixante ans : il convenait de vérifier la parfaite intercompréhension du langage tout au long de l'aventure, entre l'Andrevon de 1969 et celui de 2024. Par ailleurs, le volume est enrichi d'une préface de Richard Comballot qui permettra de situer l'œuvre au sein de la carrière d'Andrevon… et d'en comprendre toute la spécificité.

Disons-le avec franchise : **Gandahar** est une œuvre de SF positiviste, et même optimiste. À l'heure où les « mondes noirs » et autres imaginaires morbides tiennent le haut du pavé, cela en fait un univers atypique et précieux. Andrevon est connu pour savoir conter la cruauté comme le mal, et **Gandahar** n'en est pas tout à fait dépourvu : cependant, les pires aspects de l'être humain y sont domptés ou défaits. Les citoyens de Gandahar, s'ils ne vivent pas en utopie, sont devenus en quelque sorte adultes par rapport à leurs lointains ancêtres que Sylvin ira rencontrer sur Terre dans *« Un quartier de verdure »*. Les femmes n'y sont pas soumises aux hommes, l'économie (ou ce qui en tient lieu) y est au service des gens, et surtout chacun s'y intéresse avant tout à créer les conditions du bonheur.

L'optimisme sous-jacent de **Gandahar** n'est pas sans contradictions : le péril peut venir de voisins moins sages, de cataclysmes naturels ou même du futur… mais dans la plupart des cas, il réside dans les idées néfastes et délétères que les ancêtres des habitants de Tridan ont apportées avec eux de la Terre des origines. Mis en perspective au beau milieu de la flèche du temps qui pointe depuis notre époque actuelle jusqu'au lointain futur des Hommes-machines visité par Sylvin, cet optimisme a une saveur parfois un peu amère — il est suggéré ici ou là que Gandahar est aimable et paisible, mais qu'il ne sera qu'une parenthèse — et cependant toujours douce : le chevalier-servant n'est pas un héros parfait, et c'est ce qui le rend si précieux au fond…

Andrevon a repris le stylo à la faveur de cette intégrale : véritable début du cycle, **La Reine de Gandahar** précède **Cap sur Gandahar** bien que ce roman lui soit antérieur de vingt-cinq ans. Il y est question des origines d'Ambisextra et de comment le royaume de Gandahar a pris sa forme définitive. L'exercice de la préquelle est souvent périlleux : comment raconter l'histoire avant qu'elle ait commencé ? Andrevon évite cet écueil en explorant le passé de son personnage le plus énigmatique, celui dont il est évident qu'il est le seul indispensable au récit tout entier, mais dont l'importance n'avait jamais été justifiée jusqu'à présent : avec ce récit, **Gandahar** trouve sa clé de voûte. L'auteur s'y montre toujours aussi tonique et pertinent : on sent qu'il a pris plaisir à jouer une fois de plus avec sa création.

Que retenir au terme de cette chronique ? L'objet **Gandahar** mérite l'intérêt du lecteur, d'abord parce qu'il inclut un roman inédit… mais aussi à cause de la performance éditoriale qu'il représente. Il s'adresse en effet tout autant aux néophytes qu'aux explorateurs chevronnés de Gandahar : il permet la (re)découverte d'un univers original et somme toute actuel malgré l'âge vénérable de son premier élément…

Arnaud Brunet

LE RIVAGE DES FEMMES

Pamela Sargent - Mnémos, coll. « Stellaire » - novembre 2024 (réédition d'un roman traduit de l'anglais [US] par Nathalie Gouyé-Guilbert - 560 pp. GdF 25 €)

Mnémos a la très bonne idée de rééditer cet excellent roman de SF féministe, initialement publié en VO en 1986, et indisponible depuis plus d'un quart de siècle en France. Dans le futur imaginé par Pamela Sargent — que l'on connaît aussi comme anthologiste de la SF

écrite par des femmes — les hommes, par leur propension innée à la violence, ont détruit le monde tel que nous le connaissons. Lors de sa reconstruction, les femmes ont pris les choses en main, et instauré une société dans laquelle les hommes n'ont plus d'autre fonction que d'assurer la reproduction. Les femmes sont regroupées dans des enclaves bénéficiant de tout le confort, là où les hommes sont rejetés en dehors, dans des zones inhospitalières où ils tentent de subsister, luttant en bandes pour la possession d'un bout de territoire. Ils sont de temps en temps appelés par les femmes, au travers d'un dispositif de suggestion mentale, qui assimile celles-ci à l'image omnipotente de la Déesse désincarnée pour que leur semence soit recueillie pendant qu'ils rêvent d'accouplement. Les relations sexuelles dans chacun des deux mondes sont, de fait, homosexuelles. Un jour, une jeune femme, Birana, est expulsée de son enclave à cause de sa mère, meurtrière d'une de ses semblables, et qu'elle n'a pas dénoncée. Dans le monde sauvage, Birana fait la connaissance d'Arvil, un jeune homme qui tombe immédiatement sous son charme, et qui va tenter de conquérir son cœur, ce qui semble d'emblée assez compliqué étant entendu que dans ce futur, de par la séparation des genres, l'hétérosexualité a totalement disparu…

Le postulat de départ de ce fort roman de 550 pages — la destruction de la société patriarcale par ceux-là mêmes qui la dirigent, les hommes, et sa réinvention par les femmes — est assez savoureux dans son retournement initial. Une fois le décor posé, l'autrice nous livre néanmoins une analyse plus fine qu'une dichotomie binaire qui voudrait qu'il y ait les méchants d'un côté, les gentilles de l'autre : dans la société éveillée des Mères, tout n'est pas utopique, loin de là, puisqu'on y retrouve des jalousies, des trahisons, et qu'on peut expulser une femme qui refuse de se conformer aux règles en vigueur ou envoyer des drones abattre des êtres masculins rebelles. Alors que parmi les hommes, réputés aussi violents les uns que les autres, certains essaient de comprendre pourquoi la déesse les maintient dans cet état sauvage, et comment s'améliorer pour espérer que le fossé entre les deux sexes s'amenuise. Birana et Arvil vont peu à peu trouver leur voie entre leurs deux mondes, au gré d'une découverte mutuelle des préjugés et des blocages de chacun d'entre eux, et de rencontres qui vont tantôt conforter, tantôt ébranler leurs certitudes. Pamela Sargent aborde ici nombre de questions sur les notions de genre, l'égalité des sexes, le rapport à la maternité et aux relations sexuelles (consenties ou imposées), les mécanismes de domination, le libre arbitre, etc. dans un roman d'aventures rythmé, où la tolérance s'érige en choix de vie, sans toutefois tomber dans une ferveur idyllique qui de toute façon s'accorderait mal de la situation initiale. C'est très intéressant, subtil, prenant, et résolument moderne dans sa façon de traiter des problématiques que ce XXIe siècle, marqué par les mouvements de type #MeToo, a choisi d'aborder frontalement. Un classique passionnant et salutaire.

Bruno Para

LA NEF D'ISHTAR

Abraham Merritt - Callidor, coll. « L'Âge d'or de la fantasy » - novembre 2024 (réédition d'un roman et de nouvelles dans des traductions inédites depuis l'anglais [US] par Luc Lavayssière, en collaboration avec Pauline Contant et Thierry Fraysse, Jean-Pierre Laigle, Jean-Paul Gratias et Frédéric Collemare - 408 pp. GdF. 25 €)

Fidèles à leur collection « L'Âge d'or », les éditions Callidor livrent ici un livre de très belle facture. Sous sa couverture noire, blanche et bronze, cette version de **La Nef d'Ishtar** d'Abraham Merrit comporte, outre le roman du même titre, deux nouvelles, *« La Porte des dragons »* et *« La Route blanche »*, ainsi qu'une préface de Tim Powers, une postface bien documentée et de nombreuses illustrations en noir et blanc ou en couleurs de Virgil Finlay, mais également d'autres illustrateurs. Au premier regard, il y a donc de quoi se réjouir.

Au fil de la lecture ? Tout dépend de votre attente. Aviez-vous déjà lu **La Nef d'Ishtar** dans votre jeunesse et en gardiez-vous un souvenir ému ? Voulez-vous vous plonger dans l'histoire de la *fantasy* et voir ce qu'il existait avant les œuvres de Tolkien ou les premiers pas d'un certain Conan en 1932 ? Ou êtes-vous totalement néophyte à l'œuvre d'Abraham Merrit et n'avez-vous pas l'habitude de lire des textes aussi anciens ? Si vous avez répondu « Oui » à l'une ou l'autre des deux premières questions, ce livre est certainement fait pour vous. La nouvelle traduction donne un coup de jeune formel à ce texte et en allège certaines tournures. Et les deux nouvelles choisies (la toute première de l'auteur et l'incipit d'un roman que son décès l'empêchera de terminer) achèvent de donner un panorama assez complet sur la *fantasy* telle qu'elle était pensée aux États-Unis au début du XXe siècle.

Hélas, si vous avez répondu « Oui » à la troisième question, c'est là que le bât blesse. Au regard de 2025, **La Nef d'Ishtar** pâtit d'une construction bancale imputable à une entrée en matière trop rapide et une narration au fil de l'eau. Il faut dire qu'à l'origine, il s'agissait d'un feuilleton publié dans un hebdomadaire *pulp*. Et même si l'auteur l'a par la suite repris pour lui donner sa forme finale, il en reste des traces. Chaque chapitre devait faire vendre, il fallait donc de l'action et attirer le lecteur par une romance virile entre le héros américain bon teint et la splendide prêtresse du monde où ce dernier atterrit, monde en proie à un conflit entre deux divinités, le sombre Nergal et la fière Ishtar, comme annoncé en quatrième de couverture. Et de fait, tous les clichés du *pulp* y passent. Avec plus ou moins de bonheur suivant votre sensibilité et votre capacité à vous rappeler qu'en 1923, l'époque où l'histoire a été écrite, ces rebondissements répondaient aux attentes du lectorat tout en étant assez nouveaux pour surprendre et émerveiller. À vous de voir !

Stéphanie Chaptal

JE NE ME LASSE PAS DE VIVRE

Jaroslav Melnik - Actes Sud, coll. « Exofictions » - novembre 2024 (roman inédit traduit du russe [Lituanie] par Laurence Foulon - 384 pp. 23 € / numérique 16,99 €)

5870. Depuis le Grand Bond, la science et l'intelligence artificielle ont résolu tous les maux de l'humanité, jusqu'à lui offrir l'immortalité, grâce aux korgs, des enveloppes corporelles élevées dans des korgariums destinés à accueillir les cerveaux transplantés des humains. Changer de corps pour vivre à l'infini est monnaie courante, voire obligatoire, pour mener une existence épanouie dans l'État Éternel (ETANEL).

Dio, mille ans, a vécu de nombreuses vies et il espère bien continuer ainsi jusqu'à… eh bien, jusqu'au grain de sable.

Celui-ci a pour nom Kaya, une habitante de l'Oasis de Vérité où vivent tous les humains qui prônent un retour à la vie d'avant, au temps des sauvageons (comprenez, le nôtre), et ne désirent qu'une seule chose : expérimenter la mortalité. Or, cette Vérité commence à faire son nid parmi les immortels, dont certains ont rejoint les rangs de ces hérétiques. Et on ne peut pas dire que ce mouvement migratoire soit au goût de tout le monde. L'ETANEL doit faire quelque chose, et on va bientôt accuser ce dernier d'être responsable des morts qui se succèdent au sein de l'Oasis.

L'immortalité, c'est chiant. La vie de Dio n'est pas des plus palpitantes. Quand on en arrive à choisir un korg féminin pour le féconder avec la semence de son propre corps mâle qui est sur le point de mourir, on peut supposer que l'immortalité est un état tellement chiant qu'il pousse à faire des choses incroyablement glauques. Ce futur ne donne donc pas plus envie que de coucher avec son père… Mais ne vous inquiétez pas, l'inceste n'existe pas à cette époque puisque le cerveau dudit père aura intégré un korg différent de celui qui aura fécondé votre mère ; et puisqu'il vous est interdit de dévoiler votre identité à votre partenaire, vous et lui n'en saurez rien. Passé ce moment de gêne et le long explicatif sur le fonctionnement de cette société, les morts ne relèvent pas pour autant la sauce. Peu importe l'intrigue, qui repose sur des jambes fragiles, là n'est pas le but de ce roman philosophique et introspectif, le grain de sable dans les rouages ne sert au protagoniste qu'à se questionner davantage sur sa propre humanité, et sur celle de la société dans laquelle il vit depuis mille ans. Il était temps… Sans surprise, la liberté à laquelle il aspire n'arrivera jamais car l'IA est bien trop puissante pour laisser la brebis galeuse filer. Un *reset* et c'est reparti !

Les avancées technologiques de cette société futuriste ont bien peu d'importance. Les explications sur le fonctionnement de l'ETANEL sont longues, le style est froid, linéaire, sans saveur comme la vie d'immortel qui ne nous fait ni frémir, ni rêver. Quant à la profusion de sigles, BASET (Bases de Vie Eternelle), CONCLIM (Conseil Climatique) CONTEXT (Contact Extérieur) ou encore CERVART (Cerveau Artificiel), elle s'avère pénible et artificielle.

Melnik a construit son roman autours des nombreuses réflexions qui servent d'essence au cerveau millénaire du protagoniste, mais ce parcours initiatique n'est ni original, ni palpitant, ni hors du commun. Un énième héros qui gratte le vernis écaillé de sa vie et ne nous apprend rien de plus sur notre incapacité à sortir du rang ou les dangers de l'intelligence artificielle. On se lasse de lire ce livre.

Aayla Secura

THE GREAT LIBRARY OF TOMORROW
LE LIVRE DE LA SAGESSE T.1

Rosalia Aguilar Solace - ActuSF - décembre 2024
(roman inédit traduit de l'anglais par Alban Reymondeau - 550 pp. GdF. 24,90 € / numérique 9,99 €)

Inspiré par l'univers et les designs du cultissime festival belge de musique électronique Tomorrowland, voici le début prometteur d'une trilogie intrigante. Car, au-delà de l'intérêt expérimental et commercial porté par le festival et ses très influents réseaux, et passés les références et les clins d'œil destinés aux nombreux spectateurs (des centaines de millions) des différentes éditions dudit festival, le livre est en lui-même suffisamment bien ficelé pour qu'on s'y intéresse et s'y plonge avec plaisir.

Le Monde de Papier vit en paix depuis des années quand l'Homme de Cendres, un mythe que tous croyaient éteint, semble réapparaître pour semer la destruction. Seuls les sages de la Grande Bibliothèque de Demain, ces gardiennes et gardiens de connaissances et savoirs millénaires, auraient le pouvoir de l'arrêter. Car seuls eux ont accès aux différents mondes reliés par la bibliothèque.

Dans ce (gros) volume initial, on suit plus particulièrement Helia, une sage qui représente l'Espoir, et Nù, une habitante du Monde de Papier, qui feront tout pour défendre le savoir et les connaissances humaines en menant, de découvertes en dangers, un groupe hétéroclite de personnages touchants rencontrés au fil de leur quête.

Tous les ingrédients classiques sont réunis : des personnages auxquels on s'attache — trop —, une bibliothèque magique, mystérieuse et géante qui s'ouvre sur une multitude de royaumes à explorer, des dragons, des robots (si, si), des élixirs incroyables, un Arbre-Mère qu'on rêverait de voir, un ennemi séculaire redouté de tous, des complots et des rivalités qui laissent présager du pire pour ce Monde de Papier fort inflammable…

Si la parabole est belle et onirique, le style, lui, est assez simple, avec des phrases efficaces, qui vont directement au cœur de l'action. Cela semble parfois un peu rapide, et mériterait probablement un soupçon de fard, mais le tout fonctionne, et l'envie de poursuivre l'aventure reste présente. Les personnages, eux, sont pour l'instant effleurés, et on aimerait les voir évoluer plus en profondeur, car les promesses chuchotées de révélations traumatisantes pour les lecteurs et lectrices sont nombreuses…

Même si ce premier opus ne révolutionne pas le genre (et tel n'était pas son enjeu), il propose un ensemble honnête et cohérent, et mérite qu'on s'y attarde. Le potentiel qu'on devine derrière ces quelques aperçus des différents mondes, des différentes histoires personnelles, des différentes politiques, des différentes mythologies, donne envie d'en savoir davantage. On attendra donc la suite littéraire avec un réel intérêt, mais sans impatience.

La curiosité se situera peut-être aussi dans ce qui se développera probablement entre les différentes plateformes digitales ou réelles du festival Tomorrowland, dans ce qui se construira autour de cet univers. Comment les artistes se répondront-ils à travers les différents supports ? En quoi cela nourrira l'intrigue du prochain tome ? Et enrichira l'expérience de lecture ? Histoire à suivre…

Maëlle Alan

L'EFFET TEGMARK-EVERETT

François Darnaudet - Rivière Blanche, coll. « Blanche » - décembre 2024 (roman inédit - 240 pp. GdF. 20 €)

Ce roman est le développement, en mode science-fictif, de la nouvelle *« Boris, ses motos, les Bardenas et autres déserts »*, parue en 2019 chez Nestiveqnen dans le recueil **Le Möbius Paris-Venise**. Une nouvelle qui fut, en ces pages-mêmes (*Bifrost* n°96), qualifiée par votre serviteur d'un des textes les plus forts qu'il lui ait été donné de lire, bien que de pure littérature générale, relevant à la fois de l'autobiographie et de l'écriture thérapeutique liée au deuil — celui d'un enfant, en l'espèce.

Hugh Everett (1930-1982), physicien et mathématicien américain, a élaboré une théorie des univers parallèles dans des travaux controversés repris par le chercheur suédois Max Tegmark. Selon cette théorie (nommée l'interprétation d'Everett), il existerait autant d'univers que d'états quantiques simultanés pour chacune des particules existantes : des univers parallèles, en somme, suffisamment proches du nôtre pour que les mêmes personnes y existent mais y vivent différemment ; un univers-source et diverses fourches quantiques divergentes. On pense bien sûr à l'univers d'Ambre et ses ombres chers à Roger Zelazny, mais François Darnaudet opte ici pour un traitement *hard science*.

Notre univers, celui où Boris Darnahurt s'est donné la mort, est un univers alternatif fourché d'après l'univers source où il est toujours en vie, mais où son père, Franck, est lui décédé. Dans cet univers-source, les travaux d'Everett et Tegmark ont été davantage pris au sérieux et ont débouché sur des applications concrètes. Des centres de recherches ont été construits, dont l'un en Espagne, dans le désert des Bardenas, où Boris est convié pour observer la fourche où il est mort et son père vivant, et peut-être établir une communication…

On notera que dans l'univers-source Boris est en vie, et que ce n'est que dans l'univers alternatif qu'il est décédé. Tandis que Cathy, mère du défunt et femme de Franck, cherche à entrer en contact avec son fils par des moyens occultes, Frank parcourt sans fin ces mêmes routes où son Boris roulait à moto, dans l'espoir d'y découvrir le signe d'un ailleurs où son fils serait toujours en vie. De son côté, dans l'univers-source, Boris cherche lui aussi à communiquer avec ses parents, et savoir quel écrivain il y était…

Dans ce roman transparaît l'espoir d'un univers autre où la tragédie ne serait pas advenue ;

ici, l'intérêt majeur est à chercher dans la dimension autobiographique et prophylactique. Sans doute cette manière de revisiter le drame en un récit de SF pourra plaire aux fans exclusifs du genre, pour qui la nouvelle serait restée lettre morte. Le récit plaira aussi aux amateurs de motos, ces engins occupant une place de choix dans le récit. Certains aspects, toutefois, comme le milliardaire en quête d'immortalité quantique, semblent un brin surajoutés et factices. Tout ce qui importe vraiment sont les rapports entre le fils, le père, la mémoire et le deuil impossible. Au-delà de son caractère science-fictif, **L'Effet Tegmark-Everett** reste avant tout un profond roman psychologique.

Peut-être, en lisant ce roman après avoir lu la nouvelle dont il est l'extension, ne ressentira-t-on pas le drame avec le même impact, la même force. Mais il n'en demeure pas moins une lecture de choix.

Jean-Pierre Lion

SEREINE

Christian Chavassieux - La Force G éditions - décembre 2024 (court roman inédit - 130 pp. Semi-poche - 11 €)

Insaisissable Christian Chavassieux. Alternant depuis quelques années les romans d'Imaginaire le plus pur (**Les Nefs de Pangée**) et la littérature blanche, il est rarement là où l'attend. Ce **Sereine** en est un bon exemple : publié par une dynamique maison d'édition associative dirigée par Pascal Yannou, la Force G, dont le catalogue vaut le coup d'œil, il s'agit d'une novella qu'on rangera volontiers dans le genre *weird*. Le personnage principal de ce livre écrit au vouvoiement de politesse, une femme, a accouché une nuit, dans sa baignoire, de… quelque chose. Elle a dissimulé la naissance à son mari comme à ses deux enfants, et caché le fruit de ses entrailles dans une pièce inoccupée de son sous-sol ; car son « enfant » ne parle pas, ne vit pas même totalement, d'ailleurs, et s'avère constitué de membres minuscules malhabiles.

Quand il tombe, il fait un bruit d'objet mou, seul son ou quasi à émaner de son être. Toute la puissance de suggestion de Chavassieux est là : les descriptions sont volontairement incomplètes, déformées par le prisme de la vision de la mère, condamnant l'inconscient du lecteur à faire le reste et à ne jamais savoir ce dont il retourne vraiment. On est ainsi aux antipodes du fœtus vociférant d'*Eraserhead* de David Lynch, qui laisse peu de place à l'imagination, et pourtant on ne peut s'empêcher de leur trouver une certaine parenté, jusqu'à y voir aussi un jumeau inversé. Il faut dire que le regard de la protagoniste fait office de miroir sacrément déformant : si elle n'est pas bête, elle a du mal à se concentrer sur quoi que ce soit et semble traverser le monde comme une ombre. Toute situation normale vire au décalé lorsqu'on la vit à travers ses yeux. Même quand son mari sombre peu à peu dans le complotisme et l'extrémisme, jusqu'à participer à une milice de vigilance chargée de supprimer la menace de ces xénos qui envahissent notre société : elle est fière de lui au début, mais retombe peu à peu dans sa posture amorphe dont, seule, la tire de temps à autre la créature du sous-sol à laquelle elle s'attache petit à petit. Comme d'habitude avec Chavassieux, la langue est ciselée, précise, élégante, et fait de **Sereine** un texte extrêmement percutant, à nul autre pareil, et ce jusqu'au sein même de l'œuvre de l'auteur. Une expérience.

Bruno Para

LES MAÎTRES DU TEMPS

Stéphanie Janicot - Albin Michel - janvier 2025 (roman inédit - 304 pp. GdF. 20,90 € / numérique 14,99 €)

Benjamin est chercheur en physique théorique, tendance théorie du tout, tandis que

sa compagne, Sam, entreprend une thèse de philosophie sur la notion du temps. Ils ne sont donc pas plus étonnés que ça lorsque, suite à une expérience ratée au synchrotron de Saclay, la jeune assistante d'Isaac Newton, qui vivait jusqu'alors au XVIIe siècle, débarque à leur époque. Au même instant, un homme qui avait disparu en mer réapparait également après un bond temporel de 50 ans et retrouve son écrivaine de fille, laquelle a consacré l'ensemble de sa carrière littéraire à cette disparition.

S'emparant d'une intrigue ultra-rebattue de la science-fiction, Stéphanie Janicot propose un roman qui n'apporte pas grand-chose de neuf au thème du voyage dans le temps. Sur le plan scientifique, les explications sont simplistes (dans sa postface, Jean-Pierre Luminet les qualifie avec mansuétude de « *totalement invraisemblables* »). Plus gênant, pour un roman de littérature blanche, elle ne s'embarrasse guère de construire des personnages à la psychologie crédible. Qu'ils soient ballottés d'une époque à l'autre ou confrontés à l'apparition de contemporains de Newton, les protagonistes encaissent ces bouleversements avec calme, s'adaptent à une vitesse phénoménale à leur nouvelle situation, et tout ce petit monde parvient sans difficulté à cacher au reste de l'Humanité que le voyage dans le temps est devenu possible.

Si l'autrice ne ménage pas l'incrédulité de ses lecteurs, c'est qu'elle est trop occupée à inventer la science-fiction. N'en ayant visiblement jamais lu, elle enchaîne tous les « tropes » (comme dirait un célèbre philosophe du XXIe siècle) du genre comme si elle les découvrait : micro-trous noirs, téléportation, univers multiples, couloirs temporels, trous de vers, la théorie des cordes, le Triangle des Bermudes (*sic*) ou encore la mécanique quantique. Le résultat est assez consternant, et même les passages plus « philosophiques » du roman, où sont discutés les effets du temps sur nos existences, la vie, la mort… sonnent plutôt creux. On s'étonnera aussi de la disparition pure et simple de l'un des deux fils de l'intrigue (le retour du marin disparu dans le Triangle des Bermudes), comme si l'autrice, elle-même gênée par l'accumulation des invraisemblances, avait fini par renoncer. Seule la dernière partie, située dans un futur dystopique, apporte un peu d'originalité au roman, mais la société qu'elle imagine est trop succinctement décrite pour récupérer l'intérêt du lecteur.

Symptomatique d'une tendance qui pousse des auteurices de littérature blanche à s'aventurer sur les terres de science-fiction sans rien y connaître, **Les Maîtres du temps** n'apporte rien à un lectorat familier de ce domaine et semble bien incapable d'attirer des lecteurs et lectrices de littérature générale vers les genres de l'Imaginaire. On ne retiendra de cet ouvrage que la postface de Jean-Pierre Luminet : comme à son habitude, l'astrophysicien parvient à rendre claires et accessibles des notions complexes.

Jean-François Seignol

LA MIGRATION ANNUELLE DES NUAGES

Premee Mohamed – L'Atalante, coll. « La Dentelle du Cygne » - janvier 2025 (court roman inédit traduit de l'anglais [Canada] par Marie Surgers - 176 pp. GdF. 12,50 € / numérique 6,99 €)

Futur trop proche, à quatre générations de nous environ. Prédation, effondrement de la biodiversité, changement climatique et pandémies émergentes, le monde (le nôtre) s'est effondré, pas dans un boom mais dans un murmure. Bien des humains sont morts dans les années de tribulation qui ont signé l'effondrement. Quelques-uns demeurent néanmoins. D'abord dans les lointains dômes, où les plus riches se sont apparemment réfugiés et où subsisteraient les merveilles de l'Ancien Monde (on pense à **Exodes**, de Jean-Marc Ligny). Ensuite, plus nombreux, dans les ruines des villes, non loin d'une nature endommagée redevenue sauvage et donc dangereuse.

Reid vit avec sa mère au sein d'une communauté qui tente de survivre dans ce qu'il reste d'Edmonton, précisément dans le campus de la ville. La jeune femme, comme sa mère, est porteuse du Cadastrulamyces, abrégé cad, un champignon parasite (on pense à *The Last of Us*) qui se transmet de parent à enfant et finit par tuer son hôte non sans l'avoir d'abord empêché de se mettre en situation dangereuse afin d'assurer sa propre survie. Dans la petite communauté de Reid, le nombre des naissances est faible, précisément à cause du cad, et celui des suicides est élevé.

Dans ce monde futur, tout ce qui nous paraît évident a cessé de l'être. On vit dans les restes de ce qui précéda, dans une déchetterie de fait assemblée de bric et de broc. On ne mange que peu de viande car il n'y a plus d'élevage, qu'il faut donc chasser et que c'est une activité dangereuse. On n'a plus d'énergie électrique. On n'a ni antibiotique ni aucune technique médicale avancée, ce qui rend toute blessure ou pathologie chronique potentiellement mortelle. On recycle ce qu'on peut, avec des moyens limités. On puise dans un stock de connaissances scientifiques qui, faute de porteurs, s'est fortement rétréci. On a des références culturelles anciennes mais plus le monde qui va avec (on pense aux **Flibustiers de la mer chimique**, de Marguerite Imbert). On n'a plus les chaînes de valeur complexes qui rendaient possible un système productif foisonnant.

Écoutons Reid : « *Personne apparemment n'avait imaginé une existence où la survie de chacun dépendait de la proximité d'un cours d'eau et de l'existence d'un bâtiment solide.* » Ou encore : « *On peut mesurer les progrès d'une société à la quantité de temps libre dont disposent ses membres — au temps qu'ils passent à essayer de ne pas mourir de faim.* » Le monde de la jeune femme a redécouvert ce qu'écrivait Jean Fourastié dans **Pourquoi nous travaillons** : « *La nature "naturelle" est une dure marâtre pour l'humanité… nous travaillons pour transformer la nature "naturelle" qui satisfait mal ou pas du tout les besoins humains en éléments artificiels qui satisfassent ces besoins.* »

Dans le monde de Reid, la vie est dure, le travail incessant, et la communauté a besoin de tous pour produire jour après jour les moyens de sa survie. Voilà pourquoi ceux qui partent, qu'on les connaisse ou pas, sont parfois durement jugés.

Aussi quand Reid reçoit la lettre de ses rêves, celle qui lui annonce qu'elle est admise à l'université Howse (loin d'ici, sous un dôme sans doute), c'est un bouleversement tant pour elle que pour sa mère ou son meilleur ami, Henryk. **La Migration annuelle des nuages** raconte les jours qui précèdent le départ de Reid pour Howse, les inquiétudes, les interrogations, les doutes, les déchirements avec sa mère, les subterfuges que déploie Henryk pour l'inciter à suivre son destin et son désir. Accomplira-t-elle un voyage sûrement destiné à être sans retour ?

Pour le savoir, il faudra lire cette novella à la première personne, touchante et douce, pleine de réflexions simples et pertinentes à la fois. Dans les pas d'une personne complexe qui espère plus que tout avoir une vie — autrement dit un avenir — alors que la maladie lui fixe une échéance, on visitera un monde effondré qui ne sait pas encore s'il va définitivement disparaître comme celui de **La Terre demeure**, ou parvenir à se relever comme…

Un voyage qu'on conseillera, en somme, en dépit de quelques tournures qui ne sont pas d'une franche limpidité.

Éric Jentile

AS-TU MÉRITÉ TES YEUX ?

Eric LaRocca - Le Bélial', coll. « Une heure-lumière » - janvier 2025 (court roman inédit traduit de l'anglais [US] par Mélanie Fazi - 176 pp. LdP. 12,9 € / numérique 6,99 €)

Agnes Petrella, jeune femme perturbée connaissant des difficultés financières, se résout à vendre un objet qui lui est cher, un épluche-pommes hérité de sa grand-mère.

Au lieu de passer son annonce sur un site dédié, elle la publie sur le forum *queer* dont elle est une habituée. Parmi les réponses haineuses se distingue la demande de Zoe Cross, qui se dit intéressée. Au fil de leurs échanges, une relation trouble va se nouer entre elles. Non seulement Zoe est prête à acheter l'objet chéri d'Agnes, mais elle lui propose une aide financière — acceptée avec joie. Ce n'est que le début d'un engrenage auquel Agnes va se laisser prendre, tantôt avec réticence, tantôt dans un abandon absolu. Jusqu'à la fin, inéluctable…

Une fin exposée dès les premières pages du récit, qui se présente comme une transcription des échanges d'Agnes et de Zoe, due à un auteur anonyme ayant à cœur de restituer les faits, dans la mesure où le lui permet l'enquête de police en cours.

Ce processus de distanciation est des plus efficace : nous ne disposons que des traces laissées par les deux protagonistes ; pas question ici de connaître leur point de vue tel que l'aurait distillé l'auteur, pas question non plus d'identification. Libre à nous de trier le vrai du faux, le réel du fantasmé. Autre distanciation : les faits ici exposés datent d'une vingtaine d'années. Quelles sont les conclusions de l'enquête ? Nous n'en saurons rien. Mais rassurez-vous, ce qui transparaît du récit suffira à vous faire dresser les cheveux sur la tête — à tout le moins.

Dans un essai sur Stephen King publié en 1986[(1)], Michael McDowell attribuait la réussite de celui-ci à son art d'imprimer au récit un rythme bâti sur un jeu entre l'imprévu et l'inévitable. Eric LaRocca a parfaitement retenu cette leçon et sa novella en est une brillante démonstration. Le lecteur sait ce qui va advenir, et quand il est choqué il n'est pas toujours surpris, mais il l'est parfois, et donc doublement choqué, jusqu'à arriver pantelant à la dernière page. Du grand art. Par ailleurs, LaRocca, s'il est résolument contemporain dans son approche, se place dans la continuité de l'horreur telle qu'elle s'est développée dans les années 1970 : la petite ville de Henley's Edge sert de cadre à plusieurs de ses histoires, à l'instar de Castle Rock pour King (et de tant d'autres exemples). Mais des critiques ont aussi relevé chez lui l'influence de Clive Barker — **As-tu mérité tes yeux ?** rend hommage de façon explicite à la nouvelle *« Terreur »* (dans le recueil **Une course d'enfer**, dont la dernière édition nous ramène en 2001, chez J'ai Lu), Barker, dont Lucius Shepard disait, au début des années 1990 : « *Il s'est emparé des vieux mythes de l'enfer et des ténèbres catholiques — la tradition européenne de l'horreur — et les a peuplés de ses propres créations*[(2)] ». C'est exactement la démarche de LaRocca, à preuve l'imagerie chrétienne qui imprègne son récit : une pomme, un jardin avec un reptile, une crucifixion (et un personnage nommé Cross), une conception (plus ou moins) immaculée… que vous faut-il de plus ?

Genre jadis florissant, l'horreur américaine s'est réfugiée dans l'*underground* pendant des années, pour resurgir récemment et intéresser les éditeurs français — à condition qu'elle soit labellisée « noir » ou « thriller ». Espérons que nous lirons de nouveau Eric LaRocca, il en vaut la peine, surtout lorsqu'il est traduit avec autant d'élégance et de sensibilité qu'ici — bravo à Mélanie Fazi.

Jean-Daniel Brèque

LE TEMPS D'APRÈS

Jean Hegland - Gallmeister, coll. « Fiction » - janvier 2025 (roman inédit traduit de l'anglais [US] par Josette Chicheportiche - 352 pp. GdF. 23,90 €)

Dans la forêt se suffisait à lui-même, sa fin ouverte convenant idéalement au propos du roman qui a inspiré par la suite une adaptation au cinéma et une bande dessinée parue aux éditions Sarbacane. Jean Hegland choisit d'y revenir, renouant avec l'histoire de Nell et Eva. Réfugiées au cœur de la forêt de séquoias,

(1). « *The Unexpected and the Inevitable* », in **Kingdom of Fear**, Tim Underwood & Chuck Miller, éds. *[NdA]*

(2). Entretien avec Jack Dann, publié par celui-ci dans un opuscule intitulé **Reading the Entrails**, Satalyte Publishing, 2015. *[NdA]*

les deux sœurs ont brûlé la maison familiale, optant pour une existence au plus près de la nature. Walden n'est pas très loin, même si les conditions de vie sont plus dures, les contraignant à mettre leur survie au cœur des préoccupations quotidiennes. Après avoir investi une souche, transformée en *capane*, Eva a donné naissance à Burl, l'élevant avec sa sœur dans le respect de la forêt, de ses plantes et de ses animaux, tout en agrémentant les longues veillées d'histoires puisées dans **Bilbo le Hobbit** ou plus simplement inventées au gré de ses souvenirs de lectrice. Quinze années plus tard, l'adolescent se pose de plus en plus de questions sur le monde d'avant. Il aimerait savoir ce qu'il est advenu des autres survivants après l'effondrement de la technologie et de la civilisation, d'autant plus vivement qu'il aperçoit parfois les lueurs de feux dans le lointain. Le monde d'après a-t-il évolué comme le langage dont il use avec ses mères ? Ou doit-il s'en méfier et le fuir comme elles le préconisent ?

Redite ? Prolongement ? On s'interroge souvent à la lecture d'une suite, craignant la déception lorsqu'on a été bouleversé ou happé par son prédécesseur. **Dans la forêt** était le roman d'une chute, inexorable, un basculement vers autre chose. Il était le roman d'une redécouverte, celle d'une vie plus proche de la nature, loin de la menace masculine. **Le Temps d'après** est celui des successeurs, des enfants nés après l'effondrement ou trop jeunes pour s'en rappeler. Un monde violent, incertain, où il faut s'accommoder des rancœurs et d'une nature majestueuse mais indifférente aux drames humains. Dans une langue imagée, habilement restituée par la traductrice Josette Chicheportiche, Jean Hegland poursuit l'histoire d'Eva et Nell, via le regard candide et les mots de leurs fils Burl. On renoue ainsi avec l'écriture de l'autrice, attachée au ressenti et non au ressentiment. Un point de vue salutaire, qui nous interpelle sur notre rapport à la nature et à l'autre, mais qui apparaît aussi comme un remède contre l'individualisme. Si on ressort émerveillé par la lecture de **Le Temps d'après**, on est également un tantinet frustré par un dénouement bâclé qui a certes de quoi satisfaire les amateurs de littérature psychologique, mais sans doute moins ceux appréciant les visions postapocalyptiques. Avis aux amateurs.

Laurent Leleu

LE CHANT DU PROPHÈTE

Paul Lynch - Albin Michel - janvier 2025
(roman inédit traduit de l'anglais [Irlande] par Marina Boraso - 304 pp. 22,90 € / numérique 15,99 €)

Dublin. État d'urgence. Un soir de pluie. Deux hommes frappent à la maison des Stack. Ils appartiennent au GNSB, la police secrète mise en place par le nouveau parti fraîchement arrivé au pouvoir. En leur ouvrant la porte, Eilish sait que le mal vient de pénétrer dans son foyer. Ces deux policiers veulent voir son mari, qui est professeur, et syndiqué. Larry est absent. Le lendemain, le voilà convoqué ; on l'accuse d'agir de manière subversive et on lui demande d'annuler les grèves des enseignants. Larry se met en colère. Larry ne s'inquiète pas. « *Ils mettent la pression, c'est tout.* » Larry disparaît.

S'ensuit la descente en enfer d'une femme qui se retrouve seule avec ses quatre enfants ; le glissement terrible d'un pays dans le totalitarisme, la violence et l'absurde tandis qu'Eilish refuse obstinément d'ouvrir les yeux sur la situation, refuse d'admettre que son mari ne reviendra pas, refuse sa mort, refuse de partir quand sa sœur les supplie de la rejoindre au Canada, elle et ses enfants. Un entêtement qui les poussera dans un engrenage dont ils ne se déferont jamais.

Tout ça, on l'a déjà lu. Les dystopies de ce genre se comptent par dizaines. Mais **Le Chant du prophète** atteint une angoisse sinueuse et une plausibilité rares. Paul Lynch nous drape dans une atmosphère anxiogène où les fantômes, présences récurrentes de son œuvre, ne cessent de hanter des lignes qui nous plongent, page après page, dans une obscurité à chaque fois plus dense et étouffante. On respire mal dans ce roman sans paragraphe, où les dialogues se mélangent à la narration, tel un miroir au désarroi et à l'obstination d'Eilish. Son esprit brouillé n'en finit pas de nous questionner, et de nous exaspérer. Le lecteur lui hurle de partir quand le pouvoir bâillonne la presse et interdit les grèves. Quand les pays étrangers s'indignent sans agir. Quand l'eau boueuse coule des robinets. Quand elle perd son travail. Quand elle refuse de mettre ses enfants à l'abri. Son inertie énerve, secoue. Quel espoir entretient-elle ? Le même que nous. Celui qui nous murmure que, non, ça ne peut pas arriver chez nous.

Le Chant du prophète, récompensé par le Booker Prize, est d'une violence inouïe par la façon dont il nous renvoie à notre propre immobilisme, à notre persistance à nous croire intouchables. Rien de ce qui est décrit ici n'est gratuit. Chaque détail nourrit l'ombre qui obstrue l'esprit de cette femme démunie, intelligente, cultivée, mais désarmée face à l'impensable. Eilish nous rappelle que *nous ne sommes pas prêts*. Et pourtant, la scène à la morgue prend aux tripes et ne peut laisser personne indifférent. La construction du nid totalitaire est si réelle que cette scène n'en est que plus violente de réalisme. Elle tord le lecteur à grand coup de phrases interminables, tel le supplice de cette mère qui n'en finit pas, qui se focalise sur les détails pour retenir la vie de son fils.

Paul Lynch prophétise notre fin, et nous rappelle que cette dernière n'est pas propre aux religions. Il nous enjoint à nous réveiller, et il le fait magistralement.

Aayla Secura

LA SAISON DU SILENCE

Claire Mathot - Actes Sud, coll. « Domaine français » - janvier 2025 (court roman inédit - 176 pp. GdF. 18 € / numérique 13,99 €)

L'hiver étend son blanc manteau et bientôt la rivière qui borde le petit village de C... sera gelée, marquant ainsi la très redoutée période de l'Isoloir. L'activité du bourg semble entrer progressivement en hibernation, la vie y est austère, l'atmosphère est glacée, et l'air qui le parcourt n'est que brume et froidure. Ambiance...

Dans ce que l'on imagine être un futur indéterminé, où l'on a oublié la technologie et où les lettrés comme les érudits semblent aussi rares que superflus, une communauté rurale affronte la rudesse des frimas en se conformant aux principes d'une société un peu particulière. Car ici personne ne possède de nom et chacun existe au travers de son Occupation (avec une Majuscule), tel le Passeur, la Crémière, la Serveuse, le Fossoyeur, le Maire, l'Écrivain ou bien encore l'Aventurier. La particularité du système, c'est que la loi autorise quiconque à défier son prochain pour lui prendre sa place, à l'issue d'un combat à mort que l'on nomme Destitution.

Dans cette collectivité glacée et repliée sur elle-même, où l'on est défini par son statut social et le travail que l'on fournit, plutôt que par son humanité ou son individualité, pourquoi ne pas tenter sa chance à l'extérieur et parcourir le vaste monde ? Un homme, justement, l'a fait jadis, il y a trente ans... et voilà qu'il est de retour. Mais qu'a-t-il vu, qu'a-t-il découvert et surtout... pourquoi est-il revenu ?

La Saison du silence est presque un roman du terroir postapocalyptique, un retour à la terre qui aurait mal tourné. On croirait par moments retrouver du Giono, sa « **Trilogie de Pan** » transposée ailleurs et demain. Claire Mathot figure avec une funeste poésie le village de C... comme une zone de confort, à la fois cocon rural et carcan carcéral, et dont il faut s'extirper si l'on veut vivre libre.

Dans ce quasi huis-clos, où l'atmosphère du village demeure aussi brumeuse que les descriptions vagues de l'Aventurier, les personnages du récit livrent au lecteur leurs états d'âme évolutifs et font de **La Saison du silence** un conte initiatique où la quête de soi suggère l'ouverture à l'autre. Claire Mathot évoque ainsi l'amour comme une invitation à découvrir le monde, au travers d'une double romance en miroir délicate et habile. Ce qui pourrait sembler un peu convenu est ainsi plus subtil qu'il n'y paraît. C'est un récit intelligent et bien mené, celui d'un cauchemar dont on se libèrera (peut-être ?) en choisissant de vivre ses rêves. Et même si l'on voit assez vite quel en sera le dénouement, qu'importe puisque c'est un conte et que, comme pour un voyage, ce n'est pas la destination qui compte mais le chemin que l'on parcourt. Une bien jolie réussite.

Julien Amic

SUR TOUTES LES VAGUES DE LA MER

Guy Gavriel Kay - L'Atalante, coll. « La Dentelle du Cygne » - janvier 2025 (roman inédit de l'anglais [Canada] par Mickael Cabon - 576 pp. GdF. 28,50 € / numérique 12,99 €)

Doit-on encore présenter Guy Gavriel Kay ? Pour les troglodytes du fond, l'écrivain canadien écrit une *fantasy* historique dans un monde reflétant le nôtre comme dans un miroir baroque. Il a accessoirement été l'assistant de Christopher Tolkien lors de l'édition du **Silmarillion**.

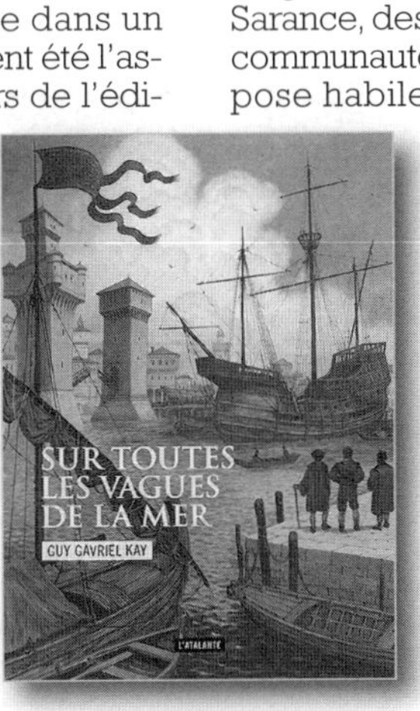

Après avoir suivi une femme médecin pendant une Reconquista (**Les Lions d'Al-Rassan**) ou encore un mosaïste chargé de l'apparat de la coupole d'un sanctuaire rappelant Sainte-Sophie (**Voile vers Sarance**), nous voici dans ce nouveau roman en compagnie de Rafel Ben Natan et Nadia Bint Dihyan, un singulier duo. Lui est un marchand kindath, elle une ancienne esclave aux mains des asharites en Almassar ; eux deux parcourent la Mer du Milieu, entre rapines de corsaires et marchandage. **Sur toutes les vagues...** débute par la tentative d'assassinat d'un calife en Abénevèn, cité-État des rives méridionales de ce bassin autour duquel gravite quasi toute l'œuvre de Kay. De cet évènement découle un éboulis historique majeur qui entraînera notre duo à la rencontre des plus hautes instances de cet univers. Qu'il s'agisse du Haut Patriarche jaddite, de la « Reine des kindath » ou de capitaines légendaires, ce volume est une fresque d'un relief exquis dont chaque recoin est un évènement, une escarmouche ou une joute verbale. La diversité des lieux et milieux rompt néanmoins avec les volumes plus « statiques » de Kay dans lesquels il prend davantage le temps de décrire les us et coutumes des peuples qu'il peint. Le surnaturel ici se fait davantage sentir pendant le récit, par le biais d'une télépathie permettant de relier certains personnages à travers le temps et l'espace, sorte de lien entre les œuvres passées de l'auteur.

Sur toutes les vagues de la mer forme donc un plan large, partie d'un ensemble encore plus vaste composé des **Enfants de la Terre et du Ciel** et de **Comme un diamant dans ma mémoire** (critiqués dans nos numéros 93 et 111). Comme en sourdine derrière les tambours battants de cet opus, on entend également l'écho de la chute de Sarance (analogue à Byzance), bouleversement spirituel et cosmique s'il en fut. Qu'il s'agisse de l'amertume des rescapés de Sarance, des janissaires ou des nombreuses communautés kindath visitées, le livre compose habilement et progressivement une image poignante de l'exil. C'est à ce dessein probablement que le monde de Kay et ses personnages tournoient à un rythme de diable sur une mosaïque en tous points connectés au reste de son œuvre. Il semblerait bien que Guy Gavriel Kay en ait encore pas mal dans le ventre !

Pierre Constantin

LE PAYS DES HERBES DEBOUT

Jean Villemin - Le Dilettante - janvier 2025 (court roman inédit -160 pp. LdP. 17 € !!! / numérique 8,49 €)

Auteur de plusieurs livres pour la jeunesse, souvent illustrés par ses propres soins, l'écrivain et artiste plasticien Jean Villemin propose avec **Le Pays des herbes debout** un court roman louvoyant dans les marges des genres qui nous intéressent. Qu'on en juge.

Soit un État bureaucrate, dirigé par un Directoire qui a pour charge d'appliquer un Programme aux contours flous, avec un projet mystérieux de Synthèse que bien peu comprennent. Soit un narrateur, appointé par ce gouvernement au poste de Curateur dans la lointaine ville de Nova Radom. Pour s'y rendre, il faut obligatoirement prendre le train lors d'un trajet de plusieurs jours dont l'essentiel se fait à travers une véritable mer de roseaux. Ces phragmites — les herbes debout du titre — poussent de manière anarchique et dégagent au crépuscule une odeur pestilentielle, réputée létale au point qu'il convient de se calfeutrer là où l'on peut. À Nova Radom, ville quasiment coupée du reste du monde, baignant dans une indolence lénifiante, le narrateur va chercher à s'intégrer à la vie locale, à découvrir ce qu'on attend de lui… Vient le moment où la communication avec la capitale s'interrompt. Le narrateur va alors tâcher de prendre les choses en main…

La quatrième de couverture mentionne **Le Désert des Tartares**, et il est vrai qu'il est aisé de placer **Le Pays des herbes debout** à côté du roman de Dino Buzzati (voire même du chef-d'œuvre de Julien Gracq, **Le Rivage des Syrtes**), dans cette catégorie de littérature immobile où l'ambiance est reine, l'action rare, le mystère latent. À cette aune-là, porté par sa plume élégante, le texte de Jean Villemin remplit parfaitement son office. Avis aux amateurs.

Erwann Perchoc

LE PREMIER MEURTRE SUR MARS

Sam Wilson - Bragelonne - janvier 2025 (roman inédit traduit de l'anglais [UK] par Nenad Savic - 512 pp. GdF. 25 € / numérique 12,99 €)

Mars a été colonisée. Non par la volonté de gouvernements, américains, chinois ou autres. Mais par celle d'un homme, un entrepreneur visionnaire (enfin, selon lui), Alexander Fuller. Cependant, tout n'est évidemment pas aussi rose que souhaité ou raconté dans les médias. Il faut donc enrichir la réalité, la rendre plus désirable. Alexandre fait donc tout ce qu'il faut pour que ses enfants, des jumeaux, Rose et Archimedes, soient les premiers à naître sur Mars en 2034. Ainsi deviennent-ils malgré eux le symbole d'une planète vouée au loisir et aux distractions, loin de la grisaille de la Terre. Hélas, on le comprend dès les premières pages, en 2103, la situation a bien changé. La corporation Fuller a pris le contrôle des bases et tout se monnaye : les objets de première nécessité, la nourriture, l'oxygène. Qui ne peut payer est renvoyé sur la planète bleue (qui porte de plus en plus mal son nom), avec une dette colossale due au prix du voyage. Certaines colonies se sont rebellées, et la guerre est désormais ouverte entre les deux visions. Comment en est-on arrivé là ? La réponse nous est donnée dans **Le Premier meurtre sur Mars**.

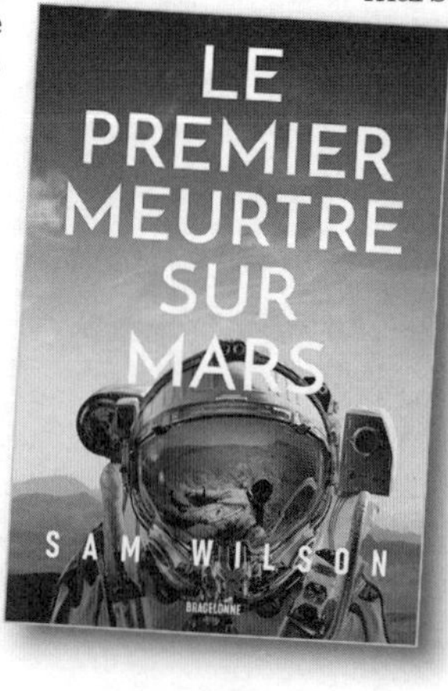

Sam Wilson, comme on a pu le voir avec son roman précédent **Zodiac** (qui a rien à voir avec le **Zodiac** de Neal Stephenson), aime utiliser le meurtre comme base de ses récits. Cependant, **Le Premier meurtre sur Mars** n'est en rien un roman policier. Le premier assassinat perpétré sur cette planète ne sert que de déclencheur final à des évènements sociaux. L'enquête menée en 2103, et dont on met longtemps à comprendre les tenants et les aboutissants, tant les non-dits sont nombreux sur cette planète rouge, n'est pas le centre de l'histoire. Elle n'est qu'un prétexte pour découvrir les conséquences d'une idée, sans doute très belle aux yeux de son créateur, Alexandre Fuller, ayant viré au cauchemar pour tous les habitants de Mars. L'auteur a donc imaginé deux arcs narratifs qu'il dévoile en parallèle : 2103, Dylan Ward est entraînée malgré elle dans une plongée dans le passé de Rose Fuller ; 2034 : la naissance, la jeunesse et l'accession à la liberté de cette dernière. Les éléments, qui se mettent en place assez lentement, requièrent une certaine patience et une confiance sans faille. D'autant que le rythme est parfois bancal, et certains personnages caricaturaux. Mais le tableau final tient la route : les quelques efforts consentis n'ont pas été vains. Le spectre d'Elon Musk et sa volonté possible de s'approprier la planète rouge planent sur cette histoire qui sonne comme un avertissement. Difficile de jouer avec de telles forces, à une telle distance de la Terre, dans un environnement hostile à toute vie humaine. Difficile de penser qu'on peut gérer une population au seul moyen d'une communication réussie. Difficile d'accepter de réduire en un esclavage qui ne dit pas son nom des milliers de personnes au profit d'une poignée. De bonnes raisons de s'essayer à cette lecture— malgré des défauts patents.

Raphaël Gaudin

DES DINOSAURES ET DES FOURMIS

Liu Cixin - Actes Sud, coll. « Exofictions » - janvier 2025 (court roman traduit du chinois par Gwennaël Gaffric - 192 pp. GdF. 21 €, soit un foutage de gueule intégral / numérique : 15,99 €, un prix tout aussi honteux que pour le papier)

Et si des millions d'années avant l'avènement d'*Homo sapiens*, d'autres civilisations étaient apparues sur Terre ? Non pas, comme l'imaginait un certain H. P. Lovecraft, issues des étoiles ou avec des formes totalement inconnues de nous, mais bien des civilisations bâties par des espèces animales qui nous sont relativement familières. C'est le postulat de base de **Des dinosaures et des fourmis**, court roman de Liu Cixin, publié à l'origine en feuilleton dans *Science Fiction World* en 2003.

Un beau jour d'été du Crétacé (entre 145 millions d'années et 66 millions d'années avant l'ère commune), un tyrannosaure glouton s'endort avec des bouts de viandes de lézard coincés entre les dents. Juste devant une imposante fourmilière remplie d'insectes affamés. Ni une, ni deux, les bestioles montent à l'assaut du dinosaure et nettoient en profondeur sa dentition. Le lendemain, l'incorrigible T-Rex revient et tend les pattes devant la fourmilière pour son « brossage » postprandial. Le surlendemain, il amène trois de ses collègues… Et au fil du temps, une relation symbiotique se noue entre les dinosaures et les fourmis : les premiers apportant la puissance, la créativité et l'imagination, les secondes la précision et la ténacité. Au fil des millénaires, la civilisation des dinosaures (toutes espèces confondues) et celle des fourmis (là encore, toutes espèces confondues) vont s'épanouir de concert jusqu'à se doter de l'arme nucléaire et plus encore. Et jusqu'à ce que l'escalade des conflits mène finalement à… l'extinction Crétacé-Paléogène aboutissant entre autres à la disparition des dinosaures non aviens, et à une perte brutale de la civilisation des fourmis.

Attention, si vous êtes fascinés par les dinosaures, ce livre pourra vous faire tiquer quand un tyrannosaure (l'un des derniers dinosaures non aviens) converse plus ou moins paisiblement avec un stégosaure (qui lui vivait au Jurassique, donc bien avant l'apparition du T-Rex), et autres invraisemblances chronologiques. Comme pour sa novella **Terre errante**, Liu Cixin ne s'embarrasse pas de vraisemblance scientifique. **Des dinosaures et des fourmis** est plus une galéjade, un conte philosophique sur la vie et la mort des civilisations et sur la façon dont les défauts des uns comme des autres peuvent conduire à une catastrophe bien trop tôt. Le tout raconté avec beaucoup de légèreté et d'humour, un cocktail qui fait passer à toute vitesse ces trois mille ans d'histoire commune entre sauriens et insectes.

Stéphanie Chaptal

AATEA

Anouck Faure - Argyll - janvier 2025 (roman inédit - 432 pp. GdF. 24,90 € / numérique 12,99 €)

Se représenter un monde essentiellement composé d'eau est une chose assez aisée, beaucoup d'œuvres de science-fiction prennent pour cadre des planètes océanes. Avec ce second roman, Anouck Faure, dont nous avons pu apprécier la très gothique **Cité diaphane** (critique in *Bifrost* n° 110), laisse derrière elle la *fantasy* pour un récit prenant les codes de la SF, qu'elle marie, non sans brio, à l'imaginaire polynésien. Avec pour constante les illustrations intérieures de l'autrice elle-même (qu'on connaît avant tout en tant que dessinatrice), afin d'accentuer l'immersion des lecteurs et nous offrir un éclat de sa vision.

Ici, Anouck Faure plante un décor où les courants océaniques sont superposés et en suspension. Les rares terres fermes sont des îles, rassemblées en archipels et naissant après gestation dans les profondeurs. Les humains, répartis en nations insulaires, sont guidés par des navigateurs aguerris capables de mener leur embarcation d'île en île. Pour ce faire, ils doivent recourir à une capacité hors norme, celle d'« oncevoir », sorte de sixième sens rendu possible par un filament permettant de ressentir les ondes transmises par les eaux. Ainsi est-il possible de localiser des poissons et des îles. Mais c'est surtout pour prévoir et esquiver les nuées — ces cataclysmes prenant la forme de bancs de crustacés qui dévorent tout sur leur passage — que l'oncevoir s'avère essentiel. Dans ce monde, la société est fortement hiérarchisée : des castes supérieures, où la noblesse a tous les droits, jusqu'aux parias, ceux qui ont eu la malchance de naître en mer et qui, de fait, ne peuvent plus poser le pied sur une île sous peine de mort. Les individus capables d'oncevoir sont destinés à être exclusivement des navigateurs, caste dont les mâles sont châtrés à la puberté — une sombre tradition destinée à garder ce don sous contrôle de l'aristocratie.

Nous suivons ici un de ces parias, Aatea. Fils d'une reine-navigatrice, dont il a hérité le don d'oncevoir, il est né en mer et n'aura donc jamais le droit de fouler la terre ferme. Mutilé pour le bénéfice de sa communauté, il souffre de l'interdit de vivre avec ses pairs, et devient bientôt le jouet de manœuvres politiciennes destinées à déstabiliser sa mère. A-t-il besoin d'autres raisons pour saisir la première occasion de s'enfuir, en quête d'une nouvelle terre où s'établir et d'enfin goûter à la liberté ?

Avec **Aatea**, Anouck Faure promet à ses lecteurs le dépaysement. Une promesse tenue, au prix d'un rythme lent où la tension s'échelonne au fil des tempêtes et des plongées. On ne cherchera pas non plus ici un traitement radicalement original des personnages qui traversent le récit, ni même l'immersion dans une société résolument autre. L'intérêt véritable réside dans la plume évocatrice, précise, d'une artiste aguerrie qui parvient à faire vivre un monde à l'étonnante topologie. Un roman onirique plus qu'une aventure initiatique.

Pierre-Marie Soncarrieu

LA SORCIÈRE DE LUNE

Marlon James - Albin Michel, coll. « Terres d'Amérique » - janvier 2025 (roman inédit traduit de l'anglais [Jamaïque] par Héloïse Esquié - 720 pp. GdF. 25,90 € / numérique 12,99 €)

Après le remarqué et acclamé **Léopard noir, loup rouge** (cf. *Bifrost* n° 109), voici sa suite **Moon Witch, Spider King** devenue **La Sorcière de lune** dans sa traduction. Sans trop s'attarder sur des

considérations éditoriales, notons qu'au-delà de la rupture du titre en chiasme (qui se poursuivra dans la conclusion à paraître, **White Wing, Dark Star**), le choix de l'illustration de couverture tranche radicalement avec celle de **Léopard...** Un tel virage en court d'édition d'une trilogie interroge.

Ce deuxième tome peut se lire avant le précédent car la quête au cœur de **Léopard...** est également ici abordée, dans les 150 dernières pages, mais cette fois du point de vue de Sogolon, la sorcière de lune du titre — qui se défend d'en être une. De l'avis de Marlon James, il serait même conseillé de commencer la trilogie par ce volume.

L'auteur poursuit donc ici son grand œuvre de *fantasy* dans son Afrique imaginaire, syncrétisme d'ingrédients culturels des quatre coins au sud du Sahara. Le livre s'ouvre sur la jeunesse de Sogolon, martyrisée par ses frères la tenant pour responsable de la mort de leur mère. Violence et domination masculine sont immédiatement présentes, et ne quitteront pas le récit. La suite est une histoire de fuites pour survivre et de périodes de développement des forces de notre protagoniste : physiques mais aussi magiques. Sogolon observe le monde et comprend ce que l'on attend d'elle, suivant le type de femme auquel on l'associe au gré des situations. Mais elle s'en moque, ou plutôt refuse ces assignations avec tout le panache et toute la détermination possible. Une réplique résume parfaitement une des idées au cœur du livre : « *La seule différence entre une sorcière et une femme qui ne l'est pas, c'est la bouche d'un seul homme.* »

Marlon James dresse une galerie de personnages inoubliables, tous pleins de nuances... À une notable exception près : l'ombre du Roi-Araignée, l'Aesi, figure ultime de l'antagoniste, promoteur de l'idée d'une « menace sorcière », ordure surpuissante et apparaissant comme insaisissable. Des enfants sont présents tout au long du récit, de Sogolon elle-même, enfant sans nom aux prises avec ses frères tortionnaires, au « garçon » de la quête, en passant par les terrifiants Sangomin, répandant terreur et chaos dans Fasisi, et une kyrielle d'autres encore.

La narration est moins entrecoupée de récits annexes enchâssés que dans **Léopard...**, où le narrateur Pisteur nous promenait dans un vrai jeu de pistes, et s'inscrit sur une temporalité différente, plus longue (Sogolon affirme avoir plus de 300 ans) et bien plus linéaire. La violence est omniprésente, comme le sexe (lui aussi régulièrement violent) et l'humour, principalement dans les joutes verbales. La cruauté et le malaise accompagneront la lecture.

Peut-être moins foisonnant que **Léopard noir, loup rouge**, mais plus déterminé, à l'image respectivement de Pisteur et Sogolon, **La Sorcière de lune** est un roman éprouvant qui présente une héroïne à la force impressionnante, arrachant toujours le moindre centimètre de liberté possible, pour tenter de l'agrandir encore, encore et toujours. Une trajectoire faite de coups et d'épreuves, de luttes et d'*empowerment*, de batailles mémorielles et de combats pour la vérité. Celle de Sogolon. En attendant la suivante.

Mathieu Masson

LE PASSEUR DE PROSPERA

Justin Cronin - Robert Laffont - janvier 2025
(roman inédit traduit de l'anglais [US] par Sébastien Guillot - 604 pp. GdF. 24,50 € / numérique 16,99 €)

Un chapelet de trois îles perdues au milieu de l'océan. Prospera, la plus grande, idyllique. La Crèche, là où les « retraités » de Prospera sont conduits via un ferry automatisé pour y être « régénérés » et leurs souvenirs effacés. Et enfin L'Annexe, réservée aux travailleurs, les petites mains au service des nantis de Prospera.

Proctor (mais qui s'appelle Proctor, sérieux ?) est un prosperien. Il est beau. Riche. Et sa femme est une gravure de mode (d'ailleurs, la mode, elle y travaille). Lui est passeur. Un boulot un poil *touchy* qui consiste à accompagner ses comparses ayant décidé qu'il était temps pour eux de partir pour la Crèche (généralement après 120 ou 130 années d'une vie paisible et satisfaisante — car, oui, les gens de Prospera vivent vieux). Tout roule pour lui dans son meilleur des mondes, et ses constantes, ces chiffres qui jaugent en permanence son état de forme, physique et mentale, communiqués par l'écran incrusté dans son bras (comme dans celui de tout prospérien) sont au beau fixe. À quelques détails près, quand même. Le suicide de sa mère lorsqu'il était jeune, une tâche dans son parcours et rien moins qu'une impossibilité, sur Prospera. Et puis ses rêves bizarres, itératifs, dérangeants, comme les échos de vies passées. Et enfin son père, qui, avant d'embarquer pour la Crèche lors d'une scène qui vire au cauchemar, lui lâche un chapelet de tirades qui le bouleversent, à commencer par celle où il lui affirme qu'il n'est pas vraiment lui, et que le monde n'est pas vraiment le monde. Sans même parler de tous ces drones, et cette question qui le hante : qu'y a-t-il au-delà de l'horizon, par-delà l'océan ?

On sait depuis la trilogie « Le Passage » (son Fléau à lui) Justin Cronin capable de pondre des monstres de six cents pages difficiles à lâcher. Ici, on pense évidemment aux faux semblants de Dick, à Huxley et au Truman Show de Peter Weir. Le monde n'est pas ce qu'il est, cette utopie n'en est pas une et il se cache derrière le voile du monde un secret qui finira bien par éclater. L'enjeu narratif est double : la société parfaite de Prospera est en train de craquer, et la vérité est ailleurs. Quelle est la nature de cette vérité, et comment la révolution va-t-elle s'orchestrer, ce sont là les deux horizons d'attente, massifs, et pas nécessairement liés, posés par l'auteur. Qui va déplier tout ça dans une mécanique romanesque on ne peut plus huilée.

Sauf que… Deux travers grèvent lourdement ladite mécanique. Cronin ne sait pas faire court, c'est entendu (le premier tome de sa trilogie apocalypticovampirique faisait déjà près de 1000 pages en grand format, dans les 800 pour les deux suivants). Mais là, il fait clairement trop long. D'un bon quart. Facile. L'autre souci, le sentiment que l'auteur se laisse prendre à son propre piège, une impression qui s'installe peu à peu. Le monde est factice, c'est entendu. Mais le souci, c'est que tout nous semble l'être, et beaucoup trop. Les dialogues sont aussi plats que les personnages sont creux, les rebondissements attendus, la langue même, en tout cas en français, sans la moindre aspérité, lisse comme une peau de bébé. Ici tout est faux, en toc, au point qu'on finit par douter que ce soit là la volonté réelle de l'auteur. En tout cas jusqu'à la révélation finale, assez attendue et déjà vue/lue, qui intervient après cinq cents pages de semblable traitement, et nous est livrée dans un tunnel d'infodump un peu facile, voire maladroit. Mwouais…

Si l'ensemble se lit sans réel déplaisir, on est très loin de l'efficacité ébouriffante qui soufflait tel un ouragan sur l'essentiel de la trilogie susnommée, celle qui révéla Justin Cronin aux yeux du monde. Dommage.

Org

CARCOMA

Layla Martínez - Le Seuil, coll. « Cadre vert » - janvier 2025 (court roman inédit traduit de l'espagnol par Isabelle Gugnon - 160 pp. GdF. 18,50 € / numérique 12,99 €)

Carcoma : si ce terme espagnol entretient une trouble ressemblance avec carcinome, une définition en quatrième de couverture se charge de nous détromper, puisqu'il désigne les vers à bois ainsi qu'une « *préoccupation constante et grave qui vous consume, vous ronge peu à peu.* » (Bon, l'analogie avec le cancer n'est pas *si* capillotractée.) De fait, c'est sous le signe du ressassement que se lit ce premier (court) roman de l'autrice madrilène Layla Martínez.

Quelque part en Espagne, de nos jours. Après avoir été interrogée par la police suite

à un événement tragique dont on apprendra peu à peu la nature, une femme retourne dans la maison familiale, qui n'a été, pour ainsi dire, que peuplée par des femmes — quatre générations s'y sont succédées — et où ne vit plus qu'une insaisissable grand-mère. Ici, les murs grincent, les portes claquent inopinément, on pourrait croire les lieux hantés, d'autant que les époux ont une fâcheuse tendance à mourir jeunes. Alternant au fil des chapitres les voix de la grand-mère et de sa petite-fille, **Carcoma** dévide peu à peu leurs histoires respectives, âpres, faites d'emprise, de domination — celle des hommes, celle du franquisme, celle des riches — et de vengeance. Jusqu'à une fin, aussi incorrecte moralement que libératoire.

Les lecteurs cherchant les effusions d'hémoglobines et les fantômes hargneux en seront toutefois pour leurs frais. Si fantastique il y a, celui-ci est discret et ne s'exprime qu'au travers de charmes peut-être magiques et d'une armoire un rien trop grande. Au-delà de cette question de genre, **Carcoma** demeure une lecture prenante et brutale.

Erwann Perchoc

HALCYON

Elliot Ackerman - Gallmeister, coll. « Fiction » - janvier 2025 (roman inédit traduit de l'anglais [US] par Janique Jouin-de Laurens - 304 pp. GdF. 23,90 € / numérique 14,99 €)

Naviguant entre fiction et essai, Elliot Ackerman n'en est pas à son premier ouvrage. Cet ancien *marine*, après un bref détour par la vie politique de son pays au début des années 2010, a publié son premier roman en 2015 et mène depuis une carrière d'auteur remarquée (on se souvient de son diptyque de politique-fiction saisissant, **2034 / 2054**, coécrit avec l'amiral James Stavridis). Avec **Halcyon**, il explore, du point de vue d'un narrateur historien, le bouleversement que provoquerait la découverte scientifique d'un moyen de conjurer la mort. À travers le regard de Martin Neumann, on devine cependant que l'auteur interroge moins le vertige ontologique que ses conséquences.

Nous sommes en 2004. Locataire saisonnier de la famille Ableson, cet enseignant ignore initialement que sa retraite d'écrivain se situe aux abords d'Halcyon, domaine d'un avocat et héros de guerre ayant mis, peu avant son décès, tout en œuvre pour bénéficier post mortem d'avancées scientifiques potentielles susceptibles de le ramener à la vie. Entraîné dans le sillage de la seconde vie de Robert Ableson, Martin se fait bien malgré lui le témoin d'un passé qui, en fin de compte, refuse de s'éteindre.

Elliot Ackerman joue ainsi sur plusieurs niveaux et s'empare pleinement de la notion de transmission, interrogeant tour à tour l'individu, la famille et la société. En contrepoint de l'héritage invalidé par la résurrection du défunt — une transmission qui se déréalise… —, l'auteur évoque celui de l'histoire de la nation, qui perdure par commémoration, de génération en génération, alourdissant chacune d'une charge symbolique dont il devient difficile de se défaire. Halcyon, autrefois lieu de quiétude, de bonheur et de souvenirs des Ableson, cristallise désormais toutes les tensions, et la souffrance qu'un passé redevenu présent réactive. Historien spécialiste de la guerre de Sécession plaçant l'idée de compromis au cœur de l'histoire des États-Unis, Martin perd peu à peu de vue le sujet de son projet d'écriture, et remet en question sa lecture de l'histoire : l'individu, la famille Ableson et la société se fracturent sous ses yeux, aucun compromis ne permettant plus ici de faire littéralement coexister passé et présent.

Peut-être l'auteur cherche-t-il à démontrer qu'il faut savoir se détacher du passé pour s'en libérer ; que si l'individu ne choisit pas ce qui lui est transmis, il reste maître de ce qu'il en fait. Ce choix, postule Ackerman non sans force, implique de laisser le passé au passé, seule condition à laquelle il est permis de se tourner vers l'avenir sans rejouer sans cesse les épisodes, minute par minute, d'une histoire dont on cherche en vain le point de bascule. N'est-ce pas la conclusion à laquelle parvient Robert Ableson, décidant de lui-même d'enfin disparaître de la vie de ceux qu'il a connus pour permettre à ces derniers d'aller enfin de l'avant ?

Si le roman se serait sans doute passé de longues et minutieuses descriptions d'évènements historiques accompagnant le propos, la réflexion qui s'y déploie n'en reste pas moins fascinante et bien amenée.

Camille Vinau

LE SABRE DE NEIGE
LES SABRES SACRÉS T.1

Salomé Han - Albin Michel Imaginaire - janvier 2025 (roman inédit - 532 pp. GdF. 22,90 € / numérique 11,90 €)

Isao est le jeune apprenti du héron blanc, le détenteur du sabre de neige. Katana magique accordé par les kami — entendez par là les dieux, même si le concept de divinité dans le shintoïsme est un poil plus subtil — ce sabre lui confère l'immortalité, la jouvence et de terrifiants pouvoirs magiques. Maître et élève vivent ainsi reclus dans une montagne enneigée, presque coupée du monde, mais un jour, patatras ! Isao découvre qu'il brûle d'amour pour son maître diaphane. Hélas, découverts et convoités pour les propriétés magiques du sabre, maître et apprenti prennent la fuite à travers cet univers médiéval-nipponisant. Sauf que, re-patatras ! Le maître disparaît et laisse Isao tout seul dans le vaste monde. Or c'est un brin problématique, car le jeune homme a beau être un combattant hors pair, c'est surtout un parfait abruti, qui de surcroît a vécu isolé de la civilisation. La suite est une succession de péripéties assez téléphonées ayant pour but de déniaiser le pauvre garçon et d'en faire un guerrier de plein droit.

Si le surnaturel est présent dès le début, l'aspect *fantasy* nipponne ne brille réellement qu'à la fin, où les créatures dudit folklore et la magie pétaradent en tous sens — de manière assez extatique. Le feu d'artifice sera un brin gâché par un plot twist calé au coup de sabot taille 52 en toute fin de récit, mais on est tellement heureux d'en finir avec les turpitudes de RégIsao-est-un-con que ça glissera tout seul sur notre armure laquée. Avant ce final, on a davantage l'impression de lire le synopsis d'un manga de sabre initiatique au parfum de *yokai*. Salomé Han revendique l'influence de **La Pierre et le sabre** de Eiji Yoshikawa, et sa passion pour le Japon est très palpable. Un peu trop, parfois, la surabondance de vocabulaire laissé en japonais plombe l'immersion plutôt que l'inverse. En dépit de cela, la fin de ce tome, premier d'une série de trois, est une promesse d'action débridée, de sorcelleries et de démons. À la manière d'un *light novel*, ce premier roman plaira davantage à un public plus jeune, et plutôt avant d'avoir lu les sublimes classiques de sabre qu'après. À suivre tout de même, les deux prochains tomes de Isao-n'est-plus-un-gland vaudront peut-être plus de koku de riz.

Pierre Constantin

LES MAINS VIDES

Elio Possoz - La Volte, coll. « Eutopia » - janvier 2025 (court (?) roman inédit - 304 pp. LdP. 12 € / numérique 6 ,99 €)

Tout commence par une rupture, amoureuse, intime, dont le bouleversement poussera notre personnage principal à entamer une migration à vélo vers un lieu où vivre la saison suivante. Ce récit de voyage, à la seconde personne du singulier, nous est conté depuis l'Amoureraie, lieu de départ et foyer, à la faveur de lettres envoyées au cours du périple. On y lira aussi bien une reconstruction intime qu'une exploration de types de sociétés coexistant (plus ou moins bien) sur un même territoire : l'Hexagone, d'ici quelques décennies, dans un contexte post-pétrole.

Le début du périple est presque paisible, malgré les alertes météos de *Gala* égrainant les conditions climatiques. Ce qui permet de s'acclimater avec ce quotidien ni post-apo ni trop lointain, et ses différentes communautés d'appartenance qui ponctuent le territoire. Ainsi comprend-on peu à peu comment peuvent se lier des façons de vivres en anarchie au sein de l'*horhizome*. Au fur et à mesure de ce roman publié dans une collection de novellas (on est chez La Volte, non ?), on en découvrira les principes fondateurs, moteurs : dans chaque communauté, quelle que soit la structure adoptée, l'objectif est une vie bonne, où chaque personne peut se nourrir, se loger, se soigner, s'adonner à ses propres activités autant que subvenir aux besoins de la communauté. Une existence apaisée et en lien avec son environnement, aussi cruel qu'il puisse être en des temps où l'impact du changement climatique se fait lourdement sentir. Un futur où la langue prend part intégrale au changement, à grand renfort de mots-valises et néologismes, explicités dans un lexique en fin d'ouvrage.

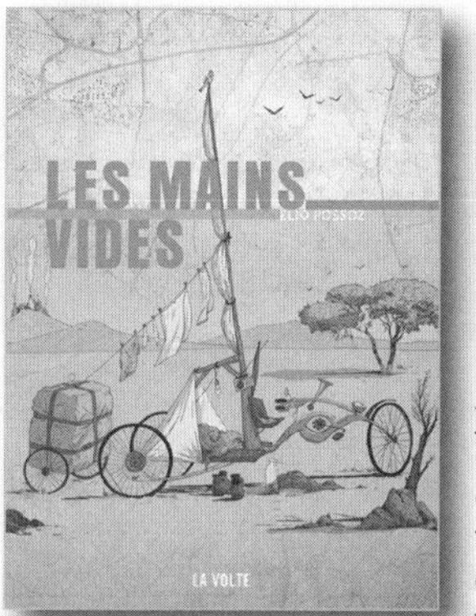

Cheminant de communauté en communauté, rafistolant son vélo, rencontrant nomades ou sédentaires, le protagoniste répare son cœur brisé au gré des rencontres et des imprévus climatiques. Peu à peu, il arrive jusqu'à des villes sclérosées qui émanent de notre société, capitalistes, à peine remises de la fin du pétrole, en proie à des systèmes de valeurs héritées aussi bien du libéralisme que de *Donjons & Dragons* (oui, oui !), où la répression et la méfiance font système. Des villes sources d'une incompréhension violente quand on n'a connu que l'entraide et la communauté, sans devoir subir au quotidien des sanctions arbitraires liées à sa couleur de peau, son genre, sa provenance géographique ou politique.

Cette épaisse novella propose donc un parcours initiatique qui questionne la capacité de changement individuel et des sociétés que nous composons, créons, réformons. Riche d'idées, la lecture peut se trouver ralentie par l'abondance de néologismes et d'expériences de langage, mais l'expérience littéraire s'inscrit ici dans un écosystème de pensée, largement crédité au fil du texte comme du paratexte. Le récit attachant, bienveillant, met en scène un personnage qui découvre un autre monde — le capitalisme —, qui constitue un évident clin d'œil au Shevek des **Dépossédés** d'Ursula K. Le Guin. Un récit qui rappelle aussi les expériences collectives que sont les livres **Bâtir aussi** ou **Subtil béton** (cf. *Bifrost* n°106), et par son travail sur la langue les plumes et voix au catalogue de La Volte.

Reste une question en suspens à la fin de cette lecture à qui s'adresse ce livre ? Un public déjà convaincu qui y trouvera un certain réconfort, un public curieux de ces futurs désirables mais qui risque d'en sortir un peu étourdi, ou plus simplement un grand public curieux de possibles offerts par la littérature ? Quoi qu'il en soit, si un rhizome se plante, il peut ensuite se multiplier seul, fournissant une réserve d'énergie plus vaste : c'est tout ce que nous souhaitons aux projets qui inspirent et que porte **Les Mains vides**.

Éva Sinanian

POISSON POISON

Ned Beauman - Albin Michel Imaginaire - janvier 2025
(roman inédit traduit de l'anglais [UK] par Gilles Goullet - 384 pp. GdF. 22,90 € / numérique 11,99 €)

Futur proche. À la mort du dernier panda, l'humanité s'est exclamée d'une seule voix « Plus jamais ça ! » Raison pour laquelle elle a joyeusement commencé à scanner le génome et le connectome du vivant et entrepris, dans la foulée, l'extermination de tout un tas d'autres espaces animales, en mettant au point un système de crédit d'extinction. Le capitalisme étant ce qu'il est, ce système fonctionne aussi bien que la théorie du ruissellement, et ces crédits ne possèdent donc pas une grande valeur. Après tout, une espèce est-elle vraiment *éteinte* si toutes ses données sont scannées ? Halyard est l'un des parasites qui se nourrissent de cette gabegie, mais il se retrouve bien ennuyé au cours d'une malversation, lorsque la valeur des crédits d'extinction grimpe brusquement dans la stratosphère. C'est alors qu'il croise le chemin de Karin Resaint. Biologiste spécialisée dans l'intelligence animale, Resaint se prépare à rendre ses évaluations sur le lompe venimeux (*Cyclopterus venetatus*), un petit poisson assez moche (juste un peu moins que le blobfish) mais censément malin, et dont l'environnement de reproduction s'est restreint à une seule zone de la mer Baltique. Zone qui vient d'être ravagée par des drones miniers en roue libre. Oups… Resaint et Halyard ne s'apprécient pas. Néanmoins, ils vont faire route commune pour tâcher de retrouver les derniers spécimens du lompe venimeux. Ce trajet les amènera à sillonner la Baltique, mer polluée au possible, des côtes suédoises jusqu'au golfe de Finlande.

Cinquième roman de l'écrivain britannique Ned Beauman, et troisième traduit de ce côté-ci de la Manche (après les très recommandables **L'Accident de téléportation** et **Glow**, tous deux aux éditions Joëlle Losfeld), **Poisson Poison** — titre bien plus amusant qu'en anglais — est une balade aussi désespérante qu'hilarante à travers l'Europe du Nord. Enfin, hilarante dans la mesure où l'humour est la politesse du désespoir. Il y a quelque chose de Peter Watts (d'ailleurs auteur d'une nouvelle titrée *« Cyclopterus »*) dans ces pages. Cette description d'un monde basculant pleinement dans la sixième extinction de masse, peuplé de technosolutionnistes plus ou moins à côté de la plaque, d'entreprises richissimes capables d'acheter des bouts de pays, de réfugiés mais pas du pays qu'on imagine, et de bestioles aux noms à coucher dehors, est saisissante.

Deux légers reproches à adresser au roman : Ned Beauman abuse un rien de la rétention d'information comme s'il semblait peu confiant dans les ressorts de son intrigue, préférant faire avancer ses lecteurs au travers de révélations et d'annonces très (trop) dosées. Enfin, la conclusion du roman n'est pas son point le plus remarquable. Il n'empêche, la balade vaut le coup. À lire (en attendant la mort du dernier panda).

Erwann Perchoc

LE TOUT

Dave Eggers - Gallimard, coll. « Du monde entier » - janvier 2025 (roman inédit traduit de l'anglais [US] par Juliette Bourdin - 640 pp. GdF. 26 € / numérique 14,99 €)

Le Tout : ou Enfin une sensation d'ordre ou Les Derniers jours du libre arbitre ou Le Choix illimité tue le monde, pour en citer le titre dans son intégralité, est une suite plus ou moins directe du **Cercle** (cf. *Bifrost* n°84). Mais avoir lu ce dernier n'est pas nécessaire pour profiter du nouveau roman de Dave Eggers, paru outre-Atlantique en 2021. Il est important de noter cette date, car le sujet abordé, l'internet et ses possibles dérives totalitaires, connaît des bouleversements nombreux, rapides et parfois surprenants. Ainsi, pas mal d'éléments imaginés par l'auteur ont pris corps entre-temps dans notre réalité. Mais Dave Eggers va plus loin, beaucoup plus loin. Amazon (pardon, la jungle) a été rachetée par cette entreprise, le Tout du titre, propriétaire de l'ensemble des réseaux sociaux, dont le nom affiche le programme : il s'agit de *tout* régenter

pour amener le monde à ressembler à l'idée vertueuse qu'en ont ses membres. Quelqu'un s'aperçoit que les bananes doivent faire des milliers de kilomètres pour finir sur nos assiettes ? On supprime les bananes de toutes les tables de l'entreprise. Les gens ne respectent pas les règles édictées par la société ? On les expose sur les réseaux sociaux pour les humilier. Une étude indique que les habitants des États-Unis ne font pas assez de sport au quotidien ? Une application émet un signal à heure fixe sur l'ovale (l'équivalent du smartphone, qui ne quitte jamais son propriétaire), et voilà un individu qui se lève et fait des étirements en plein milieu de son boulot ou d'une conversation. Impossible de faire la liste de toutes les idées, farfelues, souvent issues de bons sentiments, mais aux conséquences parfois terribles, nées dans les esprits des aTouts, les membres de cette pieuvre aussi dangereuse que gigantesque.

Y compris dans celui de Delaney, une ancienne étudiante horrifiée par la direction prise par le Tout, et par son emprise de plus en plus évidente sur le reste du monde. Car seuls quelques quartiers résistent aux caméras obligatoires : comment protéger les promeneurs des si nombreux dangers qui les cernent sans ces auxiliaires de la police pilotées par IA ? De même, pour la sécurité de chacun, il est interdit d'aller se promener sans téléphone. Sinon comment voulez-vous secourir les randonneurs en péril ? Ainsi, au nom du sacro-saint principe de précaution, tout passe, y compris le plus gros. Delaney se fait donc embaucher au Tout pour imaginer des améliorations tellement gigantesques, tellement liberticides, qu'elle espère faire enfin bouger les gens et faire imploser cette société castratrice. On le comprend vite au ton satirique et désespéré du roman, cela va s'avérer difficile. Dave Eggers accumule idée sur idée, exagération sur exagération. C'est d'ailleurs la limite de son roman : impossible de ne pas se dire, au fil des pages, qu'il en fait trop. Sauf que dans cette accumulation de trouvailles, il en est une, puis deux, puis *trois* dont on s'aperçoit qu'elles sont passées dans notre quotidien. Alors, même si l'auteur en fait beaucoup, et que la pilule est parfois un peu grosse à avaler, **Le Tout** reste un coup de fouet salvateur forçant à regarder autour de soi avec davantage d'acuité.

Raphaël Gaudin

DES SIÈCLES ET DES SIÈCLES

Stéphane Przybylski - Denoël, coll. « Lunes d'encre » - février 2025 (roman inédit - 272 pp. GdF. 21 € / numérique 14,99 €)

2017, Proche-Orient. La préhistorienne Rachel Avital découvre en Israël un crâne de jeune femme. Mais à peine a-t-elle le temps de dissimuler sa trouvaille qu'elle est recrutée par un homme au fort accent russe, puis enlevée par un mercenaire américain aux allures de cow-boy pour traduire depuis l'araméen un parchemin supposé expliquer les origines des croyances et réunir les principales religions monothéistes.

Dix mille ans plus tôt, la jeune chasseresse Raræle, fille du chef Semyaza, se refuse au mariage qu'on cherche à lui imposer. Venant en aide à un Veilleur, ces êtres quasi-divins qui normalement ne s'adressent qu'aux Gardiens, elle part pour un voyage vers les sept montagnes où le soleil se lève. Mais les Veilleurs sont-ils vraiment ce qu'ils prétendent être ?

Dans des temps bien différents, liées par ce mystérieux parchemin, les deux femmes sauront-elles faire face aux dangers qui les menacent et tracer leur propre route ?

Après avoir réécrit l'histoire de la Seconde Guerre mondiale dans la « **Tétralogie des Origines** » (Le Bélial', 2015-2017), et revisité l'ère napoléonienne dans **Burning Sky** (Denoël, 2023), Stéphane Przybylski remonte cette fois bien plus loin dans le temps, s'intéressant aux origines des principales religions monothéistes, plus de huit mille ans avant notre ère.

Entre thriller d'espionnage, roman d'aventure et récit de science-fiction, **Des siècles et des**

siècles nous entraîne sur les traces de deux femmes en quête de liberté, luttant pour leur vie et leur futur, à dix millénaires d'intervalle, et pourtant bien plus proches l'une de l'autre qu'on ne pourrait le penser. Riche, féministe, engagé et historiquement très recherché, ce roman a le double avantage de proposer des personnages particulièrement attachants, et un déroulement aussi palpitant qu'instructif. La découverte de l'histoire de Raræelle en même temps que Rachel, les interruptions auxquelles cette dernière fait face, les dangers qui la menacent et la passion qu'elle met dans la lecture de ce manuscrit, rythment le récit et font du roman un *page turner* tout ce qu'il y a d'efficace. Il est cependant à déplorer que les nombreux renvois à des notes de fin d'ouvrage obligent à des allers-retours parfois peu utiles, coupant la lecture à des moments clefs. Et aussi, surtout, que certains faits auraient mérité de plus amples explications, non apportées en fin de récit, d'où une certaine frustration du côté du lecteur. Reste que si Stéphane Przybylski n'a ni l'abattage ni la démesure du Tim Powers des **Puissances de l'invisible**, son **Des siècles et des siècles** reste une lecture agréable, intelligente sans pour autant être dénuée d'action, et fort fréquentable pour une large frange d'amateurs, du fan de SF ou de thriller, voire de roman historique.

Éléonore Bailly

CHANGEMENTS DE PLANS

Ursula K. Le Guin - Le Bélial', coll. « Kvasar » - février 2025 (recueil inédit traduit de l'anglais [US] par Mélanie Fazi et Pierre-Paul Durastanti - 288 pp. GdF. 22,90 € / numérique 12,99 €)

Chère touriste, cher touriste, bienvenue dans votre nouvelle façon de voyager : le vol interplanaire. Car si vous ne le saviez pas encore, les ennuyeux aéroports humains dans lesquels vous subissez toutes les affres infernales des files d'attente infinies, des trajets décalés sans remplacement et des cafétérias douteuses, sont en fait des portails vers de multiples univers tous plus étonnants les uns que les autres.

En effet, comme le découvre Sita Dulip, bloquée entre deux avions à Chicago, rien de tel qu'un changement de vols (*Changing Planes*, titre au jeu de mots VO intraduisible en français) ou qu'une correspondance bien pénible pour changer de plan dimensionnel, et naviguer sans ces fichus avions vers des civilisations aux us et coutumes ô combien passionnantes. Que ce soit chez les Frines dont les rêves s'entremêlent et forment un inconscient commun, ou chez les Veksi toujours en colère, en passant par la terrifiante île de l'Éveil, venez explorer de nouveaux mondes pendant que vous restez sur votre siège en plastique de salle d'attente…

Bienvenue, donc, dans cette traduction (enfin) complète de ce « recueil », qui n'en est pas vraiment un, tant les nouvelles se répondent entre elles. Ces seize pépites se savourent dans l'ordre ou le désordre, et on a plaisir à y revenir plusieurs fois, au gré des humeurs, tant la finesse de la narration prend de formes différentes à chaque nouvelle lecture. Et c'est bien là que ce révèle, encore une fois, tout le talent de l'autrice.

Par cette écriture si fluide qui lui est propre (et particulièrement bien traduite ici), son regard extralucide se fait tantôt léger, tantôt profond ou perçant, tendre ou cruel, selon les plans et les histoires qu'il caresse… et tout cela sans jamais trop approfondir, pour laisser aux lectrices et lecteurs toute leur liberté d'interprétation philosophique. Car toutes ces excursions interplanaires, au-delà des aventures dans lesquelles elles nous entraînent, nous plongent aussi dans des réflexions beaucoup plus poussées sur ce que peuvent réellement présenter nos différentes sociétés humaines, leurs enjeux et leurs impacts.

La critique perspicace des dysfonctionnements s'y fait entendre, l'humour précis aussi, toujours dans le but de nous faire nous interroger, sur des thèmes indémodables (langage, écologie, engagement, politiques, dérives des sciences et des politiques… entre autres), et qui semblent à l'heure où ces lignes sont imprimées, encore malheureusement trop d'actualité. Mais n'est-ce pas là ce que devrait faire tout texte essentiel de fiction, et particulièrement en littératures de l'Imaginaire ? En tout cas, vols réussis pour ces nouveaux voyages proposés par Ursula K. Le Guin.

Ainsi, il y en aura pour tous les goûts. Initiés ou non, chacun et chacune y trouvera son plaisir. Si vous connaissez déjà l'œuvre de Le Guin, voici un ajout de valeur à votre bibliothèque — et le bonus de l'entretien avec l'autrice en fin d'ouvrage ravira tous les fans. Et si vous ne la connaissez pas encore, voilà la parfaite occasion de découvrir la polyphonie virtuose de cette écrivaine incontournable.

Maëlle Alan

Nos critiques conseillent (très) vivement…

Le Chant du prophète, Paul Lynch, Albin Michel •
Poisson, poison, Ned Bauman, Albin Michel Imaginaire •
La Sorciète de Lune, Marlon James, Albin Michel, coll. « Terres d'Amérique » •
Sur toutes les vagues de la mer, Guy Gavriel Kay, L'Atalante, coll. « La Dentelle du Cygne » •
As-tu mérité tes yeux, Eric LaRocca, Le Bélial', coll. « Une heure-lumière » •
Changements de plans, Ursula K. Le Guin, Le Bélial', coll. « Kvasar » •
Gandahar, édition intégrale - Jean-Pierre Andrevon - Mnémos, coll. « Intégrales » •
Le Rivage des femmes, Pamela Sargent, Mnémos, coll. « Stellaire » •
Multiversalités, collectif, L'Œil d'Or, coll. « Angle mort » •
Nettle and Bone, Comment tuer un prince, T. Kingfisher, Verso •
Lanvil emmêlée, Michael Roch, La Volte •

Nos critiques déconseillent (très) clairement…

- *Je ne me lasse pas de vivre*, Jaroslav Melik, Actes Sud, coll. « Exofictions »
- *Électrons libres*, Bernard Henninger, Blogger de Loire
- *Les Maîtres du temps*, Stéphanie Janicot, Albin Michel

Anthos… à gogo :

[par Philippe Boulier]

Des anthos, t'en veux ? T'en as ! Petit tour d'horizon trimestriel de l'actualité de la forme courte sous son incarnation anthologique, proposée par nos amis éditeurs qui aiment le risque. Gloire à eux !

1. - *Multiversalités*
L'Œil d'Or, coll. « Angle Mort » - septembre 2024
(236 pp. GdF. 20 €)

2. - *Arborescences*
L'Asiathèque,
coll. « Abécédaire de l'Imaginaire » - octobre 2024
(152 pp. LdP. 16 €)

3. - *Le Pont Arc-en-Ciel*
Lingva, coll. « Nuits blanches » - novembre 2024
(240 pp. GdF. 20 €)

Autrefois revue numérique, « Angle Mort » renaît aujourd'hui sous la forme d'une collection, aux éditions de L'Œil d'Or, et nous propose une première anthologie thématique, **Multiversalités**. Et, disons le tout de go : c'est un sans-faute.

Avec en guise de hors-d'œuvre un inédit de Philip K. Dick, excusez du peu, *« Joe Protagoras est vivant et il vit sur Terre »*. Concrètement, il s'agit du synopsis d'un roman que Dick n'a jamais écrit, une lutte de pouvoirs mettant en scène univers parallèles et *« faux faux »*, autrement dit des *« simulacres de contrefaçons »*. On ne peut que jalouser les mondes voisins dans lesquels l'auteur a mené cette œuvre à son terme.

On est tout aussi surpris de trouver Larry Niven au sommaire, lui qui goûtait peu ce genre de récits, et qui pourtant signait en 1968 dans *Galaxy* une très bonne nouvelle, *« Des Myriades de mondes »*, où l'accès aux univers parallèles et leur exploitation vont de pair avec une explosion des cas de suicides et de meurtres sans mobiles.

Beaucoup plus récent (le texte date de 1999), *« 10^{16} contre 1 »* de James Patrick Kelly fleure bon lui aussi les années 60, puisqu'il se déroule durant la crise des missiles de Cuba, et donne à jouer dans cette situation un rôle démesuré à un banal adolescent lecteur de science-fiction. On n'est pas surpris d'apprendre qu'il fut récompensé en son temps d'un prix Hugo.

À l'inverse, *« Le Reste n'est que spéculation »* d'Eric Brown nous transporte deux milliards d'années dans l'avenir, en compagnie d'un humain ressuscité pour l'occasion et de quelques-unes des formes de vie sentientes qui lui ont succédé. Là encore, le voyage est splendide.

Les deux dernières fictions au menu, sans être ratées, sont plus anecdotiques. *« Impanga »* d'Akaliza Keza Ntwari ouvre une fenêtre sur les doubles d'un autre monde, tandis que *« Systèmes judiciaires multiversels »* de Lettie Prell, comme son titre le laisse deviner, passe en revue diverses manières plus ou moins étranges et/ou farfelues de rendre la justice.

Si l'on ajoute à cela les deux articles aussi pertinents qu'abordables qui viennent boucler ce sommaire, on obtient une anthologie de très haute tenue, dont on n'hésitera pas à qualifier sa lecture d'indispensable.

Et on sera presque aussi enthousiaste concernant **Arborescences**, malgré une maquette à se griffer la cornée, qui va jusqu'à nier le concept même de marges. Et ce ne sont pas les illustrations des étudiants de la Haute École des arts du Rhin qui nous mettront du baume aux yeux. On évitera toutefois de laisser ces fautes de goût nous gâcher la lecture d'une anthologie qui vaut bien mieux que ça.

Née des efforts communs de L'Asiathèque et de la revue allemande *Kapsel*, la collection « Abécédaire de l'Imaginaire » se présente comme un projet assez singulier, visant à faire dialoguer imaginaires asiatique et européen. En l'occurrence, sa première réalisation présente une nouvelle de l'autrice chinoise Chi Hui, *«Le Nid»*, à laquelle viennent faire écho les œuvres créées pour l'occasion par Aiki Mira et luvan.

«Le Nid» met en scène une civilisation assez fascinante, une matriarchie dans laquelle les femelles de l'espèce font pousser leurs futurs conjoints comme des plantes en pot. Une société qui reste largement incompréhensible aux humains qui l'ont découverte, lesquels ne réaliseront que trop tard les bouleversements dont elle sera à l'origine. L'intrigue est purement fonctionnelle, c'est bien l'unique défaut de cette nouvelle d'une belle richesse exotique.

Du texte de Chi Hui, Aiki Mira a conservé dans *«Une Fluctuation dans le vide»* l'idée de métamorphoses, celles que va connaître son héroïne au fil de ses errances spatiales, tantôt par désir, tantôt par besoin. Tout n'est que mouvement et changement permanents dans ce texte envoûtant au fort parfum de *cyberpunk*, des corps aux constructions sociales, rien ne semble jamais fait pour durer.

De métamorphoses, il est aussi beaucoup question dans *«Marginalia»* de luvan, celles que connaissent les femmes envoyées coloniser un monde lointain létal pour les hommes. Mais alors que chez Aiki Mira les transformations corporelles sont le résultat de technologies de pointes, ici elles s'inscrivent dans un processus naturel plus lent qui unit les habitantes de cette colonie à leur monde d'adoption. Superbement écrit, ce texte clôt en beauté cette anthologie, dont on est très curieux de lire la suite.

Terminons par **Le Pont Arc-en-ciel**, recueil de 7 nouvelles ukrainiennes réunies par Patrice Lajoye, qui fait suite à **Nous sommes vivants !**, paru quelques mois seulement après le début de la guerre.

Une guerre qui résonne dans certains des textes choisis, en particulier dans *« Croc Meurtrier»* de Daria Piskozouk, dont la narratrice doit fuir en catastrophe une invasion barbare, et qui trouvera dans les fantômes de ses ancêtres un soutien inattendu, et *«L'Unter de cœur»* de Volodymyr Arenev, où les agresseurs s'apparentent cette fois à des créatures lovecraftiennes, sortes de zombies qu'un champignon parasite a transformés en une menace mortelle pour ce qu'il reste de l'humanité. De manière plus directe encore, *«La Déesse de fer de la compassion»*, d'Olga Brylova, fait référence au conflit actuel, mais se perd dans une intrigue à peu près sans intérêt.

La nouvelle la plus ambitieuse et la plus réussie de cette sélection me semble être *«La Langue de Babel»*, de Svitlana Taratorina, expérience scientifique et surtout linguistique mettant en scène une société dans laquelle ne peu avoir de véritable existence que ce qui peut être nommé.

Les trois autres textes au sommaire puisent leur inspiration dans le folklore local, sans vraiment tenter de le moderniser, et ne devraient satisfaire que les amateurs d'une forme de fantastique tout à fait désuète.

Une anthologie très inégale, donc, mais qui mérite malgré tout qu'on s'y intéresse, et pas uniquement par charité, on s'accordera très volontiers sur ce point avec Pierre Gévart, son préfacier.

Paroles... de traductrice

[par Erwann Perchoc]

HÉLÈNE COLLON
TRADUCOSCOPE

Hélène Collon, traductrice émérite s'il en est, est avant tout connue, au sein de Notre club, pour ses travaux autour de Philip K. Dick (et pas uniquement en tant que traductrice, comme nous le découvrirons ci-après). C'est toutefois là une vision réductrice de son travail : un simple coup d'œil à la liste de ses traductions dans le seul champ de l'Imaginaire suffit à nous plonger dans un *hall of fame* incroyable : Ray Bradbury, Richard Matheson, Clive Barker, Jack Finney, Harlan Ellison, Ursula K. Le Guin ou encore Gregory Benford, Iain M. Banks ou Jonathan Carroll… Oui, rien que ça ! Il était bien temps de faire plus ample connaissance avec cette incontournable à la réputation bien trempée, et pourtant d'une discrétion jamais démentie…

Bifrost : *Comment es-tu venue au métier de traductrice ? Par vocation ? Ou était-ce un choix professionnel comme un autre ? Tu as suivi une formation ou tu as appris sur le tas ?*

Hélène Collon : Je suis venue à la traduction par vocation assez précoce, mais aussi parce que, imprégnée de culture populaire anglo-saxonne à l'adolescence, je voulais parler et comprendre l'anglais ; c'était donc à peu près la seule matière dans laquelle j'obtenais de bons résultats ! Je me suis naturellement dirigée vers une fac d'anglais, où j'ai fini par obtenir ce qu'on appelle aujourd'hui un Master 2, précisément dans le domaine de la traduction. Il s'agissait de traduire et commenter une partie d'un texte non encore disponible en français, et comme je venais de passer un an à Glasgow, j'ai choisi un roman policier (choix mal vu à la Sorbonne !) de l'auteur du cru William McIlvanney. Par la suite, j'ai entrepris une thèse sur Philip K. Dick que je n'ai jamais menée à bien (c'est dommage, mais il fallait gagner sa vie…) et qui s'est transformée par la suite, grâce au regretté Joseph Altairac, en recueil de textes critiques, biographiques, bibliographiques, etc., aux éditions Encrage, **Le Kalédickoscope**.

B. : *Tu n'œuvres pas seulement du côté des littératures de l'Imaginaire. Quel est ton rapport aux « mauvais genres » (polar, SF, etc.), en tant que lectrice et comme traductrice ?*

H. C. : Dans mes traductions, je préfère la diversité, c'est l'occasion d'apprendre, d'étendre mes compétences, de rencontrer de nouveaux interlocuteurs, aussi. Dans mes lectures, je penche pour la SF (pas la *fantasy*, ni même le fantastique) parce que j'ai tendance à trouver la littérature contemporaine — surtout française — globalement ennuyeuse et narcissique. La « littérature ombilicale » me fatigue. Les jours de mauvaise humeur, je la qualifie volontiers de « bourgeoise ». Je ne lis pas que de la SF, mais pour le moment cette dernière me paraît échapper à ce travers. Il faudrait en discuter avec de vrais connaisseurs ! Et puis, comme tout le monde (ou presque), j'aime qu'on m'étonne, qu'on m'emmène là où je n'ai pas prévu d'aller. De plus, si la SF reste avant tout une littérature d'idées, avec le temps elle a aussi été investie par des auteurs et autrices à part entière, et en SF comme dans les autres formes littéraires, je peux aussi lire des textes rien que pour l'écriture, le style (je pense à Ursula K. Le Guin).

B. : *Quelle est ta manière de travailler ? Le lieu de travail, les outils, l'intensité ?*

H. C. : Je suis incapable de me concentrer par tranches (horaires) ou épisodes, et j'admire celles et ceux qui le peuvent. Je travaille donc d'une traite, pendant des heures, puis je sors m'aérer au sens littéral ou au sens figuré — comme j'habite Paris, ça signifie souvent profiter de la vie culturelle ! Et comme j'y vis depuis très longtemps, j'y ai pas mal d'amis et amies (guère de collègues !). Ou alors je vais directement au lit, quand le dos me signale qu'il en a assez fait pour la journée ! Comme j'habite une unique (grande) pièce, je n'ai pas beaucoup de chemin à parcourir…

Je m'aide des mêmes dictionnaires que les collègues, je suppose (CNRTL, etc.) et je puise pour ça dans une vaste collection de marque-pages, ou bien je fais appel à un moteur de recherche portant un nom de double canard (qui, contrairement à Google, ne choisit pas à ma place ce que je vais voir en premier). Je me sers d'Antidote™ pour trouver l'inspiration en matière de synonymes, préciser une définition, et enfin pour la correction orthotypographique.

B. : *Entre tes débuts et maintenant, as-tu senti une évolution dans le métier ? Et comment vois-tu l'avenir de ta profession, notamment en raison de l'irruption de l'IA ?*

H. C. : Le métier en lui-même reste un face à face entre une personne avec sa culture propre, en perpétuelle évolution, et un texte unique qu'il s'agit de transformer en un autre en restant, comme disait Jacques Chambon, « fidèle et élégant(e) ». Il a été grandement facilité par l'accès rapide et facile à la plus grande bibliothèque mondiale, elle aussi en perpétuelle évolution, l'Internet, bien sûr. Et par l'informatique évidemment.

Ce qui change c'est la concentration de l'édition, la disparition progressive des « maisons » qui deviennent des « marques » au sein de groupes. Ont disparu à cette occasion les relations individuelles et suivies avec nos interlocuteurs et interlocutrices, qui pouvaient se développer sur des années. Souvent ces personnes n'ont même plus de bureau, il m'arrive de plus en plus d'avoir affaire à des gens que je ne rencontre jamais, ce qui était impensable il y a encore quinze ans.

Heureusement, l'édition indépendante remet de l'humain dans tout ça, et traduit des auteurs et autrices que ces grands groupes de milliardaires négligent pour d'étroites raisons de rentabilité. Évidemment, ça ne va pas sans nous poser des problèmes économiques, et l'écrasante majorité des traducteurs et traductrices que je connais a fui Paris et les grandes villes pour pouvoir vivre dans des conditions décentes vu l'explosion des prix de… tout (sauf du feuillet traduit…).

Je suppose qu'à l'avenir cette tendance « concentration-déshumanisation » va s'aggraver, sans parler de la mainmise de quelques milliardaires à l'idéologie rétrograde sur l'édition, la presse et les médias en général. Je crois savoir que ce qu'il est convenu d'appeler « IA » est déjà utilisé comme un outil de plus par quelques auteurs et autrices et membres de ma profession, mais en l'état, je préfère me servir des outils existants et

Hélène Collon, DR.

de mon cerveau (tant qu'il est à peu près en état de marche) ; j'y vois un effet de mode, une « bulle », mais comme je ne m'en sers pas je préfère ne pas en parler ! Il me semble que ce serait un autre métier.

***B. :** Traduis-tu volontiers en collaboration ? Il y a eu **L'Hiver d'Helliconia**, co-traduit avec Jacques Chambon, mais après ?*

H. C. : On ne m'a jamais demandé de collaborer avec des collègues sur un même texte, un même ouvrage d'un même auteur ou autrice ; et si je peux l'éviter à l'avenir, si les vaches ne sont pas trop maigres, je préfère ! En général c'est pour accélérer le processus et ce n'est pas bon signe. Pour ce qui est de **L'Hiver d'Helliconia** (ma première traduction !) : Jacques Chambon m'a proposé de terminer sa propre traduction, sous sa supervision, et en accord avec Gérard Klein, car il venait tout juste de prendre la suite d'Elisabeth Gille chez Denoël, ainsi que son poste de prof de lettres classiques au lycée Victor Duruy, et n'avait pas le temps de tout concilier. Gérard et lui m'ont mis le pied à l'étrier alors qu'ils ne me connaissaient pas du tout ; je les avais seulement consultés à propos de ce projet de thèse sur Philip K. Dick. Je leur dois donc beaucoup. À l'époque c'était sans doute plus facile. Je débarquais de ma province et ne connaissais personne !

***B. :** Quel est l'ouvrage que tu as eu le plus de plaisir à traduire ? Et celui qui t'a donné le plus de fil à retordre ? (**L'Exégèse** de PKD, qu'on imagine pas simple, pour le moins ?) Et celui qui, à ton avis, n'a pas rencontré le succès qu'il aurait mérité.*

H. C. : L'ouvrage que j'ai eu le plus de plaisir à traduire jusqu'ici est sans aucun doute **Searoad — Chroniques de Klatsand** d'Ursula K. Le Guin (à paraître, Payot-Rivages, en octobre 2025) en raison de mon admiration sans bornes pour cette autrice et son style peaufiné, original, et ici « woolfien ». Pas facile, mais gratifiant quand on a l'impression d'avoir restitué le plus haut pourcentage possible de son et de sens... en restant « fidèle et élégant(e) ».

Oui, celui qui m'a donné le plus de fil à retordre est évidemment **L'Exégèse** ; et il y a eu des moments où je n'en voyais pas le bout (merci à Saint Thibaud E.) ; cela dit, j'ai aussi bénéficié de l'aide précieuse de plusieurs érudicks (et érudits tout court) étatsuniens, particulièrement William Sarrill, qui a même connu Philip K. Dick !

Je ne suis pas toujours bien au courant des ventes des livres que j'ai traduits, mais plusieurs auraient sans doute mérité une meilleure carrière. « Off the top of my head », je pense par exemple aux deux bouquins de Mitch Cullin que j'aime bien, **Tideland** et **Les Abeilles de monsieur Holmes** (Naïve Livres). Le premier a pourtant été adapté au cinéma par Terry Gilliam...

***B. :** Tu as mentionné Philip K. Dick. Ce sont ton mémoire de M2 et **Le Kalédickoscope** qui t'ont amenée à réviser les traductions pour la publication en intégrale des nouvelles de l'auteur dans la collection « Présences » ? Comment s'est passé ce travail ? Et, de manière plus générale, quel est ton sentiment quand tu « t'attaques » à un monument ?*

H. C. : Oui, le mémoire et le livre ont certainement contribué à ce que Jacques Chambon me confie la tâche de « revoir et harmoniser » les **Nouvelles** de PKD, dont les traductions étaient dues à plein de personnes différentes et remontaient à des époques parfois un peu anciennes. Je pense, comme le pensais Jacques, que les traductions, mêmes bonnes, ne sont pas éternelles. Elles finissent invariablement par être datées. (D'ailleurs, je m'apprête à retraduire **La Machine à explorer le temps** d'H.G. Wells !). J'ai donc entrepris de « revoir et harmoniser » ces nouvelles — du moins théoriquement, car j'ai bien vite compris qu'en fait, j'allais tout retraduire (pour le même tarif, mais c'est une autre histoire). C'était un chantier que Jacques avait envie d'entreprendre dès son arrivée chez Denoël ou presque, et c'est un honneur pour moi qu'il me l'ait confié.

Les quatre volumes originels en collection « Présences » ont ensuite été repris (en deux tomes) sous le label « Lunes d'encre », et les nouvelles individuelles ont fait l'objet de multiples parutions en Folio par la suite. La sortie en 2022 de deux volumes en « Quarto », toujours chez Gallimard, sans révision des traductions (je n'étais même pas au courant...) mais avec un appareil critique signé Laurent Queyssi, sont le signe que décidément, cet auteur mais aussi, plus généralement, la SF, acquièrent enfin leurs lettres de noblesse — bientôt la Pléiade ?

En plus d'être un honneur, c'était aussi un plaisir que de « rafraîchir », en quelque sorte, ces textes, et aussi l'occasion de les redécouvrir. J'espère que ces éditions successives auront contribué à mieux faire connaître PKD, qui est encore pour beaucoup de gens assimilé seulement à *Blade Runner* et aux autres adaptations cinématographiques.

Plus tard, j'ai traduit le dernier roman dit « de littérature générale » de Dick encore inédit en français, **Gather Yourselves Together** (sous le titre également biblique de **Ô Nation sans pudeur**) aux éditions J'ai Lu « Nouveaux millénaires » ; à quoi s'est ajouté un volume d'entretiens aux éditions de l'Éclat (**Dernière conversation avant les étoiles**, 2005). Ensuite, je me suis attaquée à cette impressionnante « somme théologique », ou journal métaphysique, qu'est **L'Exégèse de Philip K. Dick**, également en « Nouveaux millénaires ». Plus récemment, Thibaud Eliroff m'a aussi confié la retraduction d'**Ubik**, dont la première traduction française datait de 1969. Je l'ai également perçu comme un grand honneur ! Je l'en remercie.

***B. :** Cherches-tu à contacter les auteurs ou autrices que tu traduis, du moins quand ils sont encore en vie ? Et y en a-t-il avec lesquels tu as eu des relations privilégiées ?*

H. C. : Seulement en cas de besoin, je ne veux pas les contacter sans avoir quelque chose de précis à leur demander. Il y a très longtemps, je me souviens d'avoir posé une question pointue à Ray Bradbury, qui m'a répondu par fax (ça donne une indication de l'année…). Il était très content. En général, les auteurs et autrices sont ravis. J'ai rencontré Bradbury par la suite, ainsi que Neil Gaiman, Jonathan Stroud et Iain Banks, par exemple. Sans rien leur demander ! Par la suite, avec l'arrivée des réseaux sociaux, j'ai contacté Dr Jen Gunter, une autrice US pour l'informer que je traduisais ses livres de vulgarisation médicale avec l'aide de mon ami médecin-écrivain Martin Winckler ; elle a demandé à me rencontrer lors de ses vacances à Paris, ce qui est toujours sympathique.

J'ai aussi consulté via Twitter (à l'époque) un psychologue expérimental dont je traduisais un livre, Charles Fernyhough, et via Facebook un ex-chanteur *punk* qui, étant devenu sourd, s'était reconverti dans la SF, Mike Brooks ! Il était content que je l'interroge sur ses titres de chapitre, dont je subodorais à raison qu'ils étaient extraits de chansons. Personne ne m'a jamais envoyée promener.

J'avais rencontré plusieurs années auparavant Larry Sutin, auteur de la biographie de Philip K. Dick que j'ai également traduite, **Invasions divines**, lors d'un colloque sur l'auteur en Angleterre, ainsi que Brian Aldiss, dont j'avais traduit un des tomes d'« **Helliconia** » et la pièce de théâtre dickienne incluse dans **Le Kalédickoscope**.

J'ai rencontré Robert Silverberg lors de ses séjours à Paris, grâce à Jacques Chambon, qui était son ami, et bien connu Norman Spinrad, qui vit encore à Paris. Je suis toujours amie avec son épouse d'alors, N. Lee Wood, elle-même autrice de quelques textes de SF.

En 2000, une autrice US dont j'avais traduit la biographie de Colette m'a invitée un mois chez elle à New York pour consulter ses notes, dont elle ne voulait pas se séparer. Chance ! L'avenir me réserve peut-être encore des rencontres !

***B. :** Le mot de la fin ? Qu'aurais-tu à dire aux lecteurs qui (de moins en moins, heureusement) n'ont pas conscience de ton travail ?*

H. C. : Pour ce qui est de la visibilité des traducteurs et traductrices, je suis la première à râler quand leur nom est omis dans les chroniques de presse, mais je ne vais pas jusqu'à manifester devant l'Assemblée Nationale pour qu'il figure en couverture des ouvrages. Une bonne traduction n'est-elle pas celle qui sait se faire oublier ?

au Travers du Prisme

Ayerdhal : genèses et source

[par Richard Comballot]

« La science-fiction est un puissant outil pédagogique, un véhicule idéologique non négligeable, et la plus riche expression de l'imagination créatrice. » Ainsi Ayerdhal (1959-2015) parlait-il d'un genre dans lequel il était tombé tout petit, par les mannes d'une bibliothèque paternelle stratosphérique, et auquel il consacra toute son œuvre ou quasi. Ayerdhal était un homme de combat, d'engagement. Un homme en colère, aussi. Contre l'injustice, la bêtise et le médiocre. Il ne cessa de défendre la SF, et singulièrement la SF française, à une époque où le milieu éditorial comme le grand public la dénigrait ouvertement — plus encore que maintenant, ce qui n'est pas peu dire. De même qu'il ne cessa de défendre les auteurs, leurs droits et leur statut, comme nous le verrons plus loin. Venu sinon à l'écriture, en tout cas à la publication sur le tard (un peu avant 30 ans), son œuvre (une petite vingtaine de romans ; une quarantaine de nouvelles), éminemment politique, viscéralement narrative, est de celles qui firent un bien immense au genre — à un moment où il en avait un besoin vital. Comme tous les engagés, les enragés, même, Ayerdhal pouvait cliver. Propulsé chef de bande, celle de cette SFF du tournant des années 2000, il était à l'image de ses héros de papier, libre, insoumis, fort des qualités de ses défauts, et inversement. Début 2015, un cancer déjà bien avancé lui fut diagnostiqué, une saloperie qui ne lui laisserait qu'une poignée de mois avant de rejoindre son pote Roland C. Wagner, disparu tragiquement dans un accident de voiture à l'été 2012. En trois ans, la SF d'expression française venait de perdre les deux meilleurs auteurs encore actifs de cette génération née à la bascule des années 60. Et la vérité, c'est qu'elle ne s'en est toujours pas totalement remise…

Grande gueule, Ayerdhal ? Oui, sans doute. Mais après nous être occupés du cas Harlan Ellison dans notre dernière livraison, nous sommes parés… On le découvre en tout cas ci-après qui évoque ses débuts, lors d'un entretien réalisé par Richard Comballot en 2009, et dont, faute de place, nous ne proposons qu'une partie — on en retrouvera une autre en fin de dossier, et l'ensemble est disponible dans le recueil **Scintillements**, au Diable Vauvert. La famille, les racines, l'adolescence et les premières lectures, les années de formation… sans oublier l'entrée dans la carrière d'écrivain à presque trente ans.

Richard Comballot : *Avant toute chose… tes livres sont signés Ayerdhal, mais certains de tes amis t'appellent Yal…*

Ayerdhal : Yal est la contraction d'Ayerdhal, qui a été mon surnom bien avant que je m'en serve comme nom d'auteur. J'ai commencé à le porter à l'adolescence, quand le prénom que m'avaient donné mes parents ne m'a plus paru assez personnel. Une quinzaine d'années plus tard, mon ex-femme l'a raccourci et adouci en Yal.

R. C. : *Ta véritable identité est Marc Soulier, mais plusieurs sites Internet indiquent* Jacky *Soulier. Qu'en est-il réellement ?*

A. : Sur Internet, comme ailleurs, personne ne vérifie les sources. Quand une information est erronée, elle fait le tour du web. Jacky n'est pas mon prénom, mais celui de mon père, et nos écrits respectifs n'ont rien à voir.

R. C. : *Tu es né à Lyon en 1959 ?*

A. : Je suis effectivement né à Lyon le 26 janvier 1959, à sept heures du matin, et j'ai grandi dans ces banlieues rouges que les médias adorent montrer du doigt.

R. C. : *Tu avais des frères et sœurs ?*

A. : Trois frères, et une sœur beaucoup plus jeune. Je suis l'aîné.

R. C. : *Que faisaient tes parents ? Quel était le milieu familial et social ?*

A. : Mon père a commencé des études d'astrophysique et est finalement devenu chimiste. Il a par ailleurs écrit deux bouquins pour la jeunesse avec William Camus et, avec Christian Grenier, un guide de lecture destiné aux enseignants, pour qu'ils puissent amener les mômes à lire de la science-fiction. Il a également été président de la MJC locale. Je crois pouvoir dire que sa vie professionnelle ne l'intéressait pas. Ce qui l'intéressait, c'est ce qu'il faisait en dehors. Ma mère a eu un trajet différent. Elle a décroché son Bac, été hockeyeuse sur gazon et directrice d'une Maison de l'Enfance en France, en relation avec une école ouverte. Pendant des années, elle s'est donnée aux mômes.

R. C. : *Ils ont donc l'un comme l'autre baigné dans le social ?*

A. : Ils ont toujours été très impliqués sur le terrain. Nous n'étions que six dans la famille, mais nous étions souvent beaucoup plus nombreux à table, et c'était étroitement lié à leur engagement social et politique.

En 1995, à la Convention nationale de SF d'Yverdon. DR 42

R. C. : *Pourquoi habitiez-vous en appartement, en banlieue, alors que la situation professionnelle de tes parents aurait pu permettre à la famille de résider dans un quartier plus privilégié ?*

A. : C'était un quartier ouvrier très mélangé, à une époque où le chômage était rare. Je crois qu'il s'est en partie agi d'un choix idéologique, mais comme ils étaient incapables de conserver le moindre centime…

R. C. : *Comment définirais-tu le milieu social dans lequel tu as grandi ?*

A. : Je ne saurais le définir. Mon père était scientifique de formation et de profession, mais ne s'intéressait qu'à l'humain. Il faisait de la politique vingt-quatre heures sur vingt-quatre. Ma mère était plutôt une littéraire, mais elle faisait également de la politique vingt-quatre heures sur vingt-quatre. Ils étaient engagés l'un comme l'autre, pas seulement au niveau de la Maison de l'Enfance, de la MJC, de l'école ouverte, mais également en politique, et très à gauche. Je suppose qu'ils auraient pu devenir petits bourgeois, mais que c'était pour eux inconcevable. J'ai parfois eu l'impression de grandir dans un village de quarante mille habitants, dans lequel mes parents étaient des notables, mais des notables sans statut.

R. C. : *Je suppose qu'on lisait, chez toi, et que tes parents avaient une bonne bibliothèque…*

A. : Mon père avait, je crois, la deuxième plus grosse collection de SF en Europe, après celle de Pierre Versins.

Tous genres confondus, il me semble que la bibliothèque a compté jusqu'à douze mille titres, dont les neuf dixièmes étaient de la science-fiction ; chaque fois qu'on prenait un livre, on avait de fortes chances de tomber sur un roman relevant du genre. Mon père lisait au moins un livre par jour, ma mère un tous les deux ou trois jours. Mon frère Bruno et moi tombions aussi un bouquin par jour. Nous parlions de ce que nous lisions, mais c'est surtout à moi que mon père disait : « Alors, ce bouquin, tu en as pensé quoi ? »

Oui, en 1980, Yal avait déjà sa coupe légendaire - DR. B. Soulier

R. C. : *Il encourageait la réflexion ?*

A. : Oui, mais je dois avouer qu'il m'accordait beaucoup plus de temps qu'aux autres, peut-être parce que j'étais l'aîné, peut-être parce que j'étais le seul vrai fana de science-fiction, ou celui que les sciences fascinaient le plus. Quand je ne lisais pas de romans, je piochais dans ses revues scientifiques. C'était très confortable d'avoir à la fois accès à ça et à quelqu'un qui pouvait expliquer ce que je ne comprenais pas.

R. C. : *Comment ton père avait-il constitué cette collection, laquelle devait comprendre tout ce qui existait en science-fiction à l'époque ?*

A. : Mon père était fils unique, de parents séparés. Sa mère, qui était institutrice, lui a toujours tout refusé, à l'exception de la littérature. Il a commencé à constituer sa bibliothèque, enfant. Quand la science-fiction… disons contemporaine… est apparue en France, il a tout acheté au fur et à mesure. Dans les années soixante-dix, les collections se sont multipliées, et c'est devenu plus difficile financièrement, mais il est à peu près parvenu à suivre.

R. C. : *Une dizaine de milliers de livres de science-fiction, pour l'époque, ça paraît énorme !*

A. : Pas si tu considères qu'une partie de la bibliothèque était en anglais. Il y avait même des bouquins en russe ! Je la revois encore, cette bibliothèque, occupant tout un couloir.

R. C. : *Est-elle restée dans la famille ?*

A. : J'ai failli la récupérer à la mort de mon père, mais un malentendu avec ma belle-mère aidant…

R. C. : *Peut-on parler d'influence parentale, intellectuellement parlant ?*

A. : Je ne pense pas avoir été influencé par ma mère, mais elle m'a permis, au même titre que mon père, de rencontrer beaucoup de gens d'horizons différents et d'avoir un engagement citoyen très fort. Mon père, en revanche, m'a influencé, oui, ce qui me fait royalement chier vu que, en exagérant un peu, il ambitionnait que je change le monde, ce que je crains d'avoir reproduit avec ma propre fille.

R. C. : *Quel style d'enfant étais-tu ?*

A. : Je n'ai pas été enfant très longtemps puisque j'ai commencé à travailler à treize ans. Le travail fait grandir très, très vite. Au début, je donnais un coup de main à la MJC, à la Maison de l'Enfance, puis je suis devenu encadrant de personnes parfois plus âgées que moi. J'étais un enfant extrêmement calme. Je dormais huit heures par nuit, le reste du temps je lisais. J'ai découvert très tard, vers douze ans, qu'il y avait un truc qu'on appelait le sport et qui permettait de remuer son corps. J'ai trouvé ça fascinant et je me suis jeté dedans. Si j'ai été un enfant très calme et très sympa, j'ai été un adolescent beaucoup moins rigolo, plutôt introverti.

R. C. : *Tu as commencé à travailler à treize ans, dis-tu. Le jeudi après-midi ? Durant les vacances ?*

A. : De dix-huit à vingt heures, tous les soirs, en rentrant du lycée ; tous les samedis et parfois les dimanches. Mes parents s'étant toujours arrangés pour ne pas avoir d'argent, il fallait bien en faire rentrer un minimum.

R. C. : *C'était donc travailler pour ramener de l'argent à la maison ?*

A. : J'ai toujours eu connaissance de la valeur de l'argent, toujours su ce qu'il représentait en heures de sueur, mais mes parents ne m'ont jamais rien réclamé. Je prêtais quand il fallait sans espoir d'être remboursé.

R. C. : *C'est ce travail qui te permettait d'avoir une autonomie, d'acheter des livres, par exemple ?*

A. : Je m'achetais de temps en temps quelques livres, quelques disques, mais, pour dire la vérité, je n'achetais pas toujours…

R. C. : *Tu as un souvenir de la première fois où tu as eu un livre en mains ?*

A. : Tout à fait. C'était **Le Monde des Ã** de Van Vogt, entre cinq et six ans. Je l'ai lu seul, ce qui ne veut pas dire que je l'ai compris. Avant, j'en avais eu d'autres, lus par mes parents ou mes grands-parents. J'ai appris à lire en suivant le doigt de ceux qui me lisaient des histoires. Ils le faisaient exprès, j'ai appris vite.

R. C. : *Ce premier roman un peu compliqué pour ton âge ne t'a pas dégoûté à tout jamais de la science-fiction ?*

A. : Non. Je l'ai lu jusqu'au bout, comme un défi : j'en suis capable… je peux… j'y arrive ! Bien sûr, je ne l'ai compris que beaucoup plus tard. Même chose avec d'autres livres lus à la même période, tel **Le Seigneur des Anneaux** en anglais.

R. C. : *Tu lisais aussi l'anglais ?!*

A. : Je le lisais, ce qui ne veut pas dire que je le comprenais.

R. C. : *Et ensuite, quelles ont été tes lectures ?*

A. : Quand mon père a vu que j'étais mordu, il s'est mis à sélectionner une partie de mes lectures. Il me passait une pile de bouquins et me disait de choisir dedans. En fait, ça ne devait pas l'amuser que je tape au hasard dans la bibliothèque et que je tombe sur des ouvrages pour lesquels je n'avais pas la maturité. Bref, entre six et douze ans, j'ai lu tout ce qui était sorti au Fleuve Noir et au « Rayon Fantastique ».

R. C. : *Si le premier émoi a été Van Vogt, quel a été le premier choc ?*

A. : Incontestablement **Rêve de fer**, de Norman Spinrad. Celui-ci, il a fallu que j'en discute avec mon père. À partir de là, je suis devenu un fan fou de Norman, ainsi que de Robert Silverberg à l'époque de **L'Homme stochastique** ou **Les Monades urbaines**. Pour moi, le choc est là : lorsque la science-fiction se politise.

En 1998, le gang des clopeurs au festival des Galaxiales, avec, de gauche à droite, Serge Lehman, Florence Madiguier, Patrice Duvic et Pierre Bordage - DR. Fabienne Rose

***R. C. :** D'autres auteurs t'ont marqué, dans tes jeunes années ?*

A. : Lorsque j'avais quinze ans, mon père a organisé un festival de science-fiction auquel ont participé de nombreux auteurs français. Certains sont passés à la maison. C'est ainsi que j'ai rencontré les Pelot, Curval, Jeury, Duvic, Andrevon, Douay, Goimard.

***R. C. :** Que retiens-tu de ton enfance ?*

A. : Je retiens surtout l'isolement, que je recherchais, d'ailleurs. J'étais probablement trop mûr, mais pas assez pour ne pas être sectaire avec les enfants de mon âge.

***R. C. :** L'adolescence arrivant, quels sports pratiques-tu ?*

A. : Tous les sports possibles et imaginables, à commencer par le football et l'athlétisme. De plus, mon père travaillant chez Rhône-Poulenc, dont le comité d'entreprise était généreux, j'ai eu la chance de partir en colonies de vacances et de pratiquer le ski durant toutes les vacances scolaires hivernales.

***R. C. :** Le sport est devenu pour toi une soupape ?*

A. : Je pense que, au départ, j'ai surtout fait du sport pour avoir enfin des relations avec des gens de mon âge, pour me socialiser. Je prenais conscience d'un certain nombre de choses. Cela étant, mon adolescence a été ultra-courte, de douze à treize ans.

***R. C. :** En quoi as-tu changé, à quatorze ans ?*

A. : À quatorze ans, j'ai commencé à me comporter comme un éducateur dans le quartier, pour des mômes parfois plus âgés. Je gagnais mes sous, je dépannais mes parents, et je continuais à aller au bahut.

***R. C. :** Tu as arrêté ta scolarité à seize ans ?*

A. : L'année de la première, je crois. Comme je ne glandais strictement plus rien et que le seul truc qui m'intéressait, c'était de bosser à l'extérieur, j'avais redoublé plusieurs fois. J'ai pris des cours par correspondance tout en étant moniteur de ski après avoir quitté le domicile familial.

***R. C. :** Tu avais été émancipé ?*

A. : On peut dire ça comme ça, oui. En tout cas, j'ai quitté le cocon familial sans clash. Les années soixante-dix, c'était une époque formidable : le « chômage central » n'avait pas encore été totalement inventé par Raymond Barre, et il suffisait d'entrer dans une boîte et de demander du boulot pour en obtenir. J'ai fait plein de trucs différents. L'hiver, j'enseignais le ski ; le reste de l'année, je tâtais de tout un tas de petits boulots.

Toujours en 98, toujours aux Galaxiales, et toujours avec Lehman, mais aussi, de gauche à droite, Jeam Tag, Joseph Altairac, et, assis, Dominique Martel et Ellen Herzfeld - DR. F. Rose

***R. C. :** Quel a été ton trajet, durant les années qui ont suivi ?*

A. : Mon année de Terminale par correspondance ayant été bouclée en trois mois, je passais des examens qui me permettaient d'enseigner le ski, par exemple. J'ai eu la même démarche dans le domaine de l'animation socioculturelle. À cette période, j'étais persuadé que j'allais m'engager dans cette voie. J'avais grandi là-dedans et je voyais bien le besoin. Ce qui était extrêmement frustrant, c'est qu'il y avait des âges légaux et que j'étais toujours beaucoup trop jeune pour tout, il me fallait attendre.

***R. C. :** À part ça, que retiens-tu de ton adolescence ?*

A. : Chez les gens de ma génération il était plutôt rare d'être considéré comme un adulte aussi jeune, alors que c'était une chose tout à fait naturelle un siècle avant. Je dirai donc que j'ai vécu dans les années soixante-dix l'adolescence qui avait été réservée pendant des siècles à tous les adolescents.

***R. C. :** As-tu eu des velléités d'écriture, entre enfance et adolescence ?*

A. : Dès que j'ai su écrire, j'ai écrit. J'étais d'une timidité phénoménale et je me faisais tellement chier que mon seul outil de communication était l'écriture. Je racontais des petites histoires, mais je n'avais pas l'intention de devenir écrivain. J'écrivais parce que c'était plus facile pour moi d'*écrire* que de *dire*. Cela me permettait de sortir des choses : « Je t'aime », « Je te hais », « Viens chez moi, j'habite chez une copine »...

***R. C. :** Concrètement... ?*

A. : Je n'ai pas écrit de romans. Des choses qui ressemblaient à des nouvelles, en revanche, oui. J'ai aussi écrit quelques poèmes, quelques textes de chansons, de longues lettres. Cela représente des centaines de pages. Je n'ai rien gardé.

***R. C. :** Tu n'as pas cherché à te faire publier ?*

A. : Non. Les auteurs qui passaient à la maison aimaient bien leur boulot, mais n'avaient pas de quoi bouffer. Ça ne faisait pas vraiment envie.

***R. C. :** Sur Internet, une notice biographique indique : «* ... autodidacte (...) il s'est commis dans une foultitude d'impasses professionnelles, de l'animation socioculturelle au marketing (...) avant de renoncer à ne pas écrire. *» Une autre précise : «* Il doit à la banlieue HLM où il a grandi le choix d'avoir été cinq ans animateur socioculturel. Réfractaire à tout autre enseignement que sportif, il a failli être footballeur professionnel, a enseigné le ski et se passionne maintenant pour le tir à l'arc. Il a exercé de multiples métiers avant de décider en 1988 de se consacrer exclusivement à l'écriture. *» Quels métiers as-tu exercé avant de vivre de ta plume ?*

A. : J'ai suivi une formation de marketing et j'ai bossé dans ce secteur, pour des boîtes tellement pas drôles que je n'ai pas envie de leur faire de pub.

***R. C. :** Tu es donc passé du social à...*

A. : ... à l'inverse du social ! J'ai fait ma crise d'ado ! J'ai eu besoin de m'éloigner de ce que mes parents avaient fait de moi, ou plutôt de ce que je pensais que mes parents avaient fait de moi. J'ai largué le social pour aller travailler dans l'univers du fric. Et j'en gagnais au point de changer de bagnole tous les mois, c'était génial. Non, je rigole, j'étais devenu un petit connard. J'ai même monté une boîte qui vendait des brioches à domicile. Ça a *grosso modo* duré deux ans. Tous mes potes m'ont largué, sauf un... qui a fini par me lâcher à son tour. Il m'a dit en substance : « T'es devenu un petit con, il n'y a que le fric qui t'intéresse, je ne peux plus continuer. » Ça a été un déclic instantané. Je suis resté prostré un quart d'heure à essayer de comprendre ce qu'il venait de dire. Le lendemain, je fermais ma boîte, je larguais ma caisse et je foutais le camp. Nous étions en 1985, j'avais vingt-six ans. Je suis parti deux ans et demi sur les routes de France et d'Europe avec une R5 TL héritée de mon grand-père. Mon domicile était ma voiture. J'ai ressenti le besoin de rencontrer des gens, de vivre vraiment. Je crois que j'avais oublié tout ce que j'avais pu vivre enfant, ado, c'était devenu quelque chose de factice, d'abstrait, comme si ça appartenait à une mémoire qui n'était pas la mienne. J'ai taillé la route, sans savoir où j'allais. Il y a des gens qui m'ont recueilli et j'ai fait des choses amusantes : j'ai par exemple construit une maison, retapé un chalet en montagne avec un copain. J'ai vraiment appris ce que c'est qu'être un humain, durant deux ans et demi de vadrouille, de promenade, d'errance, de rencontres…

R. C. : *Tu étais marié, à cette époque ?*
A. : Non. Je n'aurais pas pu vivre avec quelqu'un, pour la simple et bonne raison que personne n'aurait pu supporter ce que j'étais.

R. C. : *Jusque-là, tu avais toujours été basé sur Lyon et ses environs ?*
A. : Sur la région Rhône-Alpes, oui.

R. C. : *Concernant l'épisode foot évoqué il y a un instant…*
A. : Je jouais au ballon dans des petits clubs à la con — club de l'école, du quartier — et je me marrais bien. Un jour, dans un tournoi de sixtes, un type est venu me voir et m'a dit : « Ce serait bien si tu venais faire un petit stage de deux ou trois jours pour qu'on voie où tu en es… » Je me demandais de quoi il me parlait. En fait, il recrutait pour le centre de formation d'un club de D1.

R. C. : *Tu n'as pas donné suite ?*
A. : Si, et j'ai découvert que ce milieu, c'était l'armée.

R. C. : *Donc, si j'ai bien compris, tu as joué au foot, le temps de te rendre compte que cet environnement n'était pas fait pour toi ?*
A. : C'est ça. J'ai joué un moment en troisième division et j'ai découvert que les footballeurs sont des cons comme les autres !

R. C. : *Revenons à ton errance…*
A. : C'était une vie de vagabond, c'était très Kerouac.

R. C. : *En 1987, à vingt-huit ans, tu prends un virage.*
A. : Je retrouve Flo, qui va devenir ma femme. En fait, on se connaissait depuis le lycée, mais on décide à ce moment-là de faire quelque chose ensemble. Elle a une fille, n'a pas un gros salaire, alors il faut que je mette un terme à mes errances et que j'essaye de gagner des sous. Cela étant, je sais que je ne veux plus être un salopard, que je ne travaillerai plus dans le marketing, que je ne remonterai plus de boîte, que je refuse de travailler pour qui que ce soit. Il ne me reste plus grand-chose comme solution. Finalement, c'est une amie qui me dit : « Depuis le temps que tu nous fais chier avec tes courriers de cinquante pages, tu ne peux pas faire de l'écriture ton métier ? » Si, bien sûr, j'ai pensé. Et, avec une naïveté exemplaire, j'ai pris un crayon et j'ai écrit un bouquin sans douter du fait qu'il serait publié, c'était pour moi évident.

R. C. : *Cette possibilité ne t'avait pas sauté aux yeux plus tôt ?*
A. : Je n'y avais jamais pensé.

R. C. : *Au fait, avais-tu fait ton service militaire ?*
A. : Non. Faisant officiellement des études, je bénéficiais d'un sursis. Je l'ai cassé au moment où les Russes entraient en Afghanistan, ce qui tombait très mal. Moi qui pensais me faire réformer facilement, j'ai dû jouer les pédophiles pour m'en sortir.

R. C. : *Lorsque tu te tournes vers le romanesque, quels sont tes auteurs de référence ? Tu as cité, dans de précédents entretiens, Frank Herbert, Ursula Le Guin, John Varley, Samuel Delany, Norman Spinrad, Arthur C. Clarke, Isaac Asimov, les frères Strougatski, Philippe Curval, Pierre Pelot…*
A. : Lorsque j'ai commencé à écrire, en 1987, j'avais lu tout ce qui avait été publié en français en science-fiction. Tout, tout, tout. Toute la bibliothèque de mon père y était passée, toute la bibliothèque municipale également, et je commençais à entasser les bouquins. Les auteurs dont tu donnes les noms n'ont pas été cités par hasard. La lecture d'Herbert a été une grosse claque. Ça me fait chier de le dire parce que, politiquement, je suis loin de lui, mais lorsque **Dune** est sorti, ça a été une révélation : soudainement, on avait le droit de ne plus se limiter. Varley, c'est son côté poétique débridé sur le thème de l'humain. Spinrad, son engagement. Curval et Jeury étaient des auteurs qui avaient des trucs à dire, etc. Paradoxalement, quand je commence à écrire, c'est à aucun

d'eux que je pense... Je ne pense plus à rien.

R. C. : *Tu avais été très affecté par la disparition de Frank Herbert...*

A. : Un jour de 1986, j'étais en voiture sur une route de montagne avec l'amie, décédée depuis, qui allait, l'année suivante, me conseiller d'écrire. On a crevé un pneu. Il faisait moins vingt, il y avait de la neige partout, et on attendait qu'une bagnole passe parce qu'on n'avait pas envie de se taper des kilomètres à pied dans le froid. On a allumé la radio, et un journaliste a annoncé le décès d'Herbert, comme s'il avait annoncé le décès d'une mouche qu'il aurait écrasée. Il s'est passé un truc bizarre sous mes cheveux. Je venais de lire **La Maison des mères**, j'avais trouvé qu'il relançait merveilleusement bien une série qui commençait à s'enliser un peu, j'attendais avec impatience le volume suivant. J'ai compris qu'il n'y aurait pas de suivant...

R. C. : *On sait qu'en réaction à la disparition d'Herbert, tu ne lis plus le moindre livre entre 1986 et 1990, et que c'est néanmoins au milieu de cette période que tu commences à écrire. Est-ce le fait de t'être détaché de la lecture qui t'a permis de mettre à jour ton propre univers romanesque ?*

A. : Je le pense, oui. La chronologie exacte est la suivante : février 1986, Herbert meurt, je commence à écrire en septembre 1987. Pendant cette période, je n'ai rien lu. Je n'ai relu qu'après l'achèvement de mon premier roman. Boulimiquement, parce que j'avais pris deux ans de retard environ dans mes lectures. Il me fallait notamment rattraper tous les « Ailleurs & demain » publiés dans l'intervalle. J'essayais de lire deux à trois bouquins par jour. C'est alors que j'ai découvert un truc terrible : la *fantasy*, la vraie, publiée chez Presses Pocket, telle que Bragelonne la vend aujourd'hui. J'ai instantanément compris que c'était le déclin de la science-fiction. Pourtant, c'étaient encore de bons textes parce qu'écrits par des auteurs de science-fiction qui opéraient une conversion. Mais c'était une littérature tellement facile qu'on pouvait la lire en dormant.

R. C. : *Pour en terminer avec Herbert, tu as dit : « ...* ce type a nourri toute une partie de mes rêves d'adolescent, et il est mort un jour, et ça m'a fait mal de savoir que je ne lirais plus jamais du Herbert. Alors j'ai voulu lui

Instantané d'une Convention nationale de SF (ici à Tilff, en août 2011). DR 42

faire un hommage, qui soit quasiment une copie conforme de ce qu'il a fait. »(1)

A. : Il y a un *avant* et un *après* Herbert. Dans les années soixante, il change la face de la science-fiction et lui donne ses lettres de noblesse en publiant **Dune**. À partir de là, plus personne ne peut écrire avec autant de légèreté parce qu'il est allé très loin. Herbert a de ce fait été une perte terrible pour moi. Pourtant, pour ses idées politiques, je lui aurais volontiers collé une beigne...

R. C. : Je croyais que tu étais non-violent ?!

A. : Je ne sais pas d'où vient cette légende. On ne peut pas être Robespierriste sans être un minimum violent !

R. C. : Concernant ta décision d'écrire des romans, tu as déclaré : « Fin 87, alors que je ne savais plus quoi faire de ma vie professionnelle, j'ai demandé à ma femme si elle était prête à m'entretenir le temps que le tout nouveau boulot d'écrivain que je venais de me choisir porte ses fruits. Elle a dit banco, j'ai écrit **Le Chant du Drille** et **La Bohême et l'Ivraie**, je les ai envoyés à quatre éditeurs qui les ont refusés ; un cinquième, chez qui ils ont atterri par hasard de groupe, a décidé de les publier en commençant par **La Bohême**. Entre temps, j'avais écrit **Mytale**. La machine était en route sans que je n'aie eu conscience de me lancer dans une aventure... euh... aléatoire. »(2)

A. : Flo n'a pas eu de chance. Elle m'a rencontré à un moment où je n'avais plus un rond, alors que j'avais gagné beaucoup d'argent auparavant, et où je n'avais envie de rien foutre, si ce n'est peut-être écrire. Je lui ai demandé si elle pouvait assumer le quotidien pendant deux ans. J'étais rétrospectivement assez optimiste, mais j'ai eu de la chance car mes bouquins ont été publiés et se sont vendus tout de suite. J'ai tellement de copains qui, à cette époque — je l'ai su plus tard, lorsque je les ai rencontrés —, avaient du mal à bouffer. Jean-Marc Ligny, par exemple. Il faisait partie de mes auteurs favoris, et j'étais persuadé qu'il vivait honnêtement de son travail. Je n'imaginais pas que l'on puisse être un romancier talentueux, publier chez des éditeurs qui tiennent la route et ne pas manger.

En 2009, aux Imaginales d'Épinal, Yal dédicace *Demain une oasis* - DR. 42

R. C. : À quels éditeurs t'es-tu adressé, au départ ?

A. : J'ai passé un coup de fil à mon père, je lui ai dit que je venais d'écrire un *space opera* et je lui ai demandé à qui il était préférable de l'envoyer. Il m'a donné son sentiment. Gérard Klein l'a refusé pour Robert Laffont. Jacques Chambon m'a annoncé qu'il voulait le publier puis s'est rétracté sous prétexte qu'un premier roman de huit cents pages, chez Denoël... Ça a été dur et j'ai manqué de sens de l'humour, les débuts de notre relation ont donc été un peu difficiles, alors que c'était un mec fabuleux. On s'est réconciliés par la suite et on est même devenus amis. Entre parenthèses, Alain Damasio a vécu quelques années plus tard une

(1). Interview sans titre et non signée, http://aelhomin.chez.com, 1996.
(2). « Ayerdhal » par Allan, http://www.fantastinet.com, 2004.

mésaventure similaire : Jacques avait retenu son bouquin juste avant de décéder. Bref, mon roman a finalement atterri au Fleuve Noir. Je l'avais envoyé à Jacques Goimard, pour Pocket, mais celui-ci ne publiant plus d'auteurs français en science-fiction, il l'a fait suivre à Nicole Hibert. Coup de bol.

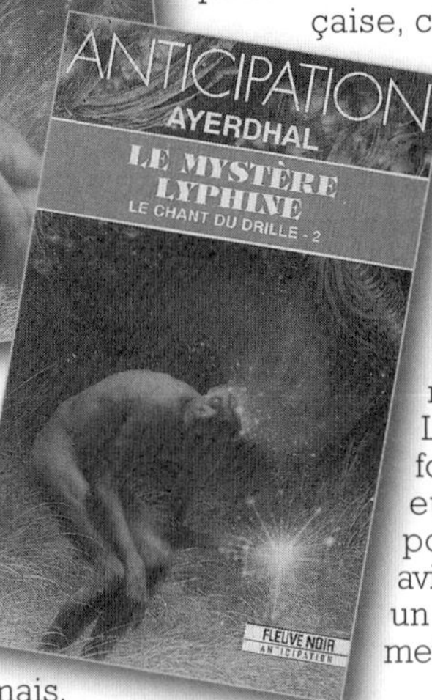

R. C. : *Je suppose que tu aurais été heureux d'intégrer « Présence du futur », chez Denoël ?*

A. : Oui, Denoël me disait bien, d'autant que le niveau d'« Anticipation », chez Fleuve Noir, n'était pas très brillant à l'époque. Il y avait certes quelques auteurs de talent, comme Wagner, Genefort, Dunyach, mais, pour l'essentiel, les bouquins ne te tombaient pas des mains, ils te fuyaient les yeux !

R. C. : *Comment les choses se sont-elles passées avec Nicole Hibert ?*

A. : Elle m'a téléphoné, un jour, en me disant qu'elle était la directrice d'« Anticipation », qu'elle avait lu mes manuscrits et qu'elle souhaitait signer un contrat avec moi. Je suis allé la voir, nous avons fait affaire ensemble. Entre temps, je venais de recevoir un quatrième refus.

R. C. : *Avec le recul, que penses-tu du travail qu'elle a effectué ? Certains de ses auteurs disent aujourd'hui qu'elle les a publiés, sans leur faire travailler leurs manuscrits, parfois même sans les lire…*

A. : Je peux te certifier que Nicole m'a fait bosser et qu'elle a un œil extraordinaire. Ceci dit, quand je suis arrivé au Fleuve, elle publiait une soixantaine de livres par an en « Anticipation », elle ne pouvait donc pas tout lire, en effet. Mais elle avait des lecteurs, comme Michelle Charrier et Michel Pagel.

R. C. : *En conclusion, tu penses qu'elle a été une bonne directrice de collection ?*

A. : Tout à fait. Elle a découvert, publié et soutenu nombre d'auteurs, et le pire qui soit arrivé à la science-fiction française, c'est qu'on la foute à la porte.

R. C. : *Tu penses que son éviction a cassé quelque chose ?*

A. : Elle a cassé l'élan que Nicole était en train de donner à un tas de nouvelles plumes, comme Claude Ecken, Serge Lehman ou Laurent Genefort. Or, la SF a toujours eu besoin de littérature populaire. Et nous, nous avions besoin d'écrire pour un éditeur qui nous permette de manger.

R. C. : *Puisque tu parles de littérature populaire, je te rappellerai que les collections du Fleuve Noir se plantaient les unes après les autres, alors que plusieurs chaînes de télé comme Canal+ faisaient leur apparition. Et à l'époque de Patrick Siry, auquel Nicole Hibert a succédé, les ventes plongeaient déjà…*

A. : Tu as raison. Ce qui va peu à peu couler la littérature populaire, c'est la télévision. C'est mathématique : plus il y a de chaînes de télé, plus les gens passent de temps devant. Et les gens qui la regardent ne lisent pas. Lire nécessite un effort, regarder la télé nécessite juste d'avoir des yeux et des oreilles, c'est totalement passif. Un chien regarde la télé et peut s'éclater ; si tu lui donnes un bouquin, dans le meilleur des cas il va le manger ! La littérature est le seul art qui ne soit à la portée que des êtres humains. Elle exige que l'on se serve de nos neurones… Ce qui ne nous a pas aidés, dans les années quatre-vingts, c'est que pas mal d'auteurs ont écrit des wagons de merde pendant que d'autres se prenaient pour des nobélisables…

Portrait de l'artiste en fouteur de merde

[par Jean-Claude Dunyach]

En octobre 2001, les (défuntes) éditions Imaginaires Sans Frontières ont la bonne idée de publier **La Logique des essaims**, soit ce qui est alors le premier recueil d'Ayerdhal : onze nouvelles (sur les quarante-et-une qu'écrira notre auteur), une postface, une bibliographie. Le tout sous une couverture de Gilles Francescano, qu'on qualifiera pudiquement de peu inspirée… Et une préface — que voici. Dans laquelle Jean-Claude Dunyach, qui a fait paraître deux ans plus tôt **Étoiles mourantes** (J'ai Lu « Millénaires », coécrit avec ledit Ayerdhal, un roman qui vaudra aux deux comparses le prix Tour Eiffel), se livre, en une poignée de feuillets, à une étonnante analyse de l'œuvre de notre homme. Sans oublier de nous dispenser une magnifique leçon sur l'art et les difficultés inhérentes à l'écriture de nouvelle. Venant de la part de l'auteur de *« Déchiffrer la trame »*, il est peu de dire qu'on prend !

En 1990, la parution au Fleuve Noir du premier tome de « **La Bohême et l'Ivraie** », signé d'un inconnu doté d'un pseudonyme à coucher dehors, déclencha de furieux haussements de sourcils dans le Landernau local. Le livre en question, premier volet d'une série de quatre, s'installait d'emblée sur le terrain d'une SF d'envergure, insolente et un brin agressive. Il décrivait un empire humain aussi vaste et rigide que ceux d'Asimov pour le plaisir de le faire écrouler à coups de Bohême, de spectacles en plein air et de coups de pied là où ça fait mal. Ses personnages étaient des artistes, des adolescents « no future », des marginaux de toutes sortes, grands donneurs de leçons et terroristes désinvoltes. Ses héroïnes étaient vraiment — mais alors *vraiment* — le genre de personnes à qui je rêve personnellement de coller une bonne fessée, avec la certitude d'en être incapable. En plus, l'auteur avait du talent à revendre et ça, c'était bien le plus énervant.

Autant dire qu'Ayerdhal avait réussi son entrée.

Dix ans plus tard, et quelques bons milliers de pages de plus — l'homme est généreux dans sa production —, on avait le sentiment que, OK, Ayerdhal était le meilleur dans le genre « je dénonce les dangers de tous les systèmes politiques globaux et de toutes les théories totalitaires », en cinq cent pages et plus si affinités, couverture de Francescano. On le devinait à l'aise sur le marathon, le souffle régulier, la foulée ample. Les cadres étaient vastes, les personnages nombreux, les péripéties s'inscrivaient dans une histoire plus large, elle-même incrustée en toile de fond dans une méta-histoire de l'humanité. Le tout sur fond de conflits démesurés, d'effondrements des théories ou des empires, et de remises en causes diverses des idées reçues sexuelles — on lui doit la Sexomorphose —, politiques, économiques et j'en passe.

On pouvait en déduire que 1) le bonhomme avait de quoi tenir quelques belles décennies à nous balancer des gros missiles bien mahousses sur le coin de la conscience, et que 2) il ne toucherait jamais un caramel dans l'art subtil, minimaliste et délicat, de la nouvelle.

Le présent recueil a pour but de démontrer le contraire.

« Scintillements » (1), le premier texte qui aurait dû nous mettre la puce à l'oreille, a été publié dans **Escales sur l'horizon**, sous la direction de Serge Lehman. C'était une vraie nouvelle, c'est-à-dire un texte vaste, profond, bourré d'informations et autosuffisant, en moins de cinquante pages. C'était aussi — et c'est là que cela devient intéressant — un texte qui ne sacrifiait rien aux thèmes habituels d'Ayerdhal, mais qui en renversait la technique narrative traditionnelle.

Prenons un roman ayerdhalien typique : les personnages principaux sont tous fortement

(1). Au sommaire du présent *Bifrost*. *[NdRC]*

typés, avec un rien d'excessif qui est presque devenu une marque de fabrique. Irrécupérables ou « du bon côté », ils sont jusqu'au-boutistes dans leurs choix. L'auteur ne les fait pas évoluer au cours du roman — ou alors, dans le sens d'une radicalisation ; c'est l'univers autour d'eux qui leur donne raison ou tort en évoluant dans le bon sens [(2)] ou en s'effondrant sous le poids de ses propres contradictions. La dynamique du récit ayerdhalien affecte surtout les sociétés ; les personnages demeurent relativement intouchés. Du moins, ceux qui survivent.

Dans *« Scintillements »*, on retrouve l'effondrement d'une idée reçue — la guerre inévitable avec une autre espèce — et le bouleversement d'un empire humain arc-bouté sur ses convictions idiotes. Sauf que cela se traduit par la prise de conscience d'un unique personnage, forcé de se remettre en question jusqu'aux fondements de sa vie même, et qui l'assume jusqu'au bout.

Et ça marche… Je veux dire par là que la nouvelle donne l'impression d'être beaucoup plus longue et vaste qu'elle ne l'est, autant par la durée qu'elle embrasse que par l'énorme bouleversement qu'elle induit. Elle ne peut pas se résumer simplement — ou alors, de façon nettement plus longue que le texte lui-même. Et il est difficile de l'oublier après l'avoir lue.

Cette écriture intériorisée qui déplace le champ de bataille de l'extérieur — la société — vers l'intérieur du personnage se retrouve dans le roman **Parleur**. Là, les deux approches coexistent. Le roman est assez vaste pour les contenir et pour transcender ses propres codes — les personnages devenus prisonniers de leur rôle choisissent délibérément de l'assumer jusqu'au bout, en pleine conscience. Même la construction du roman, avec sa succession de scènes emblématiques et l'entrelacs de divers itinéraires personnels qui se cristallisent autour d'un projet commun en toute indépendance d'esprit, est une nouveauté dans l'œuvre d'Ayerdhal. Dans ce sens-là, au moins, **Parleur** est un enfant de *« Scintillements »*.

Les nouvelles soulèvent beaucoup de problèmes de gestion de l'information. Dans un roman, on peut distiller les faits indispensables à n'importe quel rythme et ajouter des pages autant que nécessaire — à condition d'aligner suffisamment de péripéties distrayantes pour retenir le lecteur. L'accumulation de texte suffit à donner du sens, on peut

Yal et Jean-Claude Dunyach, en 1998, quand les Utopiales s'appelaient Utopia, et ne se déroulaient pas à Nantes mais au Futuroscope de Poitiers - DR. F. Rose

(2). **Demain une oasis**, par exemple. *[NdLA]*

se permettre de répéter les points essentiels d'un chapitre à l'autre, voire s'offrir un résumé en cours de volume. La durée interne de la narration est suffisamment longue pour que les choses importantes puissent se présenter dans l'ordre, de façon structurée.

Dans une nouvelle, au contraire, la quantité d'information à transmettre est souvent supérieure à la taille du texte final. Il faut donc manier l'ellipse, le raccourci, le sous-entendu. Il est préférable de laisser le lecteur écrire lui-même dans sa tête l'essentiel du texte — un auteur de nouvelles écrit souvent en creux. Quant à la durée interne du récit, elle peut être nulle — certains textes de Ballard sont des instantanés plus que des récits —, ou comporter des failles temporelles de plusieurs années entre deux paragraphes voisins. Plus le texte est court, plus il est nécessaire que le lecteur sache déjà tout au bout d'une dizaine de lignes. Et surtout, l'information devient quelque chose d'impalpable, de susurré à l'oreille du lecteur, presque un bruit de fond.

Cela demande une approche particulière qui n'est en général pas celle du romancier. Mais on peut tricher — et Ayerdhal triche parfaitement. Par exemple en prenant ses aises, en écrivant des novellas qui sont des courts romans ramassés en quelques scènes, comme *« Pollinisation »*. Encore une fois, nous avons un empire ; le mécanisme qui sous-tend cet empire possède un grain de sable ; ce grain de sable possède une explication ; cette explication, et tout ce qu'elle sous-tend, finira à terme par briser le mécanisme. Une telle histoire racontée sous la forme d'un conflit entre divers groupes aurait donné un roman. George Lucas en aurait même fait une trilogie, à ce qu'on murmure.

Afin d'en tirer une nouvelle, Ayerdhal crée un petit nombre de personnages qui possèdent un secret et déplace la narration du général — le conflit sous-jacent — au particulier — qui est cette fille, et qui suis-je, moi, le narrateur ? Il rajoute donc un niveau de complexité dans l'histoire, traitant ce qui est gigantesque et essentiel en filigrane et passant beaucoup de temps à nous faire aimer et sentir des personnages dont la richesse est à l'image du monde, avant d'en être la clé. Il en profite également pour rappeler l'importance des saules pleureurs et des sacs à dos bien équilibrés. Preuve qu'on a toujours de la place dans une nouvelle pour les sujets qui le méritent.

En rajoutant une couche supplémentaire d'information, en sautant du général au microscopique et inversement, Ayerdhal donne paradoxalement l'impression d'en dire beaucoup plus dans « *Pollinisation* » que dans un roman. Il ne se contente pas de sortir un lapin du chapeau, il arrive à extraire un foulard du ventre du lapin, puis une colombe du foulard, sans vous faire perdre de vue le chapeau. C'est magique, c'est totalement triché — croyez-moi sur parole, il y a un truc — mais ça marche.

Et puis, derrière tout ça, il y a le bonhomme lui-même. Ayerdhal servi au naturel, avec un filet de vinaigre pour relever le goût. Dans une nouvelle, l'auteur peut se contenter de servir un coup à boire et de raconter ses trucs. Pas d'esbroufe, pas d'effets de manche. Juste une petite histoire, un coup de mauvaise humeur, un brin d'émerveillement, parfois. Un de ces moments intimes et maladroits qui font qu'on devient potes presque sans s'en apercevoir.

C'est ça aussi, une nouvelle, et dans la poignée de textes rassemblés ici il y en a quelques-uns de ce genre. Vous verrez…

Portrait de l'homme en... colère

[par Sara Doke]

Ayerdhal, au même titre que Harlan Ellison (celles et ceux qui ont lu notre imposant dossier du *Bifrost* n°117 le savent bien), était de ces auteurs qui font de leurs engagements personnels le carburant premier de leur œuvre. Quiconque ayant eu la chance de croiser notre homme sait bien qu'à ce titre, de fait, du carburant, il n'en manquait pas. «*L'utopiste, l'idéaliste. La grande gueule*», nous dit plus loin Sara Doke, qui fut la compagne de Yal pendant ses dernières années, et partagea nombre de ses combats. Elle nous retrace ici ce que fut l'épopée du Droit du serf et de la lutte contre ReLIRE, brossant en creux la personnalité tranchée, entière, et comme il se doit éminemment attachante, d'un homme en lutte. Dix ans après sa disparition, des combats à mener, il en reste beaucoup. Et l'absence de Yal n'en est que plus cruelle…

En vingt-cinq ans de carrière, Ayerdhal a vu le revenu des auteurs divisé par deux, consécutivement à la diminution des droits versés par les éditeurs, à l'augmentation des charges sociales, à la suppression des abattements fiscaux ou à l'institution d'une TVA qui ne cesse d'augmenter. Or, si les auteurs sont les seuls acteurs indispensables à la merveilleuse chaîne du livre, ils en sont aussi les plus pauvres et les plus fragiles.

D'étoile montante de la SF française à ses débuts, Ayerdhal est vite devenu l'Homme en colère de la SF française. Dès ses premiers romans, il a annoncé la couleur : ses opinions politiques s'étalaient dans ses pages et les sujets de ses textes. Entre **La Bohême et l'Ivraie** et **Demain une oasis**, la volonté de dénonciation était évidente. Les interviews montrent déjà l'engagement, le questionnement, la recherche d'un «protocole révolutionnaire» qui unirait et permettrait l'utopiste.

Les mots qu'il a sans doute le plus entendus : «utopiste», «idéaliste». Des railleries pour certains, des compliments pour lui. Le travail d'anthologiste est à ses yeux un acte politique, **Genèses** (1996) est une réunion, une démonstration : «*L'objet de cette anthologie cent pour cent francophone est de vous présenter cette science-fiction heimatlos, qui s'écrit en français sur trois continents.*» Heimatlos, dépourvu de nationalité, un mot précieux qu'il aimait à s'attribuer, une posture sociale au-delà des frontières, dépourvue de nationalité. Celui qui refuse les chauvinismes xénophobes, qui traverse, qui englobe, qui tient compte. Celui pour qui l'autre sera toujours le bienvenu. L'utopiste, l'idéaliste. La grande gueule.

Le Droit du serf

C'est en 2000, quand la vieille dame du Fleuve Noir fait sa dernière révérence avec le numéro 2001 de la collection «Anticipation», **L'Odyssée de l'espèce** de Roland C. Wagner, et alors que de nouvelles maisons s'offrent aux auteurs de SF, qu'Ayerdhal tape vraiment du poing sur la table. La création du collectif Le Droit du serf a pour enjeu la remise en cause du contrat entre l'auteur et l'éditeur. C'est la chaîne du livre qui est décortiquée, analysée, au scalpel. Qui est qui, qui fait quoi, quel droit pour quelle position…

«*J'incite les éditeurs à comprendre qu'il n'y a pas d'édition sans auteurs. Nous sommes le premier et le seul maillon indispensable à toute la chaîne "alimentaire" du biotope littérature. Or nous sommes majoritairement ceux qui bouffent le plus mal. C'est normal, me direz-vous, puisque le principe de toute chaîne alimentaire c'est, justement, que le plus petit soit mangé par un plus gros, lui-même mangé par un plus gros, etc. C'est précisément parce que beaucoup de gens ont tendance à trouver ça normal que nous avons décidé de faire valoir le droit d'auteur par l'intermédiaire du Droit du serf.*» (1)

Le prétexte : le prêt payant en bibliothèque contre lequel s'insurgent les signataires de la première lettre ouverte de l'association,

(1). Conférence d'Ayerdhal en introduction au «Droit du serf, lettre ouverte aux éditeurs et aux parlementaires» octobre 2000, URL : https://www.noosfere.org/articles/article.asp?numarticle=223

annoncée au festival Utopia, en 2000 (pas encore les Utopiales). Ayerdhal, bien sûr, sur la scène, avec un discours, mais aussi Jean-Pierre Andrevon, Pierre Bordage, Philippe Curval, Serge Lehman, Norman Spinrad. Que des hommes, me direz-vous ? Si on regarde le nombre d'auteurs et d'autrices de science-fiction en l'an 2000, on trouve peu de femmes. 2000 est une année charnière dans le fandom, date d'arrivée de nombreux nouveaux et nouvelles. Qui s'associeront à ces combats. Ayerdhal se rattrapera. Mais nous n'en sommes pas là.

Le Droit du serf (qui existe toujours) est parti de ce principe de défense de la gratuité du prêt en bibliothèque, du droit à l'accès à la culture. Les signataires en profitent pour faire le point sur les relations qu'ils entretiennent avec les éditeurs. Pour réviser leurs droits. Pour exiger une autre façon de travailler, une autre manière de collaborer en toute équité. Et proposer une autre forme de contrat, le CEL, ou contrat d'exploitation littéraire, distinct du CEDRA, contrat d'exploitation des droits de représentation artistiques. Pour le premier : « *Le CEL ne concernerait que les droits d'édition sous forme livre en seule langue française pour une période de cinq ans tacitement reconductibles de deux ans en deux ans. Il n'y figurera aucun accord de préférence et les éventuelles provisions pour retour y seront clairement délimitées. Il y sera précisé que l'auteur recouvrera ses droits en cas d'épuisement et que l'ouvrage sera considéré comme épuisé si l'éditeur ne procède pas à des réimpressions régulières ou s'il est incapable de répondre à deux commandes dans un délai d'un mois. Bien que la promotion, la distribution, la commercialisation et l'apparence du livre soient des prérogatives éditoriales, l'éditeur sera tenu de soumettre à l'auteur la couverture, la quatrième de couverture et tout texte promotionnel concernant l'ouvrage.* » Et pour le second : « *Le CEDRA pourra concerner chacun des droits de reproduction ou d'adaptation (incluant toutes éditions et traductions qui ne seraient pas directement exploitées par l'éditeur — et notamment les éditions poche et numérique lorsqu'elles impliquent un tiers concessionnaire).*

Les potes aux Utopiales en 2010 : Jean-Marc Ligny, Olivier Paquet, Anne Fakhouri, Juan Miguel Aguilera, Sara Doke, et, au premier rang, Yal, Jeanne-A Debats et Roland C. Wagner - DR. Ricardo Tungsteno

L'éditeur, considéré comme représentant de l'auteur — et rémunéré sur sa performance et les moyens mis en œuvre — sera tenu d'informer l'auteur de tout contact avec des tiers et ne pourra en aucun cas signer de concession sans l'accord de celui-ci. » [1]

Si quelques éditeurs vont changer leurs contrats pour s'adapter à cette demande, si le droit de prêt en bibliothèque a été discuté, les revendications du Droit du serf sont restées lettre morte. Toutefois, il est à noter que c'est dans ces documents initiaux qu'apparaît la première mention d'un combat qui ira beaucoup plus loin, celui du droit numérique. «*L'édition proprement numérique d'un ouvrage est bel et bien une exploitation* dérivée *du dit ouvrage. Le terme dérivé étant ici abusivement employé, puisque l'édition numérique peut très bien précéder l'édition papier, voire s'y substituer. (…) Mais attention, même si l'éditeur papier possède son propre outil d'édition numérique — cas de figure qui deviendra rapidement majoritaire s'il faut en croire la tendance actuelle — les deux exploitations ne sauraient être confondues dans un même contrat. D'une part, il s'agit effectivement de deux objets* matériels *différents qui peuvent même devenir* très *différents (…) D'autre part, les coûts d'exploitation de l'une et l'autre édition n'ont aucun rapport. Il n'est certes pas envisageable de donner 50 % de droits à un auteur sur le prix de vente de l'édition librairie, il serait indécent de lui offrir moins sur celui de l'édition numérique.* » [1]

Visionnaire, n'est-ce pas ?

Contre ReLIRE

En mars 2012, le couperet tombe avec la Loi sur la numérisation des livres indisponibles du XXe siècle et le projet ReLIRE. La course commence. D'abord une pétition, au nom du Droit du serf, dénonçant l'opt-out (option de retrait, la publication de liste d'ouvrages à numériser sans l'autorisation de son auteur à moins qu'il ou elle ne s'y oppose expressément… sans avoir été prévenu auparavant) et le fait que l'éditeur d'origine (responsable de l'indisponibilité de l'ouvrage) bénéficie de 50% des recettes de l'ouvrage numérisé.

«*Cette loi, issue d'un accord-cadre entre le ministère de la Culture et de la Communication, le Commissariat général à l'investissement, le Syndicat national de l'édition, la Société des gens de lettres et la Bibliothèque nationale de France, établit en effet qu'une société privée contrôlera l'exploitation numérique de leurs œuvres* ***sans que les auteurs ou leurs ayants droit en soient informés personnellement****. Seront concernés par cette loi tous leurs textes publiés par des éditeurs avant le 1er janvier 2001 qui ne seraient plus disponibles (sauf en bibliothèque ou sur le marché de l'occasion), et ce quelle que soit leur nature. L'argument culturel est fallacieux puisque la loi se désintéresse de la littérature non commerciale.* »

Le combat commence par une pétition adressée aux sénateurs et députés :

«*Après lecture attentive, il nous apparaît que ce texte ne répond pas à l'objectif affiché de concilier la protection des auteurs et l'accès de tous aux ouvrages considérés comme introuvables. Au contraire il dévoie le droit d'auteur défini par le Code de la Propriété Intellectuelle, sans offrir la moindre garantie à tous les lecteurs de pouvoir accéder aux ouvrages dans des conditions raisonnables. Il est entendu que, par "auteurs", nous désignons ici les écrivains, les traducteurs, les dessinateurs et les illustrateurs, auxquels sont évidemment liés leurs ayants droit. Pour rappel, le droit d'auteur est inaliénable et confère aux auteurs et à leurs ayants droit la libre disposition de leur œuvre et de ses exploitations. C'est, entre autres, pour cette raison que vous avez statué sur le droit de copie et sur ce qu'il est convenu d'appeler piratage en matière d'œuvres numériques.* » [2]

Et puis ça s'emballe. Le Droit du serf (DdS) rencontre d'abord la «mission Sirinelli» sur la révision du droit d'auteur à l'heure du numérique. Puis le DdS se rend au Sénat avant d'être reçu au ministère de la Culture… Toujours mené par Ayerdhal, accompagné de l'autrice de ces lignes, de Gérard Guéro, puis d'Olivier Paquet et David Queffelec entre autres, toujours au nom du collectif et non en son nom propre. Le DdS décide en mai 2013 de se lier au Syndicat des écrivains de langue française (SELF) pour obtenir une place face aux acteurs de l'édition : «*le Droit du serf continuera à être l'électron libre qu'il est, indépendant de tout et même du syndicat qu'il contribue à réactiver, mais nous avons constaté*

(1). Conférence d'Ayerdhal en introduction au « Droit du serf, lettre ouverte aux éditeurs et aux parlementaires » octobre 2000, URL : https://www.noosfere.org/articles/article.asp?numarticle=223

(2). Source : https://petitionpublique.fr/Default.aspx?pi=P2012N21047

les limites de notre association de fait vis-à-vis des interlocuteurs officiels, qu'il s'agisse d'autres associations d'auteurs (même si certaines commencent à nous prendre très au sérieux), du SNE (qui se réjouit de pouvoir nous ignorer) ou des instances politiques et administratives. Une association de fait ne peut pas intégrer le Conseil permanent des écrivains, un syndicat si. Nous ranimons donc le SELF avec l'équipe déjà en place pour regrouper des auteurs de tous domaines d'expression (écrivains, traducteurs, dessinateurs, illustrateurs, scénaristes, etc.) et d'autres acteurs du monde du livre (éditeurs et libraires indépendants, bibliothécaires, chroniqueurs). »

Cela se passe juste après qu'Ayerdhal et l'autrice de ces lignes s'attaquent personnellement à la loi. « *Le 2 mai, notre avocat a déposé au Conseil d'État un recours pour excès de pouvoir contre le décret publié au JO le 1er mars 2013 portant application de la loi du 1er mars 2012 sur la numérisation des œuvres indisponibles du XXe siècle. Les capacités juridiques du Droit du serf étant limitées par sa situation d'association de fait, la requête a été effectuée au nom de deux d'entre nous (Sara Doke et Ayerdhal), dont l'appartenance au collectif est dûment mentionnée.* »

Nous sommes présents lorsque le recours est présenté ; notre avocat, Me Macrez, professeur de droit et docteur en droit, se présente dans la toge de son père, avec la triple hermine du docteur qui fait grimacer son adversaire qui, lui, n'est que licencié.

Ce fut une période de lutte intense, Ayerdhal publiait un texte chaque jour sur Facebook, voyageait en permanence pour rencontrer nos avocats et discuter de la question.

« *Le DdS souligne que le recours pour excès de pouvoir n'a été suivi par aucune autre organisation représentative des auteurs. Et ce, bien que plusieurs d'entre elles aient exprimé "des critiques acerbes contre les aberrations de l'usine à gaz que le décret instaure. Nous espérons néanmoins que certaines d'entre elles choisiront de nous appuyer ou de nous rejoindre dans notre requête".* »

Souvenons-nous que la ministre de la Culture de l'époque, Aurélie Filippetti, avait déclaré que « *c'est l'éditeur qui fait la littérature* ».

« *Le 8 octobre 2013, notre avocat, Me Stéphanie Delfour, a déposé au Conseil d'État une question prioritaire de constitutionnalité concernant l'article 1er de la loi n° 2012-287 du 1er mars 2012 relative à l'exploitation numérique des livres indisponibles du XXe siècle, qui la transmettra au Conseil constitutionnel si sa recevabilité est avérée.* »

Le 28 février 2014, le Conseil constitutionnel déclare ReLIRE conforme.

Mais Ayerdhal ne s'arrête pas là. C'est la Cour de justice européenne qui statuera en 2016, après sa mort. L'avocat général de la cour, Melchior Wathelet, rend ses conclusions, défavorables à la loi et le Conseil d'État se retrouve obligé d'enterrer la loi et le décret.

Les combats d'Ayerdhal ne se sont pas limités au droit d'auteur. Il a utilisé les réseaux sociaux pour de nombreuses luttes, pour le droit des LGBTQIA+, contre le capitalisme ; il a soutenu différents mouvements anarchistes. C'est une évidence. C'est écrit dans ses livres. **Rainbow Warriors** est né d'une colère contre la Cour pénale internationale qui avait retiré les crimes contre les LGBTQIA+ de la liste des crimes contre l'humanité. C'était insupportable. À chaque coup de colère, Ayerdhal écrit un texte, appelle à la réaction. Il use de Facebook comme d'une tribune, que ce soit sur sa page personnelle ou sur sa page professionnelle, comme il s'en servira pour donner des nouvelles de sa santé pendant toute la durée de son cancer.

On lit les coups de gueule d'Ayerdhal dans chacun de ses romans. On y lit son amour de la justice et de la justesse, sa veille politique, son respect de l'autre. Heimatlos, toujours.

Sur les barricades de l'Imaginaire :

[par Org]

MARION MAZAURIC ÉDITRICE DU YAL

Les histoires éditoriales sont avant tout des histoires de compagnonnages, et le rapport entre éditeur et auteur relève de cette alchimie complexe qui balance entre confiance, amitié, intérêts financiers et partage d'objectifs — un équilibre parfois précaire souvent mis à mal dans le contexte des groupes éditoriaux, où l'échange auteur/éditeur se réduit volontiers au seul aspect financier — et donc hiérarchique. Le parcours conjoint de Marion Mazauric et Ayerdhal est à ce titre exemplaire, et nous ne pouvions envisager notre dossier sans donner la parole à celle qui fut, sinon sa première éditrice, en tout cas celle qui l'accompagna pendant l'essentiel de sa carrière. Un vrai morceau d'histoire de la SF hexagonale…

Bifrost : *Au début des années 90, la SF francophone sort d'une dizaine d'années assez compliquées, entre la disparition de nombreux débouchés éditoriaux, la raréfaction des revues dédiées, et la suprématie sans partage ou quasi de la SF anglo-saxonne. Ayerdhal est de ceux qui vont changer les choses et redonner espoir à cette pléiade d'auteurs qu'on est allé jusqu'à qualifier de « génération perdue ». Te souviens-tu de ta rencontre avec son œuvre ?*

Marion Mazauric : Bien sûr que je m'en souviens ! Elle a changé ma vie personnelle et professionnelle. J'ai gagné un ami pour la vie, et même un frère en tout. Et je ne serais pas l'éditrice que je suis sans cette rencontre, et c'est une des dernières choses que nous nous sommes dites juste avant sa mort. Et lui qu'il n'aurait probablement pas non plus été le même auteur.

C'était en 93. Jacques Sadoul venait de me confier la mission de publier des auteurs français dans la collection J'ai Lu « SF » qu'il avait créée et dirigeait personnellement. On parle de son bébé et de la première collection poche de SF en France, alors leader incontestée du marché, culte s'il en est, et où il se refusait jusque-là à publier des Français, hormis Joëlle Wintrebert, essentiellement pour se préserver d'un afflux de manuscrits et d'un surcroît de travail impossible à gérer alors qu'il avait également la charge de toutes les collections de la maison.

Et effectivement c'était une période plus que difficile pour les auteurs français. La SF n'avait pas encore de maisons spécialisées, elle était publiée dans des collections qui traduisaient ce qui sortait à un rythme industriel aux USA alors en plein boum, et pas organisées pour recevoir et lire des manuscrits français, dont on se méfiait de toute façon. La SF américaine régnait donc sans partage, et hormis chez Denoël avec Élisabeth Gille, qui s'intéressait à une SF plus spéculative, ou des éditeurs alternatifs comme le Sagittaire, ou des incursions pirates en littérature blanche comme celle de Françoise d'Eaubonne ou Muriel Cerf, il n'y avait que la grande collection « Anticipation » du Fleuve Noir qui publiait des français, surtout dans un soucis d'économie de traduction vu leur prix de vente populaire, et pendant des années sous pseudo américain. Globalement, on considérait que seuls les Anglo-Saxons savaient écrire de la SF.

Toute une jeune génération née autour de 60 publiait donc au Fleuve Noir, mais sous la double contrainte de romans de 250 pages max et les ressorts de récits d'aventures populaires avec suspense et rebondissements. C'est là qu'ont débuté Roland Wagner, Ligny, Lehman, Canal, etc., toute cette belle génération qui avait été biberonnée à la collection « Anticipation » dans ses grandes années, en 60-70.

Paradoxalement, ces contraintes, qui les obligeaient à tricher en découpant en petits volumes des œuvres plus ambitieuses (d'où les éditions en plusieurs volumes de tous les premiers romans, d'Ayerdhal, hormis **Demain une oasis**), leur ont donné une très grande maîtrise narrative, une grande culture des effets de suspense de la littérature populaire, ils y ont appris le *sense of wonder*, ont posé leurs grands thèmes et ont affuté leurs idées et ambitions.

Mais ils avaient besoin d'éditeurs qui ouvrent leurs horizons littéraires et aussi financiers, et surtout besoin d'une reconnaissance que le Fleuve Noir n'apportait bien sûr pas, tout au contraire : c'était une littérature méprisée et il était quasi honteux d'y publier, on y pratiquait le pseudonyme pas seulement pour faire américain.

L'éditrice et l'auteur, aux Imaginales - DR. F. Rose

Pourtant, leurs romans faisaient souffler un vent nouveau qui se remarquait et trouvait ses lecteurs (30 à 40 000 exemplaires pour **La Bohême**, **Le Chant du Drille** et **Mytale**, ses premiers *space opera* au Fleuve). Ayerdhal a très vite figuré comme le chef de file de ce renouveau, qui a culminé quand Jacques Baudou, un très grand critique de SF et le premier au journal *Le Monde*, premier défricheur et premier chevalier blanc du genre, l'a désigné dans une pleine page comme «*l'étoile montante de la SF française*» pour **Demain, une oasis**, paru en 92 au Fleuve, qui avait raflé le grand prix de l'Imaginaire en 93.

Sadoul voyait toujours très clair ; c'est cette année-là qu'il m'a donné le top départ, et carte blanche dans une limite de titres drastique. Je bouillais d'impatience depuis que j'avais lu le manuscrit de **L'Histrion**, que Yal nous avait adressé à J'ai Lu, puis, dans la foulée, ses précédents romans au Fleuve. J'étais scotchée par son talent. Accueillir des auteurs français dans une grande maison de SF, en revendiquant leur qualité à hauteur des américains, était une grande cause, et le fait qu'un grand éditeur s'y mette a bien sûr fait du bruit.

Et pour mettre en valeur cette créativité française, dès 96, nous avons réalisé chez J'ai Lu, sous sa proposition et sa direction, l'anthologie **Genèses**, qui rassemblait pour la première fois cette nouvelle génération de la SF française.

Pour la petite histoire, je n'ai pas d'abord rencontré Ayerdhal, il était tellement méfiant des patrons et des «grosses maisons capitalistes» qu'il m'avait envoyée une amie en guise d'agente. Bref, ses réticences sont tombées quand nous nous sommes rencontrés et qu'il a découvert une éditrice de son âge qui partageait ses origines socio-culturelles et ses convictions. Mais je me souviens de nos discussions sur le contrat type de J'ai Lu à l'époque, qui ont préfiguré son action en faveur des auteurs et surtout les contrats d'auteur que nous avons ensuite élaborés avec lui au Diable.

***B. :** Tu dis que tu as été d'emblée «scotchée» par le talent de Yal. En quoi, précisément, trouvais-tu qu'il sortait du lot, et que sa production SF était à même de rivaliser avec le meilleur de l'offre anglo-saxonne de l'époque ?*

M. M. : D'abord, il faut préciser que ma génération était sans doute moins soumise aux distinctions de genre, et personnellement je n'ai réalisé finalement qu'aux côtés de Jacques Sadoul que tout ce que j'avais pu lire et aimer dans ce registre, dans les années où on se construit, était en fait de la SFFF. Le terme n'existait pas dans bien des familles culturelles, en particulier la mienne, des enseignants progressistes, marxistes et modernistes, où on pouvait avoir lu Homère (qui globalement prépare à tout), Jules Vernes,

Mary Shelley, Pierre Boulle, Huxley, d'Eaubonne ou Merle, Maupassant, Barbey d'Aurevilly, beaucoup de mythologies et évidemment Kafka… puis Asimov et d'autres, Jean Ray, Barjavel, de la SF russe et des poches, sans vraiment intérioriser ni une étiquette, ni des distinctions de genre de toute façon étroites et incomplètes. Chez nous, le roman noir avait déjà tout le prestige d'une grande littérature sociale et progressiste. Tout ça c'était de la littérature, il y avait les grandes œuvres et les séries B, voire Z, dans mon éducation cela ne se combattait pas, au contraire.

La segmentation des collections de poche en genres n'a commencé en France qu'à la fin des années 80 chez J'ai Lu, et je crois que la génération née avec les premiers poches à la fin des années 50 et début 60, a pu passer allègrement d'un genre à l'autre et d'un format à l'autre (BD, romans, nouvelles, poésie) sans aucune question, et bénéficier d'un éventail littéraire dans ses années de formation assez unique, extrêmement étendu et ouvert, qui mixait tout naturellement les classiques, la littérature moderne, le polar, la SF et les littératures populaires.

Personnellement, même si tout cela, plus l'explosion des mensuels de BD, le rock et le punk, avait bien préparé le terrain pour les œuvres de SF, j'étais principalement une lectrice diplômée de littérature « blanche », et je travaillais surtout sur la littérature générale et diverses autres collections chez J'ai Lu. Pour la SF, j'assistais Jacques et je dévorais pour rattraper mon retard.

Quand j'ai découvert chez J'ai Lu ce que tu appelles à juste titre « *le meilleur de l'offre anglo-saxonne de l'époque* » — et effectivement, J'ai Lu publiait à raison de cinq/six titres par mois dans les collections «SF» et «Épouvante», le meilleur et aussi les meilleures ventes —, ça a été avant tout un choc littéraire.

La segmentation était surtout une affaire de marketing inventée par Jacques Goupil. Pour Sadoul, la SF et les genres, c'était LA Littérature, et il m'avait fait lire les auteurs indispensables par liste de priorités pédagogiques, pour « refaire mon éducation ». Il avait commencé par **Cristal qui songe**, un cadeau. Et **Le Maître du Haut Château**, car je ne connaissais pas Dick, grave erreur, mais plutôt Burroughs ou Miller. À quoi s'ajoutaient les nouveautés que nous publiions : en lisant King, je me suis dit que c'était un Balzac d'aujourd'hui. Gibson a d'abord été une claque stylistique et poétique, et **La Parabole** de Butler, à la même époque, m'a bouleversée esthétiquement et politiquement, à jamais. Quand je lisais un Stephen Baxter, j'étais émerveillée de sa précision naturaliste et de sa science des mots et descriptions, G.G. Kay était éblouissant, Morrow une pure jouissance à tiroirs multiples, et Silverberg, Kim Stanley Robinson, etc., etc. Bref…

Mais il me semble que la responsabilité d'un éditeur c'est de découvrir et faire leur place, de «produire» des écrivains de sa langue et de son temps. La génération qui publiait au Fleuve Noir était jeune, corsetée dans des contraintes étroites, quelque part «en formation», et il me semblait de toute façon injuste de les attendre au même niveau que les grands Américains qui publiaient depuis des années.

Je ne m'attendais pas, en fait, à tant de talent et de qualités encore inédites, immédiatement chez eux tous. Yal en particulier avait le même *sense of wonder* que les grands, un art qui semblait spontané de la narration, et maîtrisait tous les effets *cliffhanger* nécessaires à la littérature populaire, une gouaille et un humour distancié ou bien de bateleur, un style qui allait de l'oralité argotique des dialogues à un usage (un peu excessif alors) des imparfaits du subjonctif et de la complexité syntaxique ! Il était doué d'une étendue stylistique très vaste, finalement savante, qui m'a impressionnée. De plus, ses livres portaient tous une ambition et une lucidité politique, un caractère rebelle qui était absolument français, des personnages complexes dotés d'un pouvoir d'identification immédiat, un amour du genre humain qui transparait dans chaque personnage, un art dialectique d'interroger les paradigmes idéologiques et les stéréotypes, y compris de la SF, et surtout masculinistes et guerriers, bien différent des Américains d'alors. Et puis, les femmes des romans de Yal sont les plus féministes que j'ai pu lire, je me suis personnellement rêvée dans toutes ses héroïnes.

Enfin et avant tout, la puissance de ses thèmes, tellement ancrés dans ce qui se jouait dans notre littérature et notre temps :

La Bohême est toute centrée autour de la place et du rôle de l'artiste dans la société, et c'est une si belle utopie anarchiste ; **Mytale** et le **Drille** sont deux *space opera* brillants sur le pouvoir, la colonisation et surtout la vision écologiste globale, qui ne m'ont pas moins passionnée que **Marée stellaire** de David Brin ; **Demain, une oasis** était incroyable de clarté, un polar court, simple, visionnaire, qui synthétisait tout dans la vision finale et prémonitoire de la terraformation de l'Afrique. Plutôt prioritaire sur celle de Mars. Tous sont des armes politiques de compréhension du monde et des romans de révolte, des romans pleins d'une conscience politique qui n'avait rien à envier à celle des grands prédécesseurs, Spinrad, Brunner par exemple. Il les avait tous lus. De toute façon, il avait tout lu en SF bien sûr, dans l'immense bibliothèque de son père, mais pas que, et il en faisait quelque chose de totalement original. Et visionnaire. Dès cette époque, sa référence majeure, c'était déjà et surtout **Dune**, et l'ampleur de la vision d'Herbert, qui le guidait et en contrepoint de laquelle il avait créé le Daym, univers global de ses *space opera*.

Quant au manuscrit que nous avions reçu, le premier où il s'autorisait son propre rythme en plus de 500 pages, c'était **L'Histrion**, qui est, je te le rappelle, plus de vingt ans avant que la question du genre ne se verbalise enfin en France, l'histoire de *iel*, fou du roi sexomorphe, le grain de sable dans les rouages galactiques de l'Homéocratie. Son univers et son projet critique global prenait enfin sa pleine respiration. Alors oui, j'ai trouvé qu'il sortait vachement du lot et j'ai su que comme éditrice, je publiais un grand écrivain, qui resterait.

Mon seul travail éditorial, en fait, a été stylistique et sur la matière du texte, comme je faisais en littérature, avec la même boîte à outils. De lui demander de prendre le temps d'écouter et de poser sa langue, de la polir, l'amplifier (évidemment c'était un hyperactif pressé qui avait jusque-là publié ses romans sous contrainte de temps), de relire tout,

Yal, début 90, une brune au bec... - DR. Bruno Soulier

ensemble et à voix haute, de chasser les mots inutiles, les scories, de pointer les phrases qui me semblaient inutilement complexes, tout en respectant son exigence dialectique et son horreur des stéréotypes, sa méfiance épidermique de la simplification des idées, l'exigence qui était la sienne, son sens critique d'empêcheur de penser en rond. Ça l'a plutôt surpris, mais il a aimé et nous n'avons plus arrêté ces relectures ensemble, mot à mot, de ses manuscrits annotés, des jours entiers, et plusieurs de suite, qui ont été de grands moments. Nous avons relu comme ça tous ses premiers romans du Fleuve quand nous les avons réédités au Diable, un par un. Et il a réécrit **Demain, une oasis**.

B. : Tu l'as déjà évoqué rapidement, mais en 1996, J'ai Lu publie ***Genèses****, une anthologie inédite et 100 % francophone dirigée par Yal. Ça faisait quinze ans qu'une maison importante n'avait pas proposé un tel projet littéraire, qui tenait déjà pas mal du manifeste (même si, en ce qui me concerne, le vrai manifeste de cette génération d'auteurs et d'autrices extraordinaires sera* ***Escales sur l'horizon*** *de Serge Lehman, au Fleuve Noir, deux ans plus tard). J'étais tout jeune éditeur, alors, et je me souviens avoir trouvé ça complètement incroyable qu'une maison comme J'ai Lu se lance dans un truc comme ça. Je me suis dit : « Voilà, c'est ça. Désormais, il est enfin permis de rêver ! ». Cette antho a fait pas mal, je pense, pour placer Ayerdhal dans la position du chef de file (même si je doute qu'il ait jamais vraiment apprécié cette position, ni même qu'il l'ait véritablement occupée). Tu peux nous parler un peu de la genèse de* ***Genèses****.*

M. M. : Ce que tu dis c'est la récompense pour un éditeur, ça prouve que cette anthologie était nécessaire !

Sur la position de « chef de file » d'Ayerdhal, tu as raison, ça le faisait rire, et tout le monde le chambrait avec cet « *étoile montante* » que lui avait attribué Baudou. Mais je crois que ce statut est davantage lié à ses ventes et la presque unanimité de sa reconnaissance, qu'à l'anthologie, qui a eu effectivement beaucoup moins d'écho qu'**Escales**.

Pour resituer, voici ce qu'a écrit Jacques Baudou dans *Le Monde* en 94, deux ans avant **Genèses** : « *Après de nombreuses années de catatonie, la science-fiction française sort peu à peu de son engourdissement et voit apparaître une vague de nouveaux auteurs talentueux qui possèdent une qualité que leurs prédécesseurs avaient un peu trop négligée : le sens du romanesque. Le plus remarquable d'entre eux est sans conteste Ayerdhal et la parution récente de* Sexomorphoses*, un roman où il retrouve l'univers du Daym, précédemment exploré dans* L'Histrion*, vient conforter sa position de façon magistrale.* » Tu sais, des pages entières dans *Le Monde*, ça ne passait pas inaperçu, et ça ne s'est pas vraiment retrouvé depuis !

Yal était davantage un leader activiste, un éveilleur, plutôt délégué syndical ou représentant du personnel que chef de file, mais surtout c'était un auteur de terrain qui aimait les autres, c'était pour lui une nécessité vitale d'aller vers les autres. Il était à la fois connu de tous, hyper accessible dans le milieu et très aimé. Il adorait rencontrer auteurs et lecteurs, allait dans les conventions et salons au fur et à mesure qu'ils se créaient, lisait les manuscrits que les aspirants auteurs lui confiaient (il n'a jamais cessé de m'en recommander, jusqu'à sa dernière année), conseillait les débutants avec bienveillance, intervenait partout pour défendre le statut collectif des auteurs et leurs droits, râlait sur l'édition, et adorait passer des nuits entre amis à boire, discuter et refaire le monde. Je crois vraiment que ce statut était lié à son œuvre et à ce mélange de curiosité, de bonté et d'esprit rebelle, et à son charisme indéniable.

Mais il n'était pas seul, il a très vite été rejoint par Wagner, lui aussi très culte, Ligny, Lehman... On a vraiment vu en temps réel et très rapidement renaître la SF française dans ces années, où pourtant les ventes baissaient. Je me souviens des *room party* à quarante par chambre des premières Utopiales, au Futuroscope puis à Nantes, du bar de Madame Spock à l'époque, où tu trouvais, sous les fumées épaisses et odorantes, Yal, Roland Wagner, Jean-Marc Ligny, Mandy, Lehman, la sublime Joëlle Wintrebert, Michel Pagel, Jean-Claude Dunyach, le jeune Laurent Genefort... ils étaient tous là, presque tous trentenaires, dans une ambiance incroyablement pétillante, solidaire et généreuse.

C'était la génération que Nicole Hibert, en à peine dix ans au Fleuve Noir, avait découverte et rassemblée à partir de 90.

Les deux anthologies comportent des nouvelles sublimes (*«Nulle part à Liverion»* de Lehman, qui est pour moi un chef-d'œuvre, est parue dans **Genèses** et *«Scintillements»* d'Ayerdhal, autre chef-d'œuvre, dans **Escales**). Mais **Genèses** a eu un impact moindre qu'**Escales** pour plusieurs raisons objectives : parce qu'elle ne contenait pas assez de signatures d'auteurs émergents pour faire manifeste, parce qu'elle arrivait un peu tôt et que, deux ans après, le mouvement était plus visible. Mais surtout parce que, quand Ayerdhal a proposé le projet à J'ai Lu, l'intention de Sadoul n'était pas de sortir un manifeste Français alors que J'ai Lu «SF» en publiait très peu et ne souhaitait pas diminuer les grandes traductions au bénéfice de français inconnus. L'antho d'Ayerdhal présentait dix voix diverses et fondatrices de cette génération (quasi toutes présentes dans **Escales**), dix auteurs francophones, y compris le jeune Bernard Werber, inaugurés par un Père Fondateur, Francis Carsac.

Par contre, Serge Lehman, lui, était déjà le théoricien et le regard critique à l'extraordinaire intelligence historique qu'on connaît, et il était plus que légitime que le Fleuve — qui avait quand même fait le boulot — réponde à **Genèses** par une antho rassemblant seize auteurs francophones, toute la jeune garde qui avait fait ses armes au Fleuve. Mais, sur le plan éditorial, ça a été un baroud d'honneur, car Fleuve Noir a arrêté définitivement la collection «Anticipation» en 1997. Alors que J'ai Lu n'a plus cessé de s'ouvrir aux auteurs français.

***B. :** Au début de notre entretien, tu parles du fait que Yal a contribué à l'élaboration des contrats auteur du Diable Vauvert. Ça nous renvoie à son engagement vis-à-vis des auteurs, sur leurs conditions de boulot et leur statut. Tu peux nous en dire un peu plus, de ton point de vue, sur l'engagement du bonhomme… ?*

M. M. : Effectivement, les contrats de l'époque étaient totalement déséquilibrés entre auteurs et éditeurs, établis pour la durée de la Propriété littéraire et artistique et d'une étendue sans limitation ni exigence de résultat pour l'éditeur. Chez J'ai Lu nous avions supprimé la passe, mais elle était encore appliquée dans bien des maisons, et c'était 10% des droits purement et simplement soustraits des ventes réelles. J'étais absolument de son avis qu'il fallait réévaluer et le statut de l'auteur et le partage de la valeur.

Yal a été tout de suite très impliqué et complice de la création d'Au Diable Vauvert. La décision était prise à l'été 1999 et, avec Mandy qui était mon lecteur chez J'ai Lu et m'avait suivi, et nos conjoint.e.s, nous avons eu de très nombreux *brainstormings* boostés à ce qu'il fallait, autant sur le logo (le diablotin qui bouge est né lors d'une de ces soirées), que sur le concept éditorial (j'avais déjà mixé les genres et réédité **Demain, une oasis** dans J'ai Lu «Nouvelle Génération»), le nom de la maison, le statut des auteurs (que la ligne graphique en rompant avec la maquette unique, affirmait au centre) et bien sûr les contrats. Dès son démarrage, nous avons fait élaborer par maître Emmanuel Pierrat de nouveaux contrats types fondés sur les revendications du Droit du serf, le mouvement que Yal initiait alors. En 2020, ces contrats ont enfin été rejoints et remplacés par les contrats types établis par les sociétés d'auteurs et le SNE, vingt ans après le début de ce combat, et c'est Yal qui a initié ce mouvement.

Il s'est aussi opposé à la captation par les groupes des zones grises de l'édition avec le projet ReLire et plus généralement, il était l'homme en colère du livre qui a anticipé toutes les mobilisations d'auteurs : il nous manque aujourd'hui, en pleine bolloréisation de l'édition française.

Plus généralement, c'était un écrivain conscient, lucide, qui croyait au pouvoir émancipateur de la littérature. Et aussi un militant qui ne se sentait pas exempté de ses responsabilités de citoyen, un courageux, un rebelle qui ne lâchait rien sur les principes… Il n'y a pas un jour depuis dix ans où je ne pense pas à lui face à toutes les atteintes à la justice, au vivant, à l'autre, face à l'accaparement de la terre, des biens et du pouvoir, à l'intégrisme et la montée des racismes, des fascismes, aux massacres… et qu'est-ce qu'il nous manque à tous !

***B. :** Ce numéro marque les dix ans de sa disparition. Toute son œuvre ou presque est disponible chez toi, Au Diable Vauvert. Vous prévoyez quelque chose de spécial pour cet anniversaire, aussi triste soit-il ?*

M. M. : Il est vraiment essentiel de relire Ayerdhal aujourd'hui. Pour les nouvelles générations, pour le présent et pour demain. C'est une œuvre indispensable où il y a tant à puiser pour l'avenir, et avant tout de l'intelligence et de l'espoir. Au cœur de ses romans, il y a toujours ce mouvement dialectique entre utopie et dystopie, le mouvement de l'histoire humaine.

Nous avons beaucoup réfléchi au projet, bien sûr, avec Sara Doke, qui fut sa compagne pendant des années. Tous ses romans sont disponibles, mais nous avons choisi de rééditer son œuvre en volumes format intégrale, dans l'ordre chronologique, illustrés par Gilles Francescano et Mandy, ses amis et illustrateurs de toujours. L'ordre chronologique s'est imposé parce qu'il est le plus cohérent, et révélateur de son chemin d'écrivain.

Il y a d'abord la première période de ses débuts, des *space opera* dans l'univers du Daym, de **Mytale** jusqu'à **Sexomorphoses**, comprenant le contemporain **Demain, une oasis** et la série B des **« Cybione »**, qui reste une pure jubilation, une héroïne justicière et une des premières figurations de grands thèmes de la SF (la super-combattante invincible, le cyborg humain, la mémoire effacée…).

Puis une période intermédiaire où le réel et l'inquiétude du monde rattrapent en quelque sorte la fiction, on y trouve **Balade Choreïale** (qui met en scène des femmes puissantes et leur conjoint en charge d'une planète colonisée), **Parleur ou les chroniques d'un rêve enclavé**, un roman de *fantasy* médiévale inspiré par la révolte des Canuts et les pentes et traboules de Lyon, qui conjugue plus que toute autre utopie et rébellion, espoir et désespoir politique, et enfin **Étoiles mourantes**, un réel chef-d'œuvre écrit avec Jean-Claude Dunyach, lauréat des prix Tour Eiffel et Ozone, et qui j'espère finira sur grand écran tellement ce *space opera* est fertile et visionnaire.

Ensuite il connaît une crise de doute majeure, dans sa vie comme dans son inspiration, et après un divorce, une errance et une belle dépression au passage de l'an 2000, il va se retrouver et se ressourcer à Bruxelles, auprès de Sara Doke, sa seconde épouse. Il veut parler du monde et du présent et passer au thriller. **Transparences** sort enfin en 2004 au Diable et sera un succès majeur, 20 000 ex' en grand format et 100 000 au Livre de Poche, lauréat du Grand Prix de l'Imaginaire et du Prix Polar Michel Lebrun, Jean-Jacques Annaud acquiert les droits cinéma (hélas, il ne pourra pas réaliser le film). **Transparences** met l'attentat des tours jumelles en perspective de façon hallucinante, mais Ayerdhal va mettre six ans à écrire sa suite, **Résurgences**. À partir de 2010, il a enfin retrouvé un équilibre, un ton, une liberté romanesque totale, et il entre dans une dernière époque très prolixe de son inspiration, et publie coup sur coup **Rainbow Warriors**, une utopie LGBT qui reçoit les prix Bob Morane, Rosny aîné et du Roman Gay à titre posthume, et **Bastards**, un thriller fantastique qui figure finalement de façon prémonitoire la victoire des puissances d'argent aux USA, et dont Norman Spinrad fera un éloge vibrant.

La maladie l'emporte en huit mois à ce moment où il est plein de projets, en train d'écrire l'ultime volume de la série **« Cybione »**, et surtout dans l'envie d'utopies actives, de réinventions du monde.

Nous allons tout particulièrement mettre en avant **Transparences** et rééditer **Rainbow Warriors** pour la story des 25 ans de la maison, entamer la réédition des Intégrales, avec une préface de Patrick K. Dewdney au premier volume, mais surtout parler de lui dans la tournée des librairies et festivals, aux Imaginales et Utopiales en particulier.

TROIS HEURES-LUMIÈRE PLUS LOIN : LE MEILLEUR DE L'IMAGINAIRE

Fond © Paul Zoetemeijer sur Unsplash

À lire à ton réveil

Robert Jackson Bennett

Fin 1949. James fuit Londres et ses créanciers, trouvant refuge au cœur de la Lorraine. Au fil des mois de cette réclusion, il explore les ruines d'une ancienne abbaye, sur les pistes d'une légende locale. Mais les ruines sont-elles bien celles d'une abbaye ? De plus en plus exigeantes au cœur d'un hiver glacial, les recherches de James confinent bientôt à l'obsessionnel… jusqu'à l'impensable.

Trad. Michelle Charrier – 112 pp – 11,90 € – sortie le 22 mai

Défense d'extinction

Ray Nayler

Au fin fond de la taïga russe, les mammouths foulent de nouveau la terre. Ce sont des clones, sans aucun des acquis des générations passées. Aussi l'esprit de Damira, ancienne éthologue spécialiste des éléphants, est-il uploadé dans le corps de l'un de ces mammouths afin d'apprendre à ces géants à survivre. Si Damira a échoué, de son vivant, à sauver les éléphants d'Afrique, son être numérisé ne compte pas commettre deux fois la même erreur…

Trad. L'Épaule d'Orion – 160 pp – 12,90 € – sortie le 22 mai

Fond © Alessio Soggetti sur Unsplash

Fond © Martin Woortman sur Unsplash

Hors-série Une Heure-Lumière 2025

L'opération Une Heure-Lumière revient pour une nouvelle édition, à partir du **22 mai 2025** !

Pour l'achat de deux titres de la collection, recevez gratuitement le **hors-série 2025**, avec une novelette inédite et robotique signée **Alastair Reynolds** ainsi que le catalogue complet.

Offre valable dans les librairies participantes et sur belial.fr, dans la limite des stocks disponibles.

112 pp – offert pour l'achat de 2 UHL– sortie le 22 mai

Le Bélial' – 35, avenue de la Gare – F-77250 Moret-Loing-et-Orvanne – www.belial.fr – Diffusion Sodis/CDE

Sur les chemins de l'Homéocratie : un guide de lecture en lutte...

Il arrive que l'exercice du guide de lecture s'avère douloureux : revisiter l'œuvre passée de nos auteurs préférés n'est pas toujours une bonne idée, même s'il est toujours pertinent de confronter le fait SF à la modernité présente. Ici, d'emblée, un constat : la production ayerdhalienne résiste globalement bien au temps — son assise politique et sociétale y étant sans doute pour quelque chose. Et un second : si Ayerdhal rencontra, dans sa seconde partie de carrière, un succès public considérable dans le champ du thriller (fût-il techno-), il s'y montre globalement moins à son aise. On sait qu'il exprima sa volonté de revenir vers la SF à plusieurs reprises ; la maladie ne lui en laissa malheureusement pas le temps. Deux précisions, pour finir. Nous n'avons pas intégré au présent parcours de lecture l'anthologie **Genèses** (J'ai Lu, 2000). Pour importante que soit cette dernière dans l'histoire moderne du genre, et si Ayerdhal en fut bien évidemment à l'initiative, elle n'en reste pas moins une œuvre collective et ne peut, de fait, trouver place ici. Enfin, concernant **Étoiles mourantes**, imposant roman coécrit avec Jean-Claude Dunyach (J'ai Lu, 1999) qui fit couler beaucoup d'encre, nous avons délibérément décidé de proposer ci-après le papier laudateur signé Pascal J. Thomas originellement paru dans notre n°15. Un choix assumé, mais qui nous force à rappeler, par souci d'honnêteté, combien le livre divisa en son temps notre rédaction.

LA BOHÊME ET L'IVRAIE

(1990 - dernière édition : Au Diable Vauvert, 2010)

Dans un futur lointain, l'humanité a essaimé à travers la Galaxie et développé une civilisation stable et prospère. Dans un tel cadre, les voix dissonantes sont rares, et se cristallisent pour l'essentiel autour de la Bohême, un mouvement informel qui réunit ce que la société compte d'adolescents contestataires et turbulents, s'amusant un temps à défier le pouvoir en place et les bonnes mœurs avant de sagement réintégrer leur place au sein de la communauté.

Jusqu'à l'apparition d'Ylvain, un jeune kineïre, un artiste capable de projeter directement dans l'esprit de son auditoire ses propres images mentales. Expulsé de l'école où il développait ses talents, Ylvain va, presque malgré lui, devenir l'étendard d'un mouvement de rébellion et faire vaciller le pouvoir politique en place.

En 1990, la parution en quatre tomes de **La Bohême et l'Ivraie** dans la désormais mythique collection « Anticipation » du Fleuve Noir va faire l'effet d'une gifle rafraîchissante. Cela faisait alors quelques années que la collection s'était émancipée des vieilles carnes auxquelles son nom était resté longtemps attaché, et qu'une nouvelle génération d'auteurs, menée par Roland C. Wagner, Michel Pagel, Claude Ecken et quelques autres, y avait pris ses quartiers. Malgré tout, rien n'avait préparé le lecteur au choc qu'allait être ce premier roman signé d'un énigmatique pseudonyme et qui disait une chose : non, cette science-fiction-*là* n'est pas réservée aux anglo-saxons.

Sur la forme tout d'abord, un roman de plus de 700 pages, tronçonné en quatre volumes pour satisfaire aux exigences de la collection,

le genre de pavé qu'aucun autre éditeur n'aurait accepté, surtout signé d'un auteur français inconnu — et de fait, le manuscrit d'Ayerdhal essuya un certain nombre de refus, de Robert Laffont à Denoël.

Sur le fond, **La Bohême et l'Ivraie** est un *space opera* qui mêle contestation politique et création artistique, et doit beaucoup, dans son approche narrative, au **Dune** de Frank Herbert — *la* grande inspiration de l'auteur. Les dialogues entre les différents protagonistes tiennent un rôle privilégié pour faire progresser l'intrigue, et Ayerdhal affiche d'emblée une maîtrise impressionnante en la matière. Il s'agit d'ailleurs davantage de joutes verbales que de simples échanges, d'où sortiront à chaque fois un vainqueur et un vaincu. Sur la longueur, le procédé finit par devenir répétitif, tant il est systématique, mais il offre néanmoins quelques fort beaux moments.

Du point de vue du propos politique, la rébellion que mènent Ylvain et ses compagnons, ses compagnes, surtout, apparaît dans un premier temps comme une simple contestation de l'ordre établi, une révolte adolescente sans autre fondement que la volonté de ne pas se conformer à un modèle préformaté. Il faudra la mise en place par les autorités d'une répression disproportionnée, et surtout la révélation de la véritable menace qui pèse sur cette jeunesse frondeuse, pour que les aspects politiques et dramatiques du roman prennent toute leur ampleur.

Avec le recul, il n'est pas totalement hors de propos de considérer **La Bohême et l'Ivraie** comme le porte-étendard de cette nouvelle génération d'écrivains de SF français qui faisait alors son apparition dans le milieu — une génération appelée à le secouer dans les années suivantes —, et d'identifier la lutte de ces auteurs pour s'imposer dans un domaine éditorial frileux vieillissant à celle des Bohêmes. Il est surtout réjouissant de constater que 35 ans après sa première parution, et malgré tout un tas d'imperfections — l'auteur peine parfois à maintenir le rythme d'un récit qui s'égare souvent dans des atermoiements amoureux risibles — ce roman procure toujours le même plaisir de lecture. Outrancier et généreux, révolté et romantique, naïf et passionnel, toute l'œuvre à venir d'Ayerdhal est déjà dans **La Bohême et l'Ivraie**.

Philippe Boulier

MYTALE

(1991 - dernière édition : Au Diable Vauvert, 2010)

On entre dans **Mytale** aussi violemment que son héroïne, Audham En-Tha. Survivante du crash d'un vaisseau de la toute jeune Fédération Homéocratique, elle seule échappe au massacre qui s'en suit. Elle est sur Mytale, une planète abandonnée à son sort par l'humanité depuis deux mille ans.

Mytale est une aberration et ses habitants, les *mytans*, n'ont plus qu'une lointaine ressemblance avec les premiers humains débarqués là et oubliés par le pouvoir politique d'alors, l'Impérium. La planète est maudite, soumise à des agents mutagènes qui accélèrent le développement de toute forme de vie, suivant des schémas chaotiques et souvent délétères. Après deux millénaires, la société mytane, dominée par un système politique tyrannique et eugéniste, s'est organisée en un échelonnage de castes regroupant les êtres monstrueux suivant leur profil génétique et leur spécialisation.

Audham En-Tha doit survivre sur cette planète hostile. Elle est instinctive, rebelle, colérique et, disons-le, volontiers insupportable. Une chieuse de première, en somme, comme elle se définit elle-même, plus souvent soumise à ses nerfs qu'à ses neurones, qui pourtant fonctionnent plutôt bien. Elle est recueillie par Lodh Ilodi Lodj, un Ille, sorte de paria de la société mytane, et Min', son chat de deux cents kilos. Sauvée, mais soumise aux agents mutagènes de Mytale, elle devient Audh Onido Dham, ou Audh-Ille aux yeux des mytans.

La lecture des premières pages donne le sentiment d'un roman de facture classique, où un voyageur venu d'une société technologique doit survivre sur une planète arriérée. Mais très vite, on se rend compte que beaucoup nous échappe et que beaucoup nous est caché par les mytans eux-mêmes. À travers les yeux de la protagoniste, on découvre une société bien plus complexe qu'on ne l'avait imaginée, rongée par les conflits politiques, les mensonges et les manœuvres des uns et des autres, une société violente qui s'entre-déchire et où chacun utilisera Audh-Ille comme pion sur son propre échiquier.

Le monde dépeint par Ayerdhal dans ce récit à strates est élaboré et riche. Nous sommes ici en présence d'un texte éminemment politique, bien sûr, Audham En-Tha servant de catalyseur à la rébellion qui couve de manières diverses sous le couvercle de la tyrannie. Les personnages, aussi monstrueux soient-ils, sont profondément humains et fort crédibles. Audham n'est pas la seule héroïne de l'histoire qui se joue, et de nombreuses figures s'y taillent une place de premier plan.

La dernière partie du roman, en crescendo, mène vers une apocalypse ultime d'une violence inouïe, et une conclusion qui n'a rien d'un *happy end*. Une fin parfaite, ébouriffante et sans concession.

Malgré quelques clichés du genre vite oubliés devant la richesse des propositions, **Mytale** est un roman remarquable servi par une écriture étincelante piquée d'humour, de considérations sociales et d'action.

FeydRautha

DEMAIN, UNE OASIS

(1991 - dernière édition : Le Livre de Poche, 2016)

Le narrateur de ce roman est un médecin, qui se retrouve à travailler pour l'Agence Mondiale d'Expansion Spatiale. Il aurait même pu aller exercer dans les stations spatiales de l'organisation s'il n'avait été atteint de géotropause, un mal qui l'empêche de quitter durablement le sol terrestre. Ainsi travaille-t-il donc à Genève, jusqu'au jour où il est kidnappé — sans toutefois être maltraité. Conduit de force en Afrique de l'est, dans un village où il est maintenu prisonnier, on lui ordonne alors une mission simple : soigner les habitants. Ce qui lui vaudra bientôt son surnom : l'Interne. Car ses kidnappeurs, s'ils utilisent des moyens illégaux, tentent de sauver des vies humaines frappées par une sécheresse à nulle autre pareille, accomplissant par là même une mission humanitaire d'une importance cruciale. Et, pour ce faire, sont prêts à « gâcher » d'autres vies dans l'espoir d'un retour sur investissement élevé : pour un médecin suisse arraché à son existence douillette du jour

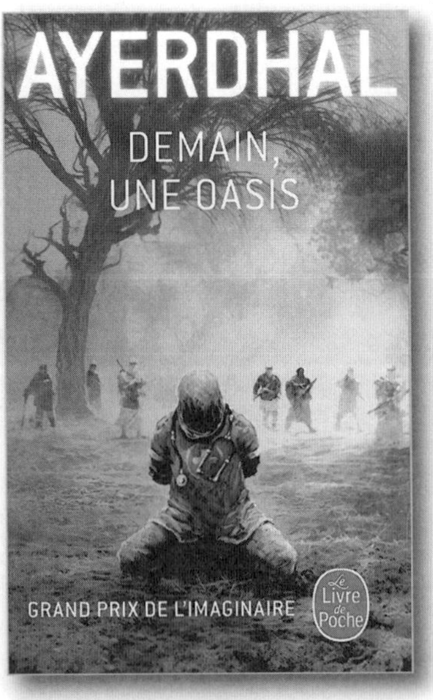

au lendemain combien de vies sauvées grâce à son intervention en Afrique, là où personne ne regarde ? Car si tout l'Occident a les yeux braqués sur les étoiles et l'expansion spatiale, l'Afrique se meurt dans l'indifférence la plus totale. Pour réveiller les consciences, les défenseurs de la dignité humaine n'ont guère d'autres solutions que d'utiliser des manières que l'on pourrait aisément qualifier de terroristes… Le narrateur n'admet pas cette stratégie qui voudrait que la fin (la faim ?) justifie les moyens, aussi va-t-il tenter de se rebeller, en idéaliste qui croit qu'il est possible de faire évoluer les choses par la seule persuasion. Comprenant que ses kidnappeurs ne changeront pas d'avis, il réussira à s'échapper, pour revenir dans son monde d'avant, qui n'a pas changé. Mais lui a évolué au contact du malheur et de la pauvreté, et son regard sur la société s'en trouve irrémédiablement bouleversé, au point qu'un retour sur le terrain devient bientôt évident…

Dans ce roman, couronné à juste titre par le Grand Prix de l'Imaginaire 1992, Ayerdhal se livre à un vibrant plaidoyer pour l'Afrique, pour que celle-ci, en dépit du climat parfois hostile — la pluie qui ne tombe pas des mois durant — ait le droit de nourrir convenablement ses habitants, pour qu'ils puissent bénéficier de soins médicaux décents… Et s'il faut tirer les ficelles politiques les plus sales, le jeu en vaut peut-être la chandelle : le président de l'Af-East, qui paraît de prime abord plutôt idéaliste, se révèle *in fine* aussi manipulateur que les autres, même si son objectif final rachète nombre de ses actes. L'auteur, au travers de l'affrontement de l'Interne et de Dziiya, la cheffe des terroristes (un personnage de femme forte comme Ayerdhal les affectionne), confronte deux visions de l'engagement politique et humanitaire, et tente d'en démonter les rouages afin d'en tirer le moyen le plus rapide pour parvenir à ses fins. C'est efficace, passionnant, parfois sans concession et d'un pessimisme abyssal, mais il y a aussi, chevillé au corps, l'espoir qu'un jour il soit possible de terraformer le continent noir plutôt que Mars ou Vénus, car c'est là que réside l'urgence. Un splendide roman, l'un des meilleurs de son auteur — et de la SF francophone.

Bruno Para

LE CHANT DU DRILLE

(1992 - dernière édition : Au Diable Vauvert, 2009)

Paru originellement en 1992 au Fleuve Noir sous la forme de deux volumes, **Le Chant du Drille** prend place dans l'univers de l'Homéocratie, cycle aux contours flous abordé par l'auteur au fil de ses romans.

Le Drille du titre est une sorte de lémurien, natif de la planète sylvestre Taheni, qui se caractérise par un chant ravissant émis chaque matin à l'aube, et qui a été qualifié d'espèce non-intelligente par la première expédition humaine. Dommage pour lui. Le souci est que les drilles se laissent désormais mourir en masse, à l'orée des villes et villages. Au point que la survie de l'espèce est maintenant menacée. Un triste état de fait qui a pour cause les humains, Taheni ayant été ouverte à la colonisation et à l'exploitation quelques décennies plus tôt. Vernang Lyphine, écrivain fantasque, appartenait à la première expédition. Lisant *a posteriori* ses comptes rendus, l'inspectrice générale des colonies Lodève Dallelia obtient de la fédération homéocrate l'autorisation de se rendre sur Taheni afin de tirer tout cela au clair. Sauf que Lyphine a disparu dix ans auparavant dans des circonstances troubles. Tout le monde soupçonne son décès, personne n'en a la certitude. Au fil de ses rencontres avec les colons, Lodève a pourtant

l'impression que l'écrivain continue de tirer les ficelles, dans le but de sauver les drilles. Des drilles dont le chant a commencé à muter : c'est dorénavant un chant de mort… Lodève a conscience que le mystère entourant la disparition de Lyphine a un lien avec la nature du drille. Mais quel est-il ? Et le découvrira-t-elle avant qu'il soit trop tard ?

Tout à la fois *planet opera* et polar, **Le Chant du Drille** est mené tambour battant. L'auteur tire à boulets rouges sur le colonialisme, l'exploitation forcenée de la nature — un discours altermondialiste sans naïveté. On pourra regretter qu'Ayerdhal n'ait pas davantage pris son temps pour typer davantage encore Tehani ; on pourra estimer que l'intrigue, comme souvent dans les premiers romans de l'auteur, s'avère un rien confuse pour son propre bien. Qu'importe : la force de conviction qui sous-tend le récit et ses personnages entiers emportent l'adhésion.

Erwann Perchoc

DAYM

1. - *L'Histrion*
   (1993, dernière édition : Au Diable Vauvert, 2011)
2. - *Sexomorphoses*
   (1994, dernière édition : Au Diable Vauvert, 2016)

Après une série de romans publiés au Fleuve Noir, Ayerdhal arrive chez J'ai Lu avec une série, «**Daym**», où sa prose peut s'étendre à foison — chacun des deux tomes compte le double de pages d'un «FNA» classique. Le récit nous emmène dans un futur lointain ; l'humanité occupe une bonne part de la Galaxie, répartie au sein d'États de puissance variable et dont les intérêts divergent fréquemment. Des États toutefois rassemblés au sein du Daym, organisation super-étatique. Si l'idée est belle, le Daym peine à asseoir son pouvoir décisionnaire, surtout lorsque l'un de ses treize membres, un puissant Empire, se prépare à attaquer l'un de ses voisins. Mais Genesis, créature-monde à la complexité inégalée aux origines du Daym, a des plans — et des plans dans les plans. L'un d'eux consiste à choisir Aimlin(e) pour endosser le rôle de l'Histrion, un autre membre du conseil du Daym. Comme son nom l'indique, l'Histrion a pour fonction celle de poil à gratter officiel. Le souci est qu'Aimlin(e), rebelle ayant par le passé participé à un soulèvement étudiant écrasé dans le sang, n'aime guère le pouvoir et n'a pas la moindre envie de jouer à ça. Surtout, Aimlin(e) est sexomorphe : le personnage est tantôt homme (Aimlin) tantôt femme (Aimline), avec un pronom dédié (el). Les sexomorphes sont rares et leur origine est inconnue, mais Genesis nourrit l'espoir que la particularité d'Aimlin(e) lui permette d'assurer ses fonctions au mieux…

Avec **L'Histrion** et **Sexomorphoses**, Ayerdhal met de son propre aveu ses pas dans ceux de Frank Herbert : au fil des pages, on y croise nombre de factions — un Empire multiplanétaire féodal à l'extrême en proie à des luttes de succession, les femmes télépathes du Taj Rama, les mystérieux Nautes qui maîtrisent le voyage spatial, les robotiques Andres, les encore plus robotiques

Néandres — et une galerie de personnages hauts en couleur. Avec un tel foisonnement, il est facile de se perdre dans une intrigue moins tortueuse qu'il n'y paraît, mais pour autant, on suit Ayerdhal sans rechigner. Heureusement, des épigraphes en tête de chapitre sont là pour contextualiser. Avares en descriptions, les deux volumes sont riches de dialogues pleins de verve, ponctués par les réflexions et états d'âmes des interlocuteurs.

L'Histrion raconte les mille et une péripéties de la fuite en avant d'Aimlin(e), jusqu'à ce qu'el accepte enfin son rôle, tandis que **Sexomorphoses** voit le personnage se lancer dans la quête de ses origines. Si le premier tome est maîtrisé, le deuxième donne l'impression de se perdre en cours de route. D'autres volumes étaient envisagés par Ayerdhal, ce qui explique que **Sexomorphoses** s'achève sur une fin très — trop — ouverte.

L'un des points saillants de cette série inachevée tient à Aimlin(e), qui rappelle autant l'Orlando de Virginia Woolf que les géthéniens d'Ursula K. Le Guin. Si certains aspects accusent leur âge, reconnaissons à Ayerdhal le mérite d'avoir choisi comme héros un personnage à l'identité de genre fluide (quoique binaire) à une époque où cela demeurait rare.

Erwann Perchoc

BALADE CHOREÏALE

(1994 - dernière édition : Au Diable Vauvert, 2009)

Entre les deux volumes de la série «**Daym**», Ayerdhal offre à ses lecteurs une nouvelle incursion dans l'univers de l'Homéocratie. À la différence de Tehani dans **Le Chant du Drille**, la planète Azir est peuplée par une espèce indéniablement intelligente, vaguement humanoïde, qui se répartit sur le principal continent en une myriade de micro-États rivaux, les chorês. Et voilà qu'arrivent les humains — surnommés tour à tour yoomans ou Nobles Donneurs par les autochtones. Tout le monde a conscience que ce premier contact va changer les choses, en particulier pour les aziris, moins avancés technologiquement et *a priori* sans grands moyens pour lutter contre l'avidité de qui vous savez.

Méline, ambassadrice humaine, a pour principale interlocutrice l'azirie Nerbrume, qui dirige l'une des chorês les plus puissantes. La première est satisfaite d'avoir face à elle une unique voix ; la seconde sait qu'il s'agit là d'une chance unique pour son rêve d'unir Azir sous une même bannière. Cela d'autant plus que les intentions de Méline n'ont rien de mauvaises.

Voilà pour le contexte. Le roman débute lorsque Thémys, le mari de Méline, débarque sur Azir. Contre toute attente, il va se prendre de passion pour cette planète, son peuple et son sport, le lo-yendi, qui regroupe différents types de courses sur des pentes rocheuses. Car sur Azir, l'évolution n'a pas amené à l'apparition d'animaux de trait : le principal mode de déplacement est la course à pied. Et c'est précisément le lo-yendi qui va catalyser les tensions entre humains et aziris.

Dans son interview-carrière accordée à Richard Comballot en 2010 pour partie reproduite dans ce numéro, Ayerdhal explique qu'il a « *transposé l'Afrique sur une autre planète et [...] raconté ce que sont les colonialistes.* » Dont acte. Pour autant, l'écrivain évite de chausser de gros sabots et n'oublie pas de faire de **Balade choreïale** un roman d'aventure politique qui croît en puissance jusqu'à un dénouement en forme de feu d'artifice. De manière inattendue, les pages consacrées à la pratique du lo-yendi suscitent un vif intérêt. Comme souvent avec l'auteur, le récit va vite, un peu trop, quelques rebondissements font hausser les sourcils… mais une nouvelle fois l'humanité et la générosité qui débordent de l'ensemble font mouche. C'est là l'essentiel.

Erwann Perchoc

CHRONIQUES D'UN RÊVE ENCLAVÉ

(1997 - dernière édition : Au Diable Vauvert, 2009)

Paru pour la première fois sous le titre **Parleur**, puis réédité plusieurs fois sous son titre actuel, **Chroniques d'un rêve enclavé** est sans doute l'un des plus importants romans d'Ayerdhal. On y trouve en effet la quintessence de sa réflexion politique et quelques réminiscences de la Commune insurrectionnelle, celle de Lyon. Les lecteurs du défunt magazine *Ozone* ne s'y sont d'ailleurs pas trompés en lui décernant un prix. **Chroniques…** est d'abord un roman politique. Ayerdhal y rappelle la nécessité vitale de s'investir dans la vie de la cité, de participer à son organisation et à son gouvernement dans l'intérêt de tous et non de quelques-uns. Il plaide ainsi pour l'engagement de chacun dans un collectif, une démocratie trop souvent réduite à satisfaire les intérêts particuliers. La tâche est ardue, considérable, d'autant plus difficile qu'elle n'est pas dénuée de motifs d'agacement, d'incompréhension, de coups de gueule et de conflits. Mais elle est aussi riche d'enjeux concurrents qu'il convient de concilier par des trouvailles généreuses ou des coups d'éclat confinant au génie. C'est à ce prix, pas trop cher payé, que la démocratie vit dans son acception la plus élémentaire, celle défendue par la pensée anarchiste. **Chroniques…** est aussi un roman de combat, une lutte impitoyable contre les puissances de l'économie, de la religion et de la politique. « *Les tyrans ne sont grands que parce que nous sommes à genoux.* » Faisant sienne la phrase de la Boétie, Ayerdhal défend les vertus de l'émancipation, menant un combat tenant davantage du rapport de force et du détournement des armes de l'ennemi contre lui-même. Par la parole, la non-violence, la désobéissance civile, la résistance passive et l'auto-organisation, les Collinards s'efforcent d'offrir le moins de prise possible à la réaction des puissances qui les oppriment et les soumettent à leur autorité ou leur volonté. Si Parleur apparaît comme le moteur de la révolte, impulsant par son discours et ses allusions fréquentes aux sentences énoncées par le poète Karel les dynamiques du changement, il n'apparaît cependant pas comme un guide faisant le lit de la révolution pour mieux en accaparer les fruits. Au contraire, à la fois porte-parole et poil à gratter, il distille une réflexion sur les notions de commun et de collectif, amenant progressivement les uns et les autres à sortir de leur zone de confort et des routines délétères. D'aucuns le taxeront bien sûr de manipulateur. Il ne tire pourtant aucun profit personnel de l'aventure. D'autres s'irriteront du registre utopique de sa proposition. De cette utopie, Ayerdhal n'est pas dupe, comme en témoigne le dénouement tragique et ouvert.

Pour toutes ces raisons, passons outre les petites pointes d'agacement ici et là. Les apartés insérés entre chaque chapitre, appelé veillée, qui font certes contrepoint au combat des Collinards, mais viennent surtout hacher la progression dramatique. Sans oublier le rôle dévolu aux femmes, un tantinet réduite à la portion congrue, si l'on fait abstraction de la Mante (l'amante ?). Tout cela ne vient heureusemen pas amoindrir un récit qui déjoue les clichés de la *fantasy*, nous incitant à reconsidérer la violence comme unique moyen pour obtenir une véritable émancipation.

Laurent Leleu

ETOILES MOURANTES

(roman co-écrit avec Jean-Claude Dunyach, 1999 - dernière édition : Mnémos, 2024)

En se répandant dans l'espace, l'humanité s'est dispersée en quatre Rameaux plus mutuellement étrangers qu'antagonistes : Mécanistes, Organiques, Connectés, et la Fédération Originelle qui, en dépit de son nom et de sa position historique (la Terre en fait encore partie) est aussi isolée et bizarre que n'importe quelle autre branche, car toutes ont connu des évolutions qui ont modifié la notion même d'humain. Les quatre Rameaux sont présentés dans la première moitié du livre à travers autant de longues sections d'exposition.

Les Mécanistes mâles vivent en symbiose avec des armures intelligentes, héritières de la mémoire de toute la lignée de leurs habitants successifs. Autant dire qu'il ne fait pas bon entretenir une mentalité de révolté, et la volonté propre des Armures est pour beaucoup dans l'orientation permanente de leur société vers la guerre. Les femmes, qui ne portent pas d'armure, sont vouées au rôle de mère ou de *geisha*, ce qui n'empêche pas quelques-unes d'entre elles d'entretenir des projets de révolte féministe, brutalement réprimés ; dans le même temps, un autre foyer d'agitation couve du côté des ingénieurs, rétifs au pouvoir beaucoup plus militariste (si c'est possible) des Armuriers. Tecamac, le jeune protagoniste de cette section, présente l'originalité d'habiter une Armure vierge, sans occupant précédent. Son talent n'a d'égale que sa révolte.

La Fédération voue à la mort une sorte de culte paradoxal : ses citoyens, et même ses enfants, passent une bonne partie de leur vie sous forme de projection désincarnée, et lors de leur décès se font remplacer par des *personæ* qui doivent exprimer un maximum de ce qu'ils furent. Mais la création d'une *personæ* ne va pas de soi, c'est une œuvre d'art qui demande l'intervention d'un spécialiste. Gadjio est un de ceux-là. Il entretient avec la mort un rapport aiguisé par le décès de sa fille, qui aura toujours huit ans sous la forme éthérée qui est désormais sienne. Quand s'ouvre le roman, Janos Koriana — le Charon, c'est-à-dire le dictateur de la Fédération —, est mourant ; il fait appel à Gadjio pour confectionner sa *personæ*. Un tel client ne peut pas être commode : Koriana exige d'effacer la mémoire de Gadjio une fois la *personæ* réalisée. Le heurt est inévitable.

La société des Organiques vit pour l'Artefaction. Rendue possible par les « embiotes » qui partagent le corps de tous les Organiques, c'est une forme de création artistique qui ressemble plutôt à un accouchement (avec tous les aléas que cela présente), et a pour but un don mutuel. Faute de ce don, la croissance des embiotes n'a plus de limites dans son hôte, et transforme l'artiste lui-même en statue. Le gros de cette section est consacré à des dialogues sur le système politique des Artefacteurs, qui se veut anarchiste. Bien entendu, il est en fait dominé par des tendances, des clubs plus ou moins organisés parmi la minorité des gens qui se soucient du devenir collectif de leur société — qui se nomment, avec une certaine dérision, les Anarques Les protagonistes principales de cette section, Tachine et sa fille Érythrée, sont en première ligne du combat politique souterrain de la société Artefactrice — avec Érythrée dans le rôle de la révolutionnaire ; c'est elle qui écrit les meilleurs slogans de Contre-Ut(opie), dans ces batailles qui « *ne peuv[ent] être qu'orale[s]* ». La seule bataille qui compte, c'est celle que se livrent Tachine et Érythrée au cours de leurs dialogues.

Dernier Rameau, les Connectés ne peuvent supporter la vie sans un flot constant d'informations échangé sur le réseau informatique avec les autres membres de leur communauté — ce qui limite nécessairement la taille de leur Rameau, localisé dans un habitat spatial, et leurs voyages d'exploration ! Nadiane, protagoniste de cette section, doit ses succès dans la prospection minière sur les astéroïdes à sa capacité à reconstituer une communauté virtuelle qui lui permet de supporter l'isolation quelques heures de plus.

Ayerdhal et Jean-Claude Dunyach travaillent dans des registres fort différents, et plutôt que d'essayer de fusionner leurs styles ou leurs imaginaires, ils semblent avoir joué intelligemment sur leurs différences pour élaborer l'univers de ce livre. Si les Connectés font penser aux univers de Greg Egan et au *cyberpunk*, si la dualité entre Mécanistes et Organiques est parallèle à celle élaborée par Bruce Sterling dans **La Schismatrice** et le cycle de nouvelles associé (in **Crystal Express**), si la relation entre Armure et Mécaniste de chair doit beaucoup aux humains cyborguisés de Gregory Benford (**La Grande Rivière du ciel**), le contraste entre Mécanistes et Fédération met en exergue les tropismes de chaque auteur. Ils se caricaturent eux-mêmes plutôt que de diluer leurs spécificités respectives. Ayerdhal, en particulier, doit bien jouer quand il décrit comme des batailles les dialogues (très marqués) qu'il pratique. De plus, le comportement des personnages et, dans une moindre mesure, les obsessions thématiques, permettent d'identifier immédiatement l'auteur de chaque passage.

Notre tandem ne pratique toutefois pas jusqu'au bout le jeu de la dissonance : l'Artéfaction des Organiques est une préoccupation bien dunyachienne, tandis que les intérêts politiques des Artefacteurs (au-delà de leurs répliques) sont du Ayerdhal tout craché. Le rapport mère-fille de Tachine et Érythrée (Ayerdhal) est une perpétuelle rivalité ; le rapport père-fille entre Gadjio et Marine (Dunyach) est tout en amour nostalgique.

Il est un autre point où le tandem autorial vient puiser dans l'univers de Dunyach seul : l'essaimage humain, toutefois, n'aurait jamais pu se produire sans les AnimauxVilles, celles qui avaient été introduites dans **Étoiles mortes** (réédité en 2015 chez Mnémos). Gigantesques, structurées en rues, places et corridors, ces baleines de l'espace possèdent le pouvoir de voyager par téléportation et se sont volontiers pliées aux désirs des humains. Celles qui sont domestiquées peuvent remplir leur fonction de cité, comme Lapis Lazuli, devenue centre urbain majeur des Organiques, et Brumée, qui héberge leur musée des créateurs statufiés par leur embiote. Notre Mère des Os, installée à côté du palais du Charon de la Fédération Originelle, faisait fonction de corbillard de l'espace. Maintenant, elle ressemble plutôt à une cathédrale habitée par le seul Gadjio, prêtre jaloux, et hantée par le spectre de la fille de celui-ci. Mais les Villes habitées sont légion, et les troupeaux d'AnimauxVilles sauvages plus nombreux encore.

Ce sont les AnimauxVilles qui mettent l'intrigue en route, en provoquant les Retrouvailles des Rameaux, qui seront le sujet de la deuxième moitié du livre. Une supernova se prépare, et cet événement porte toujours à conséquence sur le Ban, le réseau hyperspatial utilisé par les AnimauxVilles pour se téléporter. À chacune de ces occasions, donc, les AnimauxVilles se regroupent autour de l'étoile sur le point d'exploser, et souhaitent toujours amener avec eux des représentants de chacun des Rameaux de l'humanité. Les personnages que nous avons suivis au cours des sections d'ouverture ont tous une raison ou une autre de venir aux Retrouvailles — mais ceux qui ont le plus d'arrière-pensées sont les Mécanistes.

Connectés et Mécanistes n'utilisent pas les AnimauxVilles, mais les seconds construisent un vaisseau expérimental qui leur permettra la téléportation, privant ainsi les Villes de leur nécessité. Là encore, la collaboration entre Ayerdhal et Dunyach s'épanouit en un duel féroce entre leurs créations, les Mécanistes figurant une vision démentielle du surmâle, dominateur, agressif, bardé de ce préservatif d'acier qu'est l'Armure ; tandis que les AnimauxVilles — qui sont sexués, et peuvent être mâles ou femelles, éventuellement tour à tour — présentent bien des aspects (éventuellement fantasmatiques) d'un sexe féminin. Les Villes possèdent une surface, avec des bâtiments, mais dans ce livre-ci, l'action se passe surtout au sein de leurs cavités internes, dont les « *parois intimes* » ruissellent de sécrétions, ou sont décorées de « *draperies couleur de rubis* ».

D'aucuns objecteront à ce tableau vaginal la présence des Beffrois des villes, sortes de tours de chair, d'os et de cartilage qui se dressent en leur centre ; on s'autorisera à penser qu'ils tiennent plus lieu de clitoris que de verge. Et quand Notre Mère des Os s'arrache du palais du Charon Koriana en se laissant déchirer par les câbles barbelés qui la retenaient au sol, difficile de ne pas penser au déchirement (douloureux) d'une monstrueuse infibulation. Érythrée, comme Gadjio et Koriana, fait partie de ceux que Dunyach nommait déjà dans **Étoiles mortes** les *Amants des Villes* — tandis que les Mécanistes, naturellement, cherchent à soumettre ou à violer ces dernières. La sensualité qui irrigue toute la section consacrée à la Fédération Originelle lui confère une puissance qui manque à celle consacrée aux Connectés, où Dunyach met plus en œuvre ses connaissances d'informaticien.

Après avoir suivi les personnages de chaque Rameau dans ces quatre sections initiales peu liées entre elles, le roman passe sa deuxième moitié au voisinage de la supernova imminente. Ici, Ayerdhal et Dunyach travaillent en tandem ; grosso modo, au premier l'action et les dialogues, au second les décors, les idées relevant plus spécifiquement de la SF. Ayerdhal le moraliste, Dunyach l'esthète — à condition de prendre la recherche scientifique comme un art. Le complot des Mécanistes est une vraie histoire de superscience comme la SF française en offre peu d'exemples — et il est symptomatique que le physicien et romancier canadien Jean-Louis Trudel ait été mis à contribution sur quelques points techniques de ce roman. Toutefois, l'aspect émerveillement scientifique est occulté au profit des aspects politiques et amoureux du choc des cultures humaines. On avouera une petite déception quant à la deuxième partie : les quatre amorces avaient mis en place des sociétés et des personnages d'une complexité jubilatoires. Mais trop nombreux pour tous avoir la vedette ! Les intrigues naissantes sont souvent oubliées une fois que tout le monde se Retrouve. Certes, Gadjio le Passeur des Morts règle en bonne partie ses comptes avec le Charon, et avec le spectre de sa petite fille morte, mais (par exemple) les contradictions internes à la société Mécaniste sont escamotées dans la violence, et celle de l'anarchisme des Organiques ne sont plus rediscutées, et surtout ne jouent guère de rôle au moment des Retrouvailles, alors qu'elles occupaient beaucoup d'espace au début du livre. Quant aux Connectés, ils restent, tant au niveau individuel que collectif, la composante la plus pâle du livre.

Collaboration ne veut pas dire alignement, et Ayerdhal et Dunyach plaisent davantage en polyphonie qu'à l'unisson. Leur livre en commun puise à de nombreuses sources, regorge d'éléments intéressants, mais son intérêt faiblit dans l'emballement de la dernière ligne droite.

Pascal J. Thomas (1)

LE CYCLE DE CYBIONE

(2015 - Au Diable Vauvert ; contient les romans *Cybione*, *Polytan*, *Keelsom*, *Jahnaïc* et *L'Œil du Spad*)

Elyia Nahm est une cybione : une CYBernetic BIOlogic clONE. Elle appartient à l'agence Ender, et plus précisément à son dirigeant, Saryll, de qui elle est la chose et dont il use et abuse. Car Elyia est immortelle. Enfin, pas vraiment, car elle est déjà morte des centaines de fois. Mais aussitôt son décès confirmé, une nouvelle Elyia sort de sa matrice, sans savoir ce qui est arrivé à sa précédente version, et repart au service de son maître, violent et mani-

(1). Une première version de cette critique est parue dans le n°15 de *Bifrost*. *[NdRC]* pulateur. Il l'envoie régulièrement en mission quand ses autres employés ont échoué. Elle est l'arme ultime, capable de comprendre et de résoudre des situations inextricables. Souvent par la violence la plus crue. Car Ender se charge d'assurer les sociétés de différentes planètes et leurs constitutions. En se mêlant de leur politique et en poussant dehors, plus ou moins délicatement, les dirigeants ne correspondant pas à leurs critères. Grâce à Elyia, donc.

Ayerdhal est revenu à quatre reprises sur ce personnage aux formes parfaites et à l'existence sisyphesque. En 1992 paraît **Cybione**, écrit presque comme une blague. L'auteur s'était vu mettre au défi d'écrire un roman mettant en scène les 3S : sang, sexe et sueur. Il a donc pondu ce récit en trois semaines. Et cela se sent dans le rythme parfois bancal, les images souvent caricaturales et lassantes, du moins au début. Mais les ingrédients sont là, puissants : une arme de guerre liée malgré elle à un dictateur de l'ombre qui se mêle de tout et veut imposer sa patte partout. Une histoire rapide à lire, mais dont le contenu marque.

Quand **Polytan** sort en 1994, le style a été poli, sans avoir perdu de son charme, au contraire. L'intrigue se montre tout aussi riche, entre tous les protagonistes et les différents clans qui désirent prendre le pouvoir sans réellement le vouloir. Ayedhal y renforce la défiance terrible d'Elyia envers Saryll et sa volonté de contrer ses plans, qu'elle considère en outre comme injustes.

Ce côté paranoïaque est encore plus présent, de façon très réussie, dans **Keelsom, Jahnaïc** (2001), qui allie humour, détournement de clichés (sur la Jamaïque et son folklore), enquête policière et scènes d'action. L'intrigue prend de l'ampleur, gagne en clarté, mais reste assez tordue pour maintenir le lecteur en éveil tout au long de ses plus de trois cents pages. Il faut dire qu'il est difficile de comprendre comment plusieurs versions d'Elyia ont perdu la vie, de façon très variée, sur cette planète paumée au fin fond de l'univers. Quel ennemi machiavélique a pu se montrer à ce point puissant et efficace pour venir à bout d'une telle guerrière plusieurs fois de suite ?

En 2003, Ayerdhal retourne à son cycle avec **L'Œil du Spad**, roman encore plus noir que les autres, où la bassesse du monde et des puissants ressort dans toute sa force. Chad, apparu dans le premier texte et devenu Spad, c'est-à-dire tueur spécialisé dans l'éradication des versions d'Elyia à la fin de leurs missions, revient avec la volonté de se confronter à son ancienne maîtresse. L'empire de Saryll confine à la dictature au point qu'Elyia ne peut que s'y opposer. L'auteur est arrivé à maturité dans cette série qui s'achève en beauté, mais dans un pessimisme à peine sauvé par une maigre lueur d'espoir. Le monde est aux mains d'arrivistes égoïstes et sans considération pour les populations, simples pions dans un jeu gigantesque. Une vision sombre, mise en valeur par une narration efficace. Une lecture encore d'actualité tant par sa forme que par son fond, avec un personnage marquant dont on aurait aimé lire d'autres aventures.

Raphaël Gaudin

TRANSPARENCES

(2004 - dernière édition : Le Livre de Poche, coll. « Thrillers », 2007)

C'est d'une magistrale manière que s'ouvre **Transparences**, première incursion dans le genre du polar signée Ayerdhal. Se déroulant à l'automne 1997, le chapitre inaugural du roman dépeint avec une enthousiasmante maestria la trajectoire homicide dessinée par une certaine Naïs à travers la foule d'une artère de Chicago. De la protagoniste du roman, qui fait alors une saisissante entrée en scène, on ne saura dans l'immédiat pas davantage. Tout au plus faudra-t-il se contenter d'apprendre qu'elle maîtrise ses dons de combattante d'élite à un degré si extraordinaire qu'elle semble plus tenir d'une super-héroïne que d'une prosaïque psychopathe. Car, et c'est là un autre trait remarquable de l'ouverture de **Transparences**, Ayerdhal la nimbe d'une troublante ambiguïté, laissant dans l'immédiat lecteurs et lectrices libres de déterminer si les quatre cadavres abandonnés par Naïs sont le fruit d'un délire paranoïaque ou d'une guerre aussi réelle qu'occulte.

Sans doute moins spectaculaire, l'apparition dans le chapitre suivant du second protagoniste du roman en accroît encore la séduction initiale. Au début de l'année 98, on passe alors à Lyon, où travaille au siège d'Interpol le Québecois Stephen Bellanger, en tant que psychologue-criminologue. Se profilant comme une attachante déclinaison polareuse de l'antihéros ayerdhalien, ce brillant et bohème Canadien est invité à se pencher sur les meurtres commis par Naïs, se décomptant vraisemblablement par centaines et s'éparpillant à travers le monde ! Ainsi placée sous le signe de la prodigiosité criminelle, **Transparences** achève alors de dessiner un très accrocheur horizon de lecture… qui ne sera hélas pas atteint…

Une fois passée sa saisissante mise en route, le récit s'essouffle peu à peu avant de fatalement s'embourber. La faute en incombe autant à la (sur)multiplication des considérations quant à la psyché de Stephen qu'à la (sur)complication des enjeux géopolitiques sous-tendant les agissements de Naïs. Bientôt dépourvus de toute équivoque, ses innombrables crimes trouvent place dans un puzzle complotiste aux pièces inutilement nombreuses et bien convenues — le roman se réclame dans ses dernières pages de l'imaginaire conspirationniste du *JFK* d'Oliver Stone… Difficile dès lors de s'intéresser à **Transparences** qui (se clôturant le 11/09/2001) propose *in fine* et à sa fictive manière une réflexion sur l'état du monde à l'orée du XXIe siècle… Demeure le plus gros succès populaire de l'auteur : plus de 100 000 exemplaires écoulés pour la seule édition poche.

Pierre Charrel

RESURGENCE

(2010 - dernière édition : Au Diable Vauvert, 2010)

Le choix du titre d'un roman n'est jamais anodin. Ceux d'Ayerdhal, expert en la matière, procèdent d'une exigence qui dépasse la pure logique fonctionnelle : allier l'esthétique au sens. Scrupuleusement, les résurgences du présent opus figurent le retour de personnages et de thématiques évoquées dans **Transparences** dont il est, six ans plus tard tout de même, une suite indirecte (mais sans doute pas la conclusion). En filigrane existe toujours l'idée que la transparence serait une sorte de régime symbolique régissant les rapports des êtres humains entre eux. Mais de quelle transparence parle-t-on, au juste ? Celle des tueurs d'Ayerdhal, soit la capacité — à la limite du fantastique — de se fondre dans un décor et dans un personnage, arme ultime d'un arsenal de super-héros ? Celle des contingences humaines, des antichambres du business et de la politique tenues par les mafias toujours plus ou moins policées, ou celle des ignorés, des invisibles comme vous et moi, de la masse silencieuse et spectrale qui cherche la vérité dans le spectacle donné par les grands ? La première est un choix (encore que) : la volonté d'être dépossédé, l'ivresse, le danger, la sensualité, l'oubli, la peur, le vertige, la présomption de tout avoir et d'être tout le monde à la fois ; et le risque plaisant de se perdre, de tout perdre. La seconde est un repoussoir : personne ne veut être ignoré, le monde se donne aux moins discrets ; à l'inverse, on aurait tort de croire que les grands hommes appartiennent au grand jour, ce qu'ils affichent n'est que la surface d'un continent de ténèbres où se diluent toutes certitudes.

Transparence ? Concept trouble, ambigu, insaisissable. Faire de cette ambiguïté sa propre partition, c'est ce qu'Ayerdhal a toujours recherché. À 50 ans passés, ce type a déjà tout connu : en 1990, petit maître désigné pour son surgissement dans le milieu avec un premier cycle en guise de territoire conquis, **La Bohême et l'Ivraie**. Instigateur du renouveau de la SF française avec l'anthologie **Genèses** en 1999. Dans la foulée, cassé comme une merde par une partie de la critique pour **Étoiles mourantes**. Gros succès public avec **Transparences**, dans lequel s'amorçait un glissement de la SF vers le thriller. Le voilà revenant, pas encore remis de cette métamorphose que déjà pressé d'en explorer les nouveaux contours, d'ajouter un nouveau chapitre à sa tragédie postmoderne : refaire encore un livre où tout est de l'ordre du défi.

Qui rencontre-t-on dans **Transparences** ? Les habitués d'Ayerdhal : des personnages entiers, intello désabusés, flics suspects, seconds couteaux, des hommes et des femmes aimants à qui le monde ne laisse pas beaucoup de place pour vivre. Et puis des hommes et des femmes, peut-être les mêmes, qui voudraient se réinventer. Dure tâche, car si l'on suit Ayerdhal dans son raisonnement, la réalité vous rattrape toujours. La réalité des habitudes, des origines ou du milieu autant (sinon plus encore) que la triste réalité du système. Il en était ainsi dans **Transparences**. Disons que ça n'a pas l'air de vouloir s'arranger.

Stephen Bellanger, criminologue vedette et amant temporaire d'Ann X, la tueuse aux mille visages de **Transparences**, est enlevé par un agent des services secrets français qui veut le remettre sur la piste de son ex-girlfriend, dont il ne croit pas à la disparition. Laquelle Ann X, bien vivante, troublante karatéka aux formes de succube, cherche à renaître en se débarrassant de son ancien moi. Cette « renaissance » (qui est aussi, d'un certain côté, une résurgence) passera par le Marksman, le faux frère, le double ténébreux, dont la propre résurrection passe par la mort de tous ceux — amis, confrères, employeurs — qui ont croisé ou simplement approché sa trajectoire. À Ann X et au Marksman, les polices, les services secrets du monde entier disputent la géographie du jour et de la nuit, la frontière de la morale et du devoir, la délimitation mouvante de la loi et de la liberté. L'intrigue policière se double d'une réflexion sur l'état du monde. Inspirés de nombreux faits d'actualité, certains développements du roman évoquent le sort tragique des sans-papiers, des sans-abris, qui vont trouver la force, sans arme ni haine ni violence, de devenir un peu moins transparents. On se gardera d'en révéler davantage.

Résurgences s'étend sur 500 pages, et il en paraît hélas le double. Parce qu'Ayerdhal n'a pas vraiment su prendre au cou son lecteur, le tétaniser. Peu importe au fond que les invraisemblances se succèdent dans un scénario finalement peu crédible ; l'essentiel de la SF et du thriller se nourrit de ces invraisemblances. C'est sur la partie construction que le bât blesse. Séquences à rallonge et dialogues interminables diluent inutilement une intrigue dans l'ensemble mollassonne. Regrettable, d'autant que l'auteur prouve, à d'autres moments, qu'il est capable d'écrire des scènes aussi tendues que des cordes à piano, ou d'une grande puissance d'évocation : ici, une partie de *shoot'em up* orchestrée par le Marksman ; là, un défilé de SDF transcrit ou plutôt tourné (il s'agit d'un reportage) comme un pur vertige, une pure exaltation. Parfait résumé de la conviction époustouflante déployée par le livre. Ayerdhal est un auteur dit « engagé », libertaire sur les bords. Son roman peut se lire comme un outrage à l'ordre mondial, qui ressemble exactement au mental de celui qui l'a imaginé. Politique et manichéen. Brouillon parfois. Excessif toujours.

Le roman fait passer en force un scénario abracadabrant mais que terrasse une demande urgente de mythologie. Dans un monde devenu incompréhensible, le plausible n'a plus lieu, n'opère plus. Ayerdhal a compris cela, et s'amuse à faire des tête-à-queue avec la vraisemblance pour atteindre la tragédie.

Au risque de glisser sur l'épilogue ? Il est vrai que sa conclusion, ici, sonne un peu comme suggérée par un excès de gourmandise didactique. Sans la dévoiler, disons qu'elle souffle le chaud (poésie de l'image dans un premier temps) et le froid (lourdeur du dialogue de fin, démonstratif et en deux mots parfaitement inutile) à l'image de tout le roman.

Peu importe, le gone tient là le deuxième acte de sa tragédie postmoderne, bâti à partir d'une portion d'individus sans importance. Des individus comme on les aime : orgueilleux, luttant à perpète contre leur propre transparence.

Sam Lermite (2)

RAINBOW WARRIORS

(2013 - dernière édition : Le Livre de Poche, coll. « Thriller », 2015)

Et s'il existait quelque part dans l'Afrique contemporaine un pays répondant au nom de République Démocratique du Mambési… Et si ledit pays, sous la népotique et despotique autorité du président N'Mguiba, était (entre autres atteintes aux droits humains) le théâtre d'une violente homophobie d'État. Celle-ci vouant gays et lesbiennes à « *l'ablation des parties génitales par le fer [ou] par le feu* », voire à la peine de mort… Et si une association secrète de grands et grandes de ce monde (parmi eux, un ex-secrétaire général de l'ONU, une star hexagonale de la haute couture ou un couple hollywoodien pareillement fameux) décidait de mettre un terme aux exactions de N'Mguiba… Et si, pour ce faire, ces conjurés progressistes réunissaient une armée inédite dans l'Histoire, celle privée et formée par 10 000 volontaires issus les unes et les autres de la communauté LGBT. Et si celle-ci était confiée au général (en retraite) de l'US Army Geoff Tyler, tacticien aussi brillant que rebelle…

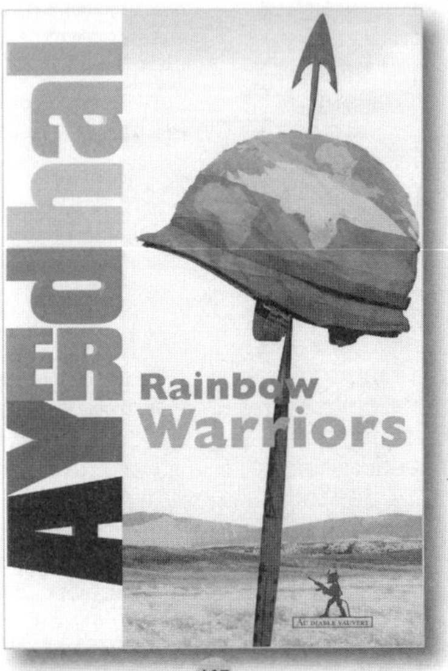

Telles sont les prémisses, mi-uchroniques mi-spéculatives, de **Rainbow Warriors**, troisième incursion d'Ayerdhal dans le thriller. Tout en participant comme eux d'un même et critique imaginaire complotiste, **Rainbow Warriors** en fait un usage narratif et politique autrement plus convaincant. La réussite du roman tient d'abord à son habile capacité à agréger audit imaginaire d'autres motifs de la pop-culture contemporaine, notamment ceux de la fiction guerrière. Ainsi, dans le premier des trois actes que compte **Rainbow Warriors**, Ayerdhal semble se livrer à une relecture aussi *queer* que réjouissante de l'eastwoodien *Maître de guerre* et autres récits d'initiation au métier des armes. L'épisode permet encore à l'auteur de redessiner des figures guerrières aux couleurs de l'arc-en-ciel. On citera celles de Pilar, implacable guérillera lesbienne (et cousine latino de la Naïs de **Transparences**), de Jean-No tirant de la culture gay de géniales innovations militaires, ou bien encore d'Andrea, femme trans et mercenaire redoutée. Une fois formée cette armée d'un modèle nouveau s'il en est, **Rainbow Warriors** s'engage dans le registre du film de commando. Usant au mieux de son arsenal littéraire combinant efficacité narrative et ironie, Ayerdhal réinterprète d'une manière toute personnelle *Les Douze Salopards* et autre *Inglorious Basterds*. Puis, une fois le Mambési passé aux mains des **Rainbow Warriors**, le roman connaît un ultime épisode évoquant l'univers du film de complot. On est heureusement loin du conspirationnisme simpliste du *JFK* d'Oliver Stone dont se réclamait **Transparences**, **Rainbow Warriors** marchant plutôt sur les traces d'un complexe récit d'espionna-

(2). Une première version de cette critique est parue dans le n°60 de *Bifrost*. *[NdRC]* ge à la façon de *La Taupe*, dont la surprenante et matriarcale conclusion parfait la réussite !

Pierre Charrel

BASTARDS

(2014 - dernière édition : Le Livre de Poche, 2016)

On l'a vu, Ayerdhal a aussi œuvré dans le thriller, **Transparences** marquant un virage de plus en plus affirmé vers ce genre. Son ultime roman ne déroge pas à cette évolution puisque **Bastards** joue avec les ressorts de la dénonciation, ici des institutions et de leurs officines secrètes, pour mieux pimenter une intrigue flirtant avec le suspense, le fantastique et les mythes égyptiens.

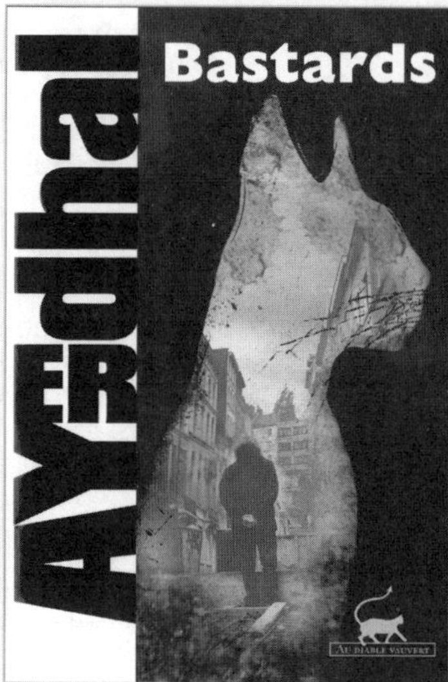

Tout commence par un auteur en panne d'inspiration qui croit retrouver le goût pour l'écriture en s'intéressant à un fait divers insolite. Une vieille dame vient en effet d'attirer l'attention de la presse new-yorkaise en se débarrassant de trois jeunes agresseurs, avec un sécateur et un chat, d'une manière expéditive que n'aurait pas désavoué un commando des forces spéciales. Et il semblerait que « Cat-Oldie », comme on la surnomme désormais, ne soit pas à son coup d'essai. Si le fait titille la curiosité d'Alexander Byrd, il lui permet surtout, après une rapide enquête, de lier connaissance avec la fameuse vieille dame et sa prolifique descendance, une sororité d'hybrides partageant avec les félins leurs mœurs impitoyables et un solide esprit d'indépendance. Depuis l'époque antédiluvienne des pharaons, cette communauté de créatures chimériques use de ses talents pour la zooanthropie afin de poursuivre sa lutte ancestrale contre des forces occultes malfaisantes.

Mêlant sensualité, suspense et dynamisme, **Bastards** nous convie à plus de cinq cents pages d'une quête et enquête qui voit un auteur devenir l'épicentre d'un conflit manichéen. Au fil de l'intrigue, Ayerdhal convoque quelques auteurs attachés à New York dont on sent qu'il partage l'imaginaire. Colum McCann, Norman Spinrad, Jerome Charyn et d'autres se retrouvent ainsi entraînés dans les mésaventures d'Alexander et des multiples incarnations félines d'une communauté féminine bien décidée à perpétuer sa vision du monde. Même si ses intentions ne manquent pas de générosité, l'intrigue accuse cependant un sévère manque de rythme, un ventre mou dont on peine à se dépêtrer et où on s'ennuie un peu, en dépit de notre envie d'adhérer au propos. Heureusement, les cent cinquante dernières pages atténuent la déception et l'on renoue avec la tension inhérente au thriller, mais aussi avec ses cliffhangers et poncifs, assistant au dévoilement d'enjeux finalement pas si extraordinaires que cela. Bastet/Sekhmet doit en rigoler encore.

Pour autant, si **Bastards** ne déçoit pas, ses sautes de rythme et l'aspect parfois bâclé des rebondissements agacent, voire irritent, donnant l'impression que le propos est sacrifié sur l'autel de la facilité, des clins d'œil complices et du divertissement. Dommage.

Laurent Leleu

SCINTILLEMENTS
INTÉGRALE DES NOUVELLES

(recueil préfacé par Pierre Bordage - dernière édition : Au Diable Vauvert, 2016)

Paru un an après la disparition de son auteur, **Scintillements** réunit la totalité des brèves fictions d'Ayerdhal. Hormis vingt-sept d'entre elles publiées de 1986 à 2015, y figurent dix autres jusque-là inédites et non

datées. À celles-ci, **Scintillements** ajoute neuf interviews données par l'auteur entre 2000 et 2015. S'y exprimant parfois longuement (l'entretien avec Richard Comballot paru dans **Voix du futur**, et dont le présent numéro reproduit environ le tiers, frôle les soixante-quinze pages), toujours avec franchise, Ayerdhal y développe d'éclairants propos sur son art littéraire, notamment sur sa pratique de la nouvelle.

À son propos, il reconnaît avec une lucidité mêlée de son caractéristique humour n'être « *vraiment à l'aise qu'au-delà de quatre cents pages (et de préférence le double) [pour] pousser la métahistoire jusqu'à impliquer l'ensemble de l'humanité et une part déraisonnable de la Galaxie* », ajoutant encore qu'il «*préfère observer les macrocosmes.*» Soit un constat que lecteurs et lectrices pourraient être tentés de faire leur à l'issue de la lecture des trente-sept nouvelles de **Scintillements**.

Les plus courts des textes (certains comme «*Lettre d'Anamour*», «*Apoptoses*» ou «*Entre deux mondes, les déplacements*» tiennent même de la micronouvelle) laissent le plus souvent un goût d'inachevé narratif. S'apparentant à des croquis préparatoires de potentielles et plus amples fictions, ces miniatures semblent avant tout destinées aux plus purs des ayerdhaliens, trouvant là matière à exégèse quant à la fabrique de leur auteur favori. «*Lettre d'Anamour*», en émaillant jusqu'à saturation ses deux pages de néologismes, pourrait ainsi être appréhendé comme un micro-laboratoire littéraire dans lequel l'auteur expérimente sa langue science-fictionnelle.

Sans doute à l'étroit dans trop peu de pages, l'art du récit d'Ayerdhal peine aussi parfois à s'épanouir lorsqu'il doit se combiner à des imaginaires exogènes. Ses nouvelles à destination d'un numéro spécial pré-an-2000 de *Libération* («*Jusqu'ici tout va bien*») ou du *Monde de l'éducation* («*Fin de semaine*») ont de frustrantes allures de textes de commande. Et certaines des nouvelles rédigées à quatre mains comme le *steampunk* «*Loin sans départ*» (avec Fred Audams) ou «*La Nuit de la Calamitaine*» (un *cyberwestern* écrit avec Sara Doke) ne sont guère plus enthousiasmantes. Il arrive cependant que cette entreprise de synthèse fonctionne de manière plus heureuse, à l'instar du «*Réveil du croco*» (relecture sous acide du Peter Pan de Barrie) ou des « *Seigneurs de la firme* », coécrit avec Éric Cervos, mettant ingénieusement la *fantasy* de Moorcock au service du propos politiquement engagé d'Ayerdhal.

Car, comme il le déclare encore dans **Voix du futur**, « *[il] y a chez [lui] une densité politique [...] qui est énorme* », celle-ci tenant à une inébranlable conviction «*anarchiste*». Elle trouve son expression littérairement la plus convaincante dans les nouvelles les plus longues et les plus personnelles de **Scintillements**. Les novellas que sont «*La Troisième Lame*» et «*Pollinisation*», déclinaisons (relativement courtes) de l'Homéocratie constituent d'évidents sommets du recueil. Se hisse à leur hauteur cette autre (mini) odyssée de l'espace qu'est la nouvelle donnant son titre au recueil et reprise dans nos pages. Et n'en sont pas très loin ces contes cruels de SF que sont «*Vieillir d'amour*», «*L'Adieu à la nymphe*» ou «*Notre terre*».

S'inspirant *in fine* de la métaphore stellaire induite par le titre de ce recueil, ces textes-là sont sans doute les plus remarquables des astres de la galaxie ayerdhalienne cartographiée par **Scintillements**.

Pierre Charrel

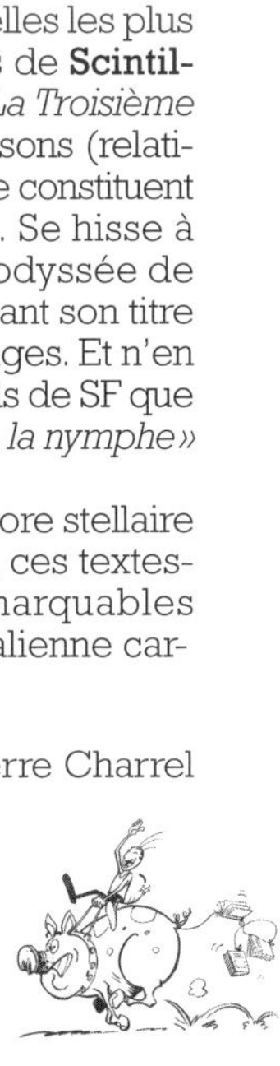

Ayerdhal : l'interview coda

[par Richard Comballot]

Vous reprendrez bien une petite rasade d'échanges avec notre ami Ayerdhal ? Non pas qu'on n'aura jamais fait le tour du bonhomme et de son œuvre. Mais conclure sur quelques propos personnels éclairants avant notre inévitable bibliographie nous a semblé bienvenu…

Richard Comballot : *Et la politique, dans tout ça ? Tu as dit : «* Je suis en train de m'éloigner du communisme, en ce moment, je suis de plus en plus anar, j'ai des périodes, je fluctue entre les deux. Le communisme, c'est toute ma culture, l'anarchiste que je suis de temps en temps violemment a toujours conscience que le géniteur de l'anarchie, c'est le communisme. Mais je parle d'idéologie, là, je ne parle pas de mise en application depuis 1917, ça c'est autre chose. *»*(1)

Ayerdahl : C'est un truc que j'aime bien rappeler aux gens qui disent que ce sont de mauvaises idées, que le communisme a fait des millions de morts et le malheur de millions de gens. Ce ne sont pas les idées qui ont fait des morts, ce sont les dictateurs, et je crois que les idéologies de droite sont responsables de beaucoup plus de cadavres.

R. C. : *«* Je ne crois pas qu'il y ait aujourd'hui de solution non violente à l'ultra libéralisme. C'est un gain, parce que j'ai fait un pas en avant, j'ai accepté la démarche "il faut casser" ; c'est une perte, parce que je suis fondamentalement, idéologiquement non violent… *»*(1)

A. : C'est toute la problématique de **Parleur**. J'ai voulu écrire une utopie qui fonctionne, tout en étant réaliste. Des gens qui avancent sans se défendre, sans couper des têtes et sans lutter avec la même violence que celle qu'on leur oppose vont être rasés. C'est un dilemme que d'aspirer au bonheur de l'humanité et de constater qu'il y a un certain nombre d'individus dont l'humanité se passerait bien, parce qu'ils ne sont là que pour exploiter, mordre et détruire. Il n'y a hélas pas trente-six manières de s'en libérer.

R. C. : *Sais-tu que tu es l'un des auteurs actuels préférés de Bernard Blanc, le promoteur de la science-fiction politique à la française dans les années soixante-dix ?*

A. : Ça ne m'étonne pas. D'une certaine façon, il fait partie de mes pères spirituels, et je comprends, du coup, qu'il se retrouve dans ce que je fais.

R. C. : *Tu avais lu sa production, à l'époque ?*

A. : Bien sûr. Ça manquait de fond, de forme et d'histoires, c'était assez expérimental.

R. C. : *Quels sont tes goûts en cinéma ?*

A. : Il m'est difficile de répondre parce que je n'ai pas de limites de genres. Ce que j'attends d'un film, c'est qu'il me fasse réfléchir un peu, que j'en prenne plein les yeux et plein les oreilles. Si je ressors moins con, c'est bien ! Mais, de temps en temps, j'aime bien aussi voir un film juste pour m'écrouler de rire. Les films que j'ai peut-être le plus vus sont *Il était une fois la révolution*, *Le Bon, la brute et le truand* et *Blade Runner*.

R. C. : *Et en musique ?*

A. : Je suis éclectique. Si la musique est bonne et le texte intelligent, ça me suffit. J'ai cependant une prédilection pour le hard rock, et Deep Purple est certainement le groupe que j'écoute le plus souvent. Chez les chanteurs français, j'aime bien ceux qui ont quelque chose à dire, comme Lavilliers, le MAP, Ridan, Magyd Cherfi, Noir Désir, Silmarils.

R. C. : *Quelles sont tes passions ? À une époque, les notices biographiques indiquaient : «* Joueur fou, archer dangereux, pongiste incurable, arpenteur inlassable des régions vinicoles, il a un penchant marqué pour le cri des pneus dans la montagne… *»*

A. : Mes passions sont en train d'évoluer pour des raisons circonstancielles, à savoir déjà que je n'habite plus à proximité de montagnes. Cela étant, j'adore le ski, le ping-pong et le tir à l'arc qui me détendent merveilleusement.

R. C. : *On a dit de toi que tu étais un auteur «* … à la cave bien garnie… *»*(2)

(1). « Ayerdhal - L'Âme de Macno » par Lionel Tran et Markus Leicht, in *Jade* n°15, 1999, http://www.pastis.org.

(2). Chapeau non signé introduisant l'entretien réalisé par Jean-Claude Dunyach, in *Galaxies* n°3, 1996.

A. : Ça, c'était avant de changer de vie. Depuis, je n'ai jamais eu les moyens d'en reconstituer une. Un jour, peut-être...

R. C. : *Quels sont tes meilleurs souvenirs d'écriture ?*
A. : L'écriture d'**Étoiles mourantes** avec Jean-Claude Dunyach et nos échanges autour de la création. En particulier les moments où nous avons imaginé le bouquin et ce qu'on allait en faire.

R. C. : *Quels sont tes meilleurs souvenirs dans ton parcours littéraire ?*
A. : Mon meilleur souvenir, c'est la première fois où j'ai rencontré Norman Spinrad. Un truc auquel je ne m'attendais pas. Ça s'est passé lors de la cérémonie de remise du GPI à **Demain, une oasis**. Philippe Hupp m'a tapé sur l'épaule, m'a demandé si je connaissais Norman et il nous a présentés. Comme c'était mon auteur-héros depuis mon adolescence, je suis resté sans voix. Dieu était là !

R. C. : *Qu'est-ce qui, dans ta carrière, t'a donné le plus de plaisir ? Le plus de joies ?*
A. : Les rencontres, extraordinaires et inattendues.

R. C. : *Au final, que retiens-tu de ces vingt ans de carrière ?*
A. : Ce que je retiens, c'est qu'écrire demande beaucoup de temps et que, du coup, on ne fait jamais tout ce qu'on veut faire.

R. C. : *Quelles sont tes motivations actuelles ? Qu'est-ce qui te pousse à poursuivre ton œuvre ?*
A. : Ce qui me pousse, c'est l'envie d'apporter quelque chose aux autres, et je commence à voir comment je dois m'y prendre pour faire passer quelques trucs importants. Et puis, comme je le disais tout à l'heure, l'ambition terrible d'écrire un jour un texte qui permette à des philosophes de travailler un peu et de nous proposer des choses un peu plus positives que ce que nous offre le monde en ce moment.

R. C. : *En 2000, tu as dit que ton projet était* « Humaniser l'humanité. »[(3)] *C'est un programme ambitieux ?!*
A. : J'ai été confronté à la déshumanisation, ces dernières années, et je suis encore plus en colère qu'à l'époque. **Transparences**, dépassant les cent mille exemplaires, me donne accès à un public que je n'avais pas en science-fiction. Les lecteurs commencent à savoir qui je suis, pourquoi je me bats et ce qui motive mes bouquins, alors je vais effectivement essayer d'humaniser l'humanité dans mes livres, comme je tente déjà de le

Xavier Noÿ, Alain Damasio et Yal, aux Imaginales en 2006 - DR. F. Rose

(3). « Interview d'Ayerdhal (2000) » par Jérôme Vincent, http://www.actusf.com.

faire dans la vie. On a la chance extraordinaire de mener une vie de bohème lorsqu'on est artiste, il faudrait peut-être songer à en faire profiter les autres.

R. C. : *Quels sont tes projets ?*
A. : Après **Résurgences**, j'enchaîne sur un polar pour assurer financièrement car je commence à en avoir marre de tirer la langue, puis sur un *space opera* ou un *planet opera* qui me rebaignera dans la science-fiction. J'adore le thriller, j'adore le polar, mais j'adore par-dessus tout la science-fiction.

R. C. : *Ça commence à te manquer ?*
A. : L'appétit revient ! En plus, j'ai un sujet que j'aime bien. Je devais l'écrire avec mon père, je vais le faire tout seul.

R. C. : *Vous n'avez jamais collaboré ?*
A. : Non.

R. C. : *Passons en revue les principaux ouvrages que tu as dit projeter : « ...* j'ai envie aujourd'hui de raconter à ma fille entre autres et à la jeunesse d'aujourd'hui, ce qu'étaient les années soixante-dix. Leur expliquer pourquoi on passe encore pour des vieux "babs", qu'on reste encore des vieux anarchistes, qu'on croit encore en certaines idéologies. Ce n'est pas tout à fait un hasard parce qu'on a vécu une période intemporelle, une période bizarre, une suspension dans l'Histoire de l'humanité. Et j'ai envie de la raconter en la mettant en parallèle avec les saloperies d'aujourd'hui. *»*(4)
A. : J'ai toujours envie d'écrire ce livre, mais c'est un projet qui continue à me bloquer parce qu'il s'agit de littérature générale. Pour l'instant, la seule tentative que j'ai faite de ce côté ne me laisse pas supposer que je sois très à l'aise dans ce domaine. Surtout que je n'ai pas envie d'écrire un bouquin de *mainstream* comme n'importe qui le ferait. J'aimerais trouver une plume qui soit adéquate.

R. C. : *Tu cherches donc encore la façon de faire ce livre ?*
A. : J'aimerais que ce soit à la fois poignant et rigolo, que ce ne soit pas qu'une suite d'anecdotes, à travers les yeux d'un personnage qui sera probablement très proche de moi. Son titre pourrait être Mythographie.

R. C. : « *J'ai aussi une espèce de roman historique qui me trotte en tête depuis pas mal de temps. Je voudrais raconter les années 1830 jusqu'à l'assassinat de Jaurès par l'intermédiaire de Flora Tristan principalement, et d'autres personnages comme Louise Michel.* »(4)
A. : J'ai pris pas mal de notes pour ce livre, mais j'avais un peu peur de l'écrire seul. J'ai un ami écrivain, Kynndylan, qui a une bonne plume et qui est lui aussi fasciné par cette période. Nous avons décidé de l'écrire ensemble. Comme on est pris tous les deux, on ne le démarrera peut-être pas avant plusieurs années, mais on a déjà le titre. Il devrait s'appeler *Que reviennent les cerises.*

R. C. : *Concernant ta collaboration avec Pierre Bordage : « Cela devrait se faire assez rapidement parce qu'on a trouvé un mode de travail qui nous permettrait de continuer à travailler sur d'autres bouquins parallèlement, et qui serait de raconter des chroniques. Une histoire sur dix mille ans par exemple, par petites chroniques de quarante, cinquante ou soixante pages. Chacun écrirait une chronique et repasserait sur l'autre de façon à uniformiser tout ça. (...) Ce sera un* space opera*, ça c'est évident. »*(4)
A. : À chaque fois qu'on en parle, mais on n'en parle pas souvent, on voit bien parmi les bouquins qui nous ont marqué ceux que l'on n'aurait pas osé écrire seul, comme « **Les Seigneurs de l'Instrumentalité** », par exemple. Nous n'oserions pas nous lancer dans une épopée similaire en solo ; à deux, ça nous paraît totalement jouable. On a commencé à mettre les choses en place. Il faudrait maintenant qu'on se retrouve un peu plus sérieusement, ce qui nécessiterait deux choses : que j'évacue définitivement ma dépression et mes délires de ces dernières années, bref, que je me pose ; et que Pierre retrouve un goût pour l'écriture, autre que celui qui était le sien ces dernières années. Je crois qu'il a connu une sorte de lassitude, puis il y a eu le drame de la disparition d'Hamama, son épouse, cette année. J'espère qu'on s'y mettra un de ces jours.

(4). « Interview d'Ayerdhal (2004) » par Laure Ricote, http://www.actusf.com.

R. C. : Autre collaboration : « … je me dis qu'il faut que je relance celle dont nous avons parlé avec Roland Wagner. *»*[5]

A. : Nous avons eu un projet, nous en avons beaucoup parlé par téléphone. Nous avions chacun nos propres contraintes, financières et autres, et nous ne sommes jamais parvenus à nous caler. Le temps a passé, il faudrait qu'on en reparle. En avons-nous toujours envie ? C'est la première question que nous devons nous poser. Ma réponse est « Yeah ! »

copyright Sara Doke

R. C. : Et avec Sara Doke, qui est accessoirement ta compagne ?

A. : On a un projet. Pour l'instant, on ne fait qu'en parler. Sara commence à avoir une longue histoire dans le genre, mais elle n'a pas encore beaucoup publié : quelques nouvelles, interviews, traductions, chroniques. Elle a énormément de textes en réserve, notamment une histoire de l'humanité sur un siècle ou deux, composée de plusieurs nouvelles et novellas. Elle pourrait articuler tout cela de sorte que ça ne fasse qu'un seul bouquin. En tout cas, notre roman sera un vrai *space opera*.

R. C. : Autre chose ?

A. : Je travaille avec Sara et deux autres personnes qui n'ont jamais publié d'œuvres romanesques — même si elles ont beaucoup publié dans leur domaine, la politologie — à un gros projet. Nous sommes actuellement en phase de *brainstorming*.

R. C. : Et du côté du scénario ?

A. : J'ai plein d'idées, j'ai des contacts, mais je n'aime pas ce milieu. Dans la catégorie putes, ils sont vraiment très forts, et je crois que je ne suis pas mûr pour travailler avec des gens dont la seule vocation serait de m'exploiter. Ça se fera par hasard, si je tombe sur quelqu'un de sympa. J'ai un ami réalisateur, ça fait longtemps qu'on veut faire quelque chose ensemble, il souhaite adapter **Demain, une oasis**. On verra…

(5). « Ayerdhal » par Allan, http://www.fantastinet.com, 2004.

Bibliographie des œuvres d'AYERDHAL (1959-2015)

1) Romans

R.01. *La Bohême & l'Ivraie*.
Publié en 4 tomes sous les titres :
1a) ***Ylvain, rêve de vie.*** Paris : Fleuve Noir, 1990 (Anticipation, n° 1763). Réimp. : 1995.
1b) ***Made, concerto pour Salmen & bohême.*** Paris : Fleuve Noir, 1990 (Anticipation, n° 1769). Réimp. : 1995.
1c) ***La Naïa, hors limites.*** Paris : Fleuve Noir, 1990 (Anticipation, n° 1775). Réimp. : 1995.
1d) ***Ély, l'esprit-miroir.*** Paris : Fleuve Noir, 1990 (Anticipation, n° 1781). Réimp. : 1995.
Publié en un volume :
2) Paris : Fleuve Noir, 2000 ([Grand format]).
3) Vauvert : Au Diable Vauvert, 2010. Disponible en édition numérique.

R.02. ***Mytale***.
Publié en 3 tomes sous les titres :
1a) ***Promesse d'Ille.*** Paris : Fleuve Noir, 1991 (Anticipation, n° 1803).
1b) ***Honneur de chasse.*** Paris : Fleuve Noir, 1991 (Anticipation, n° 1813).
1c) ***Le choix du Ksin.*** Paris : Fleuve Noir, 1991 (Anticipation, n° 1832).
Publié en un volume :
2) Paris : J'ai Lu, 1997 (Science-fiction, n° 4641). Div. réimp.
3) Vauvert : Au Diable Vauvert, 2010. Disponible en édition numérique.

R.03. ***Demain, une oasis***.
• Grand Prix de l'Imaginaire 1993 (Roman)
1) Paris : Fleuve Noir, 1991 (Anticipation, n° 1845). Réimp. : 1993.
2) Paris : J'ai Lu, 2000 (Nouvelle génération, n° 5603).
3) Vauvert : Au Diable Vauvert, 2006. Disponible en édition numérique.
4) Vauvert : Au Diable Vauvert, 2015 (Young Adult).
5) Paris : Librairie Générale Française, 2016 (Le Livre de Poche/Science-fiction, n° 34200). Réimp.

R.04. ***Le Chant du Drille***.
Publié en 2 tomes sous les titres :
1a) ***Le Syndrome des baleines.*** Paris : Fleuve Noir, 1992 (Anticipation, n° 1871).
1b) ***Le Mystère Lyphine.*** Paris : Fleuve Noir, 1992 (Anticipation, n° 1875).
Publié en un volume :
2) Vauvert : Au Diable Vauvert, 2003. Réimp. : 2009. Disponible en édition numérique.

R.05. ***Cybione***. (Cycle : *Cybione* # 1).
1) Paris : Fleuve Noir, 1992 (Anticipation/Métal, n° 1886).
2) Paris : J'ai Lu, 2000 (Science-fiction, n° 5464). Réimp. : 2002.
3) In : *Le Cycle de Cybione*, omnibus, Diable Vauvert, 2015 [F.04].
4) Vauvert : Au Diable Vauvert, 2015. Édition numérique.
5) Vauvert : Au Diable Vauvert, 2023 (Les poches du diable).

R.06. ***L'Histrion***. (Cycle : *L'Histrion/Daym* # 1).
1) Paris : J'ai Lu, 1993 (Science-fiction, n° 3526). Réimp. : 1999, 2004.
2) Vauvert : Au Diable Vauvert, 2011. Disponible en édition numérique.

R.07. ***Balade Choreïale***.
1) Paris : J'ai Lu, 1994 (Science-fiction, n° 3731). Réimp. : 1999.
2) Vauvert : Au Diable Vauvert, 2009. Disponible en édition numérique.

R.08. ***Polytan***. (Cycle : *Cybione* # 2).
1) Paris : Fleuve Noir, 1994 (Anticipation/Métal, n° 1994).
2) Paris : J'ai Lu, 2000 (Science-fiction, n° 5621). Réimp. : 2004.
3) In : *Le Cycle de Cybione*, omnibus, Diable Vauvert, 2015 [F.04].
4) Vauvert : Au Diable Vauvert, 2015. Édition numérique.

R.09. ***Sexomorphoses***. (Cycle : *L'Histrion/Daym* # 2).
1) Paris : J'ai Lu, 1994 (Science-fiction, n° 3821). Réimp. : 1996, 2004.
2) Vauvert : Au Diable Vauvert, 2016. Disponible en édition numérique.

R.10. ***Parleur ou les chroniques d'un rêve enclavé***.
• Ozone 1998 (Roman de fantasy francophone)
1) Paris : J'ai Lu, 1997 (Science-fiction, n° 4317).

2) Paris : J'ai Lu, 1999 (Millénaires, n° 6020).
Sous le titre : ***Les Chroniques d'un rêve enclavé***.
3) Vauvert : Au Diable Vauvert, 2003. Réimp. : 2009. Disponible en édition numérique.
4) Paris : Librairie Générale Française, 2016 (Le Livre de poche, n° 34201).

R.11. ***Consciences virtuelles***.
1) Paris : Baleine, 1998 (Macno, n° 1).
2) Montélimar : Les Moutons Électriques, 2016 (Hélios, n° 60). Disponible en édition numérique.
3) In : *Deux futurs proches*, omnibus, Moutons Électriques, 2017 [F.06.1].
4) In : *Deux futurs proches*, omnibus, Moutons Électriques, 2019 [F.06.2].

R.12. ***Étoiles mourantes***. [Suivi de N16]. [En collaboration avec Jean-Claude Dunyach].
• Tour Eiffel 1999 (Roman)
1) Paris : J'ai Lu, 1999 (Millénaires, n° 6011).
2) Paris : J'ai Lu, 2003 (Science-fiction, n° 6475).
3) Saint-Laurent-d'Oingt : Mnémos, 2014 (Intégrales).
4) Saint-Laurent-d'Oingt : Mnémos, 2024.

R.13. ***L'Homme aux semelles de foudre***.
1) Paris : Flammarion, 2000 (Quark noir).
2) Montélimar : Les Moutons Électriques, 2015 (Hélios, n° 33). Disponible en édition numérique.
3) In : *Deux futurs proches*, omnibus, Moutons Électriques, 2017 [F.06.1].
4) In : *Deux futurs proches*, omnibus, Moutons Électriques, 2019 [F.06.2].

R.14. ***Keelsom, Jahnaïc***. (Cycle : *Cybione* # 3).
1) Paris : J'ai Lu, 2001 (Science-fiction, n° 5938).
2) In : *Le Cycle de Cybione*, omnibus, Diable Vauvert, 2015 [F.04].
3) Vauvert : Au Diable Vauvert, 2015. Édition numérique.

R.15. ***L'Œil du Spad***. (Cycle : *Cybione* # 4).
1) Paris : J'ai Lu, 2003 (Science-fiction, n° 6296).
2) In : *Le Cycle de Cybione*, omnibus, Diable Vauvert, 2015 [F.04].
3) Vauvert : Au Diable Vauvert, 2015. Édition numérique.

R.16 ***Transparences***. (Cycle : *Transparences* # 1).
• Grand Prix de l'Imaginaire 2004 (Roman)
1) Vauvert : Au Diable Vauvert, 2004 ([Hyperfictions]). Réimp. : 2005. Disponible en édition numérique.
2) Paris : France Loisirs, 2005 (Thriller). Réimp. div.
3) Paris : Librairie Générale Française, 2006 (Le Livre de poche, n° 37130). Réimp. : 2007.

R.17 ***Résurgences***. (Cycle : *Transparences* # 2).
1) Vauvert : Au Diable Vauvert, 2010 ([Hyperfictions]). Disponible en édition numérique.
2) Paris : Librairie Générale Française, 2011 (Le Livre de poche, n° 32205).

R.18. ***Rainbow Warriors***.
• Rosny aîné 2014 (Roman) & Bob Morane 2014 (Roman francophone)
1) Vauvert : Au Diable Vauvert, 2013 ([Hyperfictions]).
2) Paris : Librairie Générale Française, 2015 (Le Livre de poche/Thriller, n° 33633).
3) [Paris] : Hardigan, 2017. Édition audio.

R.19. ***Bastards***.
• Rosny aîné 2015 (Roman)
1) Vauvert : Au Diable Vauvert, 2014 ([Hyperfictions]). Disponible en édition numérique.
2) Paris : Librairie Générale Française, 2016 (Le Livre de poche/Thriller, n° 34035).

R.20. ***Kwak***. (Cycle : *Cybione* # 5). [Inachevé].
1) Vauvert : Au Diable Vauvert. Prévu, mais non paru.

2) Recueils & omnibus

F.01. ***Éloge du déficit/L'Adieu à la nymphe***. [Recueil composé de N14 & N03].
1) Supplément à : *Le Monde*, périodique, n° 16955, 31 juillet 1999.

F.02. ***La Logique des essaims***. [Recueil composé de N09, N14, N03, N04, N06, N15, N18, N17, N05, N02 & N19].
1) Nancy : Imaginaires Sans Frontières, 2001 (Visions futures, [n° 1]).
2) Paris : J'ai Lu, 2004 (Science-fiction, n° 7414).

F.03. ***La Troisième Lame***. [Recueil composé de N05 & N19].
1) Chambéry : ActuSF, 2013 (Les trois souhaits).

F.04. *Le Cycle de Cybione*. [Omnibus composé de R.05, R.08, R.14 & R.15]. [Cycle : *Cybione*].
1) Vauvert : Au Diable Vauvert, 2015 ([Hyperfictions]).

F.05. *Scintillements. Intégrale des nouvelles*. [Recueil composé de N32, N01, N02, N03, N05, N04, N06, N07, N08, N09, N11, N10, N12, N13, N15, N18, N17, N19, N14, N22, N23, N25, N24, N26, N27, N28, N33, N30, N31, N34, N35, N36, N37, N38, N39, N40 & S41].
1) Vauvert : Au Diable Vauvert, 2016 ([Hyperfictions]). Disponible en édition numérique.

F.06. *Deux futurs proches*. [Omnibus composé de R.11, R.13 & e04].
1) Montélimar : Les Moutons Électriques, 2017.
2) [Metz] : Les Moutons Électriques, 2019 (Hélios, [sans numéro]).

F.07. *Aphorismes bohêmes*. [Recueil d'articles].
1) Vauvert : Au Diable Vauvert, 2020 ([Hyperfictions]).

3) Anthologie [Textes réunis par Ayerdhal]

A.01. *Genèses*. [Anthologie de 10 nouvelles comprenant N.05].
1) Paris : J'ai Lu, 2000 (Science-fiction, n° 4279). Disponible en édition numérique.

4) Nouvelles

N01. « Lettre d'Anamour ».
1) In : *Planète à vendre*, périodique, n° 14R, décembre 1992.
2) In anthologie numérique établie par Cathy Martin : *Millefeuille littéraire*. Toulouse : Librairie Bédéciné, 2015.
3) In : *Scintillements*, recueil, Au Diable Vauvert, 2016 [F.05].

N02. « Vieillir d'amour ».
1) In : *Nous les Martiens*, périodique, n° 23, octobre 1993.
2) In : *La Logique des essaims*, recueil, Imaginaires sans Frontières, 2001 [F.02.1].
3) In : *La Logique des essaims*, recueil, J'ai Lu, 2004 [F.02.2].
4) In anthologie établie par Jeanne-A Debats & Michaël Fontayne : *Chasseur de fantasmes*. Bréchamps : Griffe d'Encre, 2009 (Anthologie).
5) In : *Scintillements*, recueil, Diable Vauvert, 2016 [F.05].

N03. « L'Adieu à la nymphe ».
1) In : *Planète à vendre*, périodique, n° 17R, octobre 1993.
2) In anthologie [anonyme] : *Avoir 40 ans*. Paris : J'ai Lu, 1998.
3) In : *Éloge du déficit/L'adieu à la nymphe*, recueil, Le Monde, 1999 [F.01].
4) In anthologie établie par Michel Le Bris : *Le futur a déjà commencé*. Paris : E.J.L., 2000 (Librio, n° 364).
5) In : *La Logique des essaims*, recueil, Imaginaires sans Frontières, 2001 [F.02.1].
6) In : *La Logique des essaims*, recueil, J'ai Lu, 2004 [F.02.2].
7) In : *Scintillements*, recueil, Diable Vauvert, 2016 [F.05].

N04. « Reprendre, c'est voler ».
1) In : *Genèses*, anthologie, J'ai Lu, 1996 [A.01].
2) In : *La Logique des essaims*, recueil, Imaginaires sans Frontières, 2001 [F.02.1].
3) In : *La Logique des essaims*, recueil, J'ai Lu, 2004 [F.02.2].
4) In : *Scintillements*, recueil, Diable Vauvert, 2016 [F.05].

N05. « La Troisième Lame ».
1) In : *Galaxies*, périodique, n° 3, décembre 1996.
2) In : *La Logique des essaims*, recueil, Imaginaires sans Frontières, 2001 [F.02.1].
3) In : *La Logique des essaims*, recueil, J'ai Lu, 2004 [F.02.2].
4) In : *La Troisième Lame*, recueil, ActuSF, 2013 [F.03].
5) In : *Scintillements*, recueil, Diable Vauvert, 2016 [F.05].

N06. « Jusqu'ici, tout va bien ».
1) In : *Libération*, périodique, n° 4939, « spécial science-fiction : *Les 1000 derniers jours*/anthologie établie par Francis Mizio : *1000 jours pour en finir avec l'an 2000* », 5-6 avril 1997.
2) In : *La Logique des essaims*, recueil, Imaginaires sans Frontières, 2001 [F.02.1].
3) In : *La Logique des essaims*, recueil, J'ai Lu, 2004 [F.02.2].
4) In : *Scintillements*, recueil, Diable Vauvert, 2016 [F.05].

N07. « Aller simple ».
1) Dans le petit journal de l'exposition : *Aller simple pour l'infini : voyage en science-fiction*, 31 janvier au 28 avril 1997. Paris : Bibliothèque Publique d'Information du Centre Georges Pompidou, 1997

(L'impression du voyage).
2) In anthologie établie par Jean Millemann : *Pouvoirs critiques*. Paris : Nestiveqnen, 2002 (Fractales/Science-fiction).
3) In : *Scintillements*, recueil, Diable Vauvert, 2016 [F.05].

N08. « Apoptoses ».
1) In : *Opzone*, périodique, n° 7, octobre 1997.
2) In : *Scintillements*, recueil, Diable Vauvert, 2016 [F.05].

N09. « Scintillements ».
1) In anthologie établie par Serge Lehman : *Escales sur l'horizon*. Paris : Fleuve Noir, 1998 ([Grand format]).
2) In anthologie établie par Olivier Girard : *SF 99 : les meilleurs récits de l'année*. Moret-sur-Loing : Le Bélial'/Bifrost & Le Plessis Brion : Orion/Étoiles Vives, 1999 ([Grand format]).
3) In anthologie établie par Jacques Salomé : *Inventons la paix*. Paris : E.J.L., 2000 (Librio, n° 338).
4) In anthologie établie par Jacques Sadoul : *Une histoire de la science-fiction - tome 5 : 1950-2000, la SF française*. Paris : E.J.L., 2001 (Librio, n° 485).
5) In : *La Logique des essaims*, recueil, Imaginaires sans Frontières, 2001 [F.02.1].
6) In anthologie établie par Jacques Goimard & Denis Guiot : *Nouvelles des siècles futurs*. Paris : Omnibus, 2004 (Omnibus).
7) In : *La Logique des essaims*, recueil, J'ai Lu, 2004 [F.02.2].
8) In : *Scintillements*, recueil, Diable Vauvert, 2016 [F.05].
9) In *Bifrost* 118, périodique, avril 2025.

N10. « Fin de semaine ».
1) In : *Le Monde de l'éducation*, périodique, juillet 1998. [Référence non vérifiée].
2) In : *Scintillements*, recueil, Diable Vauvert, 2016 [F.05].

N11. « Ce que taisent les miroirs ».
1) In anthologie établie par Mandy [Philippe Mandilas] : *Science-fiction - Agenda 1999*. Paris : Éden, 1998 (Agendas).
2) In : *Scintillements*, recueil, Diable Vauvert, 2016 [F.05].

N12. « Passage obligé ».
1) In : *Futurs*, périodique, décembre 1998. [Référence non vérifiée].
2) In : *Scintillements*, recueil, Diable Vauvert, 2016 [F.05].

N13. « On vit une époque formidable (mais il y a quelque chose de pourri au royaume du Trademark) ».
1) In : *)Transfert 1.03*, périodique, 1999. [Référence non vérifiée].
2) In : *Scintillements*, recueil, Diable Vauvert, 2016 [F.05].

N14. « Éloge du déficit ».
1) In : *Éloge du déficit/L'adieu à la nymphe*, recueil, Le Monde, 1999 [F.01].
2) In : *La Logique des essaims*, recueil, Imaginaires sans Frontières, 2001 [F.02.1].
3) In : *La Logique des essaims*, recueil, J'ai Lu, 2004 [F.02.2].
4) In : *Scintillements*, recueil, Diable Vauvert, 2016 [F.05].

N15. « Jessie, le retour ».
1) In anthologie établie par Chrystelle Camus & Nicolas Cluzeau : *Jour de l'an 1000*. Paris : Nestiveqnen, 1999 (Fractales/Fantasy).
2) In : *La Logique des essaims*, recueil, Imaginaires sans Frontières, 2001 [F.02.1].
3) In : *La Logique des essaims*, recueil, J'ai Lu, 2004 [F.02.2].
4) In : *Scintillements*, recueil, Diable Vauvert, 2016 [F.05].

N16. « Ombres tueuses ». [En collaboration avec Jean-Claude Dunyach].
1) In anthologie périodique établie par Stéphanie Nicot & Arno Dexet : *Utopia 1*. Nancy : Galaxies, 1999. [Hors série de *Galaxies*, périodique, n° 2].
2) In : *Étoiles mourantes*, roman, Mnémos, 2014 [R.12.3].
3) In : *Étoiles mourantes*, roman, Mnémos, 2024 [R.12.4].

N17. « Jeu de cons ».
1) In : *Science-Fiction Magazine*, périodique, n° 11, août 2000.
2) In : *La Logique des essaims*, recueil, Imaginaires sans Frontières, 2001 [F.02.1].
3) In : *La Logique des essaims*, recueil, J'ai Lu, 2004 [F.02.2].
4) In : *Scintillements*, recueil, Diable Vauvert, 2016 [F.05].

N18. « Notre Terre ».
1) In anthologie établie par Jacques Chambon & Robert Silverberg : *Destination 3001*.
a) Paris : Flammarion, 2000 (Imagine).

b) Paris : J'ai Lu, 2003 (Science-fiction, n° 6577).
2) In : *La Logique des essaims*, recueil, Imaginaires sans Frontières, 2001 [F.02.1].
3) In : *La Logique des essaims*, recueil, J'ai Lu, 2004 [F.02.2].
4) In : *Scintillements*, recueil, Diable Vauvert, 2016 [F.05].

N19. « Pollinisation ».
1) In : *La Logique des essaims*, recueil, Imaginaires sans Frontières, 2001 [F.02.1].
2) In : *La Logique des essaims*, recueil, J'ai Lu, 2004 [F.02.2].
3) In : *La Troisième Lame*, recueil, ActuSF, 2013 [F.03].
4) In : *Scintillements*, recueil, Diable Vauvert, 2016 [F.05].

N20. « Alternatives ».
1) In anthologie coordonnée par Marie-Noële Darmois : *L'école dans une société de l'information - 5 scénarios pour le futur*. Bordeaux : CREPAC d'Aquitaine & Paris : Ministère de l'Éducation Nationale & de la Recherche, 2002.
2) In : *N'autre École*, périodique, n° 27 & 28, automne 2010 & début 2011. [Référence non vérifiée].

N21. « Ceux de la nuit ». [Nouvelle noire].
1) In anthologie établie par Henry Dougier : *Lyon : les gones en noir*. Paris : Autrement, 2002 (Littératures/Romans d'une ville).

N22. « Le Réveil du croco ».
1) In anthologie établie par Richard Comballot : *Les Ombres de Peter Pan*. Paris : Mnémos, 2004 (Icares).
2) In : *Scintillements*, recueil, Diable Vauvert, 2016 [F.05].

N23. « La Complexité & ses avatars ».
1) In : *Espace(s)*, périodique, n° 1, « L'expérience du récit scientifique », mars 2005.
2) In : *Scintillements*, recueil, Diable Vauvert, 2016 [F.05].

N24. « Loin sans départ ». [En collaboration avec Fred Audams].
1) In : *Galaxies*, périodique, n° 36, mars 2005.
2) In : *Scintillements*, recueil, Diable Vauvert, 2016 [F.05].

N25. « Dépossessions ».
1) In anthologie établie par Martin Winckler : *Noirs scalpels*. Paris : Le Cherche Midi, 2005 (NéO).
2) In : *Scintillements*, recueil, Diable Vauvert, 2016 [F.05].

N26. « Les Seigneurs de la firme ». [En collaboration avec Éric Cervos].
1) In anthologie établie par Richard Comballot : *Elric & la porte des mondes*. Paris : Fleuve Noir, 2006 (Rendez-vous ailleurs).
2) In : *Scintillements*, recueil, Diable Vauvert, 2016 [F.05].

N27. « Paysage urbain ».
1) In anthologie [établie par Olivier Gainon] : *Ceux qui nous veulent du bien*. Clamart : La Volte, 2010.
2) In : *Scintillements*, recueil, Diable Vauvert, 2016 [F.05].

N28. « RCW ». [Autre titre : « R.C.W. »].
• Rosny aîné 2013 (Nouvelle)
1) In anthologie périodique établie par Jérôme Vincent : *Utopiales 2012*. Chambéry : ActuSF, 2012 (Les trois souhaits).
2) In anthologie périodique établie par Joseph Altairac : *Les Finalistes du prix Rosny aîné 2013*. Isle-sur-la-Sorgue : Armada, 2013.
3) In : *Scintillements*, recueil, Diable Vauvert, 2016 [F.05].

N29. « Première loge ». [Anthologie de divers « cadavres exquis » sur une idée de Maxime Gillio & David Boidin. Ayerdhal a écrit la deuxième partie d'un chapitre, les autrices de la première partie étant Sophie Adriansen & et de la troisième partie Gaëlle Perrin-Guillet]. [Hors genre].
1) In anthologie collective : *Les Aventures du concierge masqué : L'eXquise nouvelle - saison 3 : Mix & Match*. Dunkerque : L'Exquise Édition [Atelier Mosésu], 2013.

N30. « L'Autre moitié d'une vie ». [Nouvelle noire].
1) In anthologie établie par Michel Dufrasne : *Bruxelles noir*. Paris : Asphalte, 2015 (Asphalte noir).
2) In : *Scintillements*, recueil, Diable Vauvert, 2016 [F.05].

N31. « La Nuit de la Calamitaine ». [En collaboration avec Sara Doke].
1) In anthologie collective : *Star Ouest*. Angers : ImaJn'ère, 2015.
2) In : *Scintillements*, recueil, Diable Vauvert, 2016 [F.05].

N32. « Mat, mat, mat ». [En collaboration avec Bruno Soulier].

1) In : *Scintillements*, recueil, Diable Vauvert, 2016 [F.05].
N33. « The Ghost (and the) Writer ».
1) In : *Scintillements*, recueil, Diable Vauvert, 2016 [F.05].
N34. « Le Syndrome Potemkine ».
1) In : *Scintillements*, recueil, Diable Vauvert, 2016 [F.05].
N35. « La Revanche de Jessie ».
1) In : *Scintillements*, recueil, Diable Vauvert, 2016 [F.05].
N36. « Il est allongé sur le dos, nu, immobile ».
1) In : *Scintillements*, recueil, Diable Vauvert, 2016 [F.05].
N37. « Mon mari est cyberurgien, je suis nanogicienne ».
1) In : *Scintillements*, recueil, Diable Vauvert, 2016 [F.05].
N38 « Macrocism ».
1) In : *Scintillements*, recueil, Diable Vauvert, 2016 [F.05].
N39. « Pourquoi pas ? ».
1) In : *Scintillements*, recueil, Diable Vauvert, 2016 [F.05].
N40 « Entre deux mondes, les déplacements ».
1) In : *Scintillements*, recueil, Diable Vauvert, 2016 [F.05].
N41 « Les Mille derniers jours ».
1) In : *Scintillements*, recueil, Diable Vauvert, 2016 [F.05].

5) Articles & divers

e01. « La Quête de la dignité pour les personnes handicapées mentales : de l'ALPERI & l'ADAPEI ». [Référence non vérifiée].
1) Lyon : Association Départementale des Amis & Parents d'Enfants Inadaptés du Rhône (ADAPEI), 1998.
e02. « Histoire d'Univers ». [Scénario]. [Référence non vérifiée].
1) Planétarium de Vaulx-en-Velin, 1999.
e03. « Des milliards de tapis de cheveux : une fable sur le pouvoir ». [En collaboration avec Valerio Evangelisti].
1) In : *Galaxies*, périodique, n° 17, juin 2000.
e04. « Sciences sociales & sciences dures : nouvelles acquisitions, nouvelles réalités.
1) In anthologie périodique d'articles : *Assises internationales du roman* 1, « *Roman & réalité* ». [Paris] : Christian Bourgois, 2007 (Titres, n° 64).
2) In : *Deux futurs proches*, omnibus, Moutons Électriques, 2017 [F.06.1].
3) In : *Deux futurs proches*, omnibus, Moutons Électriques, 2019 [F.06.2].

Prix sans rapport direct avec une œuvre en particulier

• Cyrano 2011

Retrouvez Ayerdhal sur internet
Site de Quarante-Deux/exliibris : http://q-d.fr/yal
https://fr.wikipedia.org/wiki/Ayerdhal
https://www.bdfi.net/auteurs/a/ayerdhal.php
https://www.noosfere.org/livres/auteur.asp?numauteur=93

Novembre 2024-février 2025 (Version 1.2)

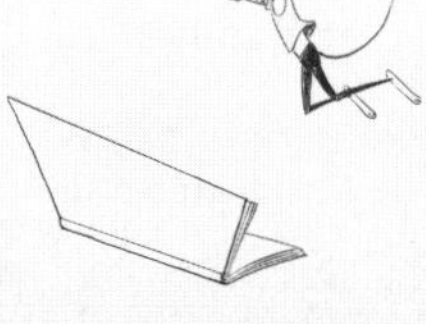

Scientifiction

« Cent ! »
Voilà ce que nous a hurlé notre bon professeur Lehoucq tout en resserrant un boulon sur l'accélérateur de particules géant qu'il bricolait au huitième sous-sol de son labo. « **Cent quoi ?** *», lui a répondu le petit Phil Boulier caché derrière notre rédac'chef.* **« Cent numéros de "Scientifiction" dans *Bifrost*, bande de buses ! »** *Un coup d'œil au mentat-Perchoc nous a confirmé qu'une fois de plus, notre bon professeur visait juste : le présent article représentait bel et bien la centième livraison de notre rubrique trimestrielle ! De son phrasé monocorde caractéristique, le mentat-Perchoc a alors précisé :* **« Sur la centaine d'articles considérés, six n'ont pas été signés par le bon professeur Lehoucq, mais par [ordre alphabétique] : Alice Carabédian, Fabrice Chemla, Frédéric Landragin, Alain Musset et Laurent Vercueil. Par ailleurs, treize co-auteurices ont collaboré à la rubrique, soit [ordre alphabétique] : Alice Carabédian, Stéphanie Chaptal, Fabrice Chemla, Bertrand Cordier, Raphaël Costa, Claude Ecken, François Moutou, Alain Musset, Frédéric Landragin, Alise Ponsero, Stéphane Sarrade, Jean-Sébastien Steyer et Laurent Vercueil. »** *Et notre rédac'chef adoré de rajouter, avec son sens de l'à-propos habituel et son esprit de synthèse bien connu :* **« Ah ouais, bordel, quand même… »** *Alors bon anniversaire, « Scientifiction » !*

Casse-tête gravitationnel et chaos céleste

[par Roland Lehoucq]

Une façon classique de construire une planète de fiction originale est de la doter de plusieurs soleils. C'est le cas de la planète Tatooine, le célèbre repaire de brigands galactiques de la saga *Star Wars*, de Pandora, le monde où se déroule l'action du film *Avatar* (James Cameron, 2009), ou de Vinéa, qui sert de cadre à deux aventures de l'héroïne de bande-dessinée Yoko Tsuno (Roger Leloup, **Le Trio de l'étrange**, 1972 ; **Les Trois Soleils de Vinéa**, 1975). Ces systèmes à deux soleils sont tout à fait plausibles car la majorité des étoiles de notre galaxie, la Voie lactée, sont effectivement « en couple ». Toutefois, on a longtemps pensé qu'il était peu probable qu'une planète puisse se former dans un système binaire car l'influence des deux étoiles perturberait le disque de matière à partir duquel se constituent les protoplanètes, précurseurs des planètes elles-mêmes. Mais la découverte de planètes extrasolaires (1) dans des systèmes binaires (2) a changé la donne et redonné vigueur à cette hypothèse. D'autant que des simulations numériques suggèrent que la présence de cette deuxième étoile, dite « étoile compagnon », pourrait en fait activer la formation planétaire…

Un système non pas à deux, mais bien à trois soleils est au cœur de l'intrigue d'un

roman de science-fiction de l'écrivain chinois Liu Cixin, paru en 2008. Premier titre d'une trilogie au succès mondial[3], **Le Problème à trois corps** met en scène l'arrivée d'une espèce extraterrestre, les Trisolariens, vivant initialement sur une planète dans un système à trois soleils. Soumise à leurs influences gravitationnelles, la planète suit une trajectoire chaotique et subit des périodes de fournaises ou des hivers très rigoureux la rendant inhabitable, avec de temps en temps des périodes plus stables. Au cœur de l'intrigue du premier roman, un jeu à l'attention des humains demande de prévoir les périodes de stabilité climatique permettant le développement d'une civilisation... Dans cet article, nous allons nous intéresser à ces questions de mécanique planétaire et examiner en quoi le fait d'avoir un unique Soleil nous a sans doute favorisés.

Système à deux étoiles

En astronomie, la mécanique céleste s'intéresse à la description du mouvement des planètes, et au calcul de leurs positions au cours du temps. Apparue dès l'Antiquité, cette discipline a considérablement progressé au début du XVIIe siècle avec la découverte par l'astronome allemand Johannes Kepler (1571-1630) des trois lois décrivant les principales propriétés du mouvement des planètes autour du Soleil[4]. En 1687, le savant anglais Isaac Newton (1643-1727) pose les bases de sa mécanique et découvre la loi de la gravitation, qui lui permet d'expliquer les trois lois découvertes empiriquement par Kepler. Son travail résolvait le « problème à deux corps », en décrivant complètement et de façon analytique le mouvement de deux astres sous l'effet de leur gravitation mutuelle, par exemple une planète et une étoile. Mais le problème se complexifie considérablement si l'on ajoute une *deuxième* étoile...

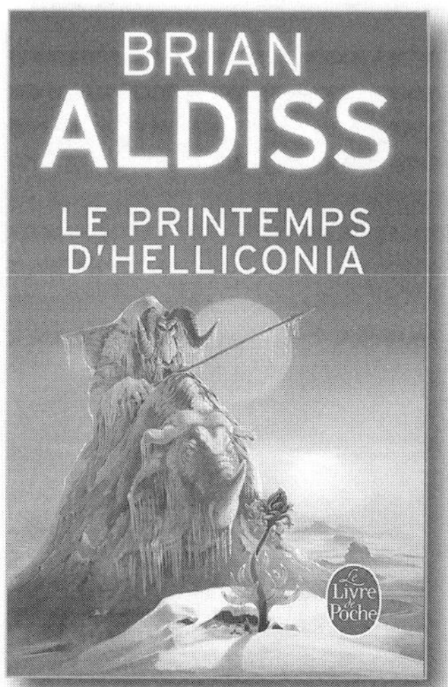

Dans un système binaire, à deux étoiles, donc, la planète peut avoir trois types d'orbite. Pour commencer, elle peut tourner autour d'un seul de ses deux soleils, selon une orbite dite de « type S » : 232 exoplanètes de ce type ont été découvertes[5], dont le premier exemple fut la planète géante tournant autour de l'étoile 16 Cygni B, à environ 70 années-lumière du Système solaire, alors que l'étoile compagnon (16 Cygni A) est dépourvue de planète. C'est aussi la situation de la planète Helliconia, imaginée cette fois par l'écrivain britannique Brian Aldiss (1925-2017) dans sa trilogie éponyme (**Le Printemps d'Helliconia** (1982), **Helliconia, l'été** (1983) et **L'Hiver d'Helliconia** (1985)) : elle tourne autour d'une étoile de type solaire nommée Batalix, elle-même en orbite autour de l'étoile Freyr, plus chaude et plus brillante. Helliconia accomplit sa révolution autour de Batalix en une « petite année » de 480 jours, tandis que cette dernière parcourt une ellipse allongée autour de Freyr en 1 825 « petites années », ce qui correspond à environ 2 592 années terrestres. Au fil de son orbite, Helliconia subit des hivers rigoureux s'étalant sur des siècles, des étés torrides de même durée, entrecoupés par de courts printemps. Selon la saison, deux espèces intelligentes règnent sur Helliconia.

Une autre possibilité consiste à placer la planète sur l'un des « points de Lagrange » des deux étoiles. Ces derniers, ainsi nommés en l'honneur de leur découvreur, l'astronome et mathématicien français Joseph-Louis Lagrange (1736-1813), désignent les cinq positions pour lesquelles la force de gravité des deux étoiles est exactement compensée par la force centrifuge due au mouvement orbital de la planète qui s'y trouve [figure 1]. Les trois premiers de ces points (L1, L2 et L3), placés sur la droite joignant les centres des deux étoiles, correspondent à des positions d'équilibre instable. Un objet qui s'y trouverait positionné s'en éloignerait indéfiniment sous l'effet de la moindre perturbation. Une planète ne pourrait donc pas durablement y stationner. Les deux autres points de Lagrange (L4 et L5) forment chacun un triangle équilatéral avec les deux étoiles et correspondent à des positions d'équilibre stable. Autrement dit, un corps placé en l'un de ces points demeurerait à son voisinage, même s'il venait à subir une perturbation. Ainsi, les points L4 et L5 du système Soleil-Jupiter abritent des astéroïdes dits « troyens ». La mission américaine Lucy, lancée le 16 octobre 2021, devrait successivement étudier ces deux groupes d'astéroïdes troyens entre 2027 et 2033. Une planète placée au voisinage de L4 ou de L5 verrait ses soleils jumeaux séparés d'à peu près 60 degrés, l'angle formé par deux côtés adjacents d'un triangle équilatéral. Les points de Lagrange sont aussi évoqués par des auteurs de science-fiction qui imaginent qu'ils pourraient être « colonisés » à l'aide de gigantesques stations spatiales faciles d'accès à partir de planètes voisines [6].

Dernière possibilité : l'orbite de la planète englobe les deux soleils à la fois. Ce genre d'orbite, dite circumbinaire ou de «type P», peut être stable si le rayon de l'orbite est suffisamment grand par rapport à la distance moyenne entre les étoiles. Cela reste bien sûr dépendant des caractéristiques orbitales des deux étoiles autour de leur centre de gravité commun. C'est le cas de 29 exoplanètes déjà découvertes [7], et c'est sans doute aussi celui de la planète Tatooine. En effet, au coucher [8], ses deux soleils sont de même taille apparente, donnant l'impression d'être comparables à notre Soleil (l'un est jaunâtre, l'autre orangé, ce qui laisse supposer qu'il est un peu plus froid). Dans cette hypothèse, si Tatooine

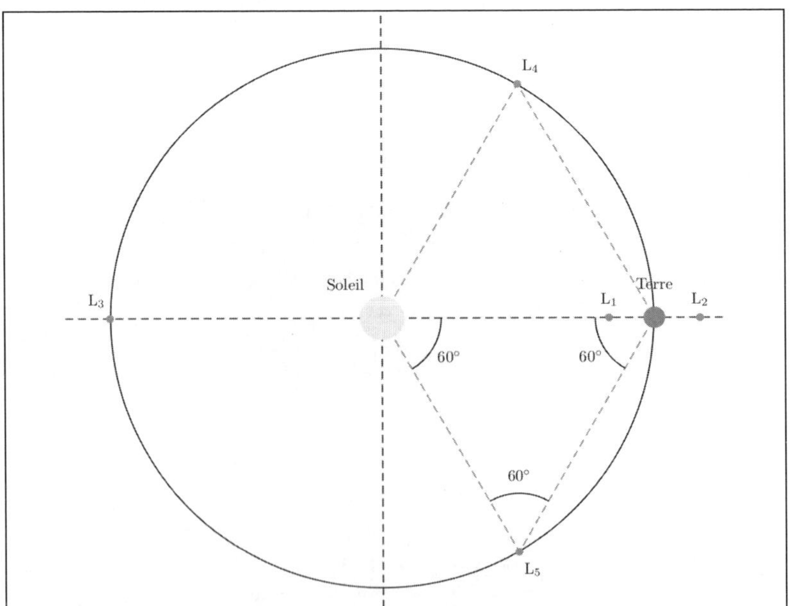

Figure 1 : les cinq points de Lagrange

tournait autour d'un seul de ses soleils, celui-ci devrait avoir une taille apparente bien plus grande que celle de son compagnon, ce qui n'est pas le cas. Tatooine suit donc, sans doute, une orbite circumbinaire, suffisamment large pour rester habitable malgré le rayonnement reçu de ses deux soleils.

Joseph-Louis Lagrange (1736-1813)

La discussion qui précède suppose implicitement que la masse de la planète est négligeable par rapport à celles de ses deux étoiles, de sorte que l'on peut traiter le mouvement de ces dernières… comme un système à deux corps ! Cela rend la situation assez simple pour être résolue analytiquement : les étoiles tournent autour de leur centre de gravité commun en décrivant une ellipse. Il suffit ensuite de traiter du mouvement de la planète dans le cadre gravitationnel fixé par les deux corps principaux. Ce problème, nommé « problème à trois corps restreint », est déjà assez compliqué bien qu'il soit une simplification du cas général.

Système à trois étoiles

Mais que se passerait-il dans un système à trois corps de masses comparables, autrement dit si la planète, toujours de masse négligeable par rapport aux étoiles, fait, comme Trisolaris dans le roman de Liu Cixin, partie d'un système formé de *trois* soleils (9) ? Cette situation est celle du système d'alpha du Centaure, situé à 4,37 années-lumière du Soleil, formé de deux étoiles principales (alpha Centauri A et B) et d'une troisième étoile plus petite (Proxima). La distance entre les deux étoiles majeures varie de 11,2 à 35,6 unités astronomiques (10) en un peu moins de 80 ans, et une étude dynamique a montré qu'une orbite planétaire située à moins de 3 unités astronomiques de l'une ou l'autre de ces étoiles était stable. La troisième étoile, Proxima, distante de 13 000 unités astronomiques, possède deux planètes.

Alpha du Centaure est à l'évidence le système modèle de celui de la planète Trisolaris. Dans le roman, Wang Miao, tout à sa quête de la compréhension du mouvement chaotique de Trisolaris, rencontre Wei Cheng, un mathématicien menacé de mort en raison des recherches qu'il mène sur le problème à trois corps. Ce dernier lui expose ainsi l'état de ses travaux : « *Au regard de l'état actuel des recherches, je peux dire que mes progrès constituent une grande avancée. Il y a quelques années, Richard Montgomery, de l'université de Californie à Santa Cruz, et Alain Chenciner, de l'université Paris-Diderot, avec l'aide de chercheurs de l'Institut français de mécanique céleste, ont découvert, grâce à une méthode variationnelle, la possibilité d'une stabilité du mouvement des trois corps. Dans des conditions initiales particulières, les trois corps se déplacent sur une même orbite en forme de 8. Après cette découverte, beaucoup d'autres scientifiques se sont acharnés à chercher des configurations stables, dans le cas de conditions initiales spécifiques. Chaque nouvelle découverte a été célébrée en grande pompe. À l'heure actuelle, seules trois ou quatre configurations de ce type ont été découvertes. Mais grâce à mon algorithme évolutionnaire, j'en ai pour ma part déjà trouvé une centaine.* » Pour comprendre pourquoi un chercheur français bien réel est cité dans un roman de science-fiction chinois, il faut remonter dans le passé.

Un peu d'histoire

En 1767, le mathématicien suisse Leonhard Euler (1707-1783) propose trois solutions particulières au problème général à trois corps : avec des vitesses initiales bien choisies, trois masses alignées le restent au cours du temps [figure 2]. La ligne qu'elles forment

Leonhard Euler (1707-1793)

tourne alors autour du centre de gravité des corps qui, eux, se déplacent le long d'ellipses. Comme les trois corps peuvent être ordonnés de trois manières différentes, la proposition d'Euler conduit bien à trois solutions. Cinq ans plus tard, le mathématicien français Joseph-Louis Lagrange, déjà évoqué plus haut, trouve une deuxième classe de solutions périodiques [figure 3]. Toujours avec des vitesses initiales bien choisies, des corps placés aux sommets d'un triangle équilatéral conservent cette configuration au cours du temps : le triangle reste équilatéral, mais change de taille et d'orientation au fil du déplacement des corps sur des orbites elliptiques. Comme le triangle peut être orienté de deux façons différentes, la proposition de Lagrange conduit à 2 solutions supplémentaires.

En 1885, le roi Oscar II de Suède et de Norvège (1829-1907), « *désireux de prouver son intérêt pour les progrès de la science mathématique* », décide, à l'occasion de son soixantième anniversaire, de financer un prix récompensant une importante contribution en mathématiques. L'un des quatre problèmes proposés alors aux candidats potentiels concerne l'étude du comportement « *d'un système d'un nombre quelconque de corps s'attirant mutuellement selon la loi de Newton.* »

Le mathématicien français Henri Poincaré (1854-1912) participe au concours, et gagne le prix. Mais un jeune mathématicien suédois, Lars Edvard Phragmén (1863-1937), chargé de mettre en forme le manuscrit avant sa publication, soulève quelques questions sur des points qui, selon lui, méritent d'être éclaircis. Et c'est ainsi que Poincaré se rend compte que Phragmén a soulevé une erreur remettant en cause un important théorème de son mémoire. Corrigé, celui-ci est réimprimé aux frais du mathématicien français, mais la découverte de cette erreur le conduit à approfondir la question de la stabilité des trajectoires. Dans un article publié en 1890, et intitulé « Sur le problème des trois corps et les équations de la dynamique », Poincaré montre que le problème à trois corps est « *sensible aux conditions initiales* » : de minuscules changements dans les positions ou les vitesses initiales des corps peuvent modifier totalement leurs trajectoires à long terme... ce qui ruine la possibilité de prédire de façon fiable l'évolution du système, pourtant jugé jusqu'alors déterministe et assez simple ! Les solutions particulières d'Euler et Lagrange sont bien sûr concernées par cette sensibilité aux conditions initiales : une minuscule perturbation suffit pour que leur bel ordonnancement soit rapidement détruit.

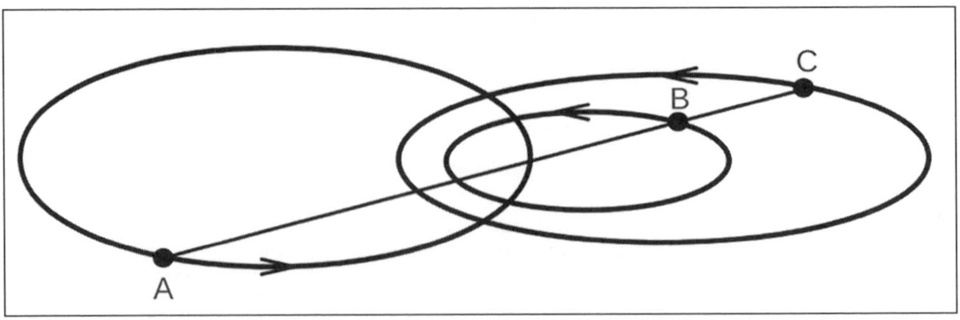

Figure 2 : la solution Euler

En 1909, le mathématicien et astronome finlandais Karl Sundman (1873-1949) publie une solution analytique exacte du problème à trois corps. Malheureusement, cette solution se présente sous la forme d'une somme infinie de termes dont la convergence est si lente qu'il faut en additionner des millions pour trouver le mouvement d'un corps, même sur une faible durée. Bien que remarquable, cette solution — généralisée en 1991 par le mathématicien américain d'origine chinoise Qiudong Wang — est donc inutilisable en pratique pour prévoir le mouvement des corps. Suivant les traces d'Euler et Lagrange, d'autres mathématiciens tentent alors de trouver de nouvelles options particulières. En 1920, le Français Jean Chazy (1882-1955) publie un article dans lequel il cherche systématiquement les solutions où les trois corps forment un triangle isocèle. Plus tard, l'usage croissant d'ordinateurs de plus en plus puissants permet de mener l'investigation sur le front numérique. En 1993, le mathématicien américain Cristopher Moore trouve une nouvelle solution périodique : trois corps de masses identiques se poursuivent indéfiniment sur une orbite commune ayant la forme du chiffre huit, séparés par un tiers de la période du mouvement. Et c'est là qu'intervient enfin le Français Alain Chenciner, qui — avec l'Américain Richard Montgomery — redécouvre analytiquement cette solution en 2000. Depuis ce travail, qui fait la démonstration rigoureuse de l'existence de cette solution appelée la « figure en 8 », cette dernière est devenue populaire au point que Liu Cixin y fait référence dans son roman [11].

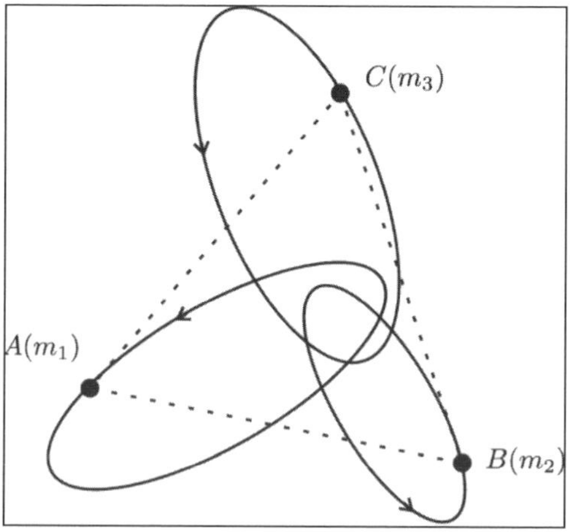

Figure 3 : la solution Lagrange

L'écrivain a évidemment compris l'intérêt des ordinateurs pour calculer la position de Trisolaris. Dans son roman, Wang Miao (alias Copernic dans le jeu Les Trois Corps) assiste, lors de sa quatrième connexion, aux efforts de deux autres protagonistes, Newton et von Neumann, pour créer un gigantesque ordinateur humain. Trente millions de soldats de l'empereur Qin Shi Huang sont « programmés » pour résoudre les équations différentielles régissant le mouvement des trois soleils [12], sans succès : la civilisation est détruite par une syzygie [13] des trois soleils [14].

Durant les années 2000, de nouvelles solutions du problème dit cette fois « à N corps » de masses identiques ont été découvertes : comme pour la figure en 8, les corps se poursuivent périodiquement sur une orbite plane commune. Le mathématicien catalan Carles Simó est allé jusqu'à exposer 47 de ces solutions, les nommant « chorégraphies », dans un article paru en 2001 [15]. Elles sont issues d'un calcul numérique qui n'est pour l'instant soutenu par aucune démonstration rigoureuse, comme c'est le cas pour la figure en 8 à trois corps. Existe-t-il des chorégraphies à N corps avec des masses différentes ? Il est probable que non, mais cette non-existence n'a été prouvée par Chenciner que pour des valeurs de N inférieures à 6, et seulement lorsque les corps se succèdent avec des durées égales.

Jules Henri Poincaré (1854-1912)

Lever cette dernière contrainte fait entrer la question dans l'inconnu, même dans le cas à trois corps…

Au sein du Système solaire, la Terre est dans une configuration beaucoup plus simple. L'humanité est en effet apparue sur une planète gravitant autour d'une étoile solitaire, en compagnie de planètes beaucoup moins massives que l'astre central. Dans ces conditions, les solutions des équations d'évolution du système sont simples et périodiques, comme l'ont montré Newton et ses successeurs. Mais dans un système à deux ou trois étoiles exerçant une influence comparable sur une planète, la trajectoire de celle-ci s'en trouve singulièrement compliquée. Cela affectera sans doute la stabilité de son orbite et son climat. De plus, d'éventuels astronomes et mathématiciens risquent de mettre un temps considérable à expliquer son mouvement et pourraient ne jamais comprendre qu'il est régi par la loi toute simple de la gravité newtonienne : les savants de cette hypothétique planète auront du pain sur la planche ! Le chemin de la connaissance y sera probablement plus pénible et lent que le nôtre. Puisque la cadence de l'évolution d'une civilisation est certainement fonction du volume de connaissances acquises, risquons le postulat suivant : toutes choses étant égales par ailleurs, l'évolution technique d'une civilisation habitant une planète située dans un système d'étoiles multiples est moins rapide que dans un système n'ayant qu'une seule étoile. C'est d'ailleurs la crainte des Trisola riens : bien que leurs techniques soient plus développées que les nôtres, nous pourrions les dépasser le temps qu'ils arrivent sur Terre après avoir quitté leur monde. Dans le réel, des systèmes bien plus complexes ont été découverts. Le club très fermé des systèmes sextuples — comportant six étoiles — vient même de gagner un nouveau membre avec le système baptisé TIC 168789840, situé à 2 000 années-lumière de la Terre. Tenter d'imagine à quoi ressemble l'orbite d'une planète dans un tel système donne le vertige, tout comme essayer de comprendre ses conditions d'habitabilité. Comme quoi, la simplicité a du bon et nous avons eu de la chance…

Bibliographie :

- Liu Cixin. **Le Problème à trois corps**. Actes Sud, 2016.
- M. Henkel. « Sur la solution de Sundman du problème des trois corp ». *Philosophia Scientiae*, 5(2), p. 161-184 (2001).
- H. Poincaré. « Sur le problème des trois corps et les équations de la dynamique ». *Acta Mathematica* 13, p. 1-270 (1890).
- J. Chazy. « Sur les solutions isocèles du problème des trois corps ». *Bulletin astronomique. Mémoires et variétés*, p. 171-188 (1920).
- J.-C. Yoccoz. « Une erreur féconde du mathématicien Henri Poincaré ». *La Lettre du Collège de France* n°28, p. 38-42, avril 2010.
- A. Chenciner and R. Montgomery. « A remarkable periodic solution of the three-body problem in the case of equal masses ». *Annals of Mathematics* 152, p. 881-901 (2000).
- C. Simó. « New Families of Solutions in *N*-Body Problems ». *Progress in Mathematics* 201, p. 101-115 (2001).
- A. Chenciner. « Poincaré et les trois corps ». *Séminaire Poincaré XVI*, p. 45-133 (2012).
- R. Montgomery. « Le Problème des trois corps rebondit ». *Pour la science* 508, p. 27–35 (2020).
- B. P. Powell et al. TIC 168789840: A Sextuply-Eclipsing Sextuple Star System. https://arxiv.org/abs/2101.03433 (2021).

Notes :

(1). Une planète orbitant autour d'une autre étoile que le Soleil se nomme aussi « exoplanète ».
(2). La première exoplanète découverte dans un système binaire, en 1996, tourne autour de l'étoile 70 Virginis.
(3). Le roman de Liu Cixin a été adapté en série télévisée pour le public chinois par Tencent Video en 2023, puis, pour le public international, par Netflix en 2024.
(4). Les trois lois de Kepler sont les suivantes : les planètes décrivent des trajectoires elliptiques, dont le Soleil occupe l'un des foyers ; l'aire balayée par le rayon Soleil-planète est proportionnelle à la durée écoulée ; le carré de la période de révolution de la planète est proportionnel au cube du demi-grand axe de l'ellipse qu'elle parcourt.
(5). Consultez le site de l'Encyclopaedia of exoplanetary systems : http://exoplanet.eu/planets_binary/
(6). Le physicien américain Gerard O'Neill a aussi proposé de placer des stations orbitales géantes aux points de Lagrange L4 et L5 du système Terre-Lune ; voir *Bifrost* n°88.
(7). Consultez le site de l'Encyclopaedia of exoplanetary systems : https://exoplanet.eu/planets_binary_circum/
(8). Il est possible de revoir ce coucher de soleils sur Tatooine à l'adresse suivante : https://www.youtube.com/watch?v=41ak2jr55fE
(9). Notons que dans ce cas, il s'agit d'un problème à quatre corps restreint et que le roman de Liu Cixin est finalement assez mal intitulé !
(10). Une unité astronomique (UA) est égale à la moyenne distance Terre-Soleil soit environ 149,6 millions de kilomètres.
(11). Pour voir les évolutions possibles d'une planète dans un système à trois soleils ayant cette configuration, voir https://www.youtube.com/watch?v=iuRtNK2-jO8.
(12). Cette configuration ressemble beaucoup aux automates cellulaires imaginés par le mathématicien américano-hongrois John von Neumann (1903-1957) dans les années 1940. L'automate cellulaire le plus célèbre est celui de John Conway (1937-2020), le « jeu de la vie », qui, malgré des règles très simples, est capable de simuler le fonctionnement de n'importe quel ordinateur…
(13). Voilà un mot rarement placé dans un livre de SF ou dans une série télévisée ! En astronomie, une syzygie désigne une configuration où trois astres sont alignés. Ainsi, les éclipses de Lune ou de Soleil sont des syzygies. On qualifie aussi de syzigies des configurations où l'alignement est presque parfait, comme les nouvelles et les pleines Lunes.
(14). Dans la série Netflix, la syzygie provoque l'envolée de tous les personnages sous l'effet de la gravitation additionnée des trois soleils. La scène est spectaculaire mais fausse. En effet, si le triple effet gravitationnel était suffisant pour soulever des personnages en dépit de la gravité de Trisolaris, la planète devrait aussi être détruite par la force de marée qui en résulte !
(15). Pour voir quelques-unes de ces magnifiques solutions, visitez la page suivante : https://personalpages.manchester.ac.uk/staff/j.montaldi/Choreographies/

Infodéfonce & Vracanews

Paroles de Nornes

[par Org]

LE TAM-TAM de la brousse SF

▶Beaux livres, illustrés et OLNI

• **Aurélien Police**, ce sont bien sûr des pelletées de couvertures de bouquins, dont l'ensemble de l'habillage graphique de la collection « Une heure-lumière ». Ou les illustrations du « mook Dune » best-seller réuni par Lloyd Chery paru chez L'Atalante / Leha (2020). Ou encore **Europole**, sorti en 2013 chez Mnémos, beau livre-monde rétrofuturiste, urbain et paranoïaque conçu avec Jérôme Noirez. Et **Juste un peu de cendres**, une BD fantastique à la façon et au format comics scénarisée par Thomas Day, bien connu par ici, et publiée en 2017 chez Glénat. Sans oublier **Les Petits sabots**, album pour les plus jeunes sur une chanson de Thomas Fersen, en 2023, chez Marmaille & compagnie. Et donc **Asuka**, désormais, toujours chez Marmaille & compagnie (un éditeur jeunesse), bel album tout en couleurs au format à l'italienne de 150 pages. Sur des ambiances poétiques aux tons pastels mariant le chaud et le froid, l'ombre et la lumière, il est ici question, dans un Japon médiéval fantasmé, de la fille du couple impérial, cette Asuka qui donne son nom à l'album, une Plieuse, à savoir une femme dotée du pouvoir de façonner le monde par le souffle. « *Voici notre héritage, ma fille. Celui que nous a légué ta grand-mère, la mère de ta grand-mère et toutes celles qui les ont précédées jusqu'à la Grande Plieuse elle-même…* » Un bien joli conte, pour jeunes et moins jeunes, où Aurélien Police, dont on savait les qualités d'illustrateur hors normes, se révèle plutôt à l'aise dans le registre de l'écriture. [**Asuka**, Aurélien Police, Marmaille & compagnie - 150 pp. GdF. quadri - 20 €]

• Peu versé dans le domaine de l'album jeunesse, il me faut avouer mon ignorance quant au travail de **Philippe-Henri Turin**. Jusqu'à la réception en nos murs de **Dragons & merveilles**, tout du moins, et le constat imparable accompagnant le bouquin : je suis passé, et de longue date, à côté de quelque chose. D'abord parce que le garçon, qui travaille en tradi, avec de la vraie peinture et de vrais pinceaux (*si*, c'est possible !) est doté d'un talent peu commun. Et aussi parce que ce Lyonnais né en 1963, ancien d'Émile Cohl (école d'art célèbre sur les bancs de laquelle d'illustres dessinateurs usèrent leurs fonds de culotes, à commencer par un certain Nicolas Fructus), œuvre depuis bien longtemps (1991, en fait) dans le registre du livre illustré. Dans un format gigantesque (plus de 36 centimètres de haut, tout de même, pour 27 de large ; chaud pour les bibliothèques !), bénéficiant d'une belle qualité d'impression et d'un papier velouté haut de gamme, **Dragons & merveilles** est de ces rencontres graphiques qu'on n'oublie pas (contrairement aux courts textes en regard des images, qui ne constituent pas, disons, le point fort de l'ensemble). Il s'agit ici de portraits de dragons. Trente-cinq, pour être précis. De tout genre et acabit, dans des décors somptueux. De quoi réveiller l'amateur de *fantasy* qui sommeille en chacun de nous, et peut-être, qui sait, nous pousser à rouvrir nos vieux bouquins de Weis et Hickman. Mon petit doigt me dit que les originaux constitutifs de l'album seront exposés aux prochaines Imaginales. Ça risque de déboiter ! Et ce même petit doigt susurre aussi que des originaux signés PH Turin sont en ventes à la galerie Daniel Maghen… Aïe aïe aïe ! [**Dragons & merveilles**, Philippe-Henri Turin, Gautier Languereau - 80 pp. mega GdF. quadri - 24,95 €]

Jean-Jacques Tachdjian - DR.

• Un sacré loustic, que ce **Jean-Jacques Tachdjian**. Mais si, vous savez bien, Tachdjian ? L'auteur de la couverture de notre n°117 consacré à Harlan Ellison ? S'il y a un truc de sûr concernant ce lillois de 67 balais, c'est qu'il résiste à toute tentative de définition un tant soit peu circonscrite. Bassiste dans un groupe punk (Watchmainz), bédéaste, typographe, illustrateur, éditeur indé, graphiste… Finalement, ce qui semble lui correspondre le plus, et qu'on retrouve plus ou moins dans toutes ses activités, c'est la dimension *underground*, poétique et résolument libre de ses propositions artistique (il se définit lui-même comme un « *faiseur d'imagines* », un « *typonoclaste* » ou encore un « *poète par défaut* » — tout un programme). Une espèce rare, en somme, et de fait précieuse. Qui vient de nous faire parvenir ses dernières productions, soit deux albums cartonnés forts bien imprimés répondant aux titres de **Chasse, pêche et traditions de l'espace**, et **Recueil comix spécial relié**. Voici ce que l'auteur nous en dit : « *Pour le premier, j'ai créé une police de caractères illisibles, et pour le second j'ai scanné de vieux numéros des illustrés de science-fiction de chez Artima que j'ai transformés et coloriés.* » On ajoutera que le premier album présente une succession d'illustrations colorées aussi surréalistes qu'inventives légendées de textes illisibles (la fameuse police de caractères créée pour l'occasion), et le second présente une réappropriation pour le moins originale, et là aussi des plus chatoyantes, d'un florilège de comics US des années 50. Des OLNI, oui, comme autant de voyages vers un inattendu créatif et joyeux résolument autres et inédits. Tirés en toute petite quantité, ces volumes ne sont pas véritablement à vendre. Ou peut-être que si : vous pouvez toujours poser la question par ici : elrotringo @gmail.com. Et visiter le site de notre ami pour vous faire une idée : < https://jeanjacquestachdjian.com > Attention, c'est de la créa dans tous les sens et autant de registres. Gare à la fracture de l'œil. Vous voilà prévenus !

▶Bescherelle

• Le lecteur attentif n'aura pas manqué de remarquer ici même l'enthousiasme de votre serviteur au sujet d'**Un siècle de SF**, énorme dico de maître Jean-Pierre Andrevon, aka PapyJP, récemment paru chez Encrage. Lecteur qui n'a pas manqué non plus de nous faire remarquer combien l'ouvrage susnommé a manqué d'une relecture attentive histoire d'en chasser le tombereau de coquilles qui s'y nichent. Et à juste titre. Car aussi pertinent que soit le bouquin, et nécessaire ce type d'ouvrages, force est de constater que le boulot n'a pas été fait jusqu'au bout. À 45 € le volume, on pouvait espérer un travail plus soigné, surtout de la part d'un éditeur appartenant aux Belles Lettres, maison qui, dans ce registre, nous a habitués à mieux. C'est dit.

▶Agenda

• Comme toujours, le printemps est une saison chargée en festivités littéraires. Dont **La Comédie du Livre**, sous l'égide de la belle ville de Montpellier, un rendez-vous déjà ancien (sa création remonte à 1986, à l'initiative de l'emblématique maire de l'époque, Georges Frêche). Toutefois, à quelques rares exceptions, l'imposante manifestation déployée sur une dizaine de jours, et qui investit divers lieux de la préfecture de l'Hérault,

dont son emblématique place de la Comédie (quand elle n'est pas en travaux), portait aux littératures de l'Imaginaire un intérêt pour le moins… mesuré. Or, depuis 2024 et l'intégration du Grand Prix de l'Imaginaire au sein des festivités, sous l'impulsion conjointe de Joëlle Wintrebert, la présidente dudit prix, et de Régis Penalva, le directeur artistique de la manifestation, les choses ont bien changé, et le festival montpelliérain s'est d'un coup mué en rendez-vous de choix. L'an passé, à l'occasion des 50 ans du Grand Prix de l'Imaginaire, les éditions du Bélial' étaient particulièrement mises en avant par l'organisation. Cette année, qui marque les 40 ans de La Comédie, c'est au Diable Vauvert de bénéficier d'un éclairage particulier, avec une kyrielle d'auteurs et d'autrices invités, dont Morgane Caussarieu, Patrick K. Dewdney, Nicolas Martin, James Morrow ou encore Christophe Siébert. Et si le programme est loin d'être bouclé à l'heure de notre mise sous presses, nul doute que d'autres auteurs seront de la fête, dont, pour Le Bélial', Thomas Day et Claire North, qui ont tous deux confirmé leur participation (sans même parler d'une partie des forces vives de la maison mais aussi de *Bifrost*). Rendez-vous est donc pris, du **9 au 18 mai** prochain (et tout particulièrement le week-end du 15 et 16), et d'ici là, surveillez le site Internet de la manifestation pour la mise à jour des invités prévus : < https://www.10joursenmai.fr >

• Si nos amis belges ont Trolls & Légendes (qui se sera tout juste achevé au moment où vous lirez ces lignes), les amateurs de *fantasy* français ont les **Imaginales**. Ainsi, la 24e édition de ce festival (la 3e avec Gilles Francescano aux manettes), qui annonce en guise de mot d'ordre et thématique officielle « Hors normes, du handicap au super-héros », se déroulera pour sa part du **22 au 25 mai**. De nombreux invités sont déjà dévoilés sur le site de la manifestation (< https://www.imaginales.fr >), dont Jean-Philippe Jaworski, Pierre Bordage, Floriane Soulas, Jean-Claude Dunyach ou Jeanne A-Debats, mais aussi, pour les illustrateurs, Olivier Ledroit ou Aleksi Briclot (des expos en perspective ?), ou encore notre bon professeur Lehoucq en personne, ce qui prouve bien qu'entre les korrigans et autres elfes sylvains, on devrait aussi croiser du côté d'Épinal quelques fans d'espace profond et de soleils lointains. Convivial et familial, ce festoche vaut vraiment le détour, et affiche de belles ambitions sous sa nouvelle direction artistique. (Attention, Épinal est une petite ville, et se loger peut s'avérer compliqué pendant les Imaginales ; par ailleurs Le Bougnat, seul bar qui fasse véritablement nocturne pendant les festivités, pratique des prix prohibitifs passé les heures indues et la dose alcoolémique légale…).

▶Poséidon

• Les bonnes nouvelles du côté éditorial ne sont pas si courantes que nous fassions l'économie de quelques lignes pour annoncer la création de « **Neptune** », la nouvelle collection poche des éditions L'Atalante (après deux tentatives non concluantes). Et pour avoir eu les livres entre les mains, on peut vous assurer qu'ils sont graphiquement réussis, et ne manqueront pas d'être très identifiables en librairie. Bonne pioche ! Dix titres sont annoncés sur cette année de lancement, entre mars et novembre, avec, dans l'ordre : **Les Guerriers du silence** de Pierre Bordage, **L'Arbre de l'été** de Guy Gavriel Kay, **Méduse** de Martine Desjardins (pour mars) ; **Des milliards de tapis de cheveux** d'Andreas Eschbach, **Terra Mater** de Pierre Bordage (pour juin) ; **Le Feu vagabond** de Guy Gavriel Kay, **Kra** de John Crowley (pour août) ; **Aqua™** de Jean-Marc Ligny, **La Citadelle Hyponéros** de Pierre Bordage, **La Voie obscure** de Guy Gavriel Kay (pour novembre). Neptune est une géante de glace. On souhaite un futur bien plus brûlant à cette nouvelle collection qui nous semble, autant qu'on puisse en juger, née sous les meilleurs auspices.

This is the end...

La revue *Bifrost* est éditée par les éditions du Bélial', SAS sise au
35 avenue de la Gare, F-77250 Moret-Loing-et-Orvanne
Tél : 01 64 69 53 00 - email : *revuebifrost@gmail.com*
site : *www.revue-bifrost.fr* – blog : *https://blog.belial.fr*
Directeur de publication : Philippe GADY
Rédacteur en chef : Olivier GIRARD
Secrétaire de rédaction : Pierre-Paul DURASTANTI
Comité littéraire :
Pierre-Paul DURASTANTI, Olivier GIRARD,
Erwann PERCHOC, Laëtitia RONDEAU

Ont collaboré à ce numéro :

Maëlle Alan, Julien Amic, Ayerdhal, Éléonore Bailly, Pascal Blanché, Arnaud Brunet, Philippe Boulier, Anthony Boursier, Jean-Daniel Brèque, Stéphanie Chaptal, Pierre Charrel, Hélène Collon, Richard Comballot, Pierre Constantin, Thomas Day, Sara Doke, Jean-Claude Dunyach, Pierre-Paul Durastanti, L'Épaule d'Orion, FeydRautha, Frasier, Gaïane Fritsch, Philippe Gady, Raphaël Gaudin, Daryl Gregory, Éric Jentile, Afif Khaled, Krem, Roland Lehoucq, Laurent Leleu, Sam Lermite, Jean-Pierre Lion, Mathieu Masson, Marion Mazauric, Ray Nayler, Org, Bruno Para, Erwann Perchoc, Quarante-Deux, Fabienne Rose, Aayla Secura, Jean-François Seignol, Éva Sinanian, Pierre-Marie Soncarrieu, Alain Sprauel, Pascal J. Thomas, Cid Vicious, Camille Vinau.

Impression :

Nouvelle Imprimerie Laballery - Clamecy (France) - 503448

Diffusion - Distribution :

CDE - Sodis

Remerciements :

À Sara Doke, bien sûr, qui nous a grandement aidés sur notre dossier Ayerdhal ; à Marion Mazauric, qui brûle toujours de mille feux ; à John McTiernan, avec respect et comme un frère ; à Ray Nayler, encore, en lutte depuis l'intérieur et c'est très compliqué ; à Gustave Doré, le maître incontesté ; à Pierre-Paul, qu'on serre fort contre nous ; au printemps, bordel ! ; à Brigitte Fontaine, pour ce qu'elle est ; à la Fraise (putain, 30 ans, mon pote !) ; à notre camarade Roland Lehoucq, bien sûr, pour la fidélité/fiabilité et cette centième livraison ; à Tom Bonbadilom ; au Culte d'Apophis, qui semble revenu aux affaires et c'est tant mieux, on en a besoin ; à celles et ceux qui sont passés et ont tant donné ; et à tous ceux qui nous ont soutenus et nous soutiendront, à commencer par la Raison, la Science et les Lumières...

Dépôt légal : avril 2025 (ère Covid année 6)

Commission paritaire 0525K83171

ISSN 1252-9672 / ISBN 978-2-38163-173-8

Bifrost est une revue publiée avec l'aide du
Centre National du Livre (pour 2 ans ; enfin, si on a tout compris !).

Les réalisations passées, présentes et à venir des éditions du Bélial' sont dédiées à la mémoire de notre Paladin et ami Christophe Potier qui, une rouge nuit de juillet, a pris un camion pour un dragon.

Quiconque lit la présente ligne sait que, en hommage aux éditions Les Moutons Électriques, ce numéro de *Bifrost* n'a pas été relu.